이타카
에코빌리지

자연과 문명이 조화를 이룬 생태마을

이타카 에코빌리지

리즈 워커 지음
이경아 옮김

황소걸음
Slow & Steady

이타카
에코빌리지

펴낸날 | 2006년 11월 20일 초판 1쇄
지은이 | 리즈 워커
옮긴이 | 이경아
만들어 펴낸이 | 정우진 조영권 강진영 김지영
꾸민이 | Moon&Park(dacida@hanmail.net)
펴낸곳 | 121-856 서울 마포구 신수동 448-6 한국출판협동조합 내 도서출판 황소걸음
편집부 | (02) 3272-8863
영업부 | (02) 706-8116
팩 스 | (02) 717 7725
이메일 | bullsbook@hanmail.net / bullsbook@naver.com
등 록 | 제22-243호(2000년 9월 18일)

황소걸음
Slow&Steady

ISBN 89-89370-51-5 03840

정성을 다해 만든 책입니다. 읽고 주위에 권해주시길…
잘못된 책은 바꿔드립니다. 값은 뒤표지에 있습니다.

감사의 글

　이 순간 이타카 에코빌리지를 만든 이야기를 쓰는 사람은 나 혼자지만, 이 프로젝트가 실현되기까지 수많은 사람들의 창의적이고 헌신적인 노력이 있었다. 명확한 비전을 제시해준 조안 보케어에게 감사의 뜻을 전한다. '글로벌 워크'를 함께 이끈 친구와 동료들은 차근차근 노력하면 언젠가 이상을 이룰 수 있다는 진리를 직접 보여주었다. 많은 분들이 큰 위험을 감수하고 토지 구입하는 데 필요한 돈을 선뜻 빌려주셨다. 그분들의 용기에 찬사를 보낸다. 특히 관대한 조건으로 흔쾌히 돈을 빌려주신 몇몇 분들에게 감사드린다. 이타카 에코빌리지 위원회에서 지난 몇 년간 수고를 아끼지 않고 재단법인화를 위해 애써준 분들에게 마음에서 우러나오는 갈채를 보낸다. 그리고 무엇보다 나와 함께 이 멋진 공동체에서 함께 생활하는 주민 160명에게 감사를 전하고 싶다.

　내 원고를 읽어주고 격려를 아끼지 않은 친구들과 가족에게도 감사드린다. 아이린 자하바는 내가 자신있게 글을 쓸 수 있도록 도와주었다. 크리슈나 라바뉴산은 편집에 유익한 의견을 제시했다. 엘란과 레이첼 샤피로 부부는 이 책이 만들어지는 동안 나를 지원해주었다. 부모님과 나의 아들 다니엘 카츠, 잘라자 본하임, 티나 닐슨-호지, 라스 워커, 레이첼 코그빌에게도 감사드린다. 피브 구스타프슨은 이 책에 나온 사실 자료를 정리해주었고, 베시 크레인은 마음의 힘이 되어주었다. 이 두 사람에게도 고마움을 전한다. 그리고 나를 따뜻이 보듬어준 친구들에게도 감사한다. 고마운 짐 보졸리와 로라 벡, 로라 밀러는 이타카 에코빌리지의 참모습을 여실히 보여주는 사진들을 제공했다. 의뢰하지도 않은 원고를 기꺼이 출판해주신 뉴 소사이어티 출판사에게도 감사드린다. 감사할 사람들이 아주 많지만 마지막으로 언제나 아낌없는 사랑을 주고, 꿈을 이루도록 격려를 아끼지 않은 내 인생의 동반자 자레드 존스에게 고마움을 전한다.

지속 가능한 사회를 이루는 소중한 씨앗, 이타카 에코빌리지

듀안 엘긴

　지금 인류는 역사상 가장 중대한 시기에 접어들었다. 생활 전반에서 피상적이 아닌 근본적인 변화에 직면했기 때문이다. 1992년, 생활 패턴과 방식에서도 지속 가능한 모델을 개발해야 한다는 위대한 지혜가 공식 선언되었다. 그 자리에 참석한 과학 분야의 노벨상 수상자 대다수를 포함한 세계의 원로 과학자 1600여 명은 '인류에 대한 경고'라는 성명서에 서명했다. 이 역사적인 성명서에서 세계의 석학들은 '인류와 자연은 조화를 이루지 못하고 있다. 앞으로 생물계가 변하면 인류는 지금까지 유지해온 생활을 영위할 수 없을지도 모른다'고 선언했다. 이 성명서는 '지구와 지구의 생명체에 대한 인류의 태도가 전면적으로 수정되지 않는다면 인류는 비참한 운명에 처할 것이다. 또 지구도 회복이 불가능할 정도로 망가지고 말 것이다'라는 경고로 끝맺었다. 약 10년 후 노벨상 수상자 100명은 또다시 인류에게 경고의 메시지를 전했다. '앞으로 지구 평화를 저해하는 가장 심각한 위험은 국가나 개인의 반이성적인 행위가 아니라 소외된 사람들의 합법적인 요구에서 비롯될 것이다.'

　세계 석학들의 경고를 통해 우리는 총체적 위기로 귀결되는 강력한 변화를 감지할 수 있다. 이 변화는 우리 시대에 지구 전체에서 진화 과정이 붕괴될 수도 있음을 의미한다. '엄청난 시련'을 예고하는 변화에는 이상 기후 현상, 식량을 재배하는 데 필요한 땅과 물을 확보하지 못한 채 거대도시에서 살아가는 인구의 폭발적 증가, 신선한 물과 저렴한 석유 등 생명 유지에 필수적인 자원의 고갈, 급속도로 광범위하게 나타나는 동식물의 멸종, 빈부 격차 심화와 대량 살상 무기 확산 같은 문제들이 포함된다. '인류의 비참한 운명' 과 분쟁이 발생할 가능성도 매우 높아 보인다.

하지만 다른 대안도 가능하다. 인류가 파괴적인 분쟁을 끝내고 한마음 한뜻으로 지속 가능한 미래를 창조해 나갈 수도 있다. 나는 대중의 태도와 행동이 긍정적인 변화를 보이고 있다는 조사 결과에 뿌듯함을 느낀다.

20세기 말에 실시된 국제가치조사(World Value Survey)는 전 인류를 대상으로 하며, 모든 경제와 정치 체제가 포함되었다. 그런데 이 조사를 통해 놀라운 사실이 밝혀졌다. 최근 몇십 년 동안 미국, 캐나다, 북유럽, 일본, 오스트레일리아와 같은 나라에서 가지 제계에 거대한 전환이 일어났다는 것이다. 이제까지 경제성장을 중시해오던 사회 분위기가 자기표현, 주관적인 행복, 삶의 질과 같은 탈물질주의적 가치관을 우선시하는 쪽으로 바뀌고 있다. 새롭게 등장한 가치관은 편협한 물질주의를 탈피해 지속 가능한 생활 방식을 추구하는 변화를 주도한다.

미국을 대상으로 한 조사에서도 이와 비슷한 변화가 관찰되고 있다. 조사 결과에 따르면 풍요로운 사회를 향유한 세대가 결국 돈으로 행복을 살 수 없다는 사실을 깨달았음을 알 수 있다. 돈은 행복이 아닌 공허와 고독으로 가득한 사회를 만들 뿐이기 때문이다. 수백만 명이 소비주의가 판치는 사회를 벗어나 새로운 삶의 방식을 추구하는 것은 이제 놀라운 일도 아니다. 그들은 가족과 공동체, 창의적인 일을 통해 더욱 풍요롭고 지구상의 모든 생명체와 교감하는 삶을 추구하고 있다.

1960년대부터 미국을 위시한 선진 10여 개국에서는 단순하고 지속 가능한 생활 방식이 사람들의 관심을 끌기 시작했고, 2000년대 초에는 주류 문화의 일부로 자리잡았다. 앞에서 언급한 조사 결과들을 살펴보면 이런 사회에는 독특한 부류가 존재한다. 이 부류에 속하는 사람들은 지속 가능하고 내면의 성숙과 만족을 추구하는 생활 방식을 개척하고 있다. 나는 적어도 미국 성인의 10%에 해당하는 2000만 명이 이 부류에 속한다고 본다.

수많은 사람들이 새로운 생활 방식을 추구하고 있지만 그들도 자연의 거대한 도전을 피해갈 수 없다. 조만간 인류의 생활 패턴과 소비 규모가 그 수요를 감당하지 못할 날이 올 것이기 때문이다. 거대 도시의 핵가족으로는 지속 가능한 삶을 실천하기 어렵다. 그러나 생태마을이라면 한 사람 혹은 한 가족의 힘이 다른 사람들의 힘과 맞먹는다. 그러므로 힘을 합치면 이전에는 불가능하던 일도 이룩할 수 있다. 지난 1년간 나는 파트너 콜린과 함께 주민 70여 명으로 구성된 코하우징 공동체에서 생활했다. 이 공동체는 종종 생태마을의 초석으로 비유되기도 한다. 이곳에서 생활하며 얼마나 쉽고 신속하게 여러 활동을 조직할 수 있는지 깨달았다. 우리 공동체는 쓰나미 성금 모금 브런치, 요가나 케이준 댄스 등의 강좌, 녹화 사업과 정원 꾸미기, 공동체 기념식과 각종 행사 등 다양한 활동을 진행했다. 주민들이 자체적으로 수십 개의 모임을 결성하여 개인의 역량과 다양한 재능을 효과적으로 사용했기에 가능한 일이었다.

우리는 지금 새로운 삶의 방식이 필요하다. 삶의 사회 · 문화 · 영적 차원뿐만 아니라 물리적인 측면을 모두 통합할 수 있어야 한다. 인류의 역사에서 교훈을 취한다면 우선 주민 수백 명으로 구성된 작은 마을의 생활 규모를 눈여겨볼 필요가 있다. 오늘날의 대도시 안에 작은 생태마을을 여러 곳 건설할 수 있을 것이다.

나는 지속 가능한 미래라는 새로운 가능성을 더욱 확대하여 '생태마을'의 '생태주택'에 사는 가족의 모습을 상상한다. 이 생태마을들이 모여 '생태도시'를 이루며, 이런 움직임은 지역과 국가 그리고 전 세계로 확산될 것이다. 주민 수백 명이 거주하는 생태마을마다 독특한 성격과 건축 양식으로 개별적인 지역 경제를 운영할 수 있다. 모든 생태마을에는 보육 시설과 놀이 공간이 마련되어 있고, 주민들이 모여 회합을 갖거나 기념식을 열고 식사를 할 수 있는 공동 건물도 있다. 어디 그뿐이겠는가. 유기농법을 실시하는 공동 농장, 재활용과 퇴비 생산 구역, 예배 장소와 공방과 상점 구역도 마련될 것이다. 지역 경제에 다양한 일자리를 제공하는 역할도 할 것이다. 이를테면 예술, 보건, 보육, 비영리 농업 교육 센터, 환경 친화적 건물 건축, 분쟁 해결 등 그 종류는 매우 다양하다. 물론 많은 사람들에게 일자리를 제공할 수 있을 것이다. 이와 같은 소형 공동체 혹은 현대적 개념의 마을이야말로 작은 마을의 문화와 응집력, 대도시의 세련됨을 모두 갖출 수 있다. 사람들은 자유롭게 소통하는 세상에서 살 것이다. 생태마을은 의미 있는 일을 하고 아이들을 건강하게 키우며, 이웃과 어울리고 지구와 후손을 위한 삶을 살 수 있는 기회를 제공한다.

생태마을은 강력하면서 분산된 사회 기반과 모든 지구인이 지속 가능한 삶을 영위할 수 있는 생활 방식을 제공한다. 그 점에서 생태마을은 경제의 세계화에 건전하게 대응하는 방편이라 할 수 있다. 그도 그럴 것이 생태마을은 100명에서 수백 명이 거주하는 규모이기 때문이다. 마치 과거 부족의 규모와 비슷하다. 결과적으로 생태마을은 토착 사회의 마을 중심 문화와 포스트모더니즘 문화가 양립할 수 있음을 보여준다.

현대 부족(部族)의 생리에 맞는 사회·물리적 구조를 갖춘 다양한 공동체는 대도시 소외 문제의 해결책이 될 것이다. 생태마을은 지속 가능한 미래를 실현하기 위한 실질적인 규모와 토대를 제시한다. 나는 생태마을이 급변하는 세계에서 공동체, 안전, 교육, 혁신의 섬이 될 것을 확신한다. 인간적인 규모가 기반이 된 생활 업무 환경은 공동체 내에서 다양한 실험과 협동 생활을 이끌어내는 밑거름이 될 것이다. 지역마다 문화, 경제, 관심, 환경에 맞게 독자적으로 채택하는 다양한 디자인을 통해 사람들은 지속 가능성을 이룩할 것이다.

　자연에서 원자가 모여 분자를 이루고 분자가 살아 있는 세포를 구성하듯이 인류도 새로운 차원의 조직으로 진화해야 한다. 사회 조직, 생태 조직, 경제·문화·영적 조직 등 그 내용은 다양하다. 이전에는 이런 변화의 기회와 필요성에 한 번도 의식적으로 대응하지 않았다. 지금까지 인류의 변화는 환경에 순응하는 과정이었다. 그러나 이제는 의도적으로 새로운 차원의 존재로 진화해야 한다.

　지속 가능한 미래의 관점에서 생태바을의 중요성과 수백만에 달하는 사람들의 관심에도 불구하고 미국에는 생태마을이 몇 곳 되지 않는다. 그런데 미국에서 가장 크고 유명한 생태마을 중 한 곳이 뉴욕 북부에 있다. 바로 1991년 리즈 워커가 동료들과 함께 건설한 이타카 에코빌리지다. 리즈는 이타카 에코빌리지의 건설 초기 단계부터 이사장을 맡아 마을의 발전을 위해 힘썼다. 이타카 에코빌리지에 언론이 지대한 관심을 보이는 것은 어찌 보면 당연한 일이다. 이곳에서 우리는 스스로 가꿔가는 미래의 단초를 볼 수 있기 때문이다. 이타카 에코빌리지는 지속 가능한 삶을 만들어가는 혁신적 실험을 미국 전역으로 확산하는 촉매 역할을 하기에 충분하다.

작은 씨앗에 불과한 새로운 미래를 구체적인 현실로 바꾼 생생한 경험은 어떤 모습일까? 사람들이 공동체를 구성하고, 분쟁을 해결하고, 합의에 도달하고, 서로 축하하고, 독특한 건물을 세우고, 함께 산책하고, 먹을거리를 직접 키우는 땅을 개간하는 경험은 과연 어떤 것일까? 리즈 워커가 이타카 에코빌리지를 건설하고 그곳에서 생활하기까지 개인적인 여정을 보면 우리는 위의 질문들에 답을 찾을 수 있다. 그녀가 말하는 이 여행은 예스럽고 익숙하면서, 현대적이고 흥미진진하다. 나는 언젠가 이 여행에 모든 사람들이 동참하리라는 사실을 믿어 의심치 않는다.

듀안 엘긴은 『미래의 약속』『자발적 단순함』 등을 집필했다. 그는 현재 www.awakeningearth.org 사이트를 운영하고 있다.

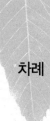

차례

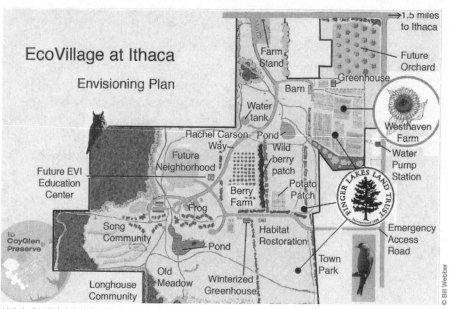

이타카 에코빌리지의 미래 조감도, 2004년.

서문

E at ITHACA

생태마을은 사람과 이 땅의 모든 생명체와 지구가 조화를 이루며 지속 가능한 삶을 영위하기 바라는 사람들의 공동체다. 이들은 환경에 부담을 적게 주는 생활 방식과 상호 보완적인 사회·문화 환경을 접목하려고 노력하고 있다. 생태마을은 도시와 농촌이라는 이분법적인 사회 구조를 뛰어넘는 새로운 개념으로, 21세기의 인류가 광범위하게 적용할 수 있는 새로운 거주 형태의 표본을 제시한다.

—『생태마을의 삶 : 지구와 인간의 회복(EcoVillage Living: Restoring the Earth and Her People)』,
힐더 잭슨과 카렌 스벤손

내 아들 다니엘은 어릴 때부터 집 밖에서 놀기를 좋아했다. 아이는 얼음처럼 차가운 물이 흐르는 개울가에서 시간 가는 줄 모르고 올챙이와 가재를 잡았다가 놔주며 놀았다. 사과나무에 올라가 시어빠진 사과를 신나게 따기도 했다. 함께 산책을 나가면 다니엘의 시선은 어김없이 우아하게 날아가는 검푸른 잠자리나 녹색 줄기처럼 기도하듯 몸을 세운 사마귀를 좇곤 했다. 그래서 큰아이는 다니엘에게 '자연의 소년' 이라는 별명을 붙여주었다. 정말 멋진 별명이다. 다니엘이 대지와 아름다운 대지의 창조물들과 교감하고 있음을 보여주는 것 같았기 때문이다.

하루는 다니엘이 학교에 갔다가 완전히 풀이 죽어 돌아왔다. 게다가 뺨에는 눈물 자국이 말라붙어 있는 것이 아닌가. 안아주며 무슨 일이냐고 물었더니 3학년 수업 시간에 생태학 수업을 했는데, 지난 6500만 년 동안 지금처럼 빠른 속도로 생물종이 멸종한 적이 없다는 사실을 배웠다고 했다. 아이는 처음 접한 사실에 놀랍고 슬펐던 모양이다.

다니엘은 울먹이며 말했다. "엄마, 나는 차라리 사람들이 멸종하고 다른 생물들이 살아남았으면 좋겠어." 이런 말은 여덟 살 꼬마가 아니라 누구라도 상상하기 싫은 상황일 것이다. 차라리 사람들이 모두 죽어버렸으면 좋겠다는 아이의 말에 나는 적잖이 충격을 받았다. 하지만 그 말에 일리가 있음을 부정할 수는 없있다.

21세기가 시작되면서 인류는 생존에 위협을 받고 있다. 우리의 생활을 지탱해주는 모든 것들이 쇠퇴일로에 놓였기 때문이다. 공기, 바다와 하천, 삼림과 토양까지 과중한 부담에 짓눌리고 있다. 종(種)은 자연 상태보다 1000배나 빠른 속도로 지구상에서 사라지고 있다. 전 세계적으로 식물 8종 가운데 1종이 멸종 위기에 처했다. 동물은 상황이 더 나쁘다. 포유류 4종 가운데 1종이 절멸의 위기를 맞았다. 지구 온난화는 마침내 우려가 아닌 과학적 사실로 확인되었다. 빙산이 녹아내리고 섬들이 수몰되는 모습을 지켜보며 사람들은 무시무시한 지구 온난화의 결과를 목도하고 있다.

생존의 기로에 서기는 인간 사회도 마찬가지다. 온 세상은 쉴새 없이 벌어지는 전쟁 때문에 피로 물들었다. 부(富)가 소수에게 집중되어 많은 사람들이 비참한 생활에서 벗어나지 못하는 상황이다. 사실 사람들은 생각보다 훨씬 가깝게 연결되어 있다. 이를테면 미국 중서부 지방의 하력발전소로 인해 산성비가 내리면 애팔래치아 산맥의 일부인 애디론댁 산맥의 삼림이 황폐해진다. 미국에서 타고 다니는 자동차의 배기가스가 지구 온난화를 유발하면 아프리카에서 사막화가 촉진된다. 그럼에도 불구하고 사람들은 다른 문화를 이해하는 데는 매우 인색하다.

이런 현실을 보면 마음이 무거워진다. 하지만 분명 포기하지 말아야 할 이유도 있다. 나는 인류가 급격한 변화의 물결에 휩쓸리고 있다고 확신한다. 종전의 생활 방식으로는 버틸 수 없다는 사실을 깨닫는 사람들이 늘어가기 때문이다. 이런 사람들은 '힘의 논리'를 우선시하는 개별적인 국가들로는 지구가 제대로 돌아갈 수 없다고 생각한다. 우리의 고향인 지구를 더 망가뜨려서는 안 된다. 현지인의 빈곤을 무시하는 다국적기업의 편을 드는 법을 더 제정해서는 안 된다. 인간이 지구에 존재하는 하나의 종으로 살아남으려면 물질주의에 집착하지 말아야 한다. 더는 환경을 파괴하거나 우리 내부와 자연에 존재하는 생명력을 무시하지 말아야 한다.

우리는 21세기에 비로소 옛 사람들은 다 알던 가치를 재발견하고 있다. 사람들은 모두 하나로 이어져 있으며, 개인의 행동이 전체에 영향을 미친다는 것이다. 인류에게는 새로운 패러다임이 필요하다. 그 패러다임에서는 모든 생명체에 대한 사랑과 존중이 핵심 가치가 되어야 한다. 모든 사람들이 한마음으로 노력해서 건강한 생태계를 복구해야 한다. 우리는 자연과 그곳에 사는 모든 영혼과 연결되어 있으며, 모든 사람들은 하나로 이어져 있다.

우리의 노력이 결실을 맺을 날이 올 거라 확신하다가도 다음날이면 다니엘이 느낀 기분에 휩싸일 때가 있다. 사람들이 과연 지구를 훼손할 권리가 있는지 회의가 든다. 이제 우리도 환경론에 푹 빠진 다니엘처럼 미래를 내다보는 선택을 해야 하며, 직면한 문제를 해결할 방법을 모색해야 한다.

'소속감의 문화'를 재창조하려면 그런 문화가 실제로 뿌리내리는 모습을 사람들이 볼 수 있어야 한다. 다행히 지속 가능한 환경과 사회를 만드는 운동이 다방면으로 급속하게 확산되고 있다. 진보적인 기업들은 사람, 지구, 이윤의 조화를 '3대 핵심 목표'로 채택하고 있다. 브라질의 쿠리티바와 미국의 포틀랜드 같은 도시들은 독창적인 개발 계획을 통해 개발을 한 곳으로 집중하고, 녹지 공간을 보존하며, 대중 교통을 개선함으로써 더욱 살기 좋은 도시를 만들어간다. 혁신적인 교육자들은 중·고등학교와 대학교에서 실시할 지속 가능성에 중점을 둔 교육 과정을 개발하고 있다. 유엔은 2005~2014년을 '지속 가능성 교육을 위한 10년'으로 선언했다.

그렇다면 일반인들은 어떻게 하고 있을까. 각지에 있는 생태마을과 전 세계의 다양한 공동체의 주민 수천 명은 옛 마을의 장점을 되살려 현대인들이 실제로 적용할 수 있도록 현대적인 생활 방식과 접목하는 작업을 진행하고 있다. 이들은 의식적으로 새로운 패러다임을 실천하기 시작했다. 추상적이고 현실과 동떨어진 유토피아가 아닌 살아 숨쉬는 모델을 만드는 것이다. 그리고 이 모델에는 살아 있는 모든 것을 경외하는 마음이 담겨 있다. 이타카 에코빌리지는 이러한 움직임에 박차를 가한다. 우리는 다른 생태마을과 수많은 합동 프로젝트를 진행함으로써 생명력 고양 문화를 창조하기 위해 노력하는 새로운 개척자들이다. 지구에 대한 책임을 중시하는 녹색 개척자다.

미국에서 가장 크고 유명한 생태마을에 속하는 이타카 에코빌리지는 미국의 주류 중산층과 긍정적인 변화에 개방적인 사람들을 겨냥한다. 이타카 에코빌리지는 살아 있는 실험실로, 토지 이용과 유기농법, 공동체 생활, 친환경 건축, 에너지 절약 분야에서 최고의 대안을 제시한다. 우리는 효율적인 사회 시스템과 환경 시스템을 한데 모아 지구의 밝은 미래를 제시하려고 한다. 물론 말로만 그치지 않을 것이다! 우리는 지속 가능한 삶의 다양한 측면을 적극적으로 배우고 가르친다. 여기에 관심을 기울이고 우리의 경험을 바탕으로 자신들의 공동체를 세우려는 사람들이 생겨나고 있다.

이타카 에코빌리지의 경험은 전 세계적으로 인정받아, 1998년 '세계 주거상(World Habitat Awards)' 최종 후보지 10곳에 포함되었다. 중국, 일본, 유럽 각지, 오스트레일리아와 캐나다에서 방문단의 발길이 끊이지 않는다. 국영 TV에 방송되기도 했고, 미국과 스페인, 일본의 대중 잡지와 지속 가능한 공동체를 다룬 수많은 책에 실리기도 했다. 사람들은 우리가 전하는 메시지를 들으려 한다.

자신의 괴로움도 기쁨도 함께 할 수 있는 안전한 장소를 만드는 것은 어떤 것일까? 사람들은 어떤 모습으로 변했나? 공동체를 건설하는 프로젝트는 과연 무엇인가? 분쟁은 어떻게 해결할까? 자신이 사는 땅과 연결된다는 것은 무슨 뜻인가? 우리가 시작한 질문의 해답을 에코빌리지의 아름답고도 복잡한 삶에서 찾을 수 있다.

　내가 이 나라를 횡단해 생태마을 건설을 도우러 이타카에 왔을 때 이 프로젝트에서 가장 핵심적인 부분이 환경적인 측면이라고 생각했다. 물론 미래의 주민들 사이에 강력한 소속감도 형성해야 했다. 하지만 그것은 누구나 어디서든 할 수 있는 일이었다. 12년 뒤, 나는 어떤 태양전지를 사용하고 어떤 유기농법이 최신인지와 같은 지식보다 우리가 이룩한 문화적 변화가 훨씬 중요하다는 사실을 깨달았다. 내 친구는 그런 내 생각을 다음과 같이 요약했다.

　"너희는 사랑으로 지속 가능성의 문화를 만들고 있어. 이런 모습은 그 어디에서도 볼 수 없어."

　우리 마을에서 가장 빛나는 순간들을 생각하면 나도 그 말에 기꺼이 동의한다. 항상 그런 것은 아니지만 자주 경험하는 크나큰 애정과 신뢰감, 지지를 통해 이곳의 주민들은 진정한 인간으로 성숙해간다. 이런 인간상이야말로 내가 생각하는 지속 가능한 사회의 핵심이다. 애정과 신뢰감, 지지를 통해 인간은 지구의 수호자와 치유자가 될 수 있다. 농사 짓고 아이를 키우고 일하고 집을 짓고 교육하는 이곳의 다양한 활동이 지속 가능한 환경의 본보기가 되고 있다. 결국 지속 가능한 미래를 위해 사회적 협력과 생태학의 실천이 제대로 결합해야 한다. 여기에 지혜와 실용성, 깊은 애정이 더해지면 금상첨화일 것이다.

이타카 에코빌리지는 사람들의 이야기를 들려준다. 그 이야기는 수박 겉 핥기 식으로 끝나지 않는다. 책 한 권으로는 우리의 역사와 주민들의 이야기, 지난 13년간 함께 한 경험을 다 옮길 수 없으리라. 나는 개인적인 경험을 바탕으로 이 책을 쓴다. 간혹 민감한 상황을 다룬 부분에서는 사생활을 보호하기 위해 가명을 사용하기도 했다. 이 책은 생태마을을 만드는 법이나 의도적으로 공동체를 구성하는 과정을 보여주지 않는다. 법률적 문제와 재정, 조직을 구성하는 방법도 나오지 않는다. 그런 내용은 다른 책에서도 다룰 수 있다. 이를테면 다이애나 리프 크리스티앙의 훌륭한 저서 『함께하는 삶을 위해(Creating a Life Together)』를 보면 된다. 나는 여러분에게 우리가 사는 모습과 우리의 길을 밝게 빛내는 이야기들을 들려주려 한다. 이 여정을 시작한 최초의 비전과 공동체에서 동고동락하는 사람들의 이야기 말이다. 나는 여러분에게 이 프로젝트의 생태학적 측면과 참여 교육과 복지 프로그램에 대해 들려주고 싶다.

우리가 이타카 에코빌리지에서 경험한 모든 것은 지금 이 순간 지구에서 살아가는 사람들의 모습과 대동소이하다. 분쟁을 해결해 나가거나 인생의 한 분기점을 축하하는 과정에서 우리는 보편타당한 교훈을 얻을 수 있다. 강한 소속감을 느끼거나 지속 가능성을 체험하기 위해 반드시 이타카 에코빌리지에서 살아야 할 필요는 없다. 당신도 언제 어디서든 시작해볼 수 있다. 나는 당신이 이 책에서 자신과 이웃, 친구들의 인생을 바꿀 수 있는 영감을 얻기 바란다. 그 변화를 통해 인생을 축복하고, 긍정적이며 지속 가능한 미래를 창조하는 방법을 발견할 수 있을 것이다.

ECOVILLA

Chapter 1

이 일은 어떻게 시작되었나

이타카 에코빌리지를 건설한 궁극적인 목적은 인간의 거주지를 새롭게 디자인하는 것이다. 우리는 주민 500여 명에게 새로운 공동체 모델을 제시하고자 한다. 이 모델은 지속 가능한 생활 방식이 어떤 것인지 일목요연하게 보여줄 뿐만 아니라 실용적이면서 누구나 실천에 옮길 수 있다. 프로젝트가 완성되면 생태계를 보존하면서도 집, 식량, 에너지, 사회적 교류, 일과 휴식 같은 기본적 욕구를 해결할 수 있는 디자인이 가능하다는 것이 증명될 것이다.

－이타카 에코빌리지 선언문, '체계적인 변화를 위해'

(1994년 이타카 에코빌리지 이사회 채택)

글로벌 워크

조안 보케어는 꿈꾸는 사람이다. 모두 실현되기 바라는 미래에 생생한 색을 입힐 줄 아는 사람이다. 생태마을을 만들고자 하는 조안의 꿈은 LA에서 뉴욕까지 그 먼 길을 도보로 행진하면서 시작되었다. 우리는 그 행진을 '살기 좋은 세상을 위한 글로벌 워크'라고 불렀다.

그 해는 데니스 헤이즈가 제1회 지구의 날을 선언한 지 20년이 지난 1990년이었다. 6개국에서 모인 참가자 150여 명은 미국을 도보로 횡단하며 환경에 대한 경각심을 일깨우는 데 뜻을 모았다. 참가자들은 연령대가 다양했을 뿐만 아니라 처지 또한 제각각이었다. 일본에서 온 승려가 있는가 하면, 푸에르토리코 출신의 노숙자도 있었다. 유럽에서 온 예술가와 사회운동가, 나바호 족 인디언 2명, 구소련에서 온 대표단, 중산층 부부, 대학생… 그들은 당시 네 살과 일곱 살이던 두 아들을 동반한 나의 가족과 함께 도보 행진에 참가했다. 나는 사전 준비 기간 6개월 동안 참가자를 모집하고 홍보했으며 기금을 모았다.

출발지는 LA 근교의 시미 밸리로 정해졌다. 참가자 전원이 출발지에 모였을 때 나는 조안에게 적잖이 실망했다. 그녀의 이상과 카리스마가 무색할 정도로 구체적인 계획이라고는 없었기 때문이다. 조안은 어깨를 으쓱하며 모든 일을 내게 떠넘겼다. 참으로 낭패스러웠지만 육감을 믿고 일을 시작했다. 14년간 주민조직가와 사회운동가로 활동한 경력을 바탕으로 초기 그룹 회의를 소집하고 운영위

미국을 도보로 횡단한 '살기 좋은 세상을 위한 글로벌 워크' 참가자들이 워싱턴 DC에 입성하는 모습.

원회를 구성하기 시작했다. 그리고 실무팀과 위원회를 조직하고 사람들이 합의를 이끌어낼 수 있도록 도왔다.

2주간 준비 과정을 끝내고 드디어 대장정에 올랐다. 하루에 평균 32km씩 일주일에 6일을 걸었다. 전국에 있는 공동체 200곳을 방문하여 '살기 좋은 세상' 축제를 주최하고 각종 토론회를 열었으며, 나무를 심고 지역 교육자와 종교인, 환경운동가, 언론인을 만났다.

참가자들은 도보 행진을 하면서 모두 더불어 살 수 있는 방법을 생각해냈다. 우리는 여행하는 공동체가 되었다. 일행 중에는 진보적인 봉사 단체에서 일하는 사람들과 명상가들이 있었다. 우리에겐 태양으로 작동하는 컴퓨터가 있었고, '도보 행진' 소식지를 발행하는 등 행진하면서 여러 가지 일을 했다. 매일 아침 둥글게 모여 마음을 하나로 모았고, 참가자들 사이에 충돌이 발생하면 '발언 막대' 모임을 열었다. 이 자리에서는 사람들이 허심탄회하게 속내를 털어놓고 들을 수 있도록 격려했다.

내 아이들은 이 행사를 매우 좋아했다. 또래 아이들이 없는 것이 흠이었지만 행사 차량에 올라타고 다음 야영지까지 가거나 수많은 어른 친구들을 사귀었다. 아이들은 은퇴한 지질학자 랄프와 함께 화석을 연구했고, 대학생 사티아와 함께 형형색색의 팔찌를 만들기도 했다.

씩씩한 큰아이 제이슨은 다비드에게 스케이트보드 타는 법을 배웠다. 서퍼 분위기가 풍기는 다비드는 종종 스케이트보드를 타고 저만치 앞서가서 삼각대를 설치한 뒤 지구 깃발을 들고 행진하는 일행을 촬영하기도 했다. 제이슨은 물구나무서기와 죽마 타는 법을 배우더니 급기야 채식주의자가 되겠다며 아이스크림을 제외한 어떤 육가공품도 먹지 않겠다고 선언했다. 나는 행진하는 동안 아이들에게 공부를 시키지 않기로 결정했다. 책에서 얻는 지식보다 경험을 통해 많은 것을 배울 수 있으리라 생각했기 때문이다.

일행 중에는 벽화를 그리는 화가가 있었다. 화가는 6개 도시에서 고층 빌딩의 벽면에 멸종 위기에 처한 종들을 소재로 한 작품을 만들었다. 우리는 이 벽화의 기증식을 열었는데, 글로벌 워크에 참가한 음악 그룹 3팀이 독특한 음악으로 이 기증식을 더욱 빛내주었다. 현지 초등학생들의 핸드 프린팅과 우리의 풋 프린팅이 벽화의 아랫부분을 장식했다. 그 모습은 모두 하나로 연결되어 있음을 보여주었다.

행진하면서 숱한 어려움도 겪었다. 캘리포니아의 사막에서는 영하의 날씨에 돈이 다 떨어지는 일도 있었다. 하지만 우리는 창의력을 발휘해 어려움을 이겨냈고 대륙 횡단에 성공했다. 물론 작은 기적들도 일어났다. 일행의 식사를 책임지던 요리사가 우리를 버리고 떠났을 때의 일이다. 앞으로 사람들의 식사를 준비할 생각을 하니 눈앞이 캄캄했다. 빡빡한 예산으로 이동식 주방에서 채식주의자 150명의 식사를 준비할 수 있는 사람이 어디 그리 흔하겠는가. 하지만 궁하면 통하는 법! 고속도로를 터벅터벅 걷는데 밴 한 대가 지나갔다. 산전수전 다 겪은 것 같은 운전자는 급하게 차를 돌려 우리에게 다가왔다. 많은 사람들을 위한 식사 준비 경험이 풍부한 그는 즉시 우리의 여정에 합류했다. 우리는 매일 이런 작은 기적이 일어나기를 기대했다.

그렇지만 언제나 장밋빛은 아니었다. 13년간 동거해온 존과 나는 행진 기간 동안 서서히 멀어졌다. 둘 다 핵심적인 역할을 맡다 보니 하루 종일 함께 할 틈을 낼 수 없었다. 나는 운영위원회를 소집해서 실무팀을 짠 뒤 매주 목표를 정하고 지속적으로 발생하는 문제를 해결하려고 동분서주했다. 존은 이번 행진을 지원하는 핵심 기술 요원으로, 태양전지와 컴퓨터, 차량을 최상의 상태로 유지했다. 또 개조한 레이싱 카 트레일러로 주방을 만들었고, 오스트레일리아 환경론자들과 통신하기 위해 위성 장비도 설치해주었다.

7월에 우리는 미주리 주의 찌는 듯 더운 길을 걷고 있었다. 그때 존은 다른 여자와 사랑에 빠졌다고 고백했다. 혼란에서 헤어나지 못한 채 한 달을 보낸 뒤 우리는 헤어졌다. 나는 며칠 동안 하루에 32km씩 걸으며 친구들의 어깨에 기대어 펑펑 울었다. 도대체 무엇이 잘못되었는지 고민하며 애태우던 그때는 정말 힘든 시기였다.

그런 일들을 겪으며 우리는 계속 걸었다. 9개월 동안 수많은 계획 공동체를 방문했는데, 가장 유명한 **아르코산티**도 포함되었다. 아르코산티는 이탈리아 건축가 파울로 솔레리가 계획하여 건설하고 있는 생태도시다. 그는 자신의 고향인 이탈리아 촌락에서 영감을 받아 5000명이 살 수 있는 거대한 건축물을 꿈꿨다. 그 건물은 비옥한 땅과 황무지 한가운데 위치하도록 설계했다.

우리가 방문했을 때는 50여 명이 아르코산티에 살고 있었다. 그들은 노인 호스텔 프로그램을 성공적으로 운영하며 세계적으로 유명한 솔레리의 종과 풍경을 가내수공업으로 만들고 있었다. 그곳의 건물들은 영감 그 자체였다. 우아한 아치형 지붕과 자연형 태양열 시스템 설계 덕분에 겨울에는 따뜻하고 여름에는 시원하다고 했다. 조안은 탁 트인 공간이 많은 중앙 집중식 주거 방식을 매우 마음에 들어했다. 우리는 그런 대규모 사업에서 모든 지휘권을 한 사람에게 일임하는 조치가 과연 현명한지 의문을 제기했다.

조안은 다양한 소스를 통해 아이디어와 지식을 모았다. 세인트루이스 외곽에서 캠프파이어를 하던 날 그녀가 보여준 열정을 아직도 생생하게 기억한다. 조안은 몇 명에게 새로 산 책을 보여주었다. 건축가 부부 캐서린 매카먼트와 찰스 듀렛의 『코하우징 : 주거에 대한 현대적인 접근(Cohousing: A Contemporary Approach to Housing Ourselves)』이었다. 두 사람은 1년 동안 덴마크를 여행하며 여러 공

아르코산티 (Arcosanti)
아콜로지(Arcology : architecture+ecology)'와 '코산티 재단(Cosanti Foundation)의 합성어. '20세기의 다 빈치'라고 불리는 파울로 솔레리가 시작했다. 인구 증가와 도시 팽창에 따른 생태계 파괴와 에너지 낭비를 최소화할 수 있게 설계한 생태도시로, '자연 친화적 도시 건설'이라는 이상을 구현하고 있다. 비영리재단 코산티가 1970년대부터 애리조나 주 플래그스태프의 사막 한가운데 건설하고 있는 이 도시는 완공되면 주민 5000명을 수용할 수 있다.

동체를 방문했다. 그곳에서는 사적인 공간을 보장하는 한편, 많은 부분을 주민들이 공동으로 사용했다.

"바로 이거야! 도시의 사회적인 기능을 위해서 나도 이런 곳을 만들고 싶어."

탄성을 지른 조안이 자신의 아이디어를 5만 명이 살 수 있는 생태도시로 확대하는 모습을 보며 나는 말도 안 된다고 생각했다. 정말 불가능에 가까운 꿈이었다. 내가 회의적인 의견을 제시하자 그녀는 말했다.

"그럴 수도 있겠네. 그럼 일단 5000명으로 시작해보자."

하지만 내게는 여전히 원대한 꿈이었다.

대화를 통해 아이디어는 점점 구체화되기 시작했고, 결국 500명이 사는 마을로 결정되었다. 하지만 나는 개인적인 아픔에서 완전히 회복되지 못한 터라 친구의 거창한 꿈에 신경 쓸 여유가 없었다.

꿈이 시작되다

글로벌 워크를 마친 뒤 나는 샌프란시스코로 돌아갔고, 조안도 고향인 뉴욕의 이타카로 돌아갔다. 1991년 5월, 조안은 유니테리언 교회에서 '생태마을의 이상(理想)'에 대한 연설을 했다. 그 자리에 모인 청중 100여 명은 연설을 듣고 흥분을 감추지 못했다. 사람들의 호응에 오히려 조안이 깜짝 놀랐을 정도다. 그녀는 청중의 열의를 믿고 6월 말에 닷새간 회의를 계획했다. 조안은 내게 도움을 요청했고, 나는 기꺼이 받아들였다.

조안에게서 두 번째 전화가 걸려왔다. 그때 조안은 이곳으로 와서 생태마을 건설하는 것을 도와달라고 했다. 그 말에 가슴이 뛰기 시작했다. 내 대답은 당연히 '예스'였지만 그래도 잠시만 생각할 시간을 달라고 했다.

나는 집에서 몇 블록 떨어져 있는 버널 하이츠 힐에 올랐다. 언덕 위에는 황금색 금영화(캘리포니아 양귀비)와 가뭄에 강한 야생화들이 만발했다. 그곳에 서면 금문교, 트윈 픽스와 푸른 이스트 베이 힐이 구불거리는 해안을 감싸고 있는 도시의 전경이 한눈에 들어왔다. 아름다운 도시의 모습을 마음껏 감상한 뒤 나는 눈을 감고 조안의 요청에 대해 곰곰이 생각했다. 대답은 명확했다. 생태마을이야말로 내가 지금부터 해야 할 일이기 때문이었다. 나의 재능을 더 좋은 세상을 만들기 위해 사용할 수 있는 가장 좋은 방법이었다.

내 영혼은 어서 가라고 재촉했지만 이성은 현실적인 문제를 따져보기 시작했다. 지난 15년간 사귄 친구들과 집을 두고 4800km나 떨어진 곳으로 가는 게 무슨 의미가 있을까? 평화와 환경 운동을 함께 하는 동료들은 어떻게 하지? 게다가 생활비도 벌어야 했다. 이타카로 이주하는 것은 두 아이와 내게 매우 큰 변화였다. 실패하면 어쩌지? 그 순간은 조안의 요청이 절벽 끝에 선 내게 날아보라고 하는 것처럼 느껴졌다.

나는 조안에게 전화를 걸어 닷새간의 일정을 마치고 최종 결정을 내리겠노라고 말했다. 우선 확인하고 싶은 것들이 많았다. 이 계획에 기꺼이 동참할 사람들이 얼마나 되는지, 약소하나마 내게 월급을 줄 만큼 자금이 충분한지, 과연 이 프로젝트가 성공할 수 있을지 말이다.

비전 수립 회의

약속한 날짜가 다가와 나는 행사를 진행하기 위해 그곳으로 날아갔다. 우리는 에코빌리지에 관심이 있는 사람들을 모아서 가능성을 검토하고 구체적인 계획을 짜기로 했다. 그 일이 얼마나 어마어마한 일인지 그때 알았다면!

전국에서 온 어른과 아이들 100여 명이 이타카에서 몇 km 떨어진 들판에 세운 거대한 천막 아래로 모였다. 주최 측 사람들이 소유한 민박집에서 묵는 사람들도 있었지만, 대부분 글로벌 워크를 하고 남은 알록달록한 텐트에서 야영을 했다.

기계의 마법사 존이 또다시 기술 지원을 맡았다. 지난번에 자신이 개조한 주방 트레일러를 재활용했고, 당시 고용한 요리사들을 다시 불렀다. 존은 도보 행진에서 사용했던 1900 l짜리 이동식 물탱크로 물을 공급했고, 간단한 중수도 시스템도 설치해주었다.

우리는 현지 운동가 필립 베넷을 초청했다. 그에게는 계획 과정을 시작하기에 앞서 공동 카운슬링 방식으로 이틀간 워크숍을 진행해줄 것을 부탁했다. '재평가 카운슬링'이라고도 하는 이 도움을 통해 사람들은 편안하고 존중받는 분위기에서 자신의 감정을 밝힐 수 있다. 순서대로 이야기하면서 경험을 공유하고 감정을 발산하는 것이다. 대개 이런 과정을 거쳐 자신의 생각을 정리하고 합리적인 결정을 내릴 수 있다. 합리적인 결정이야말로 단체 활동에서 매우 중요하다. 필립의 워크숍은 사람들에게 큰 힘이 되었다.

처음에는 프레젠테이션이 있었다. 조안은 모인 사람들에게 자신이 이상으로 삼는 생태마을을 선보였다. 그곳에는 사람들의 코하우징 공간이 조밀하게 들어섰고, 그 주위를 방대한 공터와 유기농장이 에워쌌다. 이탈리아의 건축가 툴리오 잉글레스는 이탈리아에서 볼 수 있는 언덕 위 마을의 모습을 소개했다. 주민들은 끈끈한 소속감으로 뭉쳐 있었고, 마을에는 구불구불한 보행로가 이어졌다. 마을 주변에는 농장과 포도원이 있었다. 현지에서 공동체 센터를 운영하고 있다는 흑인 여성 마르시아 포르테는 계획 초기 단계부터 다양한 사람들이 참여해야 한다는 점을 강조했다. 코넬대학 바트 콘타 교수는 태양 에너지 기술에 대해 설명했다.

사람들은 들뜨기 시작했고, 강한 민주적인 기운이 여기저기서 끓어올랐다. 이제 프레젠테이션이라면 다들 고개를 절레절레 흔들었다. 모두 행동으로 옮기고 싶어 몸이 근질거렸다. 그래서 원칙과 가치, 의사 결정 구조나 건설 부지와 같은 구체적인 사항에 대해 이야기를 나누기 시작했다. 모두 자신이 만들고 싶은 생태마을이 있던 것이다.

사소한 충돌이 2번 발생하면서 이 행사를 이끌어낸 에너지는 방향을 바꾸기 시작했다. 유일한 진행자인 나는 마치 윈드서핑을 하는 기분이었다. 거대한 파도를 만나 죽을힘을 다해 버티고 있는 듯했다. 나는 사람들의 흥분을 되살리고 생산적인 방향으로 에너지를 모으기 위해 안간힘을 썼다.

결국 조심스럽게 계획한 아젠다와 즉석에서 나온 계획들을 모두 폐기했다. 대신 그 자리에서 여러 위원회가 구성되어 구체적인 문제를 논의하기 시작했다. 부지 선정, 선언문 작성, 환경 친화적인 건축과 유기농법 등 필요한 모든 사항들을 접목하는 문제까지 위원회의 활동은 다양했다. 위원회 각자의 활동을 전원에게 보고하면 우리는 우선적인 문제부터 토의해 나갔다. 여기에는 보건 시설이나 교육 센터가 반드시 포함되어야 한다는 제안도 들어 있었다.

모든 일정이 끝날 즈음 나는 완전히 녹초가 되었다. 그래도 입은 귀에 걸렸다. 방금 한 조직이 탄생한 것이다! 조안과 내가 이타카 에코빌리지의 공동이사로 선정되었으며, 인사 담당자로 팀 알렌이 선출되었다. 모든 사업은 코넬대학의 비영리단체 '종교, 가치 체계 와 사회적 정책을 위한 센터(Center for Religion, Ethics, and Social Policy, CRESP)'의 후원을 받아 진행하기로 결정되었다.

행사를 거의 마칠 무렵, 변호사라는 한 남자가 말했다.

"집에 가기 싫군요."

사실 모두 그런 기분이었다. 우리 사이에 어느새 강력한 소속감 이 형성된 것이다. 우리는 함께 모여 의견을 듣고 논쟁을 하고 합의 를 도출해낸 동지들이었다. 모두 모여 함께 준비한 식사를 했다. 하 지가 낀 일주일 동안 우리는 밤하늘을 화려하게 수놓은 별들과 반 딧불이의 춤을 친구 삼아 야영을 했다. 뭘 더 바라겠는가!

이제 생태마을을 건설하는 일에 보탬이 되고 싶은 마음이 확실해 졌다. 게다가 수많은 헌신적인 사람들이 공동체를 이루는 것이라는 내 기준도 충족되었다. 남은 것은 성공뿐인 듯했다. 그러나 갑자기 돈 문제가 걱정되기 시작했다.

하지만 걱정할 이유가 없었다. 이 행사가 시작되기 전에 조안이 현지 후원자에게서 6만 달러를 기부 받았기 때문이다. 일부는 조안 과 나의 급료로 떼어놓았다. 그 돈뿐만 아니었다. 기부를 요청하자 일반인들도 몇백 달러씩 기부해주었다. 한 부부는 1200달러짜리 수표를 건네며 조안과 나의 강인하면서도 푸근한 리더십을 좋아한다고 말했다. 그때만 해도 나는 이 모든 계획이 돈만 있으면 저절로 진행될 거라는 착각에 빠져 있었다.

구체적인 모습을 갖춰가는 꿈

그 후 두 달은 정신없이 흘러갔다. 비전 수립 회의를 이끈 에너지는 조금도 줄어들지 않았다. 8개 위원회가 매주 혹은 격주로 모여 힘을 북돋우고 좋은 아이디어를 다듬었다.

그동안 존과 나는 샌프란시스코로 돌아왔다. 친정에 맡겨둔 두 아이를 데려오고 이사 준비도 시작했다. 존의 외도는 끝났다. 우리는 관계를 회복하기 위한 카운슬링도 받았지만 그는 재결합할 의사가 없었다. 그러나 일에서만큼은 여전히 좋은 관계를 유지했다.

존은 아이들을 함께 키우고 싶었기 때문에 이타카로 옮겨오기로 결정했다. 그는 커다란 트럭에 자신의 밴을 달고 우리의 가재도구와 배관 공구, 컴퓨터와 태양열 장치를 실은 뒤 대륙을 횡단했다. 나는 고물 도요타 스테이션왜건에 두 아이를 태우고 덴마크 유학생

ECOVILLAGE at ITHACA

보행자 마을은 우리가 안고 있는 주요 생태 문제들을 해결할 수 있을 것이다. 게다가 삶의 질 또한 향상시킬 수 있다. 집들을 조밀하게 건축하고 각종 자원을 공유하며, 인간적인 규모의 마을회관과 너른 공터가 들어선 곳에서 다양한 사람들이 진정한 사회적 생활을 영위할 수 있다. 이런 생활 형태야말로 요즘 가정이 직면한 수많은 문제를 해결해줄 것이다. 만성적인 시간 부족, 소외, 아동과 노인에 대한 보살핌의 부족 같은 문제들 말이다. 뿐만 아니다. 에너지 효율이 높은 주택, 자원의 공유, 자동차의 불필요성, 식량의 자체 생산 등으로 생활비는 훨씬 줄어들 것이다.

— 조안 보케어, '생태적 필연성', 이타카 에코빌리지 소식지, 1991년 8월

라스와 함께 그 뒤를 따랐다. 라스는 기름 값을 보태고 나와 교대로 운전도 했다. 그 해 미국의 북동부는 가뭄이 심했다. 가뭄 때문에 식물이 갈색으로 시든 지역도 있었지만, 내 눈에 비친 풍경은 물기를 한껏 머금은 것 같았다. 건조한 캘리포니아를 떠나 도착한 곳에서 마주친 폭포와 녹음은 축복처럼 여겨졌다. 나는 주위의 모든 것을 삼킬 듯 바라보았다. 촉촉함, 푸르름… 그러자 모두 하나가 되었다는 느낌이 들고, 이제 막 시작한 단체의 미래가 떠올랐다.

ECOVILLAGE ITHACA

토지 구입

하지의 회합 이후 우리는 9월 말 추분에 다시 대규모 집회를 열었다. 내가 이타카로 이사 온 지 한 달 만이었다. 그때 결성된 위원회들은 완벽한 행사 진행을 위해 수고를 아끼지 않았다. 뉴욕 각지에서 온 66명과 아이들 20명이 학교에 모여 주말 내내 소식을 교환하고 각종 의제를 결정해 나갔다. 나는 뉴욕 주 웨스트체스터 카운티에서 온 밥 슐로스와 함께 행사의 진행을 맡았다. 긴장된 순간도 몇 차례 있었지만 전반적으로 모든 것이 순조로웠다.

　아이들이 벽돌을 만드는 동안 어른들은 좀더 심각한 문제를 고민했다. 우리는 먼저 '단체의 설립 원칙과 취지'를 채택하고, 각종 규정을 마련하고, 이사회를 선출하는 일정을 수립해야 했다. 무엇보다 중요한 시안은 웨스드 힐에 있는 토시 176에이커(71만 2272m²)의 구입 여부였다.

부지 선정

토지조사위원회는 이타카와 근교의 여러 지역을 차례로 검토했다. 집을 짓겠다면 무료로 땅을 제공하겠다는 사람도 있었다. 하지만 그 땅은 이타카에서 16km나 떨어진 곳이라 입주자들이 출퇴근하는 데 문제가 생길 수 있었다. 그 점은 환경 문제로도 이어질 수 있고, 마을을 견학할 방문자나 학생들도 불편할 터였다.

오래된 총기 공장을 생태마을로 바꿀 기회도 있었다. 그 공장은 이타카 시 중앙에 위치해서 교통이 매우 좋았다. 하지만 주변에 농사 지을 땅이 없다는 것이 흠이었다.

부지위원회는 이타카에서 2.5km 떨어진 곳에 있는 웨스트 힐을 선호했다. 웨스트 힐은 주변 경치가 아름답고 토양이 비옥했으며, 완만한 평야였다. 집을 짓기 위해 나무를 베어낼 필요도 없었다. 후보지로 거론된 곳들 중에는 삼림이 무성해 벌목을 해야 하는 곳도 있었다. 그런 곳에 비하면 웨스트 힐은 굳이 나무를 베어낼 필요가 없으니 정말 환경 친화적이었다.

나는 사람들이 결정에 앞서 생각을 정리할 수 있도록 실험을 제안했다. 먼저 학교의 복도에 가상의 선을 그었다. 한쪽 끝은 이타카

ECOVILLAGE *at* **ITHACA**

이 프로젝트의 시작은 정말 대단했다. 지난 15년간 풀뿌리 조직 활동가와 조직 컨설턴트로 활동해오면서 이렇게 유능하고 열정적이며 헌신적인 사람들이 이토록 역동적인 성과를 이룩해내는 모습은 처음이었다. 프로젝트가 시의 적절했고 부지 선정이 정확했으며, 인적 자원 또한 나무랄 데 없었다. 전국의 생태마을이 아직도 형성 단계라는 점을 볼 때 우리야말로 이런 흐름을 선도하고 있다는 것이 확실하다. 이타카 에코빌리지는 수많은 공동체와 자매결연을 맺을 것이다. 하나하나가 독특하지만 모두 이 지구에서 새로운 생활 방식을 꿈꾸는 공동체들과 말이다.

– '저널 엔트리', 1991년 9월

이타카 에코빌리지의 농장 연못.

에서 8km 이상 떨어진 농촌이고, 반대편은 이타카에 있는 총기 공장 부지라고 가정했다. 중앙이 반농(半農) 지역으로 이타카에서 2.5km 정도 떨어진 곳이었다. 그러고 나서 사람들에게 마음에 드는 지점에 서보라고 했다.

그 결과는 정말 놀라웠다! 참가자 60여 명이 1분 정도 우왕좌왕하더니 멈춰 섰다. 아무도 총기 공장 부지에 마을을 세우고 싶어하지 않았다. 오로지 한 부부만 이타카에서 8km 정도 떨어진 곳에 섰고, 나머지 사람들은 모두 가상의 선 중앙인 반농 지역에 모였다. 간단한 실험으로 사람들의 의사를 확실히 알 수 있었다. 우리가 이렇게 웨스트 힐로 결정하려는 순간, 관리인이 와서 5분 후면 학교에서 나가야 한다고 알려주었다.

말이 많은 사람들은 좀더 이야기하고 싶어했지만 시간이 없었다. 이 안건을 다음 모임까지 연장한다면 5시간이나 걸려 이 회합에 참가하러 온 사람들을 잃을 것이었다. 나는 급하게 결정을 내렸다. 주말에 우리는 약간 수정된 합의에 도달했고, 참가자 90%에게서 확실하게 권한을 위임 받아 결정을 내렸다.

돌아보면 우리는 옳은 결정을 했다. 하지만 당시 회합을 마친 뒤 일부 참가자들은 우리를 떠났다. 그들은 의사 결정 과정이 미흡하다고 생각했다. 그것은 최선의 선택을 하기 위한 느린 발걸음의 시작에 불과했다. 우리 단체의 성격이 명확해지자 또다시 사람들이 떠나갔다. 하지만 남아 있는 사람들에게 웨스트 힐 토지 구입 건은 새로운 활력을 불어넣어준 사건이었다.

자금 모금

웨스트 힐 부지의 가격은 80만 달러였다. 임시이사회 회원이 흥정을 해 가격을 반으로 깎았다. 우리는 대단한 흥정이었다고 생각했는데 나중에 알아보니 그 땅은 시가 20만 달러에 불과한 곳이었다.

우리는 일단 2만 달러를 선금으로 지불하는 데 동의했다. 그 돈은 지난번 기부 받은 6만 달러에서 충당하기로 했다. 남은 4만 달러로 변호사 비용과 앞으로 2년간 사무실 유지비, 인건비를 지불할 수 있을 것 같았다. 다시 말해 우리는 당장 38만 달러를 구해야 했다. 나처럼 연봉 1만 달러로 4인 가족을 부양해야 하는 사회운동가에게는 엄청난 액수였다.

조안과 나는 자금을 모을 수 있는 방법을 강구하기 시작했다. 비빌 언덕이라고는 없었다. 하지만 조안에게는 군비 경쟁에 관한 전국 순회 강연에서 만난 재력가들이 있었다. 나도 도움을 줄 만한 부자들을 몇 명 알고 있었다.

우리 둘은 자신감부터 쌓기 위해 공동 카운슬링 기법을 활용해보기로 했다. 번갈아가며 역할 연기를 했다. 먼저 내가 기금 모금자가 되고 조안이 물주가 되었다. 그런 다음에 역할을 바꿨다. 나는 가상으로 전화를 걸면서 식은땀을 줄줄 흘렸다. 두려움을 간신히 억누르면서 온몸을 부들부들 떨었을 정도다. 물주 역할을 하는 조안은 나를 쩔쩔매게 만들었다. 어느 순간 우리는 갑자기 연습을 멈추고 웃음을 터뜨렸다. 내 인생에서 그렇게 신나게 웃어본 적은 그때가 처음인 것 같았다. 이 연습을 하면서 얼마나 웃었는지 마칠 때쯤은 배가 다 땅길 정도였다.

우리는 돈을 빌려줄 후보자 명단을 작성해 실전에 돌입했다. 조안이 나보다 많이 전화를 걸었고, 필요한 금액을 대부분 마련했다. 나는 아는 사람들을 도울 수 있어 행복했다. 결국 우리는 10명에게서 필요한 금액을 빌렸다. 게다가 겨우 6주 만에 이 일을 해냈으니 정말 대단하지 않은가!

이제 가장 어려운 부분을 해결해야 했다. 빌린 돈에 대한 법적 절차를 밟는 일이었다. 이 일을 하는 데 9개월이 걸렸다. 우리는 저당권 설정 2건으로 마무리지었다. 채권자 한 명에게서 받은 12만 달러에 대한 건과 나머지 26만 달러를 빌려준 9명의 저당대출집합 건이었다.

독극물 오염 공포로 우리는 계획을 일부 수정해야 했다. 가구를 해체하는 이웃의 골동품 가게에서 오수 정화조가 넘치는 사고가 있었다. 그 사고로 부지의 일부가 오염되었을 가능성이 제기되었다. 이사회는 이 문제를 심각하게 고민한 끝에 정화조 주변의 1에이커(4047m²)를 가게 주인에게 돌려주기로 결정했다. 물론 그 땅에는 어떤 건물도 짓지 않는다는 조건을 명확히 했다. 그 사건으로 에코빌리지의 부지는 175에이커(70만 8225m²)로 약간 줄어들었다.

이 시기에 내가 고민한 문제는 이것이 전부가 아니었다. 어느 날 사무실에서 일하는데, 내 인생에서 가장 중요한 전화가 걸려왔다. 발신자는 캘리포니아의 산타크루즈에 사는 남자였다. 그 남자는 코하우징 공동체를 만들고 있는데 이곳을 방문해 우리의 프로젝트에 대해 알고 싶다고 했다. 전화로 들려오는 목소리는 나지막하면서 잘 울렸다. 그의 목소리에는 공동체를 건설하고자 하는 강렬한 의지가 깃들어 있었다. 그를 직접 만나보고 싶었다.

몇 시간 뒤 자레드 존스가 사무실에 도착했다. 우리는 첫눈에 강렬한 끌림을 느꼈다. 그는 잘생겼고 자신만만했으며, 마음이 따뜻한 사람이었다. 모두 돌아간 뒤에도 그와 계속 이야기를 나누던 나는 제1회 진행위원회에 그를 초대하면 어떨까 생각했다. 그리고 집으로 저녁식사 초대까지 했다.

진정한 공동체의 일원인 자레드는 기꺼이 그날 밤에 열릴 회합 초대를 받아들였다. 물론 저녁식사 초대도 응해 요리는 물론 간소한 식사 후 설거지도 도왔다. 회합에서는 근사한 아이디어를 내놓기도 했다. 우리는 집으로 돌아와 장작 난로 앞에 앉았다. 그리고 지구에 기반을 둔 영성에서 사람들과 배낭을 메고 산을 돌아다니며 겪은 모험까지 온갖 것에 대해 이야기를 나누었다. 내 첫인상은 정확했다. 이 남자를 정말 사랑할 것만 같았다.

나는 자레드가 이타카로 이사 올지도 모른다는 희망에 가슴이 설레었다. 하지만 문제가 있었다. 그는 캘리포니아에 살았고, 사귀는 여자도 있었다. 타이밍이 나빴던 것이다. 물론 그런 어려움으로 내 마음이 변하지는 않았다.

재정 문제를 해결하는 9개월 동안 많은 일들이 일어났다. 1992년 1월, 드디어 이타카 에코빌리지는 비영리단체 지위를 획득했으며, 1차 연례총회를 열어 각종 업무를 처리할 이사회를 선출했다. 3월에는 미래의 주민들이 첫 미팅을 가졌다. 미팅을 위해 이타카에 거주하는 한 부부가 자신들의 넓은 거실을 빌려주었다. 그곳은 참가자 50명으로 발 디딜 틈도 없다. 당시만 해도 미국에는 코하우징 공동체가 얼마 되지 않고, 우리 중 직접 본 사람은 아무도 없었다. 하지만 그런 현실조차 우리의 열정을 꺾을 수는 없었다. 우리는 매주 만나 어떻게 공동체를 이룰 것인지 계획을 세워가기 시작했다.

마침내 1992년 6월 하지. 정확하게 비전 수립 회의가 열린 지 1년이 되는 날에 웨스트 힐은 우리 것이 되었다! 어떤 사람들은 그날 밤 그곳에서 야영을 했다. 다음날 아침에 합류한 사람들도 있었다. 우리는 즐거운 축하 행사를 열었다. 노래를 부르고 손을 잡고 원을 만들기도 했다. 우리의 땅에 우리를 바쳤다. 리본으로 생태마을을 위한 꿈의 그물을 엮어 나무 2그루 사이에 걸었다. 서로 축하하고 그 해 첫 야생 딸기를 따 모았다. 나는 남쪽으로 뻗은 푸른 초원을 바라보았다. 그곳에는 아침 안개가 서서히 피어올랐다. 우리의 보금자리가 들어설 이 마법 같은 장소를 바라보는 내 가슴에는 경외감이 솟아오르기 시작했다.

ECOVILLAG

Chapter 2

사람과 땅

at ITHACA

북미 사람들은 아마 가장 자주 이사 다니는 사람들일 것이다. 매년 미국 인구의 7분의 1에 해당하는 1000만 가구가 이사를 한다. 과거 '황무지'를 정복하기 위해 서부로 향하던 개척자들은 후손에게 위험한 유산을 남겼다. 황무지는 사라졌지만 우리는 여전히 이동하고 있다. 우리 중에는 소외감이나 고독을 절실히 느끼는 사람들이 많다. 하지만 도로를 따라 상가가 들어서고 토지 개발로 농지가 사라지는 현상에 비하면 그런 문제는 아무것도 아니다. 땅을 신성하게 여기지 않고 자연이나 특정 장소에 대한 어떠한 교감도 느끼지 못한다면 우리는 소중한 영혼의 일부를 잃어버리고 말 것이다.

다른 미국인들과 달리 우리는 **장소감**을 활발하게 키우고, 삶의 속도를 늦추는 방법을 배우고 있다. 그리고 땅속 깊이 자신의 뿌리를 내리고 있다. 땅이 우리의 집이며, 우리는 그 땅에 산다.

장소감(sense of place)
개인이 자신의 체험을 통해 부여하거나 얻은 장소 관련 의미.

토지 구입 건을 처리한 후 우리는 그 땅으로 무엇을 해야 할지 고민하기 시작했다. 먼저 마을과 농장의 위치를 결정하고, 그대로 보존할 땅의 면적을 생각해봐야 했다. 물론 대출금을 어떻게 갚아 나갈지도 문제였다.

본격적인 토지 사용 계획 과정이 시작되었다. 이 과정에 참가한 많은 사람들이 철저하게 조사하고 끊임없이 회의를 열었다. 모두 이 땅과 깊이 연결되고 싶어했다. 이 얼마나 멋진 땅인가!

ECOVILLAGE ITHACA
이타카

뉴욕 주의 북쪽에 위치한 핑거 레이크(Finger Lakes) 지역은 하늘에서 보면 마치 진흙에 찍힌 거대한 손 같다. 손바닥처럼 생긴 온타리오 호에서 길쭉한 손가락 모양 호수들이 남쪽으로 뻗어 있고, 그 호수들 사이에 위치한 가파른 산들은 무성한 숲을 이룬다.

중지에 해당하는 카유가(Cayuga) 호는 가장 길며, 수심이 133m에 이른다. 1만 년 전 두께 3.2km에 달하는 빙하에 의해 형성된 이 호수는 생기 넘치는 소도시 이타카를 향해 뻗어 있다. 이타카는 상주 인구가 3만 명이며, 대학생이 2만 4000명이나 되는 도시다.

300년 전만 해도 이곳은 코레오고날(Coreogonal)이라고 불렸으며, **이로쿼이 동맹의 6부족 연합**에 속하는 투스카로라 족과 카유가 족이 살던 곳이었다. 그러나 1779년 **대륙군**의 병사들이 코레오고날을 무참히 파괴하고 그곳 주민들을 살해했다. 독립전쟁 당시 영국을 지원하는 자는 가리지 말고 살해하라는 명령을 받은 병사들은 주민들을 살육하고 집과 농작물을 불태웠다. 나는 아직도 이 땅에서 그때 희생된 이들의 영혼의 소리가 들리는 것만 같다.

이로쿼이 족은 우리의 미래에 가장 적합한 모델이 될 것 같았다. 그들은 여성의 지도력을 높이 평가했으며 항상 만장일치로 의사를 결정했다. 영국과 프랑스의 세력 다툼에서 평화조약을 잘 유지한 것으로도 유명하다. 이 부족의 기발한 통치 형태는 미국 헌법을 제정하는 과정에서 모범이 되기도 했다. 나는 미국 원주민들의 정착지 근처에 살면서 그들의 전통을 이어가는 데 큰 자부심을 느낀다.

1790년 무렵 미개척지는 개척자들을 받아들이기 시작했다. 대부분 군복무를 한 대가로 어마어마한 땅을 받은 군인들이었다. 이타카가 세워질 즈음 이곳은 생기 넘치는 곳이었음에 틀림없다. 생기가 너무 넘쳤는지 꽤 오랫동안 '소돔'이니 '악의 도시'니 하며 악명을 떨쳤다. 그러나 1817년에 이타카가 군청 소재지가 되면서 도시의 분위기는 한결 차분해졌다. 각종 사업체와 교회가 우후죽순 생겨났다. 특히 높은 교육열에 주목한 **에즈라 코넬**이 이스트 힐의 한 농장을 기부해 코넬대학을 설립했다. 그는 전신 사업으로 막대한 부를 축적한 사업가였다.

이로쿼이 동맹의 6부족 연합(Six Nations of the Iroquois Confederacy)
북아메리카 인디언 부족들이 백인과 접촉하기 전인 16세기부터 미국 독립혁명 시대까지 결성했던 정치적 연합. 원래 5부족(모호크 족, 오네이다 족, 오논다가 족, 세네카 족, 카유가 족)이었는데, 18세기 전반에 투스카로라 족이 가입해 6부족 연합이 되었다.

대륙군(Continental Army)
미국 독립전쟁 당시 결성된 상비군.

에즈라 코넬(Ezra Cornell, 1807~1874)
웨스턴유니언전신회사와 코넬대학의 설립자.

오늘날 이타카는 핑거 레이크 지역의 보석처럼 아름답게 반짝인다. 『오가닉 스타일 매거진(Organic Style Magazine)』은 2003년 10월호에 이타카를 '북동부에서 가장 건강한 도시'라고 평했다. 기사는 "이타카가 단순히 오염이 덜 된 지역이기 때문이 아니다"라고 강조하며 "이 도시는 코넬대학과 이타카대학의 학생과 교수진, 포도주 양조업자, 유기농장주, 자연보호자, 예술가, 음악가들이 각자의 개성을 살리며 조화를 이루고 있다. 이곳에서는 연극, 정치, 예술 축제와 음악이 한데 어우러진 공동체가 실현되었기 때문이다"라고 전했다. 1997년 6월에는 더욱 인상적인 기사가 우리를 설레게 했다. 『유튼 리더(Utne Reader)』지가 '미국에서 가장 계몽된 도시 10곳' 중 이타카를 1위로 선정한 것이다.

눈부시게 아름다운 자연과 생기 넘치고 진보적인 지역 문화가 조화를 이룬 곳이 바로 이타카다. 이타카를 조밀하게 가로지면서 여기저기 흐르는 강물과 폭포들 사이에 매력적인 도심지가 형성되어 있다. 자동차 범퍼에는 '이타카는 끝내줘' 혹은 '이타카, NY : 현실에 둘러싸인 10평방 마일'이라는 문구의 스티커가 자랑스럽게 붙어 있다. 이곳에는 폭포가 어찌나 많은지 이름도 다 붙이기 어려울 정도다. 그중에는 대단한 장관을 연출하는 폭포들도 있다. 동부에서 가장 높은 타우카녹 폭포(Taughannock Falls)는 나이아가라 폭포보다 높다.

도시는 3면이 가파른 언덕으로 둘러싸였다. 북으로는 청회색 카유가 호가 햇빛을 받아 반짝인다. 코넬대학이 위치한 이스트 힐에는 녹색 캠퍼스와 역사적인 건물, 이곳의 상징인 시계탑이 서 있다. 쌍둥이 백탑(白塔)이 유명한 이타카대학은 사우스 힐에 있으며, 수

트레메인 주립공원(Tremain State Park)에 위치한 폭포. 이타카의 절경 중 하나로 꼽힌다.

준 높은 교육의 산실이다. 그리고 이타카 도심에서 3.2km 정도 떨어진 웨스트 힐의 꼭대기에는 이타카 에코빌리지가 있다. 175에이커에 달하는 이타카 에코빌리지는 너른 평원과 개울, 연못, 숲으로 구성되었다. 이타카 에코빌리지는 또 다른 형태의 교육을 제공한다. 이곳 주민과 대학생, 방문자들에게 지속 가능한 환경과 사회를 이뤄가는 모습을 보여주는 것이다.

토지 사용 계획 과정

1992년 6월, 토지를 구입한 직후 우리는 기획협의회를 구성했다. 협의회는 매주 월요일 오후 3시간씩 만나서 최상의 토지 사용 계획을 마련하기 시작했다. 10명으로 구성된 협의회는 고문 자격으로 고용한 현지 건축가 돈 엘리스를 비롯한 건축가 2명, 경관건축가, 생물학자, 코넬대 대학원생과 미래의 입주자 등 그 면면도 다양했다. 나는 의장을 맡았다(이타카 에코빌리지 이사회의 의장을 맡다 보니 툭하면 의장이 되었다. 사실 나는 그룹 회의 진행을 제외하면 이런 일을 해본 경험이나 전문적인 지식이 없었다. 어쩌다 보니 다양하고 전문적이며 자기 의견이 확고한 사람들을 이끄는 자리에 선 것이다).

막상 회의를 진행해보니 직관적이며 참여를 중시하는 내 스타일이 효과가 있었다. 돈 엘리스가 디자인 과정에 참여한 경험이 있었지만 우리 프로젝트는 독특했다. 필요에 따라 진행되는 조사 작업과 디자인 과정을 바탕으로 건축과 물 관리에 이르기까지 복합적인 원칙들을 마련했다. 나는 의견 조율자로 다양한 원칙에서 나온 아이디어를 선별하고, 그것들을 바탕으로 유기적인 실천 프로그램과 시간표를 마련하는 데 초점을 맞췄다.

우리는 협의 내용을 다른 사람들에게도 알려야 했다. 모두 알고 싶어했으며, 의견 결정 과정에 적극적으로 참여하기를 원했기 때문이다. 우리는 주말을 통째로 그 과정에 할애하기로 결정했다. 나는 주말이 끝날 무렵이면 토지 사용 계획의 틀이 잡히리라 기대했다. 놀라운 일들이 기다리고 있었다!

1차 토지사용계획포럼

1992년 9월 마지막 주말, 1차 토지사용계획포럼(Land Use Planning Forum, LUPF)을 열었다. 땅을 구입한 지 석 달이 지난 시점이었고, 철저하게 준비한 덕분에 포럼은 대단한 성공을 거뒀다. 포럼에는 토지협의회 회원들과 이타카 에코빌리지 공동체 참가자 60여 명뿐만 아니라 여러 분야의 지역 전문가들도 참석했다.

포럼이 열리기 몇 주 전부터 협의회의 태스크포스는 토지에 대한 갖가지 정보를 게걸스럽게 모으기 시작했다. 우리는 그 결과물을 농업, 자연 지역과 레크리에이션, 인접 부지, 교통, 마을 부지, 물과 쓰레기 관리 등 6가지 주제로 분류하고, 팀마다 한 가지씩 주제를 맡아 관련 자료를 수집하며, 지역 전문가를 초청해 인력을 활용할 수 있는 방법을 논의했다. 우리는 젊은 건축가 스티브 블레이스를 고용했다. 그는 CAD를 이용해 지형, 토양 타입, 풍향, 개울과 연못 등 세세한 특징을 한눈에 보여주었다.

우리의 목적은 다음과 같았다.

1. 마을에 필요한 여러 가지 요소(도로, 수로, 인접 지역)의 위치를 선정한다. 이를 위해 토지와 각종 문제점에 대한 정보를 공유함으로써 이타카 에코빌리지 공동체에 현 상황을 알린다.
2. 의견이 일치하는 부분과 그렇지 않은 부분을 확실히 한다.
3. 1993년에 건설될 이타카 에코빌리지의 공동 농장 부지를 정한다.

일단 위와 같은 목표를 세운 뒤 참가자들을 6개 관심 그룹으로 나눴다. 그리고 수집한 자료를 바탕으로 공동체에 적용할 수 있는 해결책을 제시해달라고 요청했다. 필요한 사람들은 다 모아졌고, CAD로 그린 멋진 지도가 회의실에 걸릴 것이었다. 협의회 소속 코넬대 대학원생 린다 셰이드는 사람들을 모아 포럼의 전 과정을 테이프에 담을 계획이었다. 그 필름을 편집해서 지역 TV 방송국에 보여줄 것이라고 했다. 협의회가 포럼의 '성격'을 도출해내자 공은 프로그램위원회로 넘어갔다. 그곳에서는 장차 포럼이 '어떤 식'으로 활동할지 틀을 짜야 했다.

제이와 나

나는 그 주말의 모든 행사를 제이 제이콥슨과 함께 진행했다. 제이는 임상식물생리학자로 코넬대학과 연계된 보이스 톰슨 연구소 직원이었다. 우리는 업무를 처리하는 스타일이 상당히 달랐음에도 불구하고 팀워크가 좋았다. 제이는 매사에 철저하고 엄격한 반면, 나는 직관적이고 즉흥적인 발상에 의지하는 경향이 있었다. 제이는 자기 주장이 강하지 않았지만, 나는 욱하는 성질이 있었다. 제이의 과학적인 지식은 나의 넘치는 열정에 근거를 마련해주었다. 우리는 프로그램위원회와 함께 포럼을 성공적으로 진행하기 위해 재미있고 창의적인 계획을 짜기 시작했다.

마침내 정해진 주말이 되었고 나는 마지막 순간까지 준비 상황을 점검했다. 나는 흥분과 두려움이 뒤섞인 묘한 감정을 느끼면서도 마음이 편안해졌다. 중요한 순간마다 더 큰 목표가 우리를 인도한다는 생각이 머리에서 떠나지 않았다.

결전의 주말

포럼은 토요일 아침부터 이타카에 있는 대안학교에서 시작되었다. 먼저 조안이 이타카 에코빌리지의 비전에 대한 연설을 하고, 관심 그룹들이 간단하게 프레젠테이션을 했다. 그리고 코넬대학에서 온 생태학자 척 몰러가 우리가 구입한 땅의 생태 현황을 소개했다. 다음으로는 경관건축가 스콧 위덤이 토지 이용 계획 과정을 보고했다. 오전 프로그램을 통해 참가자들은 우리 활동의 이론적 토대에 대한 이해를 높일 수 있었다.

점심식사 후 관심 그룹에 참가한 사람들은 차를 타고 부지를 둘러보았다. 그리고 다시 도론을 시작했다. 일성은 순조롭게 진행되는 것 같았다. 이타카 에코빌리지 건설 계획에 도움이 될 만한 중요한 의견들도 나왔다. 이를테면, 내가 속한 그룹은 주택 부지를 둘러보고 한 구역에 주택은 5채로 제한해야 한다는 의견을 제시했다. 그러면 구역당 1.2~1.6헥타르(1만 2000~1만 6000m²)를 배정할 수 있다. 다른 코하우징 주택에서는 1.2헥타르에 30채를 지었다는 사실을 알고 있었기에 우리의 생각이 맞는지 확인하기 위해 이타카 에코빌리지 부지를 돌아다니면서 사람들을 적당한 지점에 둥글게 배치해보았다. 그 정도 면적이면 편하면서 적당할 것 같았다.

수자원 그룹도 수자원 활용 계획을 모든 계획의 시작점으로 삼자는 의견을 내놓았다. 핑거 레이크 토지 신탁의 책임자 필 스나이더가 이 그룹의 리더였다. 그가 이끄는 그룹은 먼저 예정지의 수원(水源)을 둘러보고, 어떻게 하면 생명을 유지하는 물의 특성을 보호하고 더 강화할 수 있을지 도론을 빌였다. 마을에서 사용한 물을 여러 연못과 늪을 통해 정화하자는 결론을 내렸다. 수자원 그룹은 또 연못은 수영을 하거나 물고기를 키우거나 관개를 할 수 있고, 가뭄이나 홍수를 방지하며, 각종 야생 생물의 보금자리도 될 수 있다고 강조했다. 연못은 땅 위를 흐르는 물의 속도를 늦춰서 지하수를 보충하는 데도 도움이 될 것이었다. 자연에 대한 해박한 지식을 바탕으로 스나이더는 조안의 스승 역할을 톡톡히 했으며, 토지 사용 계획을 짜는 데도 큰 도움을 주었다.

나머지 그룹들도 다양한 제안과 권고 사항을 발표했다. 농업 그룹은 젠과 존 보케어-스미스라는 젊은 농부들이 이끌었는데 토양, 소기후(사방 1~10km² 지역의 기후로, 좁은 지역의 지표 부근 대기 중에 나타나는 물리적 현상), 토지의 경사도 등을 조사했다. 그리고 과수원과 야채 농장, 목초장이 번갈아가며 배치되는 아름다운 토지 이용 방안을 제안했다.

각 그룹들이 발표하는 모습을 보면서 나는 씨줄과 날줄이 서서히 엮이는 느낌을 받았다. 사람들의 발표가 하나씩 더해지면서 우리가 짜는 이타카 에코빌리지라는 천이 점점 커지고 새로운 색채가 덧씌워졌다. 각 그룹은 배경 정보와 이타카 에코빌리지를 위해 필요한 지식을 이용했다. 그리고 부족한 점은 전문가들을 초빙하여 메워

ECOVILLAGE *at* **ITHACA**

한바탕 비가 퍼부은 뒤 가을날의 공기는 코끝이 맵싸할 정도로 신선하다. 골든로드가 한창인 들판에서는 아스라이 안개가 피어오른다. 외로운 매 한 마리가 유유히 맴돌고, 아이들은 소리를 지르며 뛰논다. 그동안 여섯 무리의 어른들은 끊임없이 이야기를 나누며 예정지를 돌아보고 있다. 그들은 생태학자, 건축가, 교사, 기획가, 학생과 부모들로, 지형과 토양, 관목, 물길이 표시된 지도를 들고 있다. 그들의 손에 있는 것은 단순한 지도가 아니라 지구를 치유하겠다는 평생의 신념이었다. 사람들은 이타카 에코빌리지의 발전을 위해 위대한 발걸음을 내딛기 시작했다.

- '저널 엔트리', 1992년 9월

나갔다. 각 그룹은 부지에서 직접 경험한 내용을 문서로 작성했다. 그 내용은 프로그램을 제안하고 각자의 주제에 대해 건의할 사항들을 구체화하는 데 도움이 되었다.

토요일 밤, 우리는 즐거운 분위기에서 필름 2편을 보았다. 먼저 인도의 푸나(Poona)에 대한 비디오를 상영했다. 이곳은 한정된 수자원을 기발하게 활용하는 공동체였다. 그리고 필 스나이더가 멋진 슬라이드를 보여줬는데, 이푸가오(Ifugao)라는 필리핀 부족에 관한 내용이었다. 이 부족은 매우 정교하고 잘 정비된 관개 시설을 이용해 계단식 논에 물을 대었다. 이푸가오 부족은 그 관개 시설 덕분에 지난 5000년 동안 생존할 수 있었다. 인도와 필리핀의 상황을 보고 우리는 물이 얼마나 중요한지 다시금 깨달았다.

일요일 아침, 우리는 모여서 토지를 어떻게 사용할 것인지 계속 논의하기 위해 토론회를 열었다. 제이와 나는 진행자의 재량으로 재미있는 토론 방법을 제안했다. 참가자들은 자신이 속한 그룹의 이름이 붙은 모자를 받았다. 토론 도중 발언을 하고 싶은 사람은 원하는 그룹의 모자로 바꿔 쓰기만 하면 된다. 그러면 그 그룹 사람들과 해당 주제에 대해서 토론할 수 있다. 사람들은 토론에 완전히 빠져들었다. 이토록 순조롭게 진행될 줄은 꿈에도 생각지 못했다!

오후에 우리는 다시 한번 예정지를 찾아가 포럼 일정을 마무리 었다. 마지막 의식은 장차 이타카 에코빌리지의 주민이 될 팸 준과 몬티 버만이 기획했다. 사람들은 손을 맞잡고 원을 그린 뒤 원을 좁혔다가 다시 큰 원을 만들었다. 잠시 해를 가리고 있던 구름이 물러가고 태양이 나타났다.

포럼은 대단한 성공을 거뒀다. 코넬대학의 경관건축학과 톰 존슨 교수는 자신의 수업을 듣는 학생들과 함께 포럼에 참가했다. 그는 포럼을 "공동체에 참여함으로써 프로젝트의 의미를 다시 한번 되새기는 성공적인 행사"라고 평가했다. 분명 우리는 많은 문제에서 합의에 도달했고, 비로소 첫발을 내디뎠다.

기획협의회에서 각 그룹이 내린 소중한 결론을 다듬기로 했다. 나는 주말을 이용해 완전한 계획을 세우겠다는 생각이 얼마나 순진한 것이었는지 깨달았다. 그렇다고 해도 1차 LUPF가 성공적으로 끝난 지금, 우리 여정이 다음 단계로 넘어간 것은 틀림없었다.

개발 가이드라인

1차 LUPF는 또 다른 계획들로 이어졌다. 그 후 9개월 동안 우리는 주말 포럼을 3번 열었고, 나는 계속 기획협의회의 의장 자리를 맡았다. 협의회는 다양한 주제에 대한 조사를 진행하는 6개 하위위원회를 감독했다. 이 하위위원회는 경제성, 농업, 다양성, 교육 센터, 에너지, 자연 구역, 거주 빌딩, 수자원과 폐수 등 주제별로 활동했다.

하위위원회는 이타카 에코빌리지 예정지의 상황에 적합한 해결책을 찾기 위해 수고를 아끼지 않았다. 가령, 농업위원회는 포럼을 통해 우리 마을에 적합한 농업 모델을 찾기 위해 노력했다. 그들은 이스라엘의 키부츠처럼 공동 소유 농장과 주민들이 지원하는 공동체 지원 농업(Community Supported Agriculture, CSA) 농장 중 사람들이 어느 쪽을 더 선호하는지 알고 싶어했다. 자연 구역 그룹은 코넬 대학의 척 몰러와 함께 식물종을 조사했다. 나는 들판에 앉아 골든 로드가 1평방 야드(0.84m²)당 얼마나 살고 있는지 세었다. 그룹별로 토론하고 결론을 내리는 동안 사람들은 새로운 힘으로 충전된 것 같았다. 우리는 모두 창의적인 아이디어가 솟아나는 기분이었다.

이러한 노력은 풍성한 성과를 거두었다. 9개월 동안 LUPF를 4번 개최하고 1993년 6월, 이타카 에코빌리지 공동체는 드디어 8쪽에 달하는 기획서 '개발 가이드라인'을 만장일치로 채택했다. 가이드라인은 이타카 에코빌리지에서 앞으로 이뤄질 삶의 모든 부분을 아우르는 대단한 성과였다. 여기에는 이타카 에코빌리지가 추구하는 환경 이념과 목표에서 경제성, 다양성과 공동체라는 보편적인 사회적 목표까지 모두 담겨 있었다(다른 코하우징 공동체들과 아직 형성 단계에 있는 생태마을들이 우리의 가이드라인을 기본 자료로 활용하고 있다). 마침내 우리는 모든 사람이 공유하는 공동체의 비전을 수립한 것이다.

조감도

가이드라인은 우리에게 글로 작성된 참고 자료가 되었다. 그것이 우리의 계획을 큰 틀로 규정하는 기록이라면, '조감도'는 앞으로 예정지를 어떻게 변모시킬 것인지 일목요연하게 보여주었다. 조안 보케어, 필 스나이더와 현지 건축가 팸 윌리엄스 등이 이 작업을 담당했다(이 책 18쪽에 새로 작성한 조감도가 있다). 아름답게 그린 지도에는 주거지역, 웨스트 헤이븐 농장, 서식지 복원 지역, 온실, 오솔길, 연못, 숲, 교육 센터 등 이타카 에코빌리지에 만들어질 건물과 시설이 모두 표시되었다.

조감도를 보고 있자니 미래를 향한 힘이 솟아나는 것 같았다. 그때 나는 우주에서 촬영한 아름다운 지구의 사진이 떠올랐다. 푸른 바탕에 흰 구름이 휘감고 있는 지구가 새까만 우주에서 도드라져 보이는 모습. 그 사진 한 장으로 사람들은 지구를 어떻게 봐야 할지, 환경운동을 위해 무엇을 해야 할지 깨달았다. 팀의 예술성과 팀원들의 노력으로 우리 프로젝트의 상징이 된 강력한 이미지가 만들어졌다. 이타카 에코빌리지의 조감도는 우리의 비전을 더욱 다듬어주었으며, 우리의 목표를 제시해주었다.

　토지 사용 계획 과정을 성공리에 마치고, 그 결과 가이드라인과 조감도까지 갖췄으니 계획을 현실로 만들어가는 전진만이 남았다. 물론 거기에는 어마어마한 대출금을 상환하는 일도 포함되었다.

ECOVILLAGE at ITHACA

대출금 상환

최초의 상환 계획은 실패로 끝났다. 1992년 토지를 구입했을 때 이타카 에코빌리지 이사회는 은행 측과 사업가를 만나 상환 일정을 협상했다. 당시 우리는 제일 먼저 주거지역을 건설해야 하며, 그 후에 원금과 이자를 상환한다는 데 합의를 보았다. 우리는 그 기간을 3년 정도로 예상했고, 첫 번째 주거단지가 완공된 후 매년 3만 달러씩 상환하기로 했다. 새로운 주거단지가 건설되면 상환에 도움이 될 것이었다. 이러한 상환 계획은 매우 합리적이고 실현 가능해 보였지만 계획대로 된 것은 아무것도 없었다.

1차 주민그룹(FROG)

1995년 9월부터 1997년 8월까지 진행된 최초의 거주단지 건설은 예산을 훨씬 초과하고 말았다. 급기야 긴급회의를 잇달아 소집해 건축업자를 해고할지, 커먼 하우스나 연못을 포기할지 결정해야 했다. 감정이 격해지자 사람들은 건축업자를 비난했다. 건축업자는 우리가 별 필요도 없는 넓은 진입로와 소방도로 등을 고집하는 바람에 예상치 못한 인프라 건설에 돈이 더 들어갔다고 주장했다.

소란을 가라앉히고 냉정히 계산해보니 1차 주민그룹(First Resident Group, FROG) 건설에 한 채당 2만 달러씩 초과 지출되었다는 사실을 확인할 수 있었다. 이래서는 도저히 대출금을 상환할 수 없었다. 이타카 에코빌리지는 FROG에 무상으로 14헥타르(14만m²)를 제공하는 데 동의했다. 덕분에 건설 작업은 계속될 수 있었다. FROG 주민들은 허리띠를 졸라매고 프로젝트를 실현하기 위해 많은 노력을 기울였다.

하지만 상황은 더 악화되었다. 채권자들에게 상황을 설명하고 도로와 상하수도가 건설되면 땅값이 더 오를 것이라고 설득했지만, 프로젝트의 진행에 큰 차질이 발생하는 것을 막을 수 없었다. 이제 모든 일이 잘 될 것이라 확신할 수만은 없었다. 건축업자와 주민들의 불신의 골은 깊어져만 갔다. 말 많은 주민들은 우리가 비영리단체이기 때문에 대출금이 연체되는 것이라며 불평을 터뜨렸다. 이타카 에코빌리지가 FROG에 토지를 무상으로 제공한 점을 고려하면 그런 불만을 토로하는 것은 어불성설이었지만 사람들의 비난은 계속되었다.

관대한 선물들

이타카 에코빌리지의 재정난은 심각했다. 그런데 우리 멤버 중 몇 몇 사람들이 생각지도 않은 도움을 주었다. 메리와 빌 웨버 부부는 토지를 구입하기 위해 26만 달러를 빌려준 채권단 9명에 속했다. 부부는 세인트루이스 출신으로, 글로벌 워크의 도보단이 미주리에 들렀을 때 처음으로 생태마을에 대한 이야기를 들었다. 메리는 우리와 함께 일주일 동안 도보 행진을 했다. 당시 나는 그녀의 열정과 인종 평등과 사회정의를 위해 헌신하는 모습에 깊은 감명을 받았다.

외과의였던 빌이 은퇴하자 부부는 이타카 에코빌리지로 옮겨오기로 결정했다. 얼마 후 메리는 이타카 에코빌리지가 실현될 수 있도록 지원하는 비영리단체 CRESP의 이사로 선임되었다. 건설 프로젝트에 자원하고 싶어하던 빌은 우리의 모습을 촬영하고 소식지를 발간하는 일을 맡았다.

웨버 부부는 우리가 재정적으로 얼마나 힘든지 알고 나서 자신들이 빌려준 원금 13만 달러와 체불 이자를 모두 탕감해주었다('이타카 에코빌리지의 연혁' 참조). 너무나 감사한 선물이었다! 대신 한 가지 작은 조건을 제시했다. 부부는 자신들이 빌려준 금액에 해당하는 면적인 55에이커(22만 2585m²)에 달하는 땅을 영구 보존 지역으로 지정해달라고 했다.

그 요청은 당연히 받아들여졌다. 이타카 에코빌리지의 철학은 토지를 자연 상태 그대로 보존하거나 유기농사에만 활용하는 것이었기 때문이다. 이타카 에코빌리지는 그 땅을 계속 소유하면서 세금만 지불하면 되었다. 핑거 레이크 토지 신탁은 그곳을 보존 지역으로 등록해 영원히 개발하지 않는 지역으로 지정했다.

웨버 부부의 선물은 파급 효과를 낳았다. 그 후 8년 동안 채권단에서 웨버 부부를 포함한 채권자 5명이 16만 5000달러에 달하는 원금을 탕감해주었다. 그 금액은 이타카 에코빌리지의 부채 중 43%에 해당했다! 그런데 역설적이게도 채권단의 선물이 일부 주민들에게는 반감을 불러일으키고 말았다. 그들은 웨버 부부가 왜 그런 행동을 했는지 의아해했다. 심지어 다른 사람들을 자기 마음대로 하기 위해서라고 말하는 사람도 있었다. 그러나 많은 사람들이 그 선물로 인해 이타카 에코빌리지의 프로젝트가 더 원대한 꿈을 꿀 수 있는 든든한 재정 기반을 다졌다고 여겼다.

SOUL 파트너십

웨버 부부의 도움에도 불구하고 비영리단체의 특성상 재정적 어려움은 쉽게 해결되지 않았다. 3년으로 계획했던 FROG의 건설 기간이 5년으로 길어졌다. 그 와중에 주요 채권자 한 명이 저당물을 유질 처분하기로 결정하자 우리는 더 큰 난관에 봉착했다.

해리는 이타카 에코빌리지의 최초 채권자 중 한 사람이었지만 모기지 풀에는 속하지 않았다. 대신 그는 별도의 담보 대출과 남들과는 다른 조건으로 원금 12만 달러를 보존하려고 했다. 해리는 백만장자였지만 지난 5년간 한 푼도 받지 못하자 그런 결정을 내린 것이다. 당장 조치를 취해야 했다.

나는 일이 이렇게까지 된 것에 도의적인 책임을 느꼈다. 나는 개인적으로 한 번도 빚을 진 적이 없었다. 저당을 잡아본 적도 없을뿐더러 개인 소유의 신용카드조차 없었다. 나는 이 상황에 굴욕감을 느끼며 문제를 해결할 방도를 모색하기 시작했다. 당시 나는 시내에 임대한 집에서 몇 블록 떨어져 있는 이타카 폭포 주변을 한참 동안 거닐곤 했다. 힘차게 떨어지는 물소리를 들으면 두통이 말끔히 사라졌다. 그리고 어깨에 다시 힘이 들어가며 두려움도 사라지는 것 같았다. 무슨 수를 써서라도 이 위기를 헤쳐 나가야 했다.

이 문제를 완전히 해결하는 데 1년이 걸렸다. 해리의 지분을 사겠다고 제안한 사람들은 많았지만 번번이 마지막 순간에 일이 틀어지곤 했다. 너무 위험한 모험이라고 생각한 것 같았다. 어쩌면 남편이나 아내가 투자를 막았을지도 모른다. 아무튼 융자 신청 3건이 최종 서명을 앞두고 무산되었다.

대출 건이 계속 무위로 끝나자 어떻게든 시간을 벌어야 했다. 그래서 해리를 만나 지리멸렬한 협상을 벌인 끝에 1년의 유예 기간을 얻었다. 그는 원금만 받을 수 있다면 이자는 포기하겠다고 했다. 한시름 놓은 나는 새로운 채권자를 찾기 위해 백방으로 뛰어다녔다.

보람도 없이 시간만 흘러갔고 약속한 시간이 다가왔다. 희망의 끈을 놓으려는 찰나, 비로소 해결책을 찾았다. 기적을 믿는다는 정열적인 스웨덴 여성 시젤라가 우리를 돕기 위해 모임을 만들었다. 미래의 이타카 에코빌리지 주민 5명으로 구성된 이 모임은 '우리의

ECOVILLAGE *at* **ITHACA**

눈이 한없이 내리고 매서운 겨울바람이 몰아치는 것을 보고 오늘 아침 일을 접기로 했다. 대신 스키를 타고 175에이커에 달하는 우리 마을을 돌아다니기로 마음먹었다. 어제 매서운 눈보라가 쳐서 나뭇가지며 골든로드의 줄기는 얼음 옷을 입었다. 찔레나무에 달린 붉은 열매는 보송보송한 눈에 싸여 크리스털처럼 빛났다. 나는 완벽한 고독감에 빠져 흰 눈의 바다에서 스키를 탔다.

- '저널 엔트리', 2003년 겨울

무한한 땅을 구하소서(Save Our Unlimited Land)'의 첫 글자를 따서 'SOUL 파트너십'이라고 불렀다. 그들은 우리에게 10만 8000달러를 빌려주었다. 나머지 1만 2000달러도 투자하겠다는 사람이 나타나 마지막 골칫거리까지 해결되었다. 제때 나타난 행운이었다. 1996년 9월 11일, 무료로 우리 일을 봐주는 변호사 짐 샐크의 사무실에 모여 서류에 서명을 했다. 일시적이었지만 재정 위기는 그렇게 해소되었다.

하지만 돈 문제는 여전히 골칫거리였다. 몇 년 후 SOUL 파트너십도 저당물을 유질 처분하겠다고 통보해왔다. 나는 마지막 순간까지 새로운 대출을 받고 자금을 모으느라 동분서주했다.

2차 주민그룹(SONG)

상당 금액의 대출금을 상환하려면 두 번째 거주지역을 건설해야 했다. 그곳에 들어올 주민들이 이타카 에코빌리지에게서 땅을 구입하면 그 돈으로 대출금을 상환할 계획이었다. 1996년 8월, 관심 있는 사람들을 모았다. 첫 번째 거주지역이 완공되기 전이었다. 15명 정도 모였는데 여기에는 펜실베이니아에서 온 사람들도 있었다.

그 후 몇 년간 나는 휴일이고 저녁이고 상관없이 2차 주민그룹(Second Group at EcoVillage, SONG)을 만들기 위해 일했다. 처음 입주자 모임이 만들어져서 20가구가 모이기까지 3년이 걸렸다. 최종적으로 로드 램버트와 내가 공동 개발 매니저로 서류에 서명을 했다. 거주민들은 건축가를 고용해 부지와 건물의 실계를 맡겼다. 그리고 에코빌리지 사람들의 동의를 얻기 시작했다(7장 참조). FROG와

SONG, 비영리단체 이타카 에코빌리지가 재정 구조를 확립하고, 땅과 시설물들을 어떻게 공유할 것인지 논의하기 시작했다. 이 과정이 결실을 맺기까지 몇 년이 걸렸다.

1999년, SONG의 입주자 모임이 완전히 해체되었다. 기대하던 자금 모금이 실패로 돌아갔기 때문이다. 많은 사람들이 위험을 안고 건축비용을 감당할 여유가 없었다. 개발 매니저랍시고 지원금조차 마련하지 못하자, 우리에 대해 신뢰를 잃은 사람도 생겼다. 처음 20가구 중 겨우 3가구만이 남았다.

상황은 매우 어려웠다. 두 번째 거주지역을 제대로 건설하지 못한다면 이타카 에코빌리지 프로젝트 전체에 큰 타격을 입힐 것이 불 보듯 뻔했다. 앞으로 전개될 상황이 눈에 선했다. 성난 채권자들이 FROG 부지를 유질 처분하면 대규모 택지 개발지에 자그마한 코하우징 단지만 고립된 섬처럼 애처롭게 남을 것이다. SONG의 공동 개발 매니저로서 나는 참담한 심경이 되었다. 친구들조차 애써봐야 소용없다고 말했을 정도다.

그런 상황에서도 투자금을 마련할 수만 있다면 SONG를 되찾고 새로운 입주 희망자들도 모을 수 있을 것이라는 생각을 버릴 수가 없었다. 이렇게 최악에 다다른 재정 상황과 아무런 희망도 없는 우리의 미래에 절망하고 있을 때 척 마테이가 이타카로 왔다.

투자신탁기금

척은 공동체 토지 신탁(Community Land Trust, CLT) 조성을 장려하는 비영리단체인 투자신탁기금의 사장이었다. CLT는 토지를 보존하면서 저렴한 주택과 유기농을 결합시켰다. 그 점에서 CLT와 이타카 에코빌리지는 완벽한 파트너가 될 수 있었다.

나는 척의 방문을 주선했다. 현지 단체들에게 지원을 받아 코넬대학과 이타카 에코빌리지에서 연 그의 강연에 우리는 큰 감동을 받았다. 척은 나에게 SONG를 건설하려면 저리 대출을 신청해보라고 조언해주었다.

SONG의 최초 입주 예정자 모임이 해산하고 거의 1년이 지난 2000년 10월, 나는 투자신탁기금에서 저리로 10만 달러를 빌렸다. 이렇게 재정 위기를 다시 한번 모면하고 드디어 SONG를 건설하기 시작했다. 열정과 자신감으로 똘똘 뭉친 사람들이 전국 각지에서 몰려왔다. 2002년 5월까지 SONG의 건설 작업은 착착 진행되었다. 1998년에 합의한 내용도 드디어 효력을 발휘할 때가 왔다.

ECOVILLAGE *at* **ITHACA**

한기가 느껴지는 봄날이었다. 나는 절망에 빠져 있었다. 무엇이 잘못된 걸까? SONG를 짓지 못하면 어떻게 하지? 채권자들이 저당물을 팔아버리면? 그럼 우리 에코빌리지는 끝장이겠지. 모든 노력과 희생과 헌신은 아무런 보상을 받지 못할 거야. 그리고 거대한 택지와 주차장 중앙에 우리의 주거단지가 섬처럼 떠 있겠지. 실패라는 절망감이 어깨를 짓눌렀다.

나는 무엇을 해야 할지 몰라 우리를 안내해달라고, 도와달라고, 지혜를 달라고 기도했다. 그러자 놀랍게도 머릿속에 이런 말이 떠올랐다. 너의 고난은 아직도 끝이 아니라는, 상상 못 한 어려움이 널 기다리고 있을 것이라는, 하지만 이제껏 꾼 꿈보다 훨씬 좋아질 것이라는 말이었다. 언젠가는 SONG가 눈부시게 그 모습을 드러낼 날이 올 것이다. 그러니 좀더 기다려라.

나는 패배감을 먼지가 가득한 상상의 선반으로 던져버렸다. 두 팔로 날 감싸며 몸을 천천히 앞뒤로 흔들었다. 웃음과 울음이 동시에 터져 나왔다. 영혼이 우리와 함께 하고 있다.

– '저널 엔트리', 1999년 봄

아일랜드 합의안

'아일랜드(Infrastructure and Land, ISLAND) 합의안'은 기반 시설과 토지에 대해 1998년에 우리가 합의한 내용을 이르는 말이다. 이 합의안은 FROG와 SONG, 이타카 에코빌리지가 지난한 협상을 거쳐 이룩한 것이었다. 아일랜드 합의안은 인플레이션과 초과 건설비용 문제를 해결하기 위한 목적도 있었다. 하지만 더욱 중요한 문제는 토지 구입 대출금을 해결하는 것이었다. FROG를 지을 때 마을 전체가 사용할 기반 시설을 짓느라 수십만 달러를 썼다는 사실을 안 '합의안' 당사자들은 SONG가 토지에 대해 그와 동일한 금액을 내도록 요청했다. 그러면 그 돈으로 대출금의 상당 금액을 상환할 수 있을 터였다. 길고 긴 터널을 지나 한 줄기 광명을 만난 것 같다.

'2003년은 빚 없는 해' 캠페인

5개월 동안 안식 휴가를 보내고 돌아와보니 대출금 상환일이 얼마 남지 않았다. 이제 빚이라면 진저리가 났다. 그 즈음에 프로젝트를 잘 아는 사람이 대출금을 상환하라며 익명으로 3만 달러를 기부했다. 그 일은 내게 새로운 캠페인을 추진할 수 있는 용기와 희망을 주었다. 나는 그 캠페인을 '2003년은 빚 없는 해'라고 부르며 구체적인 계획을 짜고 실행에 옮길 고마운 사람들로 소위원회를 구성했다.

이타카 에코빌리지 연례총회과 캠페인 발대식이 함께 열리던 날, 나는 흥분과 초조감에 휩싸였다. '과거처럼 주민들이 비영리단체를 위해 자금 모으는 걸 반대하면 어쩌지? 대출금을 제대로 상환하

상공에서 바라본 이타카 에코빌리지. 위쪽에 완공된 FROG가 보이고, 아래쪽에 SONG가 건설되고 있다.

지 못한다고 다들 날 비난하면 어쩌지?' 공동체가 내 계획에 어떤 반응을 보일지 감을 잡을 수 없었다. 하지만 모든 해답은 이 프로젝트의 미래에 달려 있다는 생각이 들었다.

걱정과 달리 행사는 성공리에 막을 내렸다. 그날 모인 사람들은 3만 달러를 기부 받았다는 기쁜 소식을 듣고, 이제 5만 4000달러만 더 모금하면 된다는 사실에 감격스러워했다. 목표액은 금방 달성될 것 같았다. 도움의 손길이 계속 이어졌다. 한 여성이 그 자리에서 1000달러를 기부했다. 기금 조성 디너파티를 개최하겠다고 약속한 사람도 있었다. '말라깽이 독일 곡예사' 힐비는 공연 수익금을 기부하겠다고 약속했다. 아들이 학교 스파게티 파티 티켓을 팔아 마련한 금액의 2배를 기부하겠다고 한 부부도 있었다. 복이 덩굴째 굴러들어오는 형국이었다!

성금액은 점점 불어났다. 그 후 5개월 동안 우리는 이타카 에코빌리지의 토지 가장자리에 위치한 웨스트 헤이븐 로드의 땅 1에이커를 팔아 2만 3000달러를 추가로 마련했다. 나는 채권자들에게 우리가 벌이는 캠페인을 소개하는 편지를 보냈다. 그리고 1만 달러를 탕감해주면 5000달러를 기부하겠다는 이사회 회원의 약속도 함께 알렸다. 결과는 성공이었다! 가장 많이 대출해준 헵번 부부가 고맙게도 1만 5000달러를 탕감해준 것이다. 태드 볼드윈, 몬티 버만, 사라 파인즈, 앤 제인스도 몇천 달러를 더 탕감해주었다.

가슴이 뿌듯했다. 돈이 빨리 모아져서 6월에 목표 금액을 달성하는 성과를 올렸다! 나는 그때 괴테의 말이 떠올랐다. "무슨 일을 하든지 무슨 꿈을 꾸든지 일단 시작하라. 대담하게 행동하면 재능과 힘, 마법이 따라올 것이다." 나는 이 말을 책상 위에 붙여놓고 위기가 닥칠 때나 도저히 성공할 수 없을 것 같을 때 되새기곤 했다. 모든 일이 잘 되는 것 같았다. 그러나 이타카 에코빌리지의 시련은 그것이 전부가 아니었다.

우리는 생각지도 못한 회계 문제를 발견했다. 채권자 한 명이 상세히 검토해보라며 엑셀 문서를 보내주었다. 검토해보니 회계 실수로 7000달러가 비었다. 그것은 채권자에게 유리한 상황이었다. 게다가 SONG의 건설비용이 예상보다 많이 들었다. 아일랜드 합의안은 삼자의 차액을 분할하여 초과비용을 계산했기 때문에 SONG가 이타카 에코빌리지에 지불하기로 되어 있는 금액이 1만 6000달러 정도 줄어들 상황이었다.

우리는 이자까지 2만 3000달러를 더 모아야 토지 대출금을 완전히 상환할 수 있었다. 다들 할 수 있는 일은 다한 상태였기 때문에 이번 문제는 정말 해결하기 힘들어 보였다. 그때 웨스트 헤이븐 로드의 부지를 좀더 팔자는 제안이 나왔다. 이 문제는 공동체 내에서 적잖은 마찰을 일으켰다. 그러나 이사회는 대부분 그 의견에 찬성했다. 부지를 한 번 더 팔면 우리는 남은 목표를 쉽게 달성할 수 있을 것 같았다. 기금 조성 행사를 몇 번 더 개최하면 남은 이자를 해결할 수 있을 만큼 돈이 모여 빚 문제는 말끔히 정리될 것이었다.

주민들 중에는 강력한 지지자도 나왔다. 그들은 주거지 도로가 완공된 마당에 주변의 땅 좀 파는 게 무슨 대수냐고 말했다. 그 땅은 농장의 울타리 밖에 있었고, 이타카 에코빌리지의 나머지 부지의 경계도 튼튼했다. 가장 손쉬운 해결책으로 보였다.

하지만 모두 동의하는 것은 아니었다. 토지 매매를 반대하는 측은 우리가 이제껏 그렇게 피하려고 했던 방법으로 땅을 사용하는 것이라고 주장했다. 농부 젠과 존 그리고 조안은 이 계획에 전적으로 반대하고 나섰다. 먼저 판 땅이 농장의 경계에 있는 바람에 주택이 갑자기 가지나무 옆으로 옮겨와 평화롭고 전원적인 분위기가 망가졌다는 것이다. 그 사람들은 농장 옆에 또 집을 지으면 언덕에서 동쪽으로 나 있는 전망을 완전히 가릴 것이라고 생각했다. 공동체는 가장 중요한 문제를 둘러싸고 또다시 두 진영으로 갈라졌다. 나는 한없이 낙담했다. 그와 함께 '2003년은 빚 없는 해'를 만들어보려던 꿈도 서서히 무너지기 시작했다.

그때 한 거주자가 해결책을 제시했다. 디나 버크는 이타카 에코빌리지의 설립 멤버로, 특수학교 교사 출신이다. 그녀는 당시 아이 셋을 키우는 싱글 맘이었다. 디나는 최근에 물려받은 유산으로 일을 그만두고 자신의 꿈이던 클래식 기타를 시작했다고 했다. 그녀는 4년 후 상환하는 조건으로 2만 3000달러를 무이자로 빌려주겠다고 했다. 60가구가 4년 동안 매달 8달러씩만 모으면 갚을 수 있었다.

하지만 디나의 제안은 더 큰 분란을 일으켰다. 사람들의 불만은 급속도로 커졌다. 왜 비영리단체의 모기지를 주민들에게 전가하려고 하냐는 것이었다. 그들은 왜 매달 8달러를 지불해야 하는지 물었다. SONG의 주민들은 지금 초과비용도 감당하기 힘들 지경인데 여기에 또 비용을 떠맡아야 하는지 반문했다.

이사회는 이 문제의 결정을 한 달 뒤로 미루고, 그동안 입주자들은 디나의 관대한 제안을 받아들일지 말지 결정해달라고 요청했다. 내 생각에 한 달은 SONG와 FROG의 주민들이 완전한 합의에 도달할 수 있는 최소한의 시간이었다.

SONG와 FROG의 주민들에게 따로 모임을 갖도록 부탁하고, 분기별 마을자치회 회의 안건을 소개했다. 조마조마한 마음으로 특별 마을 전체 회의를 계획하고, 주민들에게 수질 검사 조사 내용을 이메일로 보냈다. 합의는 물 건너간 것 같았다. 주민들과 이사회의 불화가 길어질 경우 땅을 팔아야 한다는 생각이 들었다. 도무지 모든 사람들이 만족할 만한 해결책은 보이지 않았다. 하지만 사태는 생각지도 못한 쪽으로 전개되었다.

해결의 조짐이 보인 건 특별 마을 전체 회의에서였다. 디나의 제안을 가장 격렬하게 반대하던 사람들이 마음을 바꿨다. 매달 갚아야 한다는 조건이 강제가 아닌 선택이 되어야 한다며 디나의 제안에 강하게 반대한 여자가 있었다. 그러자 디나가 그 조건을 철회했고 결국 우리는 합의에 도달했다. 우리는 디나의 제안을 받아들이고 자세한 내용은 차후에 논의하기로 결론을 내렸다.

그 결정은 획기적인 것이었다. 이타카 에코빌리지 프로젝트가 시작된 이래 사람들의 태도는 완전히 바뀌었다. 사람들은 빚을 상환하는 일에 모두 동참했다. 그리고 그것은 공동의 선택에서 비롯되었다. 다시 땅을 파는 일이 가장 쉬운 해결책이 될 수도 있었을 것이다. 그러나 친구들과 이웃이 전체 프로젝트를 이끌어가기 위해 동참하고 노력했다는 점이 무척 자랑스러웠다. 개인적으로도 비영리단체의 유일한 직원으로 고립된 느낌을 지울 수 없었기 때문에 이번 결정이 큰 위안이 되었다. '2003년은 빚 없는 해' 캠페인은 드디어 성공했다. 이제야 집에 온 기분이 들었다.

2003년 12월 23일, 나는 마지막으로 수표에 서명했다. 빚을 다 갚은 것이다. 장장 11년 6개월 만에 이 땅이 우리 것이 되었다! 새 장을 박차고 나가는 새처럼 우리의 계획도 날개를 달고 힘차게 비상하기 시작했다.

ECOVILLAG

Chapter 3

웨스트 헤이븐 농장

쾌청한 8월 중순의 오후다. 젠과 존은 도우미 12명과 함께 오늘의 수확물을 거둬들이고 있다. 잘 익은 토마토와 콩 3종류를 수확한다. 커다란 청로메인, 푸른 잎, 버섯 모양의 양상추로 바구니는 그득하다. 주키니 호박, 패티 팬 호박과 노란색 여름 호박이 풍성하고, 보라색 가지도 화려하다. 농장에서는 딜, 바질, 고수의 냄새가 향긋하게 감돈다.

일하는 사람들의 손이 재다. 주주 179명으로 구성된 농장은 유기농으로 재배한 채소를 매주 분배하기 위해 곧 수확에 들어간다. 어른들이 농장에 들러 친구들과 환담을 나누는 동안 아이들은 신나게 논다. 집을 아름다운 색과 향기로 꾸미기 위해 정원에서 꽃을 꺾기도 할 것이다. 이곳에서 수확한 농산물은 이타카 에코빌리지 주민들과 더 많은 사람들의 부엌과 식탁에 오를 것이다.

웨 스트 헤이븐 농장은 이타카 에코빌리지의 비전을 온 세상에
알리는 최초의 사업이었다. 젠과 존 보케어-스미스 부부가
가꾼 농장 10에이커(4만 470m²)는 북동부유기농협회(Northeast
Organic Farming Association, NOFA)의 인증을 받은 유기농장이다. 이
곳은 이타카 에코빌리지의 영구 보존 지역이기 때문에 개발자들의
압력에서 자유로웠고, CSA 농장이기도 하다.

CSA 농장은 사람과 땅 사이에 거미줄 같은 연결망을 만들어준
다. 이곳에 가입하면 집 근처에서 유기농으로 생산한 제철 채소를
먹을 수 있다. 그런 채소를 먹으면 지속 가능한 농업이 더욱 번성할
수 있도록 돕는 셈이다. 주주들은 농장을 운영하는 비용을 분담하
고 매주 수확한 채소와 허브, 꽃을 충분히 받았다. 이러한 거래는
수확을 하는 5월 말부터 11월 초까지 계속된다. 농부들은 정성 들
여 키운 농산물의 판로를 확보해서 좋고, 소비자들은 유기농 작물
을 먹을 수 있어서 좋다. 서로 이로운 거래임에 틀림없다. 언젠가
젠이 내게 이런 말을 했다.

"우리가 키운 농작물이 회원들을 먹여 살리는 것처럼 회원들이
우리를 먹여살리죠."

그런데 웨스트 헤이븐 농장은 CSA에 가입한 회원만으로 꾸려 나
가는 것은 아니다. 농장에서 수확한 농산물의 60%는 회원들에게
돌아가고, 나머지는 파머스 마켓(Farmer's market)에 공급된다. 그리
고 1%는 이타카 에코빌리지와 지역 협동조합 상점 그린스타
(Greenstar)에 도매가로 공급된다. 이 수치를 더하면 101%가 되는
데, 이것이 바로 젠과 존 부부가 이 농장에 쏟아 붓는 노력을 보여준
다. 웨스트 헤이븐 농장에서 작물을 키울 수 있는 기간 동안 대체로

이타카 에코빌리지 농장에 있는 파머스 마켓에서 일하는 젠과 존 부부.

매주 1000여 명에게 농산물을 공급한다. 가끔 농장 일을 도와보니 10에이커에서 얼마나 많은 수확을 할 수 있는지 놀라울 따름이었다.

이 농장의 성공 비결 중 하나는 토양이다. 젠과 존 부부는 말 그대로 땅에 좋은 것을 다 주었다. 녹비와 퇴비만 뿌리고 질소 고정을 위한 작물을 간작했다. 윤작을 했음은 물론이다. 두 사람은 마구잡이식 농법으로 지력이 고갈된 땅을 회복하려고 온갖 노력을 기울였다. 그렇게 건강해진 땅에서 건강한 농작물이 자라는 것이기 때문이다.

이제 그 땅은 영양이 매우 풍부한 채소를 생산한다. 이타카 에코빌리지에서는 젠과 존이 키운 신선한 채소로 만든 수프가 감기에 특효약이라고 생각할 정도다. 저녁에 수프를 먹으면 다음날 아침 몸이 거뜬해진다는 옛말도 있지 않은가. 나도 감기에 걸렸을 때 농장에서 키운 채소로 수프를 끓여 먹었는데 정말 감기가 뚝 떨어졌다.

　웨스트 헤이븐 농장에 대해 이야기하려면 우선 이 농장을 만든 사람부터 시작해야 할 것이다.

ECOVILLAGE at ITHACA
젠과 존

젠과 존이 처음 만난 건 1990년 UC 버클리대학의 도시정원 생태계 수업에서였다. 존은 당시를 회상하면서 토양화학에 대한 젠의 해박한 지식과 수많은 사람들 앞에서 자신의 정치적 견해를 당당하게 밝히는 모습에 꽤 주눅이 들었다고 털어놓았다.

　글로벌 워크가 나바호 족의 거주지를 지나는 동안 잠시 합류했던 젠과 존은 학업을 마친 뒤 이타카 에코빌리지 프로젝트에 합류하기로 결정했다. 두 사람은 농부가 되었다. 정원 일을 좋아했고 사람들에게 먹을거리를 제공한다는 이 일의 사회·정치적 측면이 마음에 들었기 때문이다. 당시 두 사람은 NOFA 회의의 무료 등록증을 얻었다. 젠은 그때 일을 회상하면서 감격에 겨운 듯 잠시 말을 멈췄다.

　"그건… 마치 신을 찾은 것 같았죠."

　두 사람이 CSA에 대해 처음 안 건 두 달 동안 뉴욕 주 아가일에 있는 슬랙 할로 농장에서 일할 때였다.

　"우리는 하루 종일 일하고 일당 40달러를 받았어요. 그때는 식사 시간마다 농사일을 하나라도 더 배우려고 그 사람들을 쥐어짰죠. 일을 그만둘 무렵에는 상당히 많은 지식을 얻었어요."

존은 씩 웃으면서 말했다. 두 사람은 1991년 우리에게 돌아왔다 (미국에서 CSA가 활동을 시작한 것은 1990년이었다).

나는 처음부터 두 사람의 농장과 친했다. 당시 나는 이타카 시내에 임대한 집에서 살았는데 길 맞은편에 젠과 존의 집이 있었다. 두 사람의 농장은 겨우 2에이커(8094m²)였고, 이타카 에코빌리지는 여전히 설계 단계였다.

두 사람은 집 뒤에 있는 주차장에 플라스틱으로 골조를 한 작은 온실을 가꾸었다. 그곳에서 묘목을 심고 사랑스러운 아이를 키우듯 돌보았다. 처음에는 지름 2.5cm짜리 화분에 정성스럽게 씨앗을 심었다. 싹이 트고 어느 정도 자라면 5cm 화분에 옮겨 심었고, 더 자라면 다시 10cm 화분으로 분갈이를 했다. 그렇게 자란 묘목에 하루에도 몇 번씩 물을 주었다. 이보다 정성스럽게 키울 수는 없을 것 같았다. 농장을 확장하면서 젠과 존은 직접 묘목을 키울 수 없었다. 그래서 몇 시간 떨어져 있는 다른 농장에서 필요한 것을 구입했다. 2004년에 대형 온실이 완공되자 다시 자신들이 쓸 묘목을 키울 수 있었다.

현재 농장은 성공적으로 운영되고 있다. 8.5에이커(3만 4399m²)에는 채소를 키우고 1.6에이커(6475m²)에는 과실수를 키운다. 마을 근처에는 사과 과수원 1에이커가 있는데, 다른 농부와 공동으로 작업한다. 아스파라거스를 제외한 북동부 지역에서 자라는 모든 종류의 채소 250종과 화초 50종을 키운다. 2001년에는 사과나무, 복숭아나무, 자두와 살구나무를 심었다. 수확까지 5년이 걸린다고 한다. 두 사람이 키운 딸기가 얼마나 맛있는지 알기에 이 과수원에서 거둔 즙 많은 복숭아를 한입 베어 물 날만 손꼽아 기다린다.

젠과 존의 농장은 이타카 에코빌리지의 토대를 마련하는 데 일조
했다. 하지만 몇 년 동안 나는 그들의 형편이나 농장 일이 얼마나
힘든지 전혀 알지 못했다. 두 사람과 대화를 나누면서 나는 비로소
눈이 트이는 것 같았다.

농장과 재정

농장 일의 고단함과 재정적 어려움은 바늘과 실처럼 언제나 함께
한다. 나는 두 사람의 농장 경험이 지난 몇 년간 어떻게 달라졌는지
궁금했다. 젠이 이야기보따리를 풀었다.

"음… 처음 계획은 이타카 에코빌리지의 농부가 되어 월급을 받
는 거였어요. 키부츠 같은 제도를 생각했거든요. 우리는 이스라엘
에도 다녀왔어요. 하지만 이곳에 와서 금세 알 수 있었죠. 농사일을
할 사람은 우리밖에 없다는 것을요. 우리에게 월급을 줄 사람이 없
을 거라는 사실도."

CSA는 협동을 기본으로 하지만 젠과 존은 여전히 자신들 소유의
사업을 경영하고 있다. 그럼에도 불구하고 이타카 에코빌리지에서
는 땅을 소유한다기보다 임대하는 것이기 때문에 이 부부는 적잖은
곤란을 겪었다. 젠은 재정적 곤란에 대해 씁쓸한 기분을 토로했다.

"집도 사야 하고 농장 건설에 10만 달러도 내야 한다면 누구나 망
설일 거예요. 우리는 학자금 융자받은 것도 갚아야 하고, 주택 대출
받은 것도 있죠. 정말 힘들어요."

다른 문제도 있었다. 두 사람이 토지를 소유한 것이 아니기 때문에 일을 그만두거나 농장을 떠나면 사업체를 정리하기가 힘들어진다. 아무리 열심히 일해도 자산을 가질 수 없는 것이다.

"젠이 아이들을 가르치고는 있지만 거의 소득이 없는 실정이에요. 우리는 원래 품었던 진정한 CSA 농장의 비전으로 돌아갈 생각이에요."

무엇을 어떻게 하려는 것이냐고 묻자 존이 말했다.

"재정적으로는 연간소득이 3만 달러는 되어야 해요. 농장 일로 적어도 한 사람 몫의 연봉은 벌 수 있어야 하거든요."

존은 CSA 멤버들의 활동을 더 알고 싶어했다. 그리고 이타카 에코빌리지의 주민들이 농장에 좀더 주인의식을 가져주기를 바랐다. 젠은 농장으로 이타카 에코빌리지의 매력이 한층 커지며, 농장은 사람들이 이곳에서 살고 싶은 이유 중 하나라고 강조했다. 젠은 공동체의 주민들이 CSA 회원 가입 여부와 상관없이 1년에 적어도 한 번은 작업반에 참가하거나 일을 하는 대신 소액의 연회비를 내는 방안을 제안했다.

젠의 말에도 일리가 있었지만 과연 공동체 전원의 지지를 얻을 수 있을지 의문이었다. 나를 비롯해 주민들은 대부분 농장의 이점을 향유했고, 농장이 이타카 에코빌리지의 미래에 얼마나 중요한 역할을 하는지 잘 알았다. 하지만 농장 일은 자신들의 삶과 크게 관련이 없는 주변부의 삶에 불과하다고 여기는 사람들도 있었다. 지금의 재정 문제가 심각한 수준으로 확대될 수 있는지 궁금했다.

"오랫동안 재정적으로 곤란을 겪고 있어요. 첫 10년간은 젊은 열정과 이상으로 버텼죠. 하지만 계속 유지하기 위해서는 돈이 되는 일을 해야 할 겁니다."

존이 대답했다.

그들은 이제 30대에 접어들었고 아이가 생기면서 삶은 달라지기 시작했다. 두 사람은 5살배기 아들 네이트와 충분한 시간을 보내고 있는지 걱정이라고 했다.

존이 힘주어서 말했다.

"어떻게 보면 농장 일은 끝도 없어요. 마치 화물열차 같죠. 여기 나타났나 싶으면 다시 사라지고. 봄가을이면 죽을 지경이에요. 전 하루 종일 일해야 하고, 젠은 아이들을 가르쳐야 하니까요."

젠이 끼어들었다.

"그래도 여름은 참 좋아요. 하지만 1년에 꼬박 열 달을 가르치고 여름을 맞이하면 완전히 녹초가 되죠."

두 사람은 CSA와 파머스 마켓에서 먹을거리를 통해 사람들과 교류하는 것이 좋다고 말했다. 특히 존은 주로 대학생인 일꾼들과 함께 추수하는 것을 즐긴다.

"추수는 정말 사교적인 활동이에요. 짧은 시간 동안 확실하게 보람 있는 일을 하는 방법이죠. 이곳에서 삶의 질은 매우 높아요. 그래서 보람 있어요."

두 사람의 노력은 가만히 있어도 드러난다. 마켓에서 가장 인기 있는 판매대가 바로 젠과 존의 것이기 때문이다. 그들은 거둬들인 채소를 깨끗이 씻어서 가장 팔기 좋은 것들만 가지고 나온다. 존은 자신들이 유기농으로 키운 작물에 대한 자부심이 대단하다.

"우리가 처음 유기농으로 채소를 키울 때만 해도 유기농 채소들은 정말 볼품이 없었죠. 게다가 히피 분위기까지 가미되었고요. 유기농은 더럽고 맛도 없다는 인식이 퍼져 있었어요. 그래서 우리는 유기농 작물도 보기 좋으면서 영양가도 풍부하다는 것을 보여주자고 결심했죠. 무슨 대단한 비법이 필요한 것도 아니에요. 그저 자연스럽게 기르면 되죠."

하지만 두 사람의 자부심과 상관없이 농장 일은 분명 힘들다.

존이 말했다.

"전 농장 일이 좋아요. 하지만 나머지 인생이 정말 힘겨울 거라는 생각에 스트레스도 많이 받죠."

젠이 말했다.

"전 함께 일하던 때가 그리워요. 하지만 둘 다 농장에 붙어서 일할 여유가 없어요. 그렇게 일하던 때가 좋았는데 말이에요."

젠은 아들의 연한 금발머리를 쓰다듬었다. 그리고는 아쉬운 듯 네이트를 데리고 농장 일을 한다는 것은 정말 비현실적인 생각이라고 덧붙였다. 부모가 일을 하면 아이에게는 거의 신경을 쓰지 못하기 때문이다.

"아이가 없을 때는 밤에 불을 켜놓고 일했어요. 하지만 아이가 태어난 뒤에는 농장 일이 전만큼 중요하게 여겨지지 않아요. 우리는 작업 시간을 엄격하게 정해놓았어요. 아침 8시부터 저녁 6시까지. 정말 중요한 일이 아니면 일요일에는 쉬죠."

존이 말했다.

"이제 멋진 일을 하지 못해서 약간 섭섭하기는 해요. 손해가 나는 일이 아니라도 마찬가지죠. 전 **바이오디젤**에 관심이 많아요. 10년 전이었다면 분명 작은 헛간을 지어서 저질러버렸을 거예요. 지금은 차라리 제 대신 해줄 사람을 찾고 싶은 심정이에요."

젊은 부부와 이야기를 나눠보니 힘든 노동과 적은 수입으로 인한 그들의 고생이 느껴졌다. 그래서 이타카 에코빌리지에서 농장을 꾸려가는 것을 어떻게 생각하는지 궁금해졌다. 마음속으로 두 사람의 대답이 긍정적이었으면 하는 소망을 품어보았다.

젠이 잠시 생각하더니 말문을 열었다.

"다른 곳에서 농사일을 하는 분들은 대개 외떨어져 있어요. 가장 가까운 이웃이라고 해봐야 몇 km 떨어진 곳에 살죠. 우린 그런 삶을 원치 않아요. 그건 확실하죠. 농부도 사람이니까요. 그래서 이타카 에코빌리지의 삶은 우리에게 매우 의미 있어요. 물론 이곳의 삶이 신비로우면서도 까다롭기는 하지만요."

존도 미소를 지으며 자신들은 농부지만 다른 농부들에 비해 훨씬 사교적인 사람이라고 덧붙였다. 농장은 토지 보존 지역과 이타카 에코빌리지가 추구하는 이상 덕분에 이 마을에 들어올 수 있었다. 그리고 그들이 다른 사람들과 소통할 수 있도록 도왔다.

젠은 이런 말로 우리의 대화를 끝맺었다.

"도시에서 농장을 갖는다는 건 정말 대단한 일이에요. 땅값이 워낙 비싸서 우리가 하고 싶다고 할 수 있는 일이 아니거든요."

젠과 존이 앞으로 가야 할 길은 결코 쉽지 않을 것이다. 두 사람은 꿈을 이루기 위해 자신들의 땀을 쏟아 붓고 있다. 그들의 노력은 이타카 에코빌리지를 만들어가는 데 소중한 도움이 되었다. 그때 문득 이런 생각이 들었다. 어마어마한 액수의 대출을 다 상환하고

바이오디젤(biodiesel)
콩기름, 유채기름, 폐식물기름 등 식물성 기름을 원료로 만든 바이오연료. 경유를 사용하는 디젤자동차의 경유 첨가제 혹은 그 자체를 차량 연료로 사용한다.

나면 생태학적 지속 가능성을 우리 안마당에서 현실로 만들어가는 젊은 농부 부부의 재정적 지속 가능성을 보장해줄 기금을 조성할 수 있지 않을까 하는.

농장 일

어린 시절 나는 버몬트 주에서 살았다. 그때 우리 집은 0.5에이커 (2023m²) 정도 되는 땅에 유기농 텃밭을 가꿨다. 어머니는 그곳에 옥수수, 토마토, 호박, 콩, 감자, 딸기를 심었고, 가장자리에는 화초를 심었다. 그 밭에서 우리 가족은 7년 내내 채소를 넉넉히 거뒀다. 토마토를 조리해 저장하고, 겨울호박과 양파, 감자 등을 다락에 쌓아두었으며, 나머지는 얼려서 보관했다. 덕분에 나는 자라면서 손톱 밑에 때가 없으면 일을 제대로 한 게 아니라는 생각을 했다.

내가 8학년 무렵, 어머니는 여름에 한 달간 여행을 떠나셨다. 그동안 나와 남동생은 매일같이 뜨거운 햇빛에 땀을 뻘뻘 흘리며 봉지 가득 콩을 따곤 했다. 우리는 직접 딴 콩을 가득 담은 식료품 봉지를 끌고 언덕 위에 있는 집으로 갔다. 그리고 씻은 콩을 데쳐서 냉동 보관했다. 그렇게 몇 년이 지나자 나와 내 동생은 콩이라면 입에도 대지 않았다.

그래도 난 여전히 원예 일을 좋아한다. CSA 회원이다 보니 땅을 접할 기회도 많았지만, 그것으로는 부족했다. 그래서 2002년, 마침내 잠시 시간을 내어 인생을 정리하고 큰 만족을 줄 수 있는 일을 해보기로 결정했다. 지난 몇 년간 농장 일을 해보고 싶다는 생각이 점점 더 커지던 참이었다. 이제 소매를 걷어붙이고 흙을 만지며 젠과 존이 농장을 꾸려가는 방법을 더 많이 알아보고 싶었다.

나는 일당 360달러 대신 180달러만 받고 농장 일에 참여하기로 했다. 시간당 6달러씩 30시간을 일하는 것이다. 이렇게 하면 CSA 측이 더 많은 사람을 고용할 수 있어 좋고, 젠과 존은 일손을 구할 수 있으며 사람들은 현장에서 유기농을 배울 수 있어 좋았다.

내가 그 일을 진심으로 즐기지 않았다면 농장 일 참여 과정은 아무런 의미가 없었을지도 모른다. 하지만 나는 진심으로 즐거웠다. 아침 일찍 새들의 노랫소리를 들으며 들판을 가로지를 때 기분이 얼마나 좋은지 새삼 깨달았다. 그리고 농장에 도착해 하루를 시작하느라 부산스러운 일꾼들과 함께 일하는 기쁨도 느꼈다.

전형적인 추수 화요일

농장 일에 참여하는 회원들은 매주 화요일 아침이면 CSA에서 준비하는 직거래 장터를 위해 작물을 거둔다. 나는 주로 코넬대학에서 온 대학원생들과 함께 일했다. 이들은 철학, 음악, 생태학 등 다양한 전공의 박사 과정에 있는 학생들이었다. 그중에는 이타카 에코빌리지 주민과 함께 유기농 작물의 영양학적 가치를 연구하여 최적의 비료 투입량을 찾으려는 학생도 있었다. 그들은 친절하고 정력적이며 유능한 일꾼들이었다.

농장의 일은 매우 다양하고 세심한 주의가 필요했다. 수확하는 날 아침, 우리는 긴 칼을 들고 시금치를 수확한 뒤 마늘을 따기 위해 이동했다. 아름답게 말려 있는 덩굴을 보면 붓으로 멋지게 휘갈

긴 글씨를 보는 듯한 착각이 들었다. 바질의 꽃이 피지 못하도록 맨 위의 잎을 뜯을 때쯤 내 손에서는 신선한 샐러드의 향내가 번졌다.

다음은 완두 차례였다. 방금 딴 완두를 한 알 먹어보았다. 우리는 콩깍지까지 먹을 수 있는 품종을 찾아냈다. 먹어보니 달콤하면서 바삭거렸다. 하루 종일이라도 먹을 수 있을 것 같았다. 하지만 일이 우리를 기다리고 있었다. 사실 스케줄이 매우 빡빡했다. 그날 오후에 CSA 직거래 장터가 열릴 예정이었기 때문이다.

가지 밭에 잡초를 뽑아야 했다. 나는 쭈그리고 앉아서 일했다. 바지가 흙투성이가 되었지만 허리를 구부리지 않아도 되어 좋았다. 아무도 먹으려고 베는 사람은 없지만 나는 잡초조차 먹을 수 있다는 사실을 알고 깜짝 놀랐다.

들판에서 일이 끝나고 앨리슨과 함께 시원한 헛간에서 거둔 채소를 씻었다. 앨리슨은 나와 달리 정식으로 고용된 일꾼인데 별명이 '날쌘돌이'였다. 무슨 일을 하든 능률적이고 신속하게 처리하기 때문이다. 우리는 커다란 허브 통 옆에 앉았다. 딜 덩굴과 내가 제일 좋아하는 고수를 씻었다. 씻기에 적당하지 않은 바질은 그냥 두었다. 작업을 시작하자마자 허브 향이 온 헛간에 퍼졌다.

우리는 엄청난 양의 양상추도 씻었다. 커다란 청로메인도 있었고 밝은 녹색의 버섯 모양 양상추와 잎이 말린 붉은 양상추도 있었다. 양상추만 10상자는 되는 것 같았다!

양상추에 이어 시금치를 씻었다. 매번 물통을 바꿔가면서 3번씩 씻었다. 적어도 CSA 농장에서 내 몫으로 받은 시금치를 먹으며 모래 씹을 걱정은 없다! 젠과 존은 그렇게 정성을 다해서 거둔 채소를 씻었다. 그러니 보기에도 좋고 요리하기 전에 다시 씻을 필요도 없

CSA 직거래 장터

오늘은 농장에서 사람들이 직접 수확을 하는 날이다. 선반에서 커다란 가방을 꺼내 재활용 플라스틱 용기를 넣는다. 날씨는 지독히 더워서 35℃를 기록했다. 그래도 오늘은 좀 덜 끈적거리는 것 같다. 하늘은 맑고 관목 숲에 내려앉은 새들은 신나게 지저귄다.

닭장을 지나려는데 12마리 정도 되는 닭들이 뛰어나와 반긴다. 마치 사탕을 달라고 조르는 초등학생들 같다. 닭들은 신나서 나를 따라온다. 꽁지를 펴고 고개를 까닥까닥하며 꼬꼬댁거리는 모습이 서로 내게 먼저 닿으려고 경주라도 하는 것 같다.

"미안하구나, 아가씨들. 오늘은 너희한테 줄 것이 없어."

나는 미셸의 집에 들러 달걀을 챙겨야겠다고 생각했다. 이 닭들이 낳은 달걀은 이제껏 먹어본 달걀 중에 최고다. 밝은 황금색을 띤 노른자와 신선한 맛이 일품이라, 이타카 시의 자연식품 가게에서 파는 달걀보다도 맛이 좋다. 양계장이 아니라 풀어놓고 키우는 닭이 낳은 것이다.

먼지가 풀풀 날리는 길에서 벗어나 클로버가 덮인 오솔길로 접어든다. 옆으로는 농장의 감자밭이 있다. 지금은 감자 꽃이 막 봉오리를 터뜨리기 시작한 때다. 별 모양 감자 꽃은 가운데가 노란색이고, 가장자리는 보라색이다. 어딜 봐도 허리까지 웃자란 풀과 활짝 핀 밀크위드 꽃이 지천이다. 커다랗게 모여 있는 분홍 꽃들은 나중에 부드러운 씨앗이 가득 담긴 포동포동한 꼬투리로 변할 것이다.

밀크위드를 보니 오래 전 내 인생에서 전환점이 되었던 그 일에 대한 추억이 다시 떠오른다. 어린 시절에 나는 씨가 든 잘 익은 꼬투리를 갈라보곤 했다. 그 속에는 갈색으로 반짝거리는 작은 씨앗이 빽빽하게 들어차 있었다. 나는 그 꼬투리들이 작은 요람이고 그 속의 씨앗은 어린 공주님과 왕자님들이라고 생각했다.

사춘기의 열병을 앓는 13살 소녀가 되었을 때 버몬트의 집 뒤 언덕에서 밀크위드 씨앗 꼬투리를 손에 쥐고 있던 기억이 난다. 당시 나는 방관자가 되기보다는 적극적으로 행동해 세상을 바꿀 수 있을 만큼 자신만만하고 자유롭기를 바랐다. 그 소망을 담아 꼬투리의 씨앗을 언덕 아래로 멀리멀리 날려보냈다.

바람을 타고 맴돌며 멀어지는 씨앗을 보면서 내 속에 위험을 무릅쓰고 비상할 능력이 있음을 느꼈다. 이듬해 나는 전보다 훨씬 행복했고, 새로운 시각으로 인생을 바라보았다. 그때를 생각하면 지금도 입가에 미소가 어린다. 하지만 오늘 내 관심을 끄는 식물은 밀크위드뿐만 아니다.

나무딸기가 익었는지 그 점이 가장 궁금하다. 드디어 찾아낸 나무딸기는 송이의 끝 부분이 가장 잘 익었다. 잔뜩 기대를 하고 한 알을 따서 입으로 가져갔다. 그래, 이 맛이야! 작년에 먹었던 것처럼 맛있다. 나는 잘 익은 딸기를 한 움큼 딴다. 이 보물단지를 아직은 아무도 발견하지 못한 것이 분명하다. 다른 사람들에게도 이곳을 말해줘야 하나? 아니지… 하루나 이틀만 더 기다렸다가 혼자서 이 별미를 맛볼 생각이다.

이번에는 관목 숲에 있는 야생 체리나무를 힐끗 올려다본다. 작년에 우리는 그곳에서 체리를 굉장히 많이 땄다. 그래서 올해는 덜 열린 모양이다. 자세히 보니 제일 맛있는 부분은 새들의 차지가 되었다.

클리프 파크 브룩으로 흘러들어가는 작은 개울로 향했을 때 두더지 한 마리를 발견하고 깜짝 놀랐다. 그 녀석은 나를 발견하고는 재빨리 구멍으로 몸을 숨겼다. 잠시 발걸음을 멈추고 잠자리가 오솔길을 가로지르는 작은 웅덩이 위를 날아다니는 모습을 구경했다. 까

맑고 하얀 잠자리가 수면 위를 스치듯 날아가는 자태가 마치 턱시도를 입고 춤을 추듯 우아하다. 다른 잠자리는 쏜살같이 날아가는 화려한 터키석 같다. 와, 저기 좀 봐. 밝은 오렌지색 잠자리다. 이건 내가 처음 보는 종류다.

오솔길을 더 걸어가면 길 양쪽의 관목 숲에 잘 익은 야생 포도덩굴이 유혹한다. 오래된 히코리를 지나친다. 예전에 길 양쪽에 위풍당당한 보초병처럼 서 있던 두 그루 중 남은 한 그루다. 다른 히코리는 벼락을 맞았다. 그래서 우리는 그 나무를 베어내고 운동장에 쓰려고 그루터기를 남겨놓았다. 이제 남은 한 그루가 보초를 서고 있다.

외로운 히코리를 뒤로하고 계속 걷자 농장이 시야에 들어온다. 높은 사슴 방지 울타리가 10에이커에 달하는 농장을 에워싸고 있다. 기금 조성 캠페인을 통해 원래 있던 별 볼일 없는 울타리를 좋은 것으로 바꾼 것이다. 2000년 여름에 사슴 때문에 농작물을 10분의 1이나 잃었다. 농장의 소식지에는 매주 피해 정도가 실렸다. 소식지는 '사슴이 다시 울타리를 넘어 들어와 양상추의 반을 먹어 치우고 딸기는 몽땅 먹어버렸다. 완두는 줄기까지 먹어 치웠다'고 전했다.

농장을 구하기 위한 영웅적인 노력의 일환으로 주민 마사 스테티니어스가 중심이 되어 사슴 방지 울타리 구입 모금운동을 벌였다. 대규모 창고 세일을 2번이나 했고, 브런치 행사와 경매도 열렸다. 젠과 존은 모든 CSA 멤버 가족의 지원을 받았다. 사람들은 각종 물건이나 서비스, 가전제품, 가구, 심지어는 라스베이거스와 투손만큼이나 먼 곳에서 보내려던 주말 휴가까지 기부했다. 그렇게 모금한 1만 달러로 2.4m 높이의 사슴 방지 울타리를 설치할 수 있었다. 그 후 지금까지 울타리를 넘어온 사슴은 한 마리도 없다.

오늘 농장은 햇빛을 받아 반짝인다. 존과 젠 부부와 조수 2명이 바쁘게 관개 시설을 작동시키고 있다. 23km에 달하는 이 관개 시설을 작물들 사이에 설치하여 물을 준다. 겨울 동안 쥐가 호스를 갉아먹기도 해서 2.5cm마다 피해를 입은 부분이 있는지 점검해야 한다. 검은 뱀처럼 길게 늘어진 관개 호스가 생기를 얻어 목마른 식물에게 물을 뿌려준다.

식물이 제대로 성장하려면 일주일에 강수량 25mm가 필요하다. 하늘에서 내리는 비로는 부족해서 관개수에 의지할 수밖에 없다. 관개 시설은 매우 노동 집약적이며, 원활하게 작동시키고 물을 보존하려면 관리를 잘해야 한다. 가뭄이 들면 관개수로 사용하는 연못이 말라버릴 수도 있기 때문이다. 그래서 관개 시설을 사용하려면 먼저 상황을 잘 따져봐야 한다. 작물이 필요한 것을 잘 공급하고 있는지부터 확인해보는 것이 좋다.

나는 시원한 헛간으로 들어가 내 몫의 농작물을 받는다. 수확하는 시간은 화요일 오후 4시부터 수요일 오전 10시 30분까지다. 지금은 수요일 오전 10시 20분, 거의 끝날 시간이다. 하지만 아직도 수확할 작물이 많다.

작은 칠판에는 이렇게 쓰여 있다. '양상추와 근대, 시금치 합해서 900g(시금치를 넣을 경우 시금치는 340g 이상은 안 됩니다), 고수와 파슬리 한 주먹, 스냅완두나 깍지완두 1.1ℓ . 마늘종 230g.' 마늘종이라고? 그게 뭐야?

나만 마늘종을 모르는 것이 아니라 다행이다. 농장의 소식지에 따르면, 마늘종은 마늘의 윗부분에 해당하는 것으로, 마늘이 더 실하게 자라도록 보통 베어버린다고 한다. 마늘 잎처럼 마늘종으로 멋진 소스를 만들 수 있다. 마늘종의 강한 냄새가 싫으면 파슬리, 고수, 바질과 같은 허브나 시금치를 넣으면 된다. 여기에 살면 언제나 배울 것이 있다. 밖으로 나와보니 아직도 딸기가 조금 남았다.

나는 0.5ℓ 들이 양동이 2개를 들고 양상추, 시금치, 당근과 양파를 심은 이랑을 지나 커다란 딸기덩굴이 12이랑이나 있는 곳으로 간다. 다른 사람들은 앞부분에 있는 이랑에서 딸기를 따고 있다. 나는 훨씬 아래쪽에 있는 이랑에서 즙이 풍부한 딸기를 찾기 위해 기술적으로 잎을 뒤집는다.

젠과 존이 키우는 딸기는 이제까지 먹어본 딸기 중에서 가장 맛있다. 작지만 달콤하기가 이를 데 없다. 부부는 딸기가 다 익으면 주스를 만든다. 아주 작거나 달팽이가 먹은 것을 골라낸다. 가져간 양동이 2개가 금세 잘 익은 딸기로 그득해진다. 하나는 내가 먹을 것이고, 다른 하나는 친구 몫이다. 농장으로 돌아와 CSA 농장 수확에서 내가 제일 좋아하는 작업을 위해 전지가위를 챙긴다. 바로 꽃을 따려는 것이다.

이번 주에는 분홍색과 흰색, 보라색이 잘 어우러진 베로니카를 따볼 생각이다. 또 분홍색과 붉은색, 흰색 수염패랭이꽃으로 작은 부케를 만들 것이다. 향기로운 라벤더도 몇 줄기 땄다. 농장으로 돌아오자 두 딸을 데리고 온 여자가 남은 채소를 고르고 있다. 남은 농산물을 커먼 하우스에 가져가기도 하지만, 대부분 우정 기부 네트워크(Friendship Donations Network, FDN)에 기부한다.

이타카 에코빌리지의 주민 사라 파인즈가 1998년에 설립한 FDN은 음식물을 기부하는 이 지역의 비영리단체다. 사라의 아버지는 그녀가 어렸을 때 폭격으로 돌아가셨다. 그래서 그녀는 팔레스타인에서 얼마 동안 거리의 아이로 살아야 했다. 그 경험으로 사라는 아무도 굶주리지 않고 음식물을 버리지 않는 세상을 만들고 싶다는 꿈을 키워갔다.

사라는 자신을 '작고 늙은 여자'일 뿐이라고 하지만, 그녀와 함께 일하는 자원봉사자들은 사라를 '토네이도'라고 부른다. 봉사 활동으로 수많은 상을 탄 사라는 68세에 키는 146cm에 불과하지만 의지가 대단하다. 사라와 자원봉사자들은 톰킨스 카운티 지역에서 매주 2000명에게 식사를 제공한다. 빵가게, 슈퍼마켓, 웨스트 헤이븐을 포함한 농장들은 '그날 팔고 남은 음식'이나 남은 음식들을 기부한다. 200명이 매일 음식 1톤을 현지의 무료 식당, 식료품 저장소, 저소득 노동자들을 고용하는 작업장 등지로 배달한다.

FDN에서 가져가지 않은 채소는 커먼 하우스로 간다. 내가 알기로 젠은 콜리플라워, 양상추, 완두 같은 채소를 내일 저녁 파티를 위해 따로 떼어놓았다. 젠은 목요일마다 CSA 직거래 장터에서 남은 채소들로 커먼 하우스를 위해 요리한다. 바로 곁에 이런 농장이 있다니 우린 정말 운이 좋은 사람들이다. 신선한 채소, 유기농 양상추나 밭에서 갓 딴 토마토보다 좋은 것이 어디 있을까.

웨스트 헤이븐 농장 CSA 직거래 장터에서 물건을 고르고 있다.

이번 주 CSA 직거래 장터 행사도 끝이 났다. 또 다음주를 기약해야 한다. 나는 다시 들판을 가로질러 집으로 돌아간다. 어깨에 멘 가방에는 푸른 채소, 마늘종, 달콤한 딸기와 아름다운 꽃들로 가득하다. 이렇게 농장까지 걸어서 다녀올 때마다 프랑스 가정주부가 된 것 같다고 농담을 한다. 오늘 밤 친구들을 위해 차릴 맛있는 저녁식사 재료를 다 마련했다. 물론 딸기 쇼트케이크를 빼놓을 수 없지. 농장에서 바게트만 판다면 금상첨화겠는데!

을 정도로 깨끗했다.

작업을 마치고 점심식사를 했다. 우리는 헛간에 모여 식사를 하며 서로 어울렸다. 존의 가족도 있었고 네이트의 아홉 살 된 사촌 아비브와 가족을 대표해서 농장 일에 참가한 SONG의 10대 칼레브도 있었다. 우리 이웃과 그 집의 10대 아들, 농장 일꾼 부부도 있었다. 나머지는 코넬대학에서 온 대학원생들이었다. 정말 다양한 사람들이 한자리에 모였다! 그 사람들과 즐겁게 일했다. 새로운 기술도 배울 수 있어서 정말 좋았다. 하지만 다른 일을 해야 했다. 사람들에게 인사를 하고 들판을 가로질러 집으로 돌아왔다.

육체노동은 그렇게 힘들지 않았다. 손톱 밑이 더러워졌지만 흙을 만지는 일을 했다는 뿌듯한 기분이 더 소중했다. 그날 수확한 작물을 들고 집으로 오는 것은 정말 행복한 경험이었다.

웨스트 헤이븐 농장은 이타카 에코빌리지가 만들어지기 시작한 순간부터 이곳의 비전이었다. 젠과 존은 자신들이 경작하는 땅과 이타카 에코빌리지가 추구하는 이상과 끈끈하게 연결되어 있다. 우리 마을 주민들도 마찬가지다. 우리 사이에 존재하는 다양한 교류가 코하우징 공동체의 핵심이 아닌가.

ECOVILLA

Chapter 4

공동체에서 산다는 것

워킹 아이리스

9살 알레그라와 4살 사라가 집 앞을 지나간다. 나는 특별한 것을 보여주겠다며 아이들을 부른다. 난초처럼 꽃을 피운 **워킹 아이리스**를 보여주려는 것이다.

"꽃이 핀 지 이제 하루 됐어. 아침 일찍 오면 꽃잎이 펴지는 것을 볼 수 있단다. 밤이 되면 꽃잎을 오므리는데 그러면 죽는 거야. 전에 시내에서 살 때는 1년에 한 번밖에 꽃이 피지 않았어. 그날은 정말 특별한 날이었지. 그래서 출근도 하지 않고 하루 종일 꽃을 바라보았단다. 이타카 에코빌리지에 살고부터는 자주 꽃을 피워. 태양열 집에 살면 햇빛을 더 많이 받아서 그런가 봐."

히스패닉계 혼혈아 알레그라는 머리칼이 검고, 갈색 눈이 크다. 사라는 유대인인데 금발머리가 마구 헝클어져 있다. 아이들은 밝은 보라색 중앙 부분을 흰색 부분이 감싸듯 피어난 꽃을 더 자세히 보기 위해 몸을 기울였다.

"음, 향이 정말 좋아요."

향긋하면서 자극적인 향기는 치자 꽃 향기처럼 은은하게 퍼진다.

"왜 이 꽃 이름이 워킹 아이리스예요?"

알레그라가 궁금해한다.

워킹 아이리스(walking iris)
딸기처럼 기는 줄기를 내어 징검다리 뛰듯 번식을 하는 식물로, 생김이 아이리스를 닮았다.

"이 꽃은 쑥쑥 잘 자라고 기는 줄기가 나오는 열대 식물이란다. 나오는 줄기마다 뿌리가 자라고, 거기서 또 새로운 줄기가 나오지. 그 모습이 마치 앞으로 계속 걸어가는 것 같다고 해서 워킹 아이리스라는 이름이 붙었단다."

아이들을 보내고 워킹 아이리스가 상징하는 것을 곰곰이 생각해본다. 워킹 아이리스에 새싹이 나면 그 싹에는 발이 2~3개 달린 기다란 줄기가 나온다. 그래서 다시 새로운 영역을 개척하는 것이다. 만약 줄기가 뿌리를 내리기에 적당한 흙이나 물을 찾지 못하면 끈적거리는 비늘처럼 변하다가 결국에는 말라 죽는다. 하지만 제대로 뿌리를 내리면 모든 부분이 제대로 성장한다.

처음 이 꽃을 키울 때는 꽃 구경하기가 정말 힘들었다. 그래서 꽃을 피울 때마다 그 기쁨을 오랫동안 가슴속에 간직하려고 했다. 시간이 갈수록 꽃은 더 많은 줄기를 냈고, 나는 그중에서 튼튼한 녀석을 골라 제일 친한 친구들에게 선물했다. 지금은 쑥쑥 자란 워킹 아이리스가 집 주위를 빙 둘러싸고 있을 정도다.

사람들에게 새로 자란 줄기를 잘라 선물하면 워킹 아이리스가 오히려 더 건강하게 자란다는 사실을 알았다. 이것은 우리의 공동체와 마찬가지다. 내가 공동체에 사랑과 관심, 시간, 심지어 돈까지 아낌없이 들인다면 공동체는 더욱 건강하고 성숙해질 것이다. 그러면 거꾸로 나도 행복하고 건강해진다.

나의 모든 것을 함께하는 것은 희생이 아니다. 축복이며, 받은 행복을 몇 배로 돌려주는 파급 효과가 있는 사랑의 행위다. 우리가 매순간 행하는 작은 친절이 워킹 아이리스처럼 공동체에 향긋하면서 자극적인 향기를 감돌게 한다.

이 타카 에코빌리지의 삶은 유대감을 키워가는 것이라고 말할 수 있다. 우리는 일주일에 몇 번씩 함께 식사하고 공동 작업에 참가하며 우리만의 즐거움을 창조한다. 이곳에서 이웃에 대해 더 많은 것을 알아가고 즐기며 살아간다!

ECOVILLAGE 외 ITHACA
코하우징 모델

최초의 고하우징 공동체는 1968년 덴마크에서 시작되었다. 처음 이런 주거 형태에 대한 아이디어가 나왔을 때 사람들은 작은 공동체를 건설했는데, '보포엘레스카베르(bofoellesskaber : 공동체 생활)'라고 불렀다. 이 공동체는 사람들이 사생활을 보장받는 동시에 강한 소속감을 느끼고 싶어한다는 전제를 바탕으로 한다. 주민들은 공동체의 설계부터 건설, 관리까지 전 과정에 참여한다.

전형적인 공동체는 10~35세대가 이웃한 집에 거주하면서 공동 부지에서 생활한다. 거주지역의 배치 형태는 단순하면서 심오한 의미를 담고 있다. 자동차는 부지의 외곽에 주차하기 때문에 주택 사이로 보행자들을 위한 오솔길과 공원 등 푸른 길이 나 있다.

부지 설계의 핵심은 주민들이 더 자주 편하게 어울리는 것이다. 그리고 그 핵심에는 '커먼 하우스'라는 공동 시설이 있다. 일반적으로 공동체의 주민들은 커먼 하우스에서 일주일에 몇 차례씩 공동 식사를 하거나 아이들의 놀이 공간, 세탁소 등으로 사용한다. 덴마크에서 설계한 부지를 살펴보면 숲이 넓고 빛이 잘 들며, 포근하고

SONG의 주민들이 환갑을 맞은 짐을 축하하고 있다.

아늑하다. 함께 식사하고 축하하며, 결정을 내리고 일함으로써 주민들이 느끼는 유대감은 시간이 흐름에 따라 깊은 우정으로 발전해간다. 코하우징 모델은 덴마크를 필두로 스칸디나비아반도 국가들과 네덜란드에서 인기 있는 대안 주거 모델로 각광받았다.

커지는 사람들의 노력

우리는 1992년에 매카먼트와 듀렛을 초대해 워크숍을 개최했다. 두 사람은 코넬대학과 이타카 시에서 모인 열정적인 청중을 대상으로 강연을 했다. 그리고 1년 후 한창 공동체를 만들고 있는 사람들과

FROG 단지의 모습.

함께 개최한 공동체 회의에 참가했다. 우리는 덴마크 사람들의 혁신적이고 실용적인 아이디어를 바탕으로 미국식 코하우징 모델을 개발하려는 새로운 움직임에 동참했다.

당시만 해도 초기 단계였기 때문에 우리와 뜻을 같이하는 사람들은 계속 바뀌었다. 조안과 내가 회의를 열 때마다 참가자들이 달라지는 것 같았다. 모두 공동체에서 살고 싶어했지만 막상 행동으로 옮기려는 사람은 없었다. 지루한 토론이 몇 달간 이어진 끝에 최소 회비로 250달러가 결정되었다.

이즈음 비영리단체의 이사회에서는 공동체를 어떤 방향으로 만들어갈 것인지에 대한 열띤 토론이 이어졌다. 노숙자들을 위한 임시 천막집을 지으려는 것인가? 경제력과 상관없이 희망자에게 집을 주자는 사람도 나왔다. 미국에서는 가장 새로운 주거 형태가 중산층을 겨냥한 것이므로 우리의 활동이 그들에게 가장 큰 영향력을 미치리라는 견해를 피력한 사람도 있었다. 단 하나 의견 일치를 본 부분은 공동체를 지향하며 주택을 조밀하게 건설하여 주거 분야에 새로운 모델을 제시하자는 것이었다. 주택은 단열이 뛰어난 자연형 태양열 시스템을 이용할 계획이었다. 우리는 넓은 공터 중앙에 주택단지를 세우고 싶었다. 6개월 동안 사람들의 의견을 모아서 미국의 중산층을 겨냥한 공동체를 건설하기로 최종 결정을 내렸다.

이 결정은 막 움트기 시작한 공동체를 양분하는 빌미가 되었다. 기껏 모인 코하우징 모임에서 회원 몇 명이 탈퇴를 했다. 나의 전남편 존을 비롯한 이사회 회원들도 마찬가지였다. 이상에 불타는 회원들이 그렇게 우리를 떠나는 모습에 슬픔을 느꼈다. 현실을 직시해야 한다는 사실을 다시 한번 되새길 수 있었다. 우리는 공동주택은 고사하고 어떤 주택도 건설해본 적이 없으며, 누구에게 지원금을 줄 만한 자금조차 없다는 사실을 말이다.

최종 결정은 모든 회원들을 만족시킬 수 없었다. 그러나 남은 회원들에게는 새로운 목표가 생겼고, 그 목표를 이뤄야 한다는 의욕으로 넘쳤다. 나는 그리 크지 않고 내 경제 사정에 맞는 주거 형태를 만들고 싶었다. 당시 나와 두 아이는 1년에 1만 6000달러로 생활하고 있었으므로 예산은 결코 이 범위를 넘어서는 안 되었다. 바로 그때 생각지도 못한 500달러 수표를 기부 받았다. 나는 이 돈으로 '감당할 수 있는 기금(affordability fund)'을 조성했다. 우리는 그 기금으로 감당할 수 있는 컨설턴트를 고용했다.

변화의 한가운데 선 나와 내 가족

1992년부터 1996년까지 나는 우리의 프로젝트를 실현하기 위해 정신없이 바쁘게 살았다. 1992년 봄에 FROG 모임을 가진 후 1996년 가을 첫 입주가 시작될 때까지 나는 전체 그룹 회의, 위원회 회의, 건축가 회의, 마을계획위원회 회의에 참가해야 했다. 일주일에 사흘 밤 동안 회의를 한다거나 반나절을 꼬박 회의를 한다거나 주말마다 회의를 하는 것은 내게 일상적인 일이었다. 끊임없이 결정을 내려야 했고, 무슨 선택을 하든지 만장일치여야 했다. 존과 헤어지는 바람에 본의 아니게 싱글 맘이 되어 아이의 부모 역할과 이타카 에코빌리지의 공동이사장 역할 사이에서 위태로운 줄타기를 해야 했다. 그 와중에 FROG의 간사까지 맡았다.

이타카 에코빌리지가 자리를 잡아가는 동안 나와 아이들의 생활은 스트레스의 연속이었다. 이곳으로 옮겨왔을 때 8살이던 제이슨과 5살이던 다니엘은 극심한 변화에 적응해야 했다. 존과 나는 별거를 시작했고, 아이들은 두 집을 왔다갔다했다. 할머니와 할아버지, 친구들을 샌프란시스코에 남겨두고 온 것은 물론, 이제까지 살던 대도시가 아닌 지방 소도시에서 시작하는 새로운 생활도 스트레스였을 것이다. 게다가 혹독한 겨울 날씨를 비롯한 이곳의 기후는 샌프란시스코와 매우 달랐다.

이타카 에코빌리지를 탄생시키기 위해 헌신적으로 활동할수록 아이들이 보모와 함께 지내는 시간은 길어졌다. 유난히 바쁠 때는 자정이 되도록 집에 가지 못하는 날도 많았다. 살인적인 스케줄 때문에 아이들을 잘 돌보지 못하는 미안함은 틈날 때마다 아이들을 돌봄으로써 조금이나마 보상할 수 있었다. 경치가 좋은 곳으로 하이킹을 하거나 집 뒤에 있는 과수원에서 사과를 따기도 했다. 공방에서 수공예를 배우며 즐거운 시간을 갖기도 했다. 독서는 우리 가족이 가장 좋아하는 일이다. 세 식구가 좋아하는 책 한 권에 머리를 맞대고 모이면 나는 목이 쉴 때까지 책을 읽어주곤 했다.

그나마 좋은 룸메이트를 만난 건 나에게 큰 행운이었다. 동갑내기 마시 보이드는 미혼으로 아이들을 좋아했다. 마시는 카운슬러이자 이타카 에코빌리지 프로젝트에도 참여하고 있었다. 내가 없을 때면 마시는 아이들을 잘 돌봐주었다. 우리 두 사람은 힘들 때마다 어려움을 이겨내며 함께 울고 웃은 동지다.

이런 시간들을 보내면서 나의 새로운 면을 발견하기도 했다. 아이들이 존의 집에 가서 모처럼 한가한 시간이 생겼다. 그때 나는 춤에 빠져 금요일마다 **콩트르당스**를 추러 다녔다. 스윙 댄스와 **접촉 즉흥** 강좌도 들었다. 이 순간을 위해 산다고 해도 과언이 아닐 정도였다. 춤을 추면서 음악과 율동에 몰입하다 보면 일과 사생활의 모든 문제들을 잠시나마 잊을 수 있었다.

1994년 봄, 나는 인생의 새로운 전기를 맞이했다. 자레드가 잠시 날 찾아온 것이었다. 그는 오랫동안 꿈꿔온 오토바이 여행을 떠날 참이었다. 5개월 동안 혼자서 오토바이를 타고 유럽 곳곳을 누비는 여행이라 했다. 우리는 매우 친밀한 감정을 느꼈다. 그때 자레드는

콩트르당스(contredance)
18세기 프랑스에서 가장 유행한 댄스. 17세기 영국의 농촌에서 유행한 민속무용으로, 1710년경 프랑스 궁전에 도입되었다.

접촉 즉흥(contact improvisation)
두 춤꾼이 사전에 춤의 흐름을 대충 정하고(아니면 그런 과정을 생략한 채) 접촉에 의지해서 춤의 흐름을 이어가는 현장 춤이다. 1970년대 전후 미국에서 시작되어 1980년대에 공연 형태로 정착했다.

이타카 에코빌리지로 옮겨오는 것을 심사숙고하고 있다고 말했고, 나는 희망을 버리지 않았다.

나는 자레드에게 당시 읽던 책에 대해 이야기했다. 『별의 예언 (The Celestine Prophecy)』은 우연의 연속인 인생에서 영적인 교훈을 얻는다는 내용이었다. 그날 오후 자레드는 우연히 형수님에게서 그 책을 선물받았고 열심히 읽기 시작했다. 우리는 자레드가 유럽으로 출발할 때까지 오랜 시간 전화로 마음을 나눴다.

그 후 몇 주 동안 나는 자레드가 보낸 편지를 받았다. 자레드는 우리를 잇고 있는 끈에 대해 몇 번이고 이야기했다. 나는 점점 큰 희망을 담아 편지를 보냈다. 미국 대사관을 통해 아네네, 이스탄불, 로마, 프라하로 그의 발자취를 따라가면서.

그 즈음 나는 사무실에서 일주일에 한 번씩 전화를 받기 시작했다. 그때만 해도 이메일이나 휴대전화가 일상화되기 전이었다. 조안과 자원봉사자들은 내가 현관의 전화기로 손을 뻗을 때마다 의미심장한 미소를 주고받았다. 자레드는 자신의 마음은 나와 함께 있다고 말했지만, 그의 머리는 고뇌에 빠졌다. 그는 산타크루즈에서 호스피스로 만족스러운 삶을 살았고, 20년을 보낸 그곳에 모든 친구들이 있었다. 일과 친구를 두고 어떻게 떠날지 고민이었다.

자레드는 결론을 내리기 위해 몇 주의 시간이 필요했다. 그러다 오토바이를 타고 다뉴브 강둑을 달리던 중 모든 것이 명확해졌다. 진심으로 나의 동반자가 되고 싶었고, 이타카 에코빌리지의 일원이 되고 싶다는 것을 깨달았기 때문이다.

나는 그 후 두 달을 행복한 꿈에 취해 보냈다. 대서양을 사이에 두고 자레드와 나는 전화로 미래를 약속했다. 또 무(無)에서 코하우징 공동체를 창조하기 위해 실용적인 세부사항을 조율하느라 정신이 없었다. 주택의 크기부터 경제적으로 적합한 침실 수까지 모든 사항을 결정해야 했다. 동거를 하든, 결혼을 하든 집부터 구해야 했다. 쉽지 않았지만 옳은 일을 하고 있었기에 생기 넘쳤다.

1994년 8월, 자레드는 유럽 여행을 마치고 돌아왔다. 이타카 에코빌리지로 이주하기 위해 한 달 앞당겨서 귀국한 것이다. 우리는 환상적인 두 달을 보냈고, 자레드는 이타카 에코빌리지에 완전히 빠져들었다. 이제 그는 과정위원회, 커먼 하우스 설계위원회를 포함한 각종 위원회에서 없어서는 안 될 존재가 되었다. 두 달 후 자레드는 짐도 가져오고 친구들에게 작별 인사도 할 겸 캘리포니아로 돌아갔다.

몇 달 후면 돌아올 줄 알았던 그는 이듬해 5월이 다 가도록 오지 않았다. 자레드는 밤새도록 차를 몰아 6월 6일 오전 6시, 이타카 에코빌리지에 도착했다. 그 시간에 벌써 기온이 32℃에 습기 또한 대단했지만 우리에겐 상관없었다. 나는 그를 향해 달려갔고 그는 나를 사랑으로 안아주었다. 포플러에서 하얀 꽃가루가 비 오듯 떨어졌다. 나는 흰 눈 사이에 서 있는 신부가 된 듯한 느낌이었다.

입주를 시작하다

계획, 설계 그리고 건축이 시작된 지 4년 6개월 만인 1996년 10월에 FROG에 처음으로 몇 가구가 입주했다. 물론 FROG가 완공된 것은 아니었다. 한 달 후 우리 가족이 그곳으로 이사했을 때는 7세대가 입주한 상태였다.

2주 후에 FROG의 오픈 하우스 행사를 열었다. 우리는 언론 자료를 배포하고 사람들을 초대해 신개념의 '코하우징' 형태를 선보였다. 오픈 하우스 행사를 시작하기 전에 우리는 아홉 번째 가족을 맞아들였다. 로드 램버트와 줄리아 모건과 그의 아이들이 캐나다의 온타리오 주에서 이사 온 것이다. 그 가족은 캐나다에서 생태마을 프로젝트를 시작하는 것보다 우리와 함께 하는 것이 쉬울 것이라 판단했다. 안타깝게도 줄리아가 오픈 하우스 당일 폐렴으로 쓰러지고 말았다. 일단 새 가족이 우리 집에서 짐을 풀도록 도와야 했다.

오픈 하우스 행사는 우리 집에서 열릴 계획이었다. 우리는 최대한 빨리 이삿짐을 옮겼지만 첫 손님들이 들이닥쳤을 때 나는 여전히 땀에 젖은 티셔츠와 청바지 차림이었다. 그럭저럭 준비를 마치고 손님들에게 따뜻한 음료를 대접한 뒤 우리 집의 자연형 태양열 시스템을 보여주었다. 방문객은 120명 정도 되었다. 그들은 생태마을이 무엇인지 보러 온 것이다.

화재

오픈 하우스 행사를 성공리에 마친 것을 자축하고 있을 때였다. 누군가 창 밖을 내다보더니 "불이야!"라고 소리쳤다. 우리는 곧바로 화재 신고를 하고 각자 양동이와 호스를 찾으러 달려갔다. 하지만 불은 어느새 우리가 손을 써볼 수 없는 상황으로 번지고 있었다. 나는 다른 사람들과 함께 밖으로 나와 20여 m 높이의 화마가 차례로 주택을 삼키는 모습을 속수무책으로 지켜보았다. 불길은 어느새 12m 떨어진 곳의 커먼 하우스를 향해 손길을 뻗쳤다.

경악의 순간이 지나가고 자원봉사 소방대 8팀 중 한 팀이 도착했다. 불길은 반쯤 지어진 목재 가옥을 불쏘시개 삼아 맹렬히 퍼져 갔다.

5분 내에 필요한 가재도구를 챙겨서 집을 비워야 했다. 나는 망연자실한 채 아름다운 새 집 한가운데 서 있었다. 그렇게 고생하며 여기까지 왔는데…. 앨범을 챙겨야 해! 나는 위층으로 냅다 뛰어갔다. 바닥에는 아직도 풀지 않은 짐이 쌓여 있어 앨범이 어느 상자에 들어 있는지 도무지 알 수 없었다. 급한 김에 겨울 코트와 부츠, 칫솔과 목욕용품을 챙겨서 집 밖으로 나왔다. 다행히 아이들은 아빠와 함께 시내에 있었다. 날아오는 불길을 요리조리 피하며 주차장으로 뛰어갔다. 불길이 머리카락에 옮겨 붙을까 겁이 났다. 차에 뛰어들 다시피 타고는 한밤의 불지옥을 도망쳐 나왔다. 가슴은 도무지 진정이 되지 않았다. 이타카 에코빌리지의 주민들은 시내에 있는 한 주민의 아파트에 모여 있었다. 우리는 따뜻한 수프를 먹으며 이런저런 소식을 나눴다. 다행히 다친 사람은 아무도 없었다.

자정 무렵에 우리는 기다리던 전화를 받았다. 화재가 진압되어 이제 집으로 돌아가도 좋다는 것이었다. 이타카 시의 시장을 비롯해 100명이 넘는 소방관들이 진화하기 위해 몇 시간 동안 애를 써 주었다. 이타카 역사상 이렇게 큰 화재는 처음이라고 했다. 커먼 하우스와 건축 중이던 가옥 8채가 완전히 잿더미가 되었다. 다른 6채도 피해를 입기는 했지만 무너지지는 않았다. 다행히 주민들이 입주한 집은 아무런 피해도 없었다.

이타카 에코빌리지로 돌아왔을 때 충격과 감사함이 섞인 미묘한 감정을 느꼈다. 자레드와 나는 화재의 잔해를 지나 집으로 돌아왔다. 불에 탄 나무에서 나는 매캐한 냄새가 콧속을 찔렀다. 어쨌든 우리 집은 무사했다. 나중에 안 사실인데 우리 집은 소방대가 연못 옆에 있는 소화전과 호스를 연결하여 간발의 차이로 화마를 피할 수 있었다고 한다.

화재가 난 뒤 몇 주 동안 우리는 화인을 조사했다. 하청업자 중 한 명이 절연 작업을 하면서 엔진에 작은 화재가 난 적이 있다고 했다. 불은 즉시 껐지만 불씨가 절연재에 남아 있다가 우연히 집으로 번진 것이었다. 그리고 24시간 후 잠긴 집의 다락방에서 두 번째 화재가 발생했다. 우리는 건축업자의 보험 덕분에 완전히 보상받을 수 있었고, 그 후 10개월 동안 차근차근 집을 다시 지었다.

30세대의 입주가 모두 끝나자 우리는 비로소 공동 거주의 장점을 맘껏 누릴 수 있었다. 함께 식사를 하고 기쁨도 나누면서 우리의 유대감은 점점 더 강해졌다.

ECOVILLAGE ITHACA

유명한 튀김두부

2002년 8월 20일   내가 '요리 담당'이 되는 날이다. 나는 팀원들과 함께 일주일에 3번 열리는 공동 식사 중 한 번을 계획하고 준비하는 책임을 맡았다. 이타카 에코빌리지에서 어른들은 모두 보수·관리팀, 야외 활동팀, 재정팀, 요리팀, 설거지팀, 커먼 하우스 청소팀으로 나눠 일주일에 2~4시간씩 자원봉사 활동을 한다. 요리를 좋아하는 나는 당연히 요리팀으로 들어갔다.

요리 담당은 정말 막중한 책임을 지는 자리다. 짧은 시간에 맛있는 요리를 마련해야 하기 때문에 중압감도 꽤 크다. 식이요법을 하거나 먹으면 안 되는 음식이 있는 사람들까지 고려해서 식단을 짜야 한다. 그저 간단한 요리가 최고다. 생각지도 못한 실수도 발생한다. 재료의 양이나 조리 시간을 잘못 계산한다거나 파스타를 홀랑 태워버린다거나 하는 실수 말이다. 하지만 요리는 매우 보람된 일이다. 2시간 동안 열심히 준비한 음식을 내가 좋아하는 사람들이 맛있게 먹는 모습을 볼 때 고생은 어느새 보람으로 바뀐다.

제일 중요한 과정은 계획이다. 나는 일주일 전부터 식단을 만들어 서명판에 붙여둔다. 오늘의 메뉴는 리즈의 유명한 튀김두부, 감자샐러드, 얇게 썬 토마토와 오이다. 직접 만든 두부와 농장에서 재배한 채소는 영양가가 풍부하고 우리 식탁에 오르기까지 운송 과정을 거의 거치지 않는 재료들이다. 주민 80명이 서명을 했다. 평상시보다 훨씬 많은 수다.

요리 준비는 월요일부터 시작한다. 커먼 하우스 현관에 들어서니 잘 익은 토마토가 가득 담긴 커다란 플라스틱 상자가 쌓여 있다. 토마토는 제각각이다. 작은 것, 새빨간 것, 덩굴째 달린 것… 알록달록하고 울퉁불퉁한 것들은 무슨 변종이라도 되는 것 같다. 설익어 노란색인 토마토가 부처님처럼 상자에 얌전히 앉아 있다. 붉은 고추와 풋고추도 있다. 검은 점이 있는 것들은 쉽게 골라낼 수 있었다. 젠은 파머스 마켓에서 팔다 남은 채소들이라 모두 공짜라고 했다. 우리 땅에서 직접 재배한 유기농 채소를 먹을 수 있다는 기쁨에 토마토를 한 상자 반이나 골랐다.

정오가 되자 기온이 37℃까지 올라간다. 내 조수 줄리아가 일찍

일을 시작해주었다. 줄리아는 셀러리와 양파를 다지고, 깨끗이 씻은 감자를 삶는다.

나머지 조수들인 플로리안과 앨리슨, 놀러 온 데이비드는 4시가 되어서야 도착한다. 플로리안은 프랑스인으로, 3년 동안 노력한 끝에 미국인과 결혼해서 얼마 전 그린카드를 발급받았다. 최근에 이사 온 앨리슨은 나와 함께 이타카 에코빌리지 사무국에서 일하고 있다. 데이비드는 안식년을 맞은 베네딕트회 수도사로, 지금은 영어 강사로 일하며 국제 공동체를 공부한다. 세 사람은 도착하자마자 채소를 다지고 두부를 썬다.

나는 서명판에 서명한 사람 수를 기준으로 튀김두부를 35개 만들기로 했다. 감자샐러드도 충분할 것 같다. 데이비드는 우리가 만드는 요리가 무엇인지 묻는다. 그래서 내가 메뉴를 설명해주었다.

"어떻게 리즈의 두부가 그렇게 유명해진 거죠?"

그가 의아해한다.

"몇 년 전 샌프란시스코에 있을 때 저는 공동주택에서 살았어요. 우리는 이 두부 요리를 무척 좋아해서 일주일에도 몇 번씩 해 먹었죠. 여기로 이사 와서 처음으로 두부 요리를 했을 때 농담 삼아 '리즈의 유명한 튀김두부'라고 했어요. 두부를 별로 좋아하지 않던 사람들이 제게 요리법을 묻더군요. 이왕 만들 거면 많이 만들어달라는 사람도 있었죠. 매번 모자란다면서요. 아예 이 두부 요리로 체인점을 내보라고 농담을 하는 사람도 있었다니까요."

데이비드와 수다를 떨고 있는데 엘리자베스가 들어온다.

"오늘 밤 리즈가 만든 두부 요리를 먹을 수 있어서 정말 좋아요. 원래는 저녁을 먹으러 올 생각이 없었는데 마음이 바뀌었어요. 다른 사람들에게도 이야기하고 다녔답니다."

잠시 후 레이첼과 그녀의 아들 게이브가 나타난다. 게이브의 친구 코너도 있다. 두 아이는 여섯 살 동갑내기다.

"우리 두부 좀 먹어도 돼요?"

아이들이 레이첼을 조른다.

"지금은 안 돼. 조금 있다가 식사 시간에 다시 오자."

레이첼이 아이들을 달랜다.

세 사람이 커먼 하우스를 나간다. 꼬마들은 서로 장난을 친다.

"와, 신난다! 오늘 저녁은 두부다."

나는 지글거리며 두부를 굽고 있는 스토브에 프라이팬 3개를 올려놓는다. 우리 아이들이 키우는 데 필요한 자원도 훨씬 적게 들고 맛있는 채소 요리를 좋아하는 사람으로 자라고 있다.

"음… 베이컨 냄새 같은데요."

자넷이 지나가면서 한마디한다. 장난삼아 붙인 '유명한'이라는 수식어가 제값을 하는 것 같다.

나는 데이비드에게 채식주의자용 감자샐러드를 담고 소스를 뿌려달라고 부탁한다. 플로리안과 앨리슨은 나머지 두부를 썰고, 일반 감자샐러드에 사용할 소스에 들어가는 마늘을 준비하고 있다. 두 사람은 셀러리를 더 다진 뒤 토마토를 썰기 시작한다. 앨리슨에게 우리 집으로 가서 잘 드는 슬라이스 칼과 두부를 조리할 프라이팬을 하나 더 가져오라고 했다. 플로리안은 계속 토마토를 저미고 있다. 붉고 노란 토마토가 커다란 볼에서 알록달록하게 뒤섞인다.

5시 45분이다. 15분만 있으면 사람들이 몰려올 것이다. 그레그와 로라 부부와 그들의 세 살 난 아들 에단이 식탁 차리는 것을 도우려고 왔다. 접시, 포크, 물잔과 물병을 재빨리 식탁에 올려놓고 그레그가 주방으로 들어온다. 튀김두부를 5개 더 만들기로 하고 그레그와 함께 두부를 구웠다. 앨리슨의 남편 페레츠가 앨리슨을 도와 남은 토마토를 다 썰었다. 플로리안은 오이를 썰고, 로라는 아이들 식탁을 차리기 위해 주방용 조리대를 씻고 있다. 시간에 맞추려면 이제 모든 사람들의 손이 필요하다.

저녁 6시, 에단에게 저녁식사 시간을 알리는 종을 울리고 싶은지 물어본다. 아이가 고개를 끄덕이자 그레그는 커먼 하우스 현관에 걸려 있는 커다란 트라이앵글로 아이를 데리고 간다. 정신없이 요리를 준비한 지금, 오히려 마음이 편안한다. 현관은 곧 일과를 마치고 몰려든 사람들로 소란스러워진다. 사람들은 서로 인사를 나누고 안부를 묻고 포옹을 한다.

"원을 만들 시간입니다."

내가 큰 소리로 알린다.

모두 손을 잡고 커다란 원을 만든다. 사람들이 모여들어 원이 더 커진다. 어른들과 함께 원을 만드는 아이들도 있고, 아랑곳없이 계속 노는 아이들도 있다.

"잠시 침묵의 시간을 가집시다. 심호흡을 몇 번 하고 긴장을 푸세요. 그리고 이렇게 손잡고 있는 우리 공동체의 힘을 느껴보세요."

ECOVILLAGE at ITHACA

리즈의 유명한 튀김두부 (4인분)
시장에서 구입한 두부 2모를 2×2cm 크기로 깍둑썰기 한다. 크고 바닥이 두꺼운 프라이팬에 기름을 넉넉히 두르고 중간 이상의 불에 두부를 몇 초간 튀긴다. 입맛에 따라 간장을 1/8~1/4컵 뿌리고, 영양효모를 1/2컵 붓는다. 두부 덩어리를 계속 튀기면서 간간이 뒤집는다. 표면이 갈색으로 바삭바삭하게 익으면 담아 낸다.

깊고 멋진 침묵이 우리를 감싼다. 이렇게 따뜻한 공동체의 일원이 될 수 있다는 사실에 감사한다. 그리고 우리 땅에서 난 영양소 풍부한 재료로 맛있는 식사를 만들 수 있다는 것에도 감사한다. 노인과 젊은이들이 함께 모여 산다는 사실에도 감사한다.

침묵의 시간이 끝나고 나는 소개할 사람이 있는지 물어본다. 오늘은 여기서 살 생각이 있는 캘리포니아에서 온 부부와 공동체에서 여성의 역할에 대해 논문을 쓰고 있는 캐나다 대학생을 포함해 손님이 몇 명 있다. 우리 주민의 어머님도 일주일간 이타카 에코빌리지를 방문하셨다. 나는 우리 공동체가 이렇게 개방적이고 새로 온 사람들에게 친절하다는 점이 매우 기쁘다.

소개가 다 끝나자 사람들에게 알리고 싶은 말이 없는지 묻는다. 최근에 뉴욕에서 온 그래픽디자이너 메간이 저녁식사 후에 연못가에 천으로 만든 작품을 깔아야 하는데 일손이 필요하다고 말한다. 4명이 자원했다. 작업반을 꾸리기에 충분하지 않은 규모다.

"이 작업은 물속에서 해야 해요. 엄청 시원할 거예요."

누군가 끼어든다.

그러자 6명이 더 손을 든다. 이제 사람들은 2줄로 늘어선다. 그 줄은 각각 5m 길이의 단풍나무 조리대로 향해 있다. 정말 정신없고 시끄러운 무리다! 이타카 에코빌리지의 '마을'은 성장하고 있다. 매주 새로운 이웃들이 이주해오면서 이곳의 생활은 더욱 흥미로워진다. 나도 줄을 서서 새로운 주민들과 잡담을 나눈다. 그 사람들의 집은 곧 완성될 예정이다. 이야기를 나누며 정원으로 나와보니 벌써 친구들이 앉아 있다.

집 밖은 여전히 덥지만 푸른 언덕과 넓은 초원에서 시작되어 연못을 지나온 바람이 시원하다. 자레드가 도착한다. 8km나 되는 퇴근길을 오토바이를 타고 오는 바람에 땀으로 흠뻑 젖었다. 나는 그에게 키스를 하고 따로 챙겨둔 저녁식사를 차려준다. 사람들이 조금씩 자리를 좁혀 그가 앉을 자리를 만들어준다.

바로 그때 식당에서 천둥 같은 소리가 들려온다. 아이들과 어른들이 함께 테이블을 두드리는 소리다. 시끄러운 소리가 점점 더 커지면서 신이 난 목소리가 들려온다.

"요리사님, 고마워요!"

내 얼굴에 환한 미소가 번진다. 사람들이 식탁을 두드리며 내는 환호성을 들으면 정말 기분이 좋다. 누구랄 것도 없이 두드리고 싶은 사람이 먼저 시작하면 된다. 늘 이런 모습을 보고 이제 막 걸음마를 시작한 아이가 원래 식사를 하면 그렇게 하는 것이라고 생각한 모양이다. 어느 날 부모와 같이 레스토랑에 갔다가 식사를 하고 테이블을 그 작은 주먹으로 마구 두드려서 부모가 깜짝 놀랐다고 한다. 난 그 아이가 제대로 알고 있다고 생각한다. 요리사는 응당 감사를 받아야 하기 때문이다.

20명이 넘는 사람들이 식사 후 연못 근처에 모였다. 일을 하는 사람들도 있고, 그늘에서 한담을 나누는 사람들도 있다. 벌써 불도저로 물가에 커다란 평지를 만들어놓았다. 아이들은 옷이 젖어서 지저분해지는 줄도 모르고 진흙탕 위를 뛰어다닌다. 이제 천을 덮을 시간이다.

우리는 너비 2.5m인 구역에 말려 있는 검은 천을 편다. 우리가 지나가면 가장자리가 겹쳐진다. 일단 천을 깔면 고정해야 한다. 여기서부터 재미있는 작업이 시작된다. 천을 땅에 박아야 하는데, 여기에는 13cm짜리 스테이플러를 사용한다. 나무메 2개와 망치 몇 개가 있지만 다들 돌멩이를 쥐고 있다. 스테이플러는 잘 구부러져서 땅에 제대로 박기가 쉽지 않다.

기온이 24℃까지 내려가서 제법 시원하다. 크림색 손톱 같은 달이 옆에 작은 별 하나를 달고 하늘에 두둥실 걸려 있다. 우리는 따로 또 같이 일하면서 물가를 계속 이동한다.

일하는 사람들을 둘러보니 이곳에는 정말 다양한 사람들이 모여 사는구나 하는 생각이 든다. 가령, 까무잡잡한 피부색과 환한 미소가 인상적인 니루자는 네팔 출신이다. 람 사란 타파는 고인이 된 우리 멤버의 양자인데, 유산을 받아 네팔의 고향 마을로 돌아가서 니루자와 결혼했다. 두 사람은 네팔의 전통에 따라 결혼식 바로 전날 처음 만났다고 한다.

니루자는 처음 이타카 에코빌리지에 왔을 때 영어를 거의 하지 못했다. 그리고 언제나 람 사란의 뒤에 조금 떨어져서 걸었다. 이제 그녀의 영어 실력은 일취월장했고 수줍음도 극복했다. 나는 그녀가 퍽 인상 깊었다. 나라면 과연 그녀처럼 머나먼 타국에 시집와서 외국어를 배우고 새로운 풍습에 적응해갈 수 있을까 싶었다.

니루자는 다른 문화권에서 바로 이타카 에코빌리지로 이주해온 유일한 주민이다. 에리코는 일본인이고, 힐비그는 독일인이다. 토드는 트리니다드 출신이고, 벤은 중국 이민 2세며, 크리슈나는 인도 이민 2세다. 이런 다양성 덕분에 우리는 더욱 넓은 시각을 가질 수 있으며, 전 세계 사람들과 통하고 있다고 느낀다.

작업을 마칠 때쯤 사위가 어두워진다. 하지만 작업한 천들은 퀼트처럼 해변을 수놓고 있다. 마치 우리 공동체 같다. 일상적인 재료로 새로운 뭔가를 만들어내고 있다. 우리는 나무메와 망치, 사용한 돌멩이를 한 곳에 모아두고 집으로 향한다. 마음속에서 함께 요리하고 먹고 일한 동지애가 뭉클 솟아오르는 것 같다.

이 세상에 하나뿐인 기념일들

공동체에서 생활하면서 가장 마음이 뿌듯해지는 순간은 함께 모여 축하할 때다. 무슨 싱대한 파티를 열어야 하는 것은 아니다. 그저 축하할 일이 있고 파티를 열 만큼 부지런하기만 하면 된다. 거기에 나눠 먹을 음식이나 음료수, 가벼운 음악과 춤 혹은 의식만 있으면 준비 끝이다.

우리는 달걀 사냥을 하며 부활절을 축하하고, **감자 라크스**로 하누카를 축하한다. 유대교 명절, 크리스마스트리 장식, 채식주의자를 위한 칠면조 요리까지 완벽하게 갖추고 추수감사절 등을 성대하게 축하한다. 여기에 간간이 불교 관련 행사나 땅의 영혼을 기리는 제식 등이 열려서 1년 내내 축하할 일이 있는 셈이다. 가을에는 구운 옥수수 파티를 열고, 하지에는 딸기축제를 한다. 생일 파티도 1년 내내 열린다. 하지만 이렇게 무슨 명절이나 특별한 이유가 있어야 파티를 하는 것은 아니다. 우리 공동체가 특별한 이유는 우리가 축하하고 싶은 날을 만들어내기 때문이기도 하다. 전통에서 축

감자 라크스(latkes)
유대인들의 전통 명절인 하누카에 만들어 먹는 일종의 감자부침.

하할 구실을 찾기도 하지만 없는 것을 만들어내기도 한다. 창의적이면서 의미 있는 즐거움을 위해 산다고 해도 과장이 아닐 것이다.

윈터 스파이럴 행사

2002년 12월 21일　사람들이 커먼 하우스로 모여든다. 서로 귓속말을 하며 가져온 촛불을 테이블에 올려놓는다. 이제 주위가 조용해진다. 오늘은 동지다. 이제 곧 윈터 스파이럴이 시작될 것이다.

케이티는 피리로 한 가지 음을 계속 연주한다. 어른과 아이들은 더욱 깊은 침묵으로 빠져든다. 방 안은 캄캄하다. 케이티가 연주하는 단조로운 선율이 간간이 멈출 때마다 밖에서 윙윙대는 바람 소리가 들린다.

로리 프리어는 하얀 롱 드레스를 입고 '별의 인도' 의식을 주재하기 시작한다. 로리는 아이들에게 인사하며 팔을 쭉 뻗어 손짓한다. 아이들은 바닥에 미리 깔아놓은 소나무 가지를 따라 나선으로 걷기 시작한다.

로리의 딸인 다섯 살 조는 앞장서서 걷겠다고 졸라대더니 엄마와

ECOVILLAGE *at* **ITHACA**

연못, 2004 여름

FROG와 SONG 사이를 흐르는 개울을 따라가다 보면 커다란 연못에 다다를 것이다. 부들과 분홍색 연꽃이 산들바람을 맞아 수면 위에서 부드럽게 움직인다. 개구리 수천 마리, 배스 수십 마리, 사향뒤쥐와 오리 가족이 이 연못의 주민이다. 푸른색 왜가리 한 마리가 매일 아침 일찍부터 나타나 먹잇감을 잡는다. 좀 있으면 아이들과 어른들이 수영을 하거나 연못의 얕은 물가에서 물놀이를 즐길 것이다. 이 연못에서 동물과 인간은 평화롭게 공존한다. 나는 언젠가 이런 모습이 온 세상에서 일상적인 광경이 되는 날이 올 것이라고 생각한다.

함께 조용히 나선을 따라 걷고 있다. 중앙에 도착하자 조는 엄마의 도움을 받아 제단의 중앙 촛불로 자신의 초에 불을 붙인다. 로리가 조에게 몸을 구부리자 조의 얼굴이 환하게 빛난다. 엄마와 아이가 어둠 속에서 자신의 길을 환하게 밝히는 것이다. 조는 양초를 소나무 가지 옆에 놓인 벽돌 위에 올린다. 소나무 가지로 표시한 나선은 청동으로 만든 요정, 솔방울과 조개 등으로 장식해놓았다. 나선을 돌아 나오는 조의 모습이 어딘가 달라진 것 같다.

아이들이 한 명씩 나선을 걸으면 암흑뿐이던 곳이 아이들이 밝힌 촛불로 환해지기 시작한다. 이제 15개월 된 아이가 배 위에서 걷는 사람처럼 뒤뚱거리다 어디에 발이 걸리기라도 하면 웃음이 터져 나온다. 9살 난 아이가 큰 부츠를 저벅거리며 걷는다. 아이는 누구의 도움도 없이 스스로 양초에 불을 붙인다. 곧 아이들 15명이 모두 나선을 돈다. 아이들이 떠들지도 않고 어른들의 말을 잘 듣는 모습이 놀랍다.

이제 어른들 차례다. 우리도 양초를 들고 한 줄로 선다. 주위는 어두운 밤의 신비로 가득하고, 모두 자신이 양초에 불붙일 순서를 기다린다. 나는 스타킹만 신고 나선을 따라 걸으며 고개를 돌려 사람들을 쳐다본다. 부모와 아이들이 바닥에 만들어진 나선 주위에 모여 있다. 사람들의 얼굴이 불빛으로 환하다. 아일랜드 키친에 몸을 기대고 선 사람도 있고, 의자에 앉은 사람도 있다. 은퇴한 노부부, 레즈비언 커플, 미혼인 사람들도 보인다. 우리는 모두 이 특별한 의식의 마법에 빠졌다. 나도 양초에 불을 붙이고 황홀한 기분에 사로잡혀 다시 나선을 따라 나온다. 니는 양초를 소나무 가지 사이에 놓인 크리스털 옆의 작은 틈에 내려놓는다. 수많은 빛 중에 내

양초의 빛이 가장 밝게 빛나기를 바란다.

우리는 노래를 부른다.

"빛이 돌아옵니다. 지금이 가장 어두운 시간이지만 아무도 새벽이 오는 것을 막을 수 없어요. 빛이 계속 타오르게 해요. 희망의 불빛이 계속 살아 있게 해요. 어머니인 대지는 아이들을 집으로 부르고 있어요."

나는 사랑과 기쁨으로 가슴이 터질 것 같고, 감사의 마음으로 벅차오른다. 이 의식은 사람들의 유대감과 명절의 스트레스 속에서 의미를 찾고자 하는 쓸쓸한 마음을 채워준다. 이 행사를 매년 치를 수 있기 바란다.

파이 굽는 남자들

2002년 8월 8일   8월 초, 다 익은 검은 딸기가 가지에서 떨어질 무렵이다. 우리가 이 땅을 샀을 때 이곳에는 거대한 검은 딸기 서식지가 있었다. 그 해 들판에서 꼴을 베는 농부는 아주 조심스럽게 그 서식지를 피해서 작업을 했다.

"이곳을 이렇게 지키면 좋은 딸기를 먹을 수 있을 겁니다."

농부가 말했다.

확실히 그 서식지에서만 짙은 보라색의 즙 많은 장과류를 엄청나게 거두곤 한다.

자레드는 사람들에게 이메일로 돌아오는 토요일이 이타카 에코빌리지에서 일곱 번째 맞이하는 '파이 굽는 남자들의 날' 이라고 알린다. 토요일에 자레드를 비롯한 각양각색의 남자들과 소년들이 모

직접 구운 파이를 들고 있는 남자들.

여서 검은 딸기 서식지로 내려간다. 현명한 사람들은 오래된 청바지와 긴 소매 셔츠를 입고 있다. 기온이 35℃나 되는 날씨임에도 불구하고 말이다. 경험이 없는 사람들은 반바지에 샌들까지 신고 온다. 그런 사람들은 잠시 후면 온몸이 상처투성이일 것이다.

남자들은 오후 내내 검은 딸기를 딴 뒤 파이 껍질과 속을 만들기 시작한다. 가끔 남자들은 여자들에게 파이 껍질이 바삭하게 구워지도록 반죽이 적당한지, 격자 모양은 어떻게 만드는지 조언을 구하기도 한다. 하지만 이제는 거의 모르는 것이 없다. 마침내 파이가 커먼 하우스의 오븐으로 들어간다.

사람들은 간단하게 저녁을 먹으러 집으로 돌아갔다가 다시 커먼 하우스에 모인다. 이번 행사는 자레드가 주관하는데, 여기에는 이번 행사를 위해 특별히 만든 노래를 부르는 것도 포함된다. 사람들은 작년에 있었던 중요한 행사를 다시 추억한다. 자레드는 검은 딸기 따기 행사를 위해 쓴 시를 낭독한다.

검은 딸기밭의 보석

입이냐, 양동이냐?

소중한 몇 시간 동안 나는 이 간단한 문제로 고심했네.

검은 딸기 덩굴 속에서 나는 부처님.

마음속 번뇌는 과거와 미래로 사라진 감각과 함께 어느새 사라지고.

내 시선이 미로에 숨겨진 검은 보석에 사로잡히자 모든 것은 사라지네.

태양과 바람과 비로 성장한 검은 보석은 이 땅의 향미를 머금고 터질 듯 부풀어올랐네…

오, 서두르면 안 돼! 손가락이 구불구불한 미로 속으로 들어가지만.

아야! 그들은 보석을 쉽게 포기하지 않고

나는 그들에게 마지못해 존경을 표하네.

손가락 끝에 닿은 보석은 부드럽고 풍만하며 달콤한 즙으로 가득하네.

고통과 맞바꾸어 드디어 손에 넣은 보석.

나는 땅의 선물인 보석을 살펴보지만 그것도 잠시뿐.

한입에 꿀꺽.

이제 행진을 할 시간이다. 남자 어른과 아이들 15명이 자랑스럽게 자신들의 파이를 들고 기대에 찬 사람들 사이를 행진한다. 파이

118

를 만든 사람들은 순서대로 자신의 역작을 선보인다.

"이 파이는 검은 딸기와 바나나를 넣어서 만든 것입니다. 그리고 파이는 해적의 얼굴로 만들어보았습니다."

젊은 남자가 자신의 파이를 소개했다.

사람들은 어서 파이를 먹고 싶은 생각뿐이다. 우리 앞에는 맛있어 보이는 파이 15개가 사람들의 선택을 기다리고 있다. 그리고 그 옆에는 바닐라 아이스크림, 생크림과 채식주의자를 위한 아이스크림 토푸티도 있다. 우리는 기다란 테이블에 앉아서 이와 혀를 보라색으로 물들여가며 먹어본 파이 맛을 비교한다. 입술을 물들일 수 있는 건 야생 검은 딸기뿐이라는 사실을 아시는지? 시중에서 파는 장과류는 이런 특징이 사라지고 없다. 우리는 신나게 파이를 먹고 이와 혀를 보랏빛으로 물들인 채 마주보며 씩 웃는다. 그리고 올해도 '파이 굽는 남자들의 날'이 성공적으로 끝난 것을 축하한다.

여자들의 수영 행사

2002년 8월 9일 남자들의 행사에 자극을 받은 샌디 울드는 '여자들의 수영 행사'를 조직했다. 해질 무렵, 9~60세 여자들이 연못에서 모인다. 모닥불을 피우고 주위의 통나무에 걸터앉아 우리의 몸에 대한 이야기를 나눈다. 우리는 각자의 몸에서 마음에 드는 곳과 그렇지 않은 곳에 대해 이야기를 나눈다.

나는 심각한 정맥류로 고생하는 것을 이야기하자니 창피했다. 의사가 이제까지 본 정맥류 중에서 가장 심하다고 한 바로 그것이었다. 하지만 그런 병이 있다고 해도 활동적인 생활 태도를 바꿀 수는 없었다. 나는 자전거를 타고, 하이킹을 하고, 산책을 하며 활동적으로 살고 있다. 어떤 사람은 선천적인 몸의 특징에 대해 이야기하며, 자신의 딸에게도 똑같은 것이 있다고 말한다. 엄마와 딸의 몸에 같은 특징이 있다는 것은 매우 중요하게 여겨진다. 우리의 내면 깊숙한 곳에서 피어오르는 불꽃 같다고 할까.

이제 수영을 할 시간이다! 우리는 옷을 벗고 차가운 물속으로 들어간다. 물이 어찌나 차가운지 온몸이 움찔한다. 아프리카 출신의 인류학자 텐다이는 별똥별을 발견한다. 생전처음 본 것이라고 한다. 우리는 별똥별이 떨어진 쪽으로 고개를 돌려 먼 하늘을 바라본다.

추위를 참을 수 없을 정도가 되면 다시 모닥불로 모여든다. 몸과 마음이 모두 깨끗하게 정화되었다. 우리는 타오르는 모닥불 옆에서 몸속으로 스며드는 온기를 느낀다.

멍청이빵 만드는 날

2003년 2월 22일 자레드는 늦여름에 남자들이 치르는 '파이 굽는 남자들의 날'에 비견할 만한 축하 행사가 필요하다고 생각했다. 누군가가 빵을 구워보자고 했고, 자레드는 당장 실행에 옮겼다. 자레드와 나는 일주일 전부터 어떤 빵으로 할지 고민하다가 친정 어머니의 통밀빵이 가장 좋겠다는 결론을 내렸다.

어릴 때 어머니는 토요일 아침마다 빵 13덩어리를 구우셨다. 우리 집에는 아주 오래되고 커다란 빵을 닮은 철 양동이가 있었다. 우리 형제는 번갈아 커다란 갈고리로 반죽을 돌리면서 온 힘을 다해 커다란 덩어리가 잘 섞이도록 했다.

나는 종종 어머니를 도와 반죽도 했다. 어머니의 규칙은 엄지손 가락으로 반죽을 300번 주무르는 것이었다. 손에서 점점 탄력을 더 해가는 따뜻하고 향기로운 반죽이 정말 좋았다. 나는 아기의 보송 보송하고 따뜻한 배를 토닥거리듯 반죽을 두드리곤 했다. 그리고 젖은 헝겊을 덮어 반죽이 발효되기를 기다렸다.

오븐에서 빵을 꺼낼 즈음이면 난리가 난다. 빵을 자르려면 식어 야 하는데, 나와 친구들은 벌써부터 뜨거운 빵을 한 움큼씩 뜯어서 버터를 듬뿍 바르고 있다. 아, 맛있다! 자레드가 이웃 남자들과 사 내아이들에게 이런 기회를 만들어주어서 정말 기뻤다.

'멍청이빵 만드는 날'은 온 세상이 흰 눈으로 뒤덮인 어느 토요일 에 첫선을 보였다. 자레드는 빵 굽는 용기, 밀가루, 이스트, 건포도, 식용유 등 재료들을 싣고 커먼 하우스로 갔다. 남자 어른들과 소년 15명이 벌써 부엌의 조리대에 옹기종기 모여 있다. 외부에서 온 친 구들도 더러 눈에 띈다. 모인 사람들 중에는 제빵 경력이 몇 년이나 되는 사람도 있고, 제빵 기계로 빵을 만들어본 사람도 있다. 하지만 대부분 평생 빵을 만들어본 적이 없는 사람들이다.

ECOVILLAGE at **ITHACA**

엄마의 통밀빵

재료 밀가루 11컵(나는 흰 밀가루와 통밀이 반쯤 섞인 것을 선호한다), 마가린 1/2컵, 설 탕 6큰술, 소금 4작은술, 제빵용 이스트 4큰술, 뜨거운 물 4컵, 식용유 약간, 건포 도 적당량

만드는 법 뜨거운 물에 이스트를 풀고 마가린과 설탕을 넣는다. 이스트를 넣은 물이 식 으면 잘 저어준 뒤 밀가루와 소금을 넣고 섞어 5~10분 반죽을 한다. 탄력이 생기면 다 된 것이다. 볼에 식용유를 바르고 반죽을 넣어 2배로 부풀면 쳐서 다시 잘 반죽한다. 이때 반죽에 불린 건포도를 섞는다. 반죽을 두 덩어리로 나 누고 식용유를 바른 빵틀에 담는다. 반죽이 빵틀 높이까지 부풀면 160℃로 예 열한 오븐에 넣고 45분간 굽는다.

남자들이 빵을 만드는 동안 우리는 코넬대학으로 몰려갔다. 그곳에서는 '사운드 오브 뮤직'이라는 음악회가 열린다. 참가자들은 가면무도회 의상을 착용하도록 되어 있다. 나는 한 번도 가장무도회에 가본 적이 없지만 재미 삼아 눈송이처럼 옷을 입기로 했다. 코와 눈꺼풀 위에 있는 눈송이에서 착안한 것이다. 크리스는 달빛처럼 차려 입었고, 마르시는 푸른 어깨띠 장식이 달린 하얀 드레스를 입었다. 마르시의 오스트레일리아 친구 에리히는 녹색 가죽 바지에 무릎까지 오는 양말을 신고 왕족의 차림새로 등장했다. 더그는 갈색 포장 꾸러미 같다. 이타카 시민 수백 명과 함께 있으니 우리 모습이 정말 우스꽝스러웠다.

음악회를 마치고 이타카 에코빌리지에 돌아와보니 커먼 하우스에서는 저녁 준비가 한창이었다. 멍청이빵 만들기 행사에 참가하지 않은 여자들과 아이들은 빵과 함께 먹을 수프와 스튜를 만들었다. 여자들은 '양 스튜 만드는 날'이라며 생색을 내보려 하지만 큰 호응을 얻지 못했다. 다른 제안들도 인기가 없기는 마찬가지였다.

수프와 스튜도 맛있었지만 빵은 정말 대단했다! 어떤 남자들은 자신들이 구운 빵으로 예술 작품을 만들기까지 했다. 물론 못생긴 빵도 있었고 제법 그럴싸한 빵도 있었다. 하지만 겉모습이 어떻든 속에서는 뜨거운 김이 모락모락 나고 맛이 끝내줬다.

신나게 먹고 있는데 자레드가 종을 치며 외쳤다.

"이제 공동체를 이룬 우리의 재능을 함께 축하할 시간입니다."

제일 먼저 6살 난 줄리아가 피리 독주를 한다. 줄리아보다 3살 위인 딜란이 바이올린 독주를 한다. 음정이 틀리거나 삐삐거리는 소리가 들리지만, 아이들의 재능을 보여주는 데는 손색이 없었다. 우리는 일가친척이 모인 것처럼 연주가 끝나자 박수와 환호성으로 아이들을 격려해주었다.

어중이떠중이가 모인 우리가 다음 순서였다. '사운드 오브 뮤직' 음악회를 위해 입은 우스꽝스러운 차림 그대로 '내가 가장 좋아하는 것들'이라는 노래를 불렀다. 나는 이 공연의 일원이라는 사실이 당황스럽기도 하고 기쁘기도 했다. 이런 의상을 입고 있으니 왠지 대담해져서 평소 남들에게 보여주지 않던 과감한 행동도 할 수 있었다. 우리의 선창으로 다 함께 '도레미송'과 다른 노래들을 불렀다.

이타카 에코빌리지 주민 중 한 사람이 기타를 가지고 나와서 자신이 직곡한 노래를 몇 곡 불렀다. 전문 가수들의 세련된 노래는 아니지만 우리가 열망하는 정직과 열정을 잘 표현한 노래였다.

사라 파인스가 오늘 밤의 행사를 이렇게 결론지었다.

"마치 TV가 보급되기 전의 시절로 돌아간 느낌이에요. 그때는 사람들이 어떻게 하면 즐거운 시간을 보낼 수 있는지 잘 알았죠."

사라의 말이 맞다. 우리가 직접 만든 축하 행사는 이 땅과 교감하고, 영혼을 풍요롭게 하며, 목가적이다. 모두 함께 한 시간은 집에서 만든 통밀빵과 같다. 못생겼지만 영양 만점이니까!

노동절

2002년 9월 2일 미국인들에게 노동절 주간은 대부분 여름의 끝자락에 온 가족이 모여서 피크닉을 가거나 즐기는 시간이다. 이타카 에코빌리지도 예외가 아니다. 이 해에는 주말에 엘리사 울프슨이 결혼식을 올렸다.

엘리사와 스티브의 결혼식은 가족과 친한 친구들만 참석한 가운데 조촐하게 치러졌다. 하지만 두 사람은 결혼식 다음날 이타카 에코빌리지의 모든 사람들을 커먼 하우스로 초대했다. 음식은 각자 준비해 왔다. 결국 결혼 피로연은 우리가 항상 치르는 평범하지만 행복한 행사와 같았다.

정오에 행복으로 환하게 빛나는 신혼부부가 도착했다. 결혼식 하객들과 마을 주민들이 어울려서 준비해 온 과일샐러드, 베이글, 프렌치토스트, 웨딩 케이크와 갖가지 요리들을 차렸다. 사람들은 커먼 하우스의 베란다로 나와서 사라가 만든 신선한 과일스무디를 먹으며 연못을 구경했다. 사람들은 따뜻한 오후에 맛있는 음식을 먹으며 유쾌하게 이야기를 나눴다.

한 시간 정도 지나 사라가 종을 치며 사람들의 주의를 모았다. 사라는 청소를 도와줄 사람 6명이 필요하다고 말했다. 이타카 에코빌리지 주민들과 결혼식 하객들이 서로 손을 들었다. 2시 30분이 되자 설거지가 끝났고, 커먼 하우스 내부도 말끔하게 정리되었다. 정말 대단한 파티였다!

다음 축하는 그날 오후 공동체 식사 시간에 있었다. 캘리포니아 출신의 엔지니어 더그 샤어가 수석 요리사였다. 더그는 코넬대학에서 맹인을 치료하는 최신 기술을 연구하고 있다. 그의 메뉴는 다양하다. 우리는 감자샐러드, 시금치샐러드, 두부샐러드, 구운 **펜넬**, 엘리사의 브런치에서 팔고 남은 특제 빵 등을 식탁에 낸다. 그중에서도 가장 입맛을 돋우는 음식은 구운 옥수수다. 사람들은 연못가

펜넬(fennel)
회향 혹은 그 열매. 열매는 향미료로 사용된다.

에 불을 피우고 옥수수가 구워지는 모습을 구경한다. 제대로 익히지 않는 사람도 있고, 아예 숯으로 만들어버린 사람도 있다. 하지만 그런 건 아무도 신경 쓰지 않는다.

사람들은 풀밭과 통나무, 의자 등으로 흩어진다. 이웃들은 각자 다녀온 여름휴가에 대해 이야기를 나눈다. 70대 후반의 낸시 브라운 여사는 이번 휴가에 캐나다 국경에서 여권이 없어 오도 가도 못하는 신세가 되었는데, 이타카 에코빌리지의 이웃 사람이 여권을 찾아서 페덱스로 보내준 덕분에 간신히 돌아왔다. 내 친구 엘란과 레이첼은 케이프코드에서 열흘간 휴가를 보내고 오는 길에 자동차의 엔진이 과열되어 디져버리는 사고를 당했다. 이런저런 사고가 있었지만 모두 행복하고 잘 쉬다 온 모습이었다. 그리고 무사히 집으로 돌아와서 기뻤다.

저녁을 먹고 우리는 마시멜로를 굽기 시작했다. 마르시는 자신의 집 뒤에 설치한 키보드에 앉았다. 마르시와 12살 사라 개서가 신나게 '오클라호마'를 연주하기 시작했다. 다른 사람들도 함께 노래 부르자 즉석에서 합창회가 시작되었다. 사람들은 이런저런 뮤지컬에서 나온 노래를 불렀다. 바로 이런 순간이 함께 사는 삶의 진수라 할 수 있을 것이다. 나는 키보드 주변에 모인 사람들 사이에 끼어들었다. 사람들은 어깨에 손을 두르고 몸을 흔들어 박자를 맞추며 노래를 불렀다.

오렌지색과 붉은색으로 물든 저녁노을이 연못 위에 비친다. 아이들이 꼬챙이에 마시멜로를 꿰어 모닥불에 굽고, 여기저기 풀밭 위에 모인 사람들은 노래가 끝날 즈음 박수를 친다. 사위는 점점 어두워지기 시작하고, 우리는 아쉬운 듯 키보드에서 물러난다.

그때 커먼 하우스에서 슈프림즈와 아레사 프랭클린의 흥겨운 노래가 터져 나온다. 사람들은 커먼 하우스의 베란다에서 원을 그리며 춤추기 시작한다. 줄리아는 리듬에 맞춰 스텝을 밟고, 동갑내기 모건은 원을 가로질러 뛰어다닌다. 부모와 함께 있는 아이들도 있고, 부모는 아랑곳하지 않고 노는 아이들도 있다. 즐거운 날이 이렇게 막을 내리는구나!

다음날 아침, 나는 커먼 하우스에서 식사를 준비하고 있었다. 마침 페트라가 들어왔다. 페트라는 잠시 들러서 커먼 하우스의 냅킨과 행주를 빨았다. 커먼 하우스의 바닥은 옥수수자루로 지저분했다. 옥수수자루로 퇴비를 만들려면 한입 크기로 잘라야 하는데 모두 그대로였다.

사람마다 청결함의 기준이 다르고, 그 기준이 비슷한 사람들을 모으기도 쉽지 않다. 이 정도면 깨끗하지 않냐고 생각하는 사람들이 있는 반면, 다른 사람들이 청소한 것에 만족하지 못해 다시 정리를 하면서 화를 내는 사람들도 있다. 페트라와 그녀의 남편 리처드는 커먼 하우스 청소팀을 만들었는데, 일이 정말 끝도 없었다. 10대 아이들이 있는 집에서 부엌을 항상 정돈된 상태로 유지하기 힘든 것과 마찬가지일 것이다.

나는 페트라의 마음을 이해했다. 하지만 노동절에 두 차례 파티를 즐겁게 치러서 기뻤다. 물론 내가 청소 담당이 아니라 이런 말이 나오는지도 모르겠다. 페트라와 이야기를 나누다가 커먼 하우스의 격자 울타리에서 자라는 덩굴에서 잎사귀를 몇 장 뜯었다. 방금 뜯은 잎사귀를 페트라에게 보여주려고 들어왔다. 잠시 나갔다 왔을 뿐인데 어느새 커먼 하우스 안은 말끔하게 정돈되었다.

음악 카페

'음악 카페'는 이타카 에코빌리지의 축하 행사 중에서 또 하나의 히트를 기록했다. 우리 가족은 서너 달에 한 번씩 공동체 주민들을 초대해서 저녁 음악회를 연다. 손님들은 저마다 나눠 먹을 디저트와 자신들이 좋아하는 CD를 들고 모인다. 맛있는 음식을 먹으며 각양각색의 음악을 감상하는 저녁 파티가 시작된다.

우리 집의 작은 거실에는 60명이나 되는 사람들이 모인다. 한때는 우리 가족을 포함해 고작 5명이 모인 적도 있었다. 우리는 멋진 음악을 감상한다. 오페라, 타악기 연주곡, 독창곡이나 타악기 그룹의 연주 등이 이어진다. 어떤 음악을 듣는지는 중요하지 않다. 아이들은 손에 걸리는 장난감이면 뭐든 연주한다. 어른들도 아이들과 함께 연주하거나 안락의자에 앉아서 음악 감상에 빠져든다. 춤을 추는 사람들도 있다. 우리는 집에서 만든 브라우니, 녹기 시작한 아이스크림, 포도 등 사람들이 가져온 디저트를 먹는다. 매번 모일 때마다 그때그때 신비로운 분위기가 형성된다. 우리는 만족스런 기분이 된다.

이타카 에코빌리지에서는 이렇듯 사람들의 인간적인 교류가 특별한 행사가 아닌 일상적인 생활이다. 나는 이곳에 사는 것이 축복이라고 생각한다. 필요하다면 언제라도 사생활을 유지할 수 있고, 이웃들과 교류하는 기회도 가질 수 있다. 이렇게 공동체에서 생활하면 마음 깊은 곳에서 갈망하는 사랑과 유대감을 누릴 수 있다. 나는 그 사랑과 유대감을 이 땅에 사는 모든 종과도 공유할 수 있을 것이라 믿는다.

ECOVILLA

Chapter 5

이곳은 유토피아가 아니다 :
조화와 충돌

at I T H A C A

공동체에서 생활하려면 구성원들 사이에 가장 친밀한 관계가 형성되어야 한다. 공동체 생활을 처음 시작했을 무렵만 해도 우리는 대부분 이상주의에 빠져 있었다. 공동체라는 말만 들어도 두 눈을 반짝거리며 낭만적인 감상에 빠져들었다. 하지만 그런 감상은 주민들의 입주가 끝나자 곧 자취를 감추고 말았다. 사람들의 환상에 쩍쩍 금이 가기 시작한 것이다. 여러 사람이 모이다 보니 그야말로 각양각색이다. 책임감 있는 사람, 남이 하기 싫어하는 일을 대신 하는 사람, 그렇지 않은 사람, 머릿속이 온갖 아이디어로 가득해 일은 벌이는데 뒤처리를 하지 않는 사람, 상상력은 없지만 묵묵히 할 일을 하는 사람… 공동으로 사용하는 공간을 정리하거나 청소하는 것만 봐도 제각각이어서 도무지 적응이 안 되는 사람들도 있을 것이다. 그러다가 처음으로 사람들이 싸우면 이곳에서 맞을 미래가 장밋빛이 아닐 수도 있다는 우려가 가슴 한구석에서 스멀스멀 기어오른다. 남은 인생을 정말 이 사람들과 보내고 싶은지 다시 자문할 것이다.

바로 그 순간 모든 일이 달라진다. 친구가 된 주민들 사이에 특별한 관계가 맺어진다. 첫돌을 맞은 공동체가 자신의 생일을 축하한다. 여행에서 돌아오면 오랜만에 만난 친구들의 환영을 받으며 새삼스레 우리가 정말 함께 사는 사람들이라는 느낌에 마음이 따뜻해진다. '그래, 여기가 내 집이지' 하는 생각이 절로 들 것이다. 인생의 동반자를 맞아들이는 특별한 날과 마찬가지다. 사원 줄 알았던 마법의 불길이 다시 힘차게 타오르는 순간이다.

이 타카 에코빌리지를 방문한 사람들은 우리가 '그 사람들은 그 후로도 행복하게 잘 살았습니다'로 끝나는 동화에나 등장할 유토피아를 만들었거나 그러기 위해 애쓴다고 생각한다. 하지만 진실은 훨씬 더 재미있고 심오하며 복잡하다.

조화

이타카 에코빌리지에서 의사 소통은 여러 층으로 이뤄진다. 나는 이곳의 생활이 열대우림의 생태계와 같다고 생각한다. 맨 꼭대기에서 보면 거대한 녹색 바다처럼 나뭇가지들이 얼기설기 뻗어 있다. 이타카 에코빌리지를 공동체 내부에서 바라본다면 전체로 통합되는 것 같다.

이 열대우림의 중간층은 위쪽보다 다양하다. 나무줄기들이 군데군데 모습을 드러내지만 위아래로 뻗어 나가는 덩굴줄기로 모두 연결된다. 짖는 원숭이(howler monkey)들이 서로 소리를 질러댄다. 코코넛과 망고, 바나나가 무성하다. 이타카 에코빌리지의 주민들은 다양한 소그룹으로 구성된다. 친구, 이해 집단, 위원회 등이 그것이다. 주민들은 자신에게 어떤 식으로든 의미가 있고, 나른 사람들과 연결해주는 거미줄을 엮어간다.

맨 아래층은 관목 숲 같다. 온갖 종의 동식물이 조밀하게 모여 자신만의 공간을 형성한다. 이곳에 사는 어른 120명과 아이 60명은 모두 이타카 에코빌리지에서 각자의 공간이 있다.

함께 노는 모건과 오리온.

　열대우림에서 혼자 일어나는 일은 없다. 이곳에서 벌어지는 모든 일은 생태계에 영향을 미친다. 이타카 에코빌리지에서도 모든 관계가 공동체에 영향을 미친다. 구성원들의 의사 소통 과정은 모든 층에서 이뤄진다. 사람들은 일상생활을 하고, 우정을 나누며, 함께 일하기 위해 자주 만나고, 공동체의 전반적인 문제를 논의한다.

　열대우림의 주민들 사이에서 충돌은 피할 수 없다. 공동체 생활에서 충돌도 엄연한 현실이기 때문이다. 그러므로 건전하고 친밀한 관계를 유지하기 위해 효과적인 의사 소통은 매우 중요하다. 우리는 모두 자신에게 잘 맞는 방법을 알며, 자라면서 그런 기술을 배운다. 사람들은 친구나 동료와 원활하게 의사 소통을 할 수 있다. 그런데 그룹 레벨에서는 그게 잘 되지 않는다. 바로 그곳에 가상 큰 위험 요소가 도사리고 있으며, 충돌의 가장 큰 원인도 그것이다.

상호 관계를 유발하는 의도적 설계

코하우징 구역은 주민들의 직접적인 교류와 상호 관계를 늘릴 수 있도록 설계되었다. 그리고 그 목적은 실현되었다. 커먼 하우스로 갈 때나 빨래를 걷을 때 주차장으로 가다 보면 꼭 이웃 한두 명쯤은 마주친다. 화창한 여름날이면 어딜 가더라도 20명이 넘는 이웃 사람들을 만날 수 있다. 우리는 미소로 인사하거나 "안녕하세요" 하며 아는 체를 한다. 그때의 분위기나 날씨에 따라 잠시 서서 이야기를 나누기도 하고, 즉석에서 모임을 갖기도 한다. 우리는 이런 모임에 이름을 붙였다.

래치팅은 공동체의 생활을 개선하기 위해 즉석에서 결성된 모임을 말한다. 예를 들어, 자레드가 내게 퇴비 만드는 데 왜 한 시간이나 걸렸냐고 물어보면 나는 대뜸 "래치팅하고 왔어"라고 대답한다. 한 시간 동안 나는 친구 몇 명과 함께 아이들 키우는 이야기를 하거나 사다리 옮기는 걸 도와주기도 한다. 새 이웃과 티타임을 가졌을 수도 있고, 새로 칠한 부엌을 구경하거나 퇴비를 만들기도 했을 것이다. 래치팅은 일손이 필요한 사람에게 도움을 준다는 의미도 있다. 그러다 보니 어느새 우리는 말을 하지 않아도 통하는 사이가 되어갔다. 누군가 급한 일이 있다거나 한숨 돌리면서 수다를 떨고 싶어할 때 굳이 말하지 않아도 알 수 있다.

주택 설계 또한 구성원의 의사 소통에 도움이 된다. 방과 창문의 배치를 단순하게 설계함으로써 사람들이 접촉할 수 있게 했다. 부엌에서 통행로를 볼 수 있게 만들었기 때문에 창문으로 밖에서 무

래칫(ratchet)
미늘톱니바퀴장치를 말한다. '꾸준히 상승하다'라는 의미도 있다.

슨 일이 일어나는지 내다보인다. 아이들이 노는 모습은 물론, 누가
정원을 손질하고 누가 해바라기를 하는지 다 볼 수 있다.

이웃 사람에게 놀러 오라고 하거나 손을 빌려주겠다고 하고 싶을
때는 그저 큰 소리로 부르면 된다. 한 번은 이런 일도 있었다. 겨울
이었는데 창문으로 알란이 눈을 치우는 모습이 보였다. 그때 나는
크로스 스키를 탈 생각이었는데, 알란이 38cm나 쌓인 눈을 치우고
있는 것이다. 마침 크리스마스 휴가라 마을에 사람들이 별로 없었
다. 나는 삽을 들고 그와 함께 눈을 치웠다.

40분이나 눈을 치우는 중노동을 하고 돌아가려는데 친구 레이첼
이 지나가다가 우리에게 인사를 했다. 10분 뒤 커먼 하우스에서 고
객을 만나기로 했는데 문이 열리지 않는다는 것이었다. 그녀는 우
리에게 삽이 하나 더 있는지 물었다.

나는 제이의 삽을 빌리라고 했다. 그때 제이는 현관에 나와 앉아
있었다. 우리는 커먼 하우스의 계단과 현관에 쌓인 눈을 치웠다. 일
을 마치자마자 레이첼의 고객들이 차에서 내렸다.

ECOVILLAGE *at* ITHACA

이타카 에코빌리지에서 아이 키우기

우리가 살고 있는 코하우징에서 아이를 키우는 일은 일반적인 가정과 많이 다르다. 이곳
에서는 아이들이 TV를 거의 보지 않는다. 공동체에서 매일 벌이는 행사가 많아서 거기에
참가하기도 바쁘기 때문이다. 이타카 에코빌리지에서 아이들은 아주 어린 시절부터 싸움
을 해결하는 방법을 배운다. 6~12세 아이들은 '키즈 위원회'에 참가한다. 여기에서 스스
로 행동 규칙을 만들고, '자전거 길 만들기' 같은 즐거운 행사에 참가하기도 한다.

반면 부모들은 자신들이 아이를 키우는 방식에 대해 깊이 고민해야 한다. 공동체에서는
이웃의 서로 다른 양육 스타일에 적응하는 법부터 배워야 한다. 아이들끼리 서로 따돌리
는 행동처럼 부모들이 공동으로 대처해야 하는 경우도 있다. 이타카 에코빌리지의 다른
생활도 그렇듯이 우리는 가족 내에서나 더 큰 가족인 이타카 에코빌리지 내에서 가치관
이 효율적으로 소통될 수 있도록 노력을 기울여야 한다.

알란과 나는 너무 피곤해서 더는 일을 할 수 없었다. 그런데 집으로 가는 길에 벤과 그의 어린 아들이 나와서 우리가 만든 길을 넓히는 것을 보았다. 이타카 에코빌리지가 이웃의 모습이 한눈에 들어오는 구조가 아니었다면 눈을 함께 치우는 일은 없었을 것이다.

이메일 진화

가장 간단하면서 바람직한 의사 소통의 형태는 직접 얼굴을 마주 대하는 것이다. 그러나 전원이 정보를 공유하려면 어떻게 해야 할까? 60세대가 함께 살다 보면 '할 얘기'도 많은 법이다. 모든 사람과 효과적이고 일원화된 방식으로 연락할 방법이 필요했다. 바로 여기서 이메일의 필요성이 대두되었다. 하지만 당시에는 이메일을 사용하지 않는 주민들도 많았다.

이메일 프로젝트의 초기에는 아무도 이메일을 쓰지 않았다. 전화선을 사용하다 보니 귀찮고 자주 접속이 끊어졌지만, 어쨌든 이메일로 그룹 미팅을 했다. 우리는 이메일로 많은 정보를 교환했다. 내가 FROG의 간사였을 때 자원자 2명과 함께 일주일에 하루는 꼬박 사람들에게 편지를 보냈다. 당시만 해도 사람들이 다 모여 살기 전이었다. 우리는 의사록과 의제, 제안서, 조사 자료를 작은 복사기로 복사했다. 그 복사기는 한 번에 한 장씩 간신히 복사를 하는 수준이었다. 편지마다 양면으로 복사된 유인물이 최소 16장 추가되었는데, 다음 회의에 대한 이해를 돕기 위한 참고 자료였다. 우리는 이 모든 자료를 복사하고 모아서 스테이플러로 찍었다. 그리고 접어서 봉투에 넣고 우표를 붙여서 발송했다.

그런데 문제가 계속 발생했다. 우편물이 캘리포니아에 도착하는데 닷새가 넘게 걸리는 경우도 있었다. 그곳 회원들은 다음 회의까지 시간에 쫓길 수밖에 없었다. 특히 그들이 관심 있는 의제에 대해 자료를 충분히 검토하고 다음 회의 전에 전화로 의견을 조율할 여유가 없었던 것이다. 그러다 보니 일과가 끝날 무렵이면 사람들에게 전화로 소식을 전하느라 귀가 얼얼할 지경이었다. 1990년대 초만 해도 모든 사람들에게 소식을 알리는 일이 정말 복잡했다.

이메일이 보급됨에 따라 이타카 에코빌리지의 의사 소통도 진화되었다. 1996년 FROG에 입주할 무렵에는 대부분 인터넷을 사용했다. 중요한 토의는 온라인으로 진행한 덕분에 귀중한 시간을 절약할 수 있었다(물론 내 귀에도 좋았다. 전화 사용을 줄여야 할 정도로 귀에 문제가 생겼기 때문이다). 우리는 토의를 하면서 아이디어를 생각해낼 수도 있었고, 서로 도움을 청할 수도 있었다. 게다가 거의 즉각적인 피드백이 가능했다(요즘은 누군가가 10시에 메일을 보내 시내로 나갈 때 태워달라고 부탁하면 15분 뒤 집 앞에 차가 서 있는 것은 특별한 일도 아니다). 클릭 한 번으로 우리는 몇 쪽에 걸친 중요한 소식을 모아서 모든 사람들에게 전달할 수 있다. 예전 같으면 몇 시간에서 며칠이나 걸리던 일인데 말이다.

물론 처음에는 이메일 에티켓을 모르는 사람들 때문에 미묘한 주제를 다룰 경우 문제가 발생하기도 했다. 다른 사람의 표정이나 말소리에 묻어 있는 미묘한 감정을 알 길이 없으니 무심코 쓴 문장이 심한 공격으로 여겨지는 일도 비일비재했다. 작은 '불꽃'으로 시작된 일이 커다란 화재로 돌변하기도 했다. 그렇게 1~2년을 좌충우돌하고 나서 우리는 좀더 현명해졌다. 이메일을 사용할 때 지켜야 할 비공식적인 지침을 만든 것이다. FROG에 사람들이 자리를 잡을 즈음에는 서툰 이메일 사용으로 인한 골칫거리에서 벗어날 수 있었다.

그러나 일단 이메일 사용에 익숙해지자 이메일에 압도당하고 말았다. 우리는 매일 내부 리스트 서브에 있는 주소로 그룹 메일 45통을 발송했다. 그 메일을 다 읽지 않으면 정보와 공동체가 돌아가는 모든 일에서 뒤처지는 것처럼 느껴졌다. 몇 주나 몇 달씩 메일을 확인하지 않으면(요즘 내가 그러고 있다) 공동체가 어떻게 돌아가는지 알고 싶을 때 며칠을 꼬박 컴퓨터 앞에 앉아서 그 메일을 다 읽어야 할 것이다.

마을 주민들은 제각각 넘치는 이메일을 해결할 방법을 고안했다. 어떤 사람은 '어나운스' 리스트 서브에 가입해서 가장 중요한 소식만 받는다. 아예 몽땅 삭제하는 사람도 있다. 그러나 이타카 에코빌리지 주민들에게 이메일은 여전히 가장 중요한 교류의 수단이다.

이메일을 넘어서

이제 이메일은 이곳 사람들의 유일한 관심거리가 아니다. 우리는 요즘 한 달에 2번 그룹 회의를 한다. 많은 사람들이 커먼 하우스의 문에 예쁜 메모를 붙여서 다가오는 행사에 대해 알린다. 급한 공지 사항이 있을 경우 공동 식사 시간에 종을 울리기도 한다. 나는 가끔 그런 생각이 든다. 모든 사람들에게 의사를 전달할 수 있는 유일한 방법은 앞서 말한 방법을 총동원하고, 마지막으로 문 앞에 공지 사항을 붙여놓는 것이 아닐까.

한계를 정하다

우리의 삶을 들여다보면 어떻게 다른 사람의 사생활에 너무 깊이 관여하지 않는지 궁금할 것이다. 그 많은 사람들이 작은 마을에 모여 살다 보면 얼마나 많은 생각과 감정과 관계가 존재하겠는가. 거기에 매일 발생하는 단체의 일거리까지 더해지다 보면 가끔 이곳의 생활에 우리 모두 깔리는 듯한 기분이 들 때도 있다.

사회가 대부분 '나부터!' 라고 외치는 사람들의 요구를 해결해야 하는 반면, 우리는 수많은 공동체의 요구 사항을 해결해야 한다. 우리는 고독을 느낄 시간이 거의 없다. 회의 때문에 가족과 함께 하는 시간을 희생해야 할 때도 있다. 그래도 일거리는 계속 쌓여간다. 2003년 연말은 새로운 멤버들이 한창 입주해왔다. 우리는 '이타카 에코빌리지를 짓누르는' 문제에 대해 이야기하기 위해 비공식적인 전체 토론회를 소집했다. 하지만 신청자가 너무 적어서 회의를 취소하고 말았다. 회의라는 말만으로도 사람들은 질려버린 것이다!

공동체의 일에 참여하면서도 너무 깊숙이 들어가지 않기 위해 계속 균형을 잡는 일은 운동으로 근육을 강화하는 것과 비슷하다. 먼저 거절하는 법을 배워야 하고, 자신의 리듬과 필요에 맞게 한계를 정하는 법을 배워야 한다. 한계를 정하는 것은 건강한 선택이며, 개인이 성장할 수 있도록 인도해준다.

다름을 극복하다

공동체에서 살다 보면 자신과 남을 오랫농안 계속해서 들여다보게 된다. 계속 보면 우리가 정말 다르다는 사실을 깨닫는다. 가치관,

성격, 생활 방식… 무엇보다 소득이 다르다.

사람들은 서로 다른 점을 이해하면서 성장하고 변모할 수 있는 기회를 접한다. 다른 사람의 행동에 자극받을 때도 있고, 다른 사람들 때문에 불편한 일도 분명 있을 것이다. 불편하다는 것은 개인적인 성장이 필요하다는 증거이기도 하다.

나는 종종 방문자들에게 이곳의 삶에서 가장 중요한 부분은 효과적으로 의사 소통하는 법을 배우는 것이라고 말해준다. 의사 소통을 잘한다는 것은 남의 말을 잘 듣고 진실을 말하는 것이다. 그리고 스트레스를 받는 상황에서도 융통성을 잃지 않으며, 모든 사람에게 이익이 되는 해결책을 모색하고, 충돌 없이 함께 일할 수 있다는 것을 의미한다. 원활한 의사 소통을 하려면 대단한 노력이 필요하다. 가끔 모든 감정이 소진된 듯한 기분이 들기도 한다. 물론 매번 무리 없이 의견을 교환하기는 어렵다. 우리는 유토피아에 사는 것이 아니기 때문이다. 그러나 이타카 에코빌리지에서는 모든 사람이 원활하게 소통하기 위해 더 많은 에너지를 소비할수록 더 좋은 에너지가 돌아와 공동체와 개인을 모두 활기 넘치게 한다는 사실을 깨달았다.

충돌

공동체 생활에서 가장 어려운 부분은 충돌을 효과적으로 해결하는 것이다. 우리는 어릴 때부터 충돌은 피해야 하는 것이라고 배운다.

어린 시절에 나는 '좋은 말을 할 수 없거든 아무 말도 하지 말라' 는 격언을 자주 들었다. 남의 흉을 보는 사람에게는 유익한 충고지만, 얼굴을 마주보고 이야기해야 하는 사람에게는 부적당한 말이다.

다행히도 퀘이커 교도였던 우리 가족은 이것 말고도 아는 격언이 많았다. '사람들은 누구에게나 신이 있다' '권력에게 진실을 말하라' 등이다. 나는 항상 이런 말들을 기억했고, 진심으로 다른 사람의 '좋은 면' 을 이야기하면 소통이 더 쉬워진다는 것을 알았다. 충돌이 일어나도 이런 태도를 유지하면 관련된 사람들을 모두 존중할 수 있다.

내 친구 포피는 말했다.

"우리가 이곳에서 실현하려는 것은 상대에게 정직하면서도 친하게 지내는 것이다."

충돌은 이타카 에코빌리지 초기부터 언제나 우리와 함께 했다. 이웃에 사는 두 사람이 싸우기도 하고, 더 큰 규모의 충돌이 벌어지기도 한다. 나 역시 다른 사람들처럼 '충돌' 이라는 말만 들어도 스트레스가 팍팍 쌓인다(마치 공격을 피하려는 듯 어금니와 아랫배에 절로 힘이 들어간다). 우리가 긴장을 풀고 분위기를 누그러뜨릴 수 있는 유일한 방법은 문제에 대해 허심탄회하게 이야기를 나누는 것이다. 물론 말처럼 쉬운 일은 아니지만 해볼 만한 가치가 있는 일이다!

개인적인 충돌

두 세대가 사용하도록 되어 있는 집에 수가 이사 온 직후, 나는 개인적인 싸움에 휘말렸다. 두 집이 붙어 있는 구조라 수와 우리 집은 단열이 잘 되는 30cm 두께의 벽을 사이에 두고 있다. 즉 우리 집 부엌과 거실은 수의 집 부엌이나 거실과 등을 대고 있다. 수가 이사오기 전에 있던 가족은 어린아이를 키웠지만 전혀 시끄럽지 않았다. 여름이 오기 전에는 모든 일이 순조로운 듯했다.

수는 음악을 크게 틀어놓기를 좋아했는데, 특히 '인디고 걸스' 라는 록그룹의 음악을 신나게 틀어대곤 했다. 나는 집에서 일할 때가 많았는데, 수가 음악을 틀면 온 집 안이 진동하는 가운데 귀를 틀어막고 식탁에 늘어놓은 자료에 집중하려고 애써야 했다. 가끔 무슨 노래인지 어렴풋이 들리기도 했지만 그것도 잠시, 나머지는 계속 쿵쿵거리는 소리뿐이었다. 그와 함께 내 집중력도 사라졌다.

나는 소리에 파묻힌 꼴이 되고 말았다. 무시할 수도 없고, 선택할 수 있는 문제도 아니었다. 도저히 내가 억제할 수 없는 강력한 진동이 조용한 내 집에 쳐들어온 것 같았다. 마치 내 집 앞마당에서 끊임없이 망치로 뭔가를 내려치는 것 같았다. 내 존재의 근원이 위협받는 느낌이었다.

하지만 나는 수와 마주보고 이야기하고 싶지 않았다. '수가 음악을 즐길 권리가 없는 걸까?' '내가 왜 그녀의 생활을 검열해야 하지?' 이 문제에 대해서 다시는 그녀와 이야기하고 싶지 않았다. 나는 5번이나 이 문제를 제기했지만 변한 것은 아무것도 없었다. 수는 그저 화만 낼 것 같았다. '무시해보자. 얼마 후면 수는 귀가 멀어서 듣지도 못할 거야.'

수가 음악을 틀면 나는 완전 긴장 상태에 빠졌다. 두 손으로 귀를 틀어막고 집중하려고 애썼다. 서류에 있는 내용을 큰 소리로 읽으면서 이해해보려고 노력했다. 화를 내지 않으려고 참다 보니 온몸이 덜덜 떨렸다. 하지만 속으로 삭였다. '어쩌면 저렇게 무신경할 수 있지?' 무신경한 것이 아니었다. 수도 베이스를 그 정도로 크게 틀면 집이 덜덜 떨린다는 사실을 잘 알았다.

음악 소리가 들리고 10~30분 지나면 내 인내심도 한계에 다다른다. 그러면 나는 수에게 전화를 건다. 음악 소리 때문에 방해가 되니 줄여달라고 말하기 위해서다. 그러나 수는 음악을 들을 때면 전화를 거의 받지 않는다. 그래서 그녀의 자동응답기에는 나의 짜증스러운 목소리가 녹음된다. 다음으로 내가 취한 조치는 현관문을 두드리는 것이다. 가끔 수가 대답을 하기도 하지만 대답하지 않을 때도 있다. 이제 10대가 된 내 아들이 엑스트라 베이스 기능 때문에 이렇게 시끄러운 것이라고 지적해준 뒤에도 수의 음악은 방음재를 뚫고 우리를 괴롭혔다.

결국 9월의 어느 날 아침, 사건이 벌어졌다. 그날따라 나는 기분이 매우 가라앉아 있었다. 대학에 다니는 큰아들이 사는 곳을 바꾸고 싶다고, 제법 큰돈이 필요하다고 말했던 것이다. 지난 4개월 동안 벌써 세 번째 듣는 말이었다! 나를 무슨 개인 은행쯤으로 알고 있는 것 같았다. 그 때문에 나는 화가 났고 짜증스러웠다. 그런데 또다시 옆집에서 음악이 들려오기 시작했다. 더는 앉아 있을 수 없었다. 나는 수의 집으로 달려가 문이 부서져라 두드리기 시작했다. 아무런 응답이 없자 현관문을 열고 바로 들어갔다.

"수, 정말 미치겠어요. 젠(장)… 왜 음악 소리 좀 줄이지 않는 거예요? 나 미치게 하려고 그래요!"

나는 수의 얼굴에 대고 고래고래 고함을 질렀다.

수도 호락호락하지 않았다. 수는 얼굴이 붉어졌다.

"다시는 내게 그런 식으로 말하지 말아요! 이렇게 쳐들어와서 고함이나 질러대다니 당신 어떻게 된 거 아니에요? 날 이런 식으로 대하는데 내가 소리를 줄여줄 것 같아요!"

나는 무척 당황스러웠다. 정말 내가 냉정을 잃었단 말인가? 중재자로 누구보다 적합하다고 자인해온 내가? 내가 정말 수에게 욕을 했단 말이야? 나는 곧장 사과하고 집에서 나왔다. 물론 마음 한구석에선 이렇게 화를 내는 것이 당연하다고 생각했다.

그날은 음악 소리가 들려오지 않았다. 어쨌든 감사한 일이었다. 하지만 여전히 마음은 불편했다. 이제껏 살아오면서 화가 폭발했던 일들을 곰곰이 생각해보았다. 다음날 수를 찾아가 사과하고, 내가 한 행동을 어떻게 보상할 수 있는지 물어봐야 할 것 같았다. 한편으로는 수도 자신의 행동을 돌아볼 것이라는 희망을 품어보았다.

다음날 수가 먼저 전화를 했다. 나는 또다시 그녀의 집으로 갔다. 수는 전날 내가 분통을 터뜨리는 바람에 화가 나서 밤새 한숨도 자지 못했다는 것이다. 우리는 서로 사과를 했다. 그리고 수는 한 가지 이야기를 털어놓았다. 자신이 유방암일지도 모른다는 것이었다. 사운드를 최고로 높여서 듣는 것만이 두려움과 맞서는 유일한 방법이라고 했다. 사실 그런 식으로 날 괴롭혀서는 안 된다는 것을 잘 알고 있노라고, 두 집의 경계가 되는 벽에 방음 처리를 확실히 해서 문제를 해결해보겠다고 했다. 그리고 엑스트라 베이스 기능은 디시 사용하지 않겠다고 약속해주었다. 나는 고마움에 지난번 버몬트 여행에서 따온 블루베리로 만든 잼을 한 병 선물했다. 우리는 포옹을 했다. 훨씬 좋아진 느낌이었다. 그 후에는 한 번도 수의 음악 때문에 문제가 발생하지 않았다. 그리고 정말 고맙게도 암에 대한 수의 걱정은 그냥 걱정으로 끝나고 말았다.

　이타카 에코빌리지에서 발생하는 여러 가지 문제는 다행스럽게
도 나와 수 사이에 벌어졌던 수준까지 발전하지 않는다. 하지만 수
와 나의 경우와 같은 분쟁에도 좋은 점이 있다고 생각한다.

1. 양측이 기꺼이 상대방의 이야기를 들어야 한다. 그리고 자신에
   게 정말 필요한 것을 이야기할 수 있어야 한다. 나는 말하는 것보
   다 듣는 것이 훨씬 쉽다고 생각한다. 수와 맞서기보다 분노가 폭
   발할 때까지 그저 속으로만 삭인 것처럼 말이다. 하지만 수는 나
   와 정반대로 사태에 대처했다. 그녀는 자신의 이익을 주장하는
   데는 능숙하지만 다른 사람의 관점을 이해하는 데는 서툰 사람이
   다. 우리는 조금씩 다르게 프로그램 된 사람들이다. 그렇다 해도
   다른 사람의 의견을 듣고 자신의 이야기를 하는 것은 두 사람에
   게 모두 중요하다.

2. 사람들은 감정이 강하게 개입된 상황에서는 올바르게 행동하기
   어렵다. 감정을 가라앉히는 시간이 필요하다. 그 문제에 대해 다
   른 친구와 이야기를 해보거나, 격한 감정이 가라앉아 사태를 좀
   더 객관적으로 바라볼 수 있을 때까지 기다리는 것도 좋다. 내 경
   우 침착성을 잃자 수에게 고함을 지르고 욕하는 것으로 끝났다.
   물론 수도 내게 맞고함을 질렀다. 하지만 우리 둘은 밤새 그날 일
   을 생각했고, 다음날 다시 이야기를 나눴다.

3. 분쟁에는 항상 분쟁 당사자만 끼어드는 것이 아니다. 분쟁을 통
   해 가슴 깊이 옹이리졌던 감정들이 터져 나올 수 있다. 과거나 당
   면한 사건과는 하등 관계가 없는 것일 수도 있다. 그날 아침 내가

팸과 제이가 친밀한 시간을 보내고 있다.

그렇게 화가 났던 건 큰아이 때문이기도 했고, 수가 그렇게 행동한 것도 건강에 대한 걱정 때문이기도 했다.

4. 사람들은 한번 싸우고 나면 생각보다 훨씬 가까워진다. 수와 내가 허심탄회하게 이야기하기 위해서 그런 난리가 필요했던 것이다. 싸우고 나자 우리는 상대의 삶에 비추어 각자의 처지를 이해했다. 상대방을 동정하고, 두 사람 다 만족할 만한 해결책을 찾을 수 있었다. 우리 두 사람의 문제를 해결하기 위해 높은 벽을 넘고 나자 진정한 이웃이 될 수 있었다.

5. 성공이 성공을 낳는다. 도저히 해결할 수 없을 것 같은 상황을 겪고 나면 긴장이 풀어지고 분위기가 가벼워진다. 이제 어떤 상황도 해결할 수 있는 힘이 생겼다는 것을 알기 때문이다. 앞으로는 어떤 일이 벌어져도 지금보다 잘 해결할 수 있을 것이다.

공동체 전체가 관련된 분쟁들

개인적인 분쟁이 괴로운 정도라면 공동체 전체가 관련된 분쟁은 정말 참기 힘든 고통이 될 수 있다. 각자 자신의 가방을 든 두 사람이 의견 일치를 보지 못하는 것은 힘든 일이다. 나는 분쟁의 당사자가 들고 있는 그 가방에 개인의 역사와 상황을 바라보는 각자의 시각, 다른 사람들과 개인의 관계, 격한 감정 같은 것들이 있어서 금방 터질 것처럼 불룩하다고 상상한다. 문제와 다른 사람들을 분류하기 위해 필요한 모든 것이 들어 있는 것 같다. 하지만 분쟁 당사자가 둘에서 다섯, 열로 늘어나면 그 사이에 얽힌 온갖 관계의 수도 늘어난다. 결국 사람들이 들고 있는 가방은 급격히 불어난다. 바로 이 상태에 미래를 예측할 수 없는 사람들의 역학 관계와 비정상적인 성격이 더해지면 상황은 걷잡을 수 없는 혼란에 빠져든다.

이타카 에코빌리지에서 우리는 수많은 공동체의 분란을 겪었다. 하지만 그 혼란을 이겨냈을 뿐만 아니라 어떻게 하면 분란에 잘 대처하고 더 쉽게 해결책을 찾을 수 있는지 깨달았다.

주민들 사이에 발생한 마찰

이타카 에코빌리지의 대형 분쟁은 FROG의 세 가족 간에 발생했다. 그리고 이것은 이타카 에코빌리지 전체로 번져갔다. A가족과 B가족은 매우 친한 친구 사이로, 남자들은 MIT 동창이었다. 명석하고 분석적인 사람들이자 재택근무를 하는 가장이었다. 아내들은 각각 의사와 조산사였다. 두 가족은 코하우징 공동체를 여러 곳 살펴본 뒤 이타카 에코빌리지가 가장 좋은 곳이라고 결정 내렸다. 그리고 1995년에 모두 이타카로 이사 와서 이타카 에코빌리지에 정착하기 위한 준비를 했다. 이타카 에코빌리지를 선택한 것은 매우 좋은 결정이었으며, 막 태동하는 우리 공동체에서 그들의 재능을 발휘할 수 있을 것 같았다.

C가족은 두 아이를 둔 그 지역 가족이었다. 부부는 코넬대학과 지역 출판사에서 일했다. 두 사람은 매우 적극적이었고, 태양열 패널과 자연 발효 화장실 같은 대체 기술을 이용해본 경험이 있었다.

세 가족이 이사 오고 나서 얼마 지나지 않아 그들 모두 이곳의 생활이 불행하다는 사실이 명백해졌다. 우리는 만장일치로 결정을 내리고, 이 과정에서 발생 가능한 모든 관점을 고려한다. 당연히 반대 의사가 있으며 토론으로 해결책을 찾으려고 노력한다. 진행자들은 회의에 참석한 사람들이 '그룹 마인드'를 가질 수 있도록 돕는다. 이 과정에서 확실한 만장일치를 위해 가치관을 하나로 모은다. 수많은 토론을 벌인 끝에 공동체는 모두 동의할 수 있는 결정을 내린다. 가끔 그 결정을 인정하기 힘든 개인이 있더라도 결정에 따른다. 만장일치에 도달하는 과정에서 모든 주민이 받아들일 수 있을 만한 해결책을 채택하기 때문이다. 만약 결정이 잘못되었다고 확신하는 사람이 있다면 그가 만장일치 과정을 '막을' 수 있는 장치도 만들어두었다. 하지만 해결책을 도출하기 위해 먼저 몇 주간에 걸쳐서 토론하고, 제안서를 작성하고, 위원회가 회의를 한다. 그러므로 의사 결정을 막는 행위는 매우 심각한 조치다. 사실 이런 상황은 자주 일어나지 않는다.

공동체와 관련된 일들을 처리해 나가는 과정에서 우리는 한 가지를 알았다. 어떤 사안이 생겨서 결정을 내리려고 할 때마다 이 세 가족 중 한 가족이 의사 결정을 막는 것이다. 특히 그 가족의 남자들이 반대를 했다. 결정 사항이 자신들의 뜻대로 되지 않거나 가족에게 이익이 되지 않는다 싶으면 어김없이 반대했다. 돈을 쓰는 것과 관련해 분쟁이 발생했고, 생활 방식에 관한 문제도 생겼다.

세 남자들이 사용하는 전술은 다루기 매우 까다로웠다. 만장일치로 의사 결정을 하려면 참가자들은 신념과 신뢰, 선의를 보여줘야 했다. 바로 세 남자들에게 없는 덕목들이다. 그들은 다루기 어려운 사내아이들처럼 보였다. 한 번도 팀플레이에 대해서 배워본 적이 없는 고약한 아이들 말이다.

톰은 영특한 머리를 이용해 자신의 의견에 반대하는 사람들의 말문을 막아버렸다. 그는 장황하게 말을 늘어놓아 말주변이 없는 사람들의 논리를 혼란시키곤 했다. 하지만 톰의 논리를 조금만 자세히 살펴보면 항상 자기만을 위한 논리였다. 톰의 말문을 막기가 쉽지 않았기 때문이기도 했고, 신랄하게 대응하는 그와 맞서고 싶지 않아 주민들은 그의 행동을 제한하기보다는 수수방관했다.

조지는 언제나 열심히 일했고, 거주단지의 재정팀에 많은 시간을 쏟아 부었다. 그는 회의에서 거의 말이 없었지만 일단 말문이 터지면 심한 분노를 표출했다. 톰처럼 그도 다른 사람을 신랄하게 비판했으며, 합의를 막는 일도 많았다.

헨리는 거의 말이 없었고, 가끔 미소를 짓기만 했다. 엄격한 채식주의자인 헨리는 커먼 하우스 식사 시간에 가끔 고기도 내놓기로 결정하자 본색을 드러내고 말았다. 자신들의 식습관에서 육류가 중요한 부분을 차지한다고 생각하는 사람들의 욕구에 부응하기 위해 회의가 소집되었다. 사람들은 식단을 의논한 지 몇 달이 지난 뒤에야 결정을 내릴 수 있었다. 우리는 채식주의자들도 받아들일 수 있는 요리 규칙을 정했다. 커먼 하우스의 식사 시간에는 항상 채식주의자들을 위한 메인 요리가 준비되어야 한다는 것이다. 육류를 사용하는 요리기구들은 나머지 부엌 설비와 따로 보관해야 한다는 규칙도 만들었다.

헨리는 한두 번 토론에 참석했지만 의사 결정 과정에는 빠졌다. 자신이 원하는 것에 대한 생각이 확고했다. 모든 사람들이 어떤 사항을 결정하면 헨리는 의사 결정 과정을 막지는 않았지만, 다시는 커먼 하우스에 발을 들여놓지 않겠다고 선언해버렸다. 자신의 감정을 이야기해보라고 해도 거절했다. 헨리는 점점 더 많은 모임에 나타나지 않았고, 집 안에 틀어박혀서 가족이 아니면 교류하려 들지 않았다. 그의 도덕적 기준은 경직되었고 타협을 몰랐다. 온갖 사람들이 다 모여 있는 공동체에서 어울리기 힘든 성격이었다.

이타카 에코빌리지의 의사 결정 과정은 차치하고라도 톰과 조지, 헨리는 처음부터 나의 지도력에 의구심을 드러냈다. 그리고 그들의 불신과 적대감은 도저히 참기 힘들었다. 조안과 나는 이타카 에코빌리지 프로젝트의 공동 책임자였다. 최초로 몇 가구가 이사를 와서 자리를 잡는 몇 년 동안 나는 FROG의 간사도 함께 맡았다. 간사를 맡은 덕분에 조정위원회를 주재했다. 조정위원회에서는 매주 의제를 결정하고 회의록을 인쇄하며 하위위원회를 감독했고, 개발 매니저인 제리와 클라우디아 부부와 긴밀하게 작업했다. 나는 열심히 일했고 양심적으로 모든 정보를 공유했다. 풀어야 할 과제를 파악하고, 코하우징을 설계하고 건설하는 복잡한 문제가 순조롭게 진행되도록 최선을 다했다. 나는 내가 전문적인 조직가라고 생각했다. 공동의 목표를 달성할 수 있도록 모든 구성원을 이끌고 가는 사람

말이다.

사람들은 대부분 내가 한 일들에 대해 감사를 표했다. 하지만 톰과 조지와 헨리는 모든 의사 결정이 만장일치로 이뤄졌음에도 불구하고 내가 지나치게 권력을 휘두른다고 생각했다. 세 사람은 조안과 내게 적대감을 표출했고, 회의에서 우리를 비판하는 일도 잦았다. 게다가 다른 사람들은 그들과 맞서 우리를 옹호하기를 두려워하는 것 같았다. 이제 다른 모임에서도 이상한 분위기를 감지할 수 있었다. 우리 마을에 악의로 가득한 역학 관계가 형성되고 있다는 사실이 두려웠다. 나는 사람들 위에서 군림하려는 생각이 전혀 없었기 때문에 비난과 비판은 큰 상처가 되었다. 그러다 보니 어떤 의견을 제시할 때부터 매우 조심스럽게 행동하기 시작했다.

공동체에서 생활한 지 2년째 되던 1998년에 그 세 가족과 나머지 사람들 사이의 긴장이 폭발했다. 마을에는 불신과 적대감이 팽배했다. 세 가족은 고립되었다고 느꼈고 불행했으며, FROG의 주민 몇 명이 그들과 교류하면서 우정을 키웠음에도 자기들끼리 동질감을 느끼기 위해 뭉치기 시작했다. 회의에는 신랄한 말들이 오갔다. 좀 더 강한 공동체 의식을 느끼고 싶었지만 무슨 수를 써도 이 가족들과 나머지 사람들의 간격은 벌어질 뿐이었다.

드디어 조정위원회가 조치를 취하기 위해 나섰다. 공동체 사람들 전원을 대상으로 분쟁 해결 교육을 시키면 어떨까? 우리는 외부에서 진행자를 섭외했고 날짜를 정했다. 진심으로 전 과정을 진행해가기 시작했다.

그 진행자의 지도로 FROG의 주민들이 나음 1년 동안 6번 모임을 가졌다. 첫 번째 세션에서는 '적극적인 청취'와 같은 단순한 연습에 초점을 맞췄다. 우리는 다른 사람의 의견을 주의 깊게 듣고 다시 말하는 연습을 했다. 또 다른 연습들을 통해 서로 공감하는 법을 배웠다.

이외에 우리는 모든 주민에게 적용할 수 있는 기본적이며 건전하고 역동적인 규칙에 대해서도 배웠다. 진행자들은 우리에게 방관자가 되지 말라고 주의를 주었다. 자신의 의견을 솔직하게 밝힐 책임이 얼마나 중요한지 깨우쳐주었고, 다른 사람들에게 책임을 전가해서는 안 된다는 점도 가르쳐주었다.

공동체의 어른들은 4~5명씩 짝지어 분쟁 해결 그룹을 조직했다. 이 그룹들은 한 달에 2번씩 모여서 분쟁 해결 기술을 연습해보았다. 그룹원들 사이에 발생하는 분쟁이면 뭐든 해결 대상이 되었다. 연습을 거듭할수록 우리의 기술은 점차 향상되었다.

그 즈음 진행자들은 우리가 대면하기 가장 꺼리는 단계로 넘어갔다. 나는 1999년의 그날 밤을 결코 잊지 못할 것이다. 60명이나 되는 나의 친구와 이웃들이 지난 8년간 이타카 에코빌리지의 책임자로서 나의 지도력과 그동안 취한 조치에 대해 질문을 퍼붓기 시작했다. 이것은 내 지도력에 대해 사람들이 말하지 못하던 비판과 두려움을 직접적으로 이끌어내는 방법이었다. 나는 심장이 터져버릴 것 같았지만 대답을 썩 잘했고, 몇 가지 오해를 풀 수 있었다. 그 모임이 끝날 무렵에는 식은땀으로 온몸이 흥건히 젖었지만 사람들과 포옹을 멈추지 않았다. 리더로서 내 역할을 더욱 명확하게 느낄 수 있었다. 역설적이게도 나는 그 어느 때보다 이 사람들에게 속해 있다는 생각이 들었다.

분쟁 해결 훈련은 행동의 변화를 가져왔다. 우리는 회의에서 보이는 비정상적인 행동에 대해 지적하기 시작했다. 누군가 무례한 의견을 제시하면 곧바로 여러 사람들이 의견을 제시했다. 하지만 이런 노력에도 불구하고 상황은 쉽게 호전되지 않았다.

그동안 세 가족은 계속 이타카 에코빌리지에 머물렀다. 그들은 내가 죽을 때까지 이곳에서 살 것 같았다. 그리고 그들은 사는 내내 불행할 것이었다. 공동체에 제대로 융화하지 못하고 언제라도 나와 다른 사람들을 말로 공격할 것이 분명했다. 그 무렵 이들 중 두 사람이 길을 가다 만나도 아는 척하지 않기 시작했다. 눈도 마주치지 않았다. 나머지 한 명은 중재나 분쟁을 해결하기 위한 모임에 참석을 거부했다.

나는 이 상황을 현실로 받아들여야 한다고 결심했다. 그런데 상황이 기적적으로 나아지기 시작했다. 세 가족이 각자 이곳을 떠나는 것이 더 행복할 것이라는 결론을 내린 것이다. 그들이 자신들의 모든 분노와 적대감을 가지고 떠나는 것은 정말 큰 위안이었다. 슬프게도 작별 파티를 열어주겠다고 나서는 사람이 아무도 없었다. 그 사람들이 다른 사람들과 얼마나 관계를 맺지 않고 지냈는지 여실히 보여주는 예였다.

그들과 지낸 경험을 토대로 우리는 주민들의 의견을 모으는 방식을 바꾸었다. 온갖 어려움을 겪다 보니 유연한 자세를 유지하고 기꺼이 대화를 시작하려는 태도가 얼마나 중요한지 깨달은 것이다. 우리는 이타카 에코빌리지에서 효과적인 의사 소통이 매우 중요하다고 생각한다. 공동 주거를 해보려는 사람들은 이 원칙을 명심해야 한다. 그렇지 않으면 큰 어려움을 겪을 것이다.

물탱크 토론

공동체는 물탱크를 둘러싸고 또 한 번 분쟁에 휘말렸다. 2002년 봄, 이타카 시의 공무원인 엔지니어 댄 워커가 내게 한 가지 제안을 했다. 이타카 시가 물탱크를 설치할 장소를 물색하고 있는데, 이타카 에코빌리지의 땅을 빌리는 안을 검토 중이라는 것이었다.

나는 귀가 번쩍 뜨였다. 물탱크를 설치하면 수도 사정이 나아질 것이고, 이타카 에코빌리지 부지 아래쪽에 위치한 거주지에서 위쪽으로 펌프를 이용해 물을 끌어올릴 필요도 없을 터였다. 게다가 계획 중인 세 번째 거주단지나 마을회관에 비상시 물을 공급할 탱크로 사용할 수도 있을 것 같았다. 시에서 부지를 사용하는 대가로 큰 기부를 할지도 몰랐다. 물론 물탱크가 흉물스럽고, 시에서 한 푼도 지급하지 않을 수도 있었다.

댄과 나는 이 문제에 대해 이야기를 나눴다. 댄은 이타카 시당국이 매우 유리한 위치임을 확실히 했다. 시는 토지 수용권을 행사하여 우리가 강제로 그 물탱크를 떠맡게 할 수도 있다는 말이었다. 그 물탱크에서 우리가 직접 물을 공급받을 수도 없었다. 물을 상수도로 사용하려면 가압을 하기 위해 아래로 흘려보내야 하는데, 이곳의 지층 구조상 그것이 불가능했던 것이다. 설상가상으로 시당국은 우리에게 한 푼도 줄 것 같지 않았다. 대신 약간의 성의를 발휘해서 우리가 원하는 곳에 하수도관을 설치할 수 있게 해주는 정도였다. 반면 지름 23m, 높이 9m에 달하는 물탱크가 우리보다 저지대에 위치한 주거지역에는 큰 도움이 될 것이다. 그나마 앞으로 이타카 에코빌리지를 개발할 경우 이 물탱크를 비상 급수용 물탱크로 활용할 수 있다는 것이 우리에겐 가장 큰 당근이었다.

물 문제는 이타카 에코빌리지와 시당국의 끊이지 않는 골칫거리였다. 처음에는 시당국이 우리에게 지하수와 자연 발효 화장실 대신 도시의 상하수도를 사용하라고 요청했다. 시당국은 우리가 언덕 위에 주거단지를 건설하려면 18~27m 높이의 급수탑이 필요할 것이라고 주장했다. 주거단지를 어디에 세우느냐에 따라 30만~40만 달러에 달하는 급수탑을 세워야 했던 것이다.

개발 매니저 제리와 클라우디아가 우리를 대표해서 시당국과 협상에 들어갔다. 두 사람은 FROG와 SONG에 (그리고 세 번째 코하우징 단지까지) 식수를 공급하기 위해 웨스트 헤이븐 로드에 간단한 펌프 설비를 갖추고, 화재에 내비하여 1에이커에 달하는 저수지를 만들 수 있도록 시당국을 설득했다. 그 결과 커먼 하우스가 상업용 건물로 간주되었으며, 급수탑이 설치되기 전에는 물에 어떠한 가압도 할 수 없었음에도 불구하고 그곳에 주거용 스프링클러를 설치할 수 있었다. FROG에 저수지를 만들고 펌프 설비와 스프링클러를 설치했다.

SONG를 건설할 때는 급수탑을 건설할 필요가 있는지 다시 한번 사람들의 의견을 물었다. 당시 SONG의 개발 매니저 로드 램버트와 나는 소방 대책을 의논하기 위해 소방서장과 부서장을 만났다. 두 사람은 종전의 연못으로도 충분하지만, 접근을 용이하게 하기 위해 습식 옥외 소화전(dry hydrant)을 설치해야 한다고 주장했다. 그런데 설치비용이 만만치 않았다.

이후에 화재 안전 담당 공무원들은 소화전을 더 많이 설치하라고 요구했고, 습식 옥외 소화전보나 복잡하고 비용도 많이 드는 습정 시스템(wet well system)을 설치하라고 고집했다. 게다가 SONG의 수도관으로 훨씬 저렴한 PVC관이 아닌 철관을 사용하라고 했다. 우리는 수차례에 걸쳐 소화 시스템을 테스트했는데, 그때마다 소방당국에서는 벨과 경적을 더 많이 달 것을 지시했다. 소방당국이 고가의 소방 장치를 승인하는 데 꼬박 2년이 걸렸다. 한 번 화재를 경험했기 때문에 우리는 안전이 얼마나 중요한지 누구보다 잘 알았다. 그러나 비용은 예상을 훌쩍 뛰어넘었다.

시간이 점점 흘러 FROG와 SONG에는 입주자들이 다 들어왔다. 그동안 나는 세 번째 주거단지에 공급할 비상 급수용 수원을 확보할 방법을 마련하느라 고심했다. 시당국은 우리에게 18m짜리 급수탑을 세우라고 요구할까? 아니면 우리가 물을 공급하기 위해 다시 저수지를 파야 하나? 아니면 무엇을 세우든 방해를 받을 것인가?

이제 물 문제는 모든 사람들의 관심사가 되었다. 하지만 내 기대처럼 세 번째 주거단지와 관련해서가 아니었다. 사람들은 세 번째 단지보다는 마을회관을 건립해서 휴양과 공연을 할 수 있는 공간을 늘리고 싶어했다. 현재 이타카 에코빌리지의 물 필요 상황을 고려할 때 댄의 제안은 큰 이득이었고, 잠재적으로 관계자들이 모두 이득을 볼 수 있었다.

그러나 사태는 소강 국면으로 접어들었다. 시에서 계획을 바꾼 것은 아닌지 걱정되기 시작했다. 그 무렵 댄 워커는 그레그 피츠에게 전화로 물탱크 문제가 다시 수면 위로 떠올랐다고 전했다. 그레그는 SONG의 자문위원이자 이타카 에코빌리지 이사회의 멤버였다. 지금이야말로 정말 중요한 순간이라는 생각이 들었다. 나는 그레그에게 시당국과 대화를 나눌 수 있는 회의를 소집하자고 요청했다.

일주일 후 우리는 시의 대표단과 자리를 함께 했다. 댄은 시의 엔지니어로서 그 회의에 참석했다. 이타카 시에서는 기획 담당 수석, 시 감독관과 감독관 대리, 건축검사관 대리 등이 참석했다. 우리 측에서는 그레그 피츠, 로드 램버트, SONG의 건축 매니저 마이크 카펜터, 이타카 에코빌리지 이사회의 변호인 마시 핀래이와 내가 참석했다. 중요한 회의였다.

그러나 양측은 동상이몽을 꾸었다. 시는 우리 마을 맞은편의 나대지를 소유한 에디 가족과 부지 선정을 위한 협상을 진행 중이었다. 에디 가족과 협상을 한다는 것은 우리에게 토지 사용료를 내거나 하수도관을 설치해주거나 펌프 시설을 옮기는 대가로 보상금을 지불하는 것과 같은 '훌륭하고 고려해볼 가치가 있는 것'에서 후퇴를 의미했다.

우리는 이타카 에코빌리지 부지에 탱크를 설치하지 않는다면 앞으로 개발 계획은 수포로 돌아갈 것이라고 예상했다. 이 문제는 공동체 내에서 큰 논란을 불러일으킬 것이 분명했다. 모든 주민들이 물탱크를 원하는 것은 아니었기 때문이다.

토론은 답보 상태에 머물렀다. 구체적인 답변은 듣지 못했지만 설사 재정적인 보상이 없더라도 앞으로 개발 계획을 위해 물탱크가 절실할 것이라는 생각이 들었다. 결국 2시간에 걸친 회의가 끝나갈 무렵 나는 물탱크를 설치하는 쪽을 지지한다고 말했고, 다음 회의에서 이사회에 이 문제를 표결에 부칠 것을 요청하겠다고 밝혔다. 시의 대표들은 안도의 한숨을 내쉬었지만, 우리 쪽의 표정은 밝지만은 않았다.

마을로 돌아온 나는 이메일로 이 소식을 알렸다. 메일에는 내가 아는 사실과 회의에 대한 모든 정보를 담았다. 나는 이 주제에 대해 마을 주민들을 대상으로 한 공청회를 조직했고, 이사회 멤버들도 참석해달라고 요청했다. 물론 댄 워커도 초청했다. 몇 명이 답장을 보내왔다. 이전에는 반대하던 사람들도 물탱크를 설치해야 할 합리적인 이유를 지지한다고 밝혔다. 그 메일로 나는 사람들이 물탱크를 설치하는 것이 우리에게 이익이 될 것이라고 생각하리라는 자신감을 얻었다.

공청회 당일, 댄 워커가 도착하자마자 회의를 시작했다. 밤이 깊어지면서 우리는 전깃불을 밝히고 물탱크가 들어설 예정지의 지도를 사람들에게 보여주었다. 한 시간 반 동안 사람들은 댄을 말 그대로 들들 볶아댔다.

댄은 사람들의 질문에 능숙하게 대답해주었고, 이타카 에코빌리지를 위해서 몇 가지 양보도 제안했다. 회의 도중 댄은 시당국은 일반적으로 물탱크 주변에 철조망을 감은 울타리를 설치한다고 말했다. 그 순간 사람들이 "헉" 하고 숨을 들이쉬는 소리가 들렸다. 걱정스러운 눈길을 주고받는 사람들도 있었다. 물탱크가 들어서는 곳이 무슨 군부대처럼 보이면 어쩌나 하고 다들 걱정을 했다.

댄은 이렇게 해명했다.

"이타카 에코빌리지라면 그런 조치가 필요 없을 것입니다. 주민들이 항상 그 근처에 계실 테니까요. 자체적으로 물탱크의 안전을 책임지시면 됩니다. 내가 이곳에 올 때마다 뭘 하는지 물어보는 사람들을 만났습니다. 그것만 봐도 울타리는 필요 없다는 것을 알 수 있지요."

우리는 그 순간 단체로 안도의 한숨을 내쉬었다.

울타리 문제가 해결되자 이번에는 도로에 대한 질문이 이어졌다.

물탱크를 설치하려면 40일 동안 매일 레미콘 20대가 이타카 에코빌리지에 와야 한다. 벌써 많이 망가진 진입로가 완전히 파손될 것이 분명했다. 나는 이 점을 강조했다. 댄은 공사로 인한 피해는 시당국이 복구하도록 하겠다고 약속해주었다.

"공사 전과 후의 사진을 촬영해도 될까요?"

한 주민이 고집스레 질문을 했다.

"물론이죠."

댄은 여전히 모든 사람들의 주목을 받으며 대답했다.

"농장은 어쩌죠? 그 주위에 설치해놓은 사슴 방지 울타리를 철거해야 합니까? 그것도 수리해주실 건가요?"

농부 존이 물었다.

"네, 아마 사슴 방지 울타리를 철거해야 할 겁니다. 그것도 복구해드리겠습니다. 표토를 걷어내는 일도 농장 측과 협조할 계획입니다. 물론 토양을 원래대로 복구해놓겠습니다."

사람들이 하나씩 질문을 했고, 거의 모든 사람들이 만족할 만한 대답을 얻었다. 회의는 화기애애한 분위기로 끝났다. 나머지는 쉽게 진행되리라 생각했다. 주민 20명이 공청회에 참석했고, 이들 중에는 물탱크 설치를 반대하던 사람들도 있었기 때문이다.

다음날 수습사원 자크 샤한이 회의록을 정리해서 보내왔다. 며칠 후 나는 수정한 내용을 주민들에게 이메일로 발송했다. 이 문제와 관련한 모든 측면을 소상하게 설명하고, 이타카 에코빌리지가 받을 수 있는 혜택과 여러 관심거리에 각각 하나의 섹션을 배정하여 모든 내용을 정리했다. 적어도 주민 한 명 이상이 시가 검토하는 예정지에 불만을 보였기 때문에 공청회를 한 번 더 열어야 할 것인지에 대해서도 의사를 물었다. 그 일을 마친 후 사흘 동안 친구들과 요가 센터를 방문해 그간 쌓인 긴장을 털어내고 일요일 밤에 돌아왔다. 며칠간의 휴가만으로도 기분은 날아갈 것 같았다. 적어도 이메일을 열어보기 전에는 말이다.

세상에! 메일 수신함은 물탱크에 대한 메일이 가득했다. '이곳의 부동산 가격을 떨어뜨릴 게 분명해요!' '물탱크는 너무 흉물스러워요!' '시를 믿지 말아요! 우리를 이용하려는 수작이라고요'…. 메일은 모두 25통이었는데 대부분 물탱크에 반감을 표시하는 내용이었다.

사람들의 마음은 줄에 널린 빨래처럼 바람에 따라 이리저리 펄럭거렸다. 주말 내내 재충전을 했다고 생각했는데 그 메일들을 보니 온몸에서 힘이 쭉 빠져 나가는 것 같았다. 위기에 처했음이 분명했다. 이타카 에코빌리지 계획이 시작된 이래 이렇게 단시간 만에 사람들이 흥분해서 찬반 양론으로 나뉘는 모습은 처음이었다. 공동체가 이런 문제로 산산조각 난단 말인가? 이제 나는 뭘 하면 좋지? 그때 내면의 목소리는 행동하기 전에 하루만 기다리라고 말했다.

결과적으로 그것은 옳은 판단이었다. SONG의 주민인 변호사 빌 굿맨이 다음날 놀라운 내용의 이메일을 보내온 것이다. 시민으로서 책임을 지지하는 그의 이메일은 '쌍수 들어 물탱크를 환영함'이라는 말로 시작했다. 빌은 물탱크를 설치함으로써 우리가 받을 혜택을 일일이 나열하는 데서 그치지 않고, 물탱크의 외관상 미적 요소에 대해서도 빼놓지 않았다. 그는 대담하게도 물탱크 꼭대기에 예전에 이곳에 살던 인디언들과 우리가 하나임을 보여주는 거북 그림을 그리자고 제안했다. 물탱크를 '거북섬'이라고 부르자는 제안도 덧붙였다. 변호사의 입에서 나온 제안이다 보니 사람들도 흘려듣지 않았다. 이 제안은 토론을 다시 시작하는 계기가 되었다.

나는 화요일에 전체 주민들에게 이메일을 발송했다. 그 메일에서 사람들이 잘못 알고 있는 사실들을 바로잡았다. 먼저 부동산 가격이 떨어지는 일은 없을 것이라는 점을 분명히 했다. 몇 년 동안 우리와 함께 일한 부동산 감정인 리비 롱이 물탱크로 인한 부동산 가격의 하락은 없을 것이라는 견해를 밝혀주었다. 물론 환경적으로도 아무런 해를 끼치지 않았다. 물탱크의 형편없는 외관은 이타카 에코빌리지의 미래 계획을 실현한다는 점에서 눈감고 넘어가도 될 만한 것이었다.

또다시 열렬한 이메일 의견 교환이 이뤄졌다. 그 폭풍은 다음주에도 이어졌다. 나는 다음 월요일에 2차 공청회를 소집했다. 더는 공동체 전원이 심한 상처를 받지 않고 문제를 해결했으면 하는 바람뿐이었다.

당시 나는 자신감에 큰 위기를 맞고 있었다. 나에게 이 시련을 헤치고 모든 사람들을 인도해 나갈 역량이 있는지 의심스러웠다. 친구 벳시에게 흐느끼며 속마음을 털어놓았다.

"이 일이 끝나면 결과가 어떻게 되든 아무도 내게 말을 거는 사람이 없을 것 같아. 사태가 더 악화된다면 난 이곳을 떠나야 할 거야. 이타카 에코빌리지 이사회와 마을 주민 사이에 끼어서 옴짝달싹도 할 수 없어. 이사회는 이타카 에코빌리지의 비전을 실현하고 싶어 하고, 주민들은 이제 변화보다 현상 유지를 원해."

눈물이 뺨을 타고 흘러내렸다. 이제까지 노력해온 모든 것을 놓아버리고 싶었다. 그 바보 같은 물탱크 때문에 말이다. 미래에 우리가 어디선가 물을 사와야 한다면 물값으로 나가는 수십만 달러 때문에 개발 계획이 수포로 돌아갈 것이 뻔했다. 우리의 꿈인 세 번째 주거단지와 빌리지 센터, 교육 센터에 대해 생각했다. 시당국은 무슨 생각으로 이렇게 말도 많고 탈도 많은 문제를 제기했단 말인가? 훌륭한 카운슬러 벳시는 내가 이 혼란 속에서도 사람들을 잘 이끌어갈 수 있을 것이라고 위로해주었다. 나를 믿어주는 벳시를 보니 더 서러워서 엉엉 울고 말았다. 친구의 위로에도 도무지 힘이 나지 않았다.

나의 낙담과 달리 벳시에게 털어놓은 것이 전환점이 되었다. 마음 깊은 곳에 감춰진 공포를 다 풀어놓고 나니 두려움에 맞서 신선한 기분으로 창의적인 사고를 할 수 있었던 것이다. 가장 중요한 것은 다시 직관에 따라 행동할 수 있었다는 점이다. 모두 원하지 않는다면 억지로 물탱크를 권할 필요는 없는 것이다. 앞으로 이곳을 더욱 개발해갈 꿈을 포기하는 것은 슬프지만 현실을 받아들여야 했다. 최종 결정은 내 몫이 아니기 때문이다.

그러는 동안 2차 공청회 날이 다가왔다. 나는 도움을 요청했지만 이렇게 중요한 회의를 계획하는 일을 도와줄 수 있는 사람은 아무도 없었다. 대신 나는 몇몇 사람들에게서 도움이 될 만한 제안을 받아 간략한 설문지를 작성했고, 그 내용을 금요일에 이메일로 발송했다. 그리고 물탱크 설치 여부에 대한 사람들의 의견을 조사하고, 찬성한다면 예정지로는 어디가 적당할지 물어보았다. 또 물탱크에 대한 각종 사실을 적은 문서를 작성해서 첨부했다. 아직까지도 물탱크에 대한 헛소문이 이메일을 통해 퍼지고 있었기 때문이다. 몇몇 핵심 인물들은 이 주제에 대한 이메일을 읽거나 쓰기를 아예 포기했을 정도였다.

토요일 밤, 이 문제에 대해 하루 종일 골머리를 썩이던 우리 가족은 저녁을 함께 하려고 친구 집을 방문했다. 가는 길에 아들 다니엘과 나는 설문 조사지를 45가구에 모두 전달했다. 모든 주민들이 이메일이든 직접 받은 것이든 몇 안 되는 질문을 읽고 의사를 밝힐 기회가 충분할 것이라고 생각했다. 그리고 마침내 이사회가 이 문제에 대해 투표를 시작했다. 마을 주민들의 바람과 관련된 일을 더는 미룰 수 없었다.

운명의 2차 공청회는 월요일에 개최되었다. 나는 매우 간단한 의제를 만들었다. 최신 정보를 사람들에게 알리고 예성 부지 세 곳을 걸어서 둘러본 뒤 커먼 하우스로 돌아와 '발언 막대' 시간을 갖는 것이 그날의 일정이었다. 이번 모임에는 일부러 댄 워커를 부르지 않았다. 지금 이 순간 서로 존중하는 분위기에서 이야기하고 듣고 다양한 의견을 개진하는 것이 무엇보다 필요하다고 생각했기 때문이다. 과연 내가 성난 이웃들의 분노를 맞닥뜨릴 수 있을까? 내심 걱정도 되었지만 의외로 마음은 편안하고 고요했다. 그리고 무슨 일이 벌어지더라도 다 받아들일 수 있을 것 같았다.

사람들로 북적거리는 거실에서 공청회를 시작했다. 그곳에 모인 사람들에게 최신 정보부터 알렸다. 나는 이전에도 몇 번이나 이타카 에코빌리지의 고문 역할을 담당했던 엔지니어 데이비드 헤릭에게 의견을 물었다. 헤릭은 우리가 저수지를 하나 더 만든다 해도 지표수가 충분하지 않다는 의견을 내놓았다. 저수지의 물을 채우기 위해 우물을 판다 해도 웨스트 힐의 지하수면이 너무 낮은 것이 문제였다. 우물을 파기 위한 테스트 한 번에 1만 달러가 소요되었다.

엔지니어로서 헤릭은 물탱크를 지지했다. 나는 지도에서 물탱크 예정지 세 곳을 보여주었다. 그리고 우리는 모두 직접 보기 위해 그곳으로 향했다.

아름다운 5월의 저녁 밤이었다. 여기저기서 새들이 지저귀고, 야생 체리나무에 만개한 꽃이 주변 풍경에 생기를 불어넣었다. 그곳을 걷고 있으니 모두 축제를 즐기러 나온 사람들 같았다. 아니면 보물 탐사에 나선 사람들이라고 할까. 얼마 걷지 않아 첫 번째 후보지에 도달했다. 마을과 너무 가까워서 좋지 않았다.

두 번째 후보지는 지름 75m 정도 되는 원형을 이루고 있었다. 나는 큰 충격을 받았다. 물탱크가 정말 이렇게 클까? 우리는 찬반으로 나뉘어 토론을 시작했다. 이곳이 시에서 추천한 장소였다. 사람들은 물탱크가 꽤 높지만 그래도 거주지역과 상당히 먼 곳이라는 점에서 만족했다.

마침내 우리는 거주지역 뒤편의 세 번째 후보지에 도착했다. 그곳은 누군가 말뚝을 박아놓은 상태였다. 이타카 에코빌리지의 어떤 주민이 원의 중심을 표시하기 위해 중앙에 꽂아둔 장대에 흰 깃발을 달아놓았다. 그곳이라면 탱크를 거의 묻을 수 있을 것 같았다. 지면 위로는 윗부분이 2.3m 정도 솟을 뿐이었다. FROG의 위층에서는 물탱크가 보이지만 1~2년 후면 모두 익숙해질 것 같았다.

우리는 커먼 하우스로 돌아와 한 시간 반 동안 회의를 계속했다. 나는 잠깐 동안 이야기하는 원을 만들었다. 우리는 이야기를 나누기에 앞서 잠시 침묵하는 시간을 가졌다. 그리고 한 번에 한 사람씩 의견을 말했다. 발언을 하는 사람에게 부지에서 가져온 '발언의 돌'을 건넸다. 이 돌을 가진 사람이 이야기한 뒤 의견이 있는 사람에게 돌을 건넸다. 이 과정은 이야기하고 싶은 사람이 모두 의견을 말할 때까지 계속되었다. 나는 사람들에게 속에 있는 말을 다 털어 놓으라고 했다. 그리고 다른 사람이 이야기하는 동안에는 절대로 끼어들거나 질문을 하지 말라고 부탁했다. 지금은 토론이나 대화가 아닌 경청하기 위한 시간이기 때문이다. 나는 말을 하면서도 심장이 두방망이질 쳤다. 그러나 곧 깊은 평온함이 온몸을 휘감았다. 왠지 모를 성스러움과 함께 치유되고 있다는 느낌이 들었다.

잠시 침묵하는 시간을 가진 뒤 한 여자가 중앙으로 나와 돌을 들었다. 그녀는 말할 기회를 얻어 기뻐하는 것 같았다. 그녀는 물탱크든 땅을 파헤치는 건설이든 보고 싶지 않다고 말했다. 자신과 남편이 뉴욕에서 이곳으로 옮겨온 이유는 주위의 자연 환경을 조용하게 즐기고 싶었기 때문이라고, 물탱크가 들어서면 이곳의 경치를 망치고 말 것이라고 했다.

그 다음으로는 한 남자가 이러지도 못하고 저러지도 못하는 자신의 심경을 토로했다. 물탱크를 설치하면 앞으로 개발 계획에 큰 도움이 되리라는 사실은 알지만, 대안을 찾기 위한 노력이 충분히 선행되었는지 의문이라는 것이다. 미래에 물을 공급할 다른 방법을 찾을 수 있을지도 모를 일이 아닌가. 그게 아니라면 적어도 시당국에게 물탱크를 설치하면 앞으로 우리의 요구를 충족시킬 수 있을 것이라는 보장은 받아야 하지 않겠냐고 덧붙였다.

다음 사람이 돌을 건네받았다. 그는 시당국에게 보장을 받는다면 좋겠지만 현실적으로 미래에 무슨 일이 일어날지 누가 말할 수 있겠냐고 반문했다. 결국 우리가 지금 확보할 수 있는 모든 정보를 바탕으로 최선의 선택을 해야 하지 않겠냐며, 이번 물탱크 설치 문제도 예외가 아니라고 강조했다.

또 다른 남자가 돌을 건네받았다. 그는 이번 공청회에 참석하기 위해 모처럼 아내와 데이트 약속까지 취소했다고 했다. 그는 물탱크 설치에 전적으로 찬성했다. 이타카 에코빌리지의 비전을 실현하는 데 도움이 될 뿐만 아니라 이타카 시도 도울 수 있을 것이라며, 이번 계획을 시민 정신을 발휘할 수 있는 기회라고 보았다. 님비(Not-in-my-backyard)적 태도를 버리고 임비(Yes-in-my-backyard)적 태도를 보여주자고 소리를 높였다. 그는 물탱크가 결코 흉물스러운 시설이 아니라고 했다. 하수처리장이나 발전소 건립을 유치하는 공동체도 있는데 이 정도면 괜찮은 편이라는 것이다.

발언의 돌은 한 시간 동안이나 이 사람의 손에서 저 사람의 손으로 옮겨 다녔다. 몇 명이 회의장을 떠났고 다른 사람들이 들어왔다. 사람들의 목소리는 조용하고 정중했다. 모든 사람들이 다른 사람의 의견을 귀담아듣는 것이 보였다.

마지막으로 내 의견을 말했다. 차갑던 돌이 따뜻해졌다. 먼저 다른 사람들의 의견을 경청할 수 있는 기회를 마련한 모든 이들에게 감사를 전했다. 이타카 에코빌리지의 비전에 아직도 강한 정열을 느끼지만, 개발을 반대하는 사람들도 존중한다고 말했다.

의견 발표가 끝나고 설문 조사 결과를 공표했다. 설문지에 응답한 36명 중에서 기권은 한 사람도 없었다. 6명은 절대 반대였고, 8명은 내키지는 않지만 참을 수 있을 것이라는 반응을 보였으며, 나머지 22명은 물탱크에 지지를 보냈다. 이 결과는 2가지 관점으로 해석할 수 있다. 즉 주민의 83%가 대체적으로 찬성한다고 볼 수 있다. 22명은 절대적인 지지를 보냈고, 8명은 대체적으로 찬성의 의사를 밝혔기 때문이다. 또 40%가 대체적으로 반대한다고 볼 수도 있다. 절대 찬성할 수 없다는 6명과 내키지 않는다는 8명이 이 수치에 포함되었다. 어떤 식으로 생각하든 공동체 주민들은 여전히 찬반으로 나뉘었다.

하지만 그날 저녁 공청회는 긍정적인 분위기에서 막을 내렸다. 사람들은 자신의 의견을 정리하고 밝힐 수 있다는 데 만족스러워했다. 물탱크에 반대하던 한 젊은 친구는 다음날 내게 이메일을 보냈다. '제가 물탱크에 대해 어떻게 생각하는지를 떠나서 어제 공청회는 정말 대단했어요. 리즈 아줌마, 저도 크면 아줌마처럼 되고 싶어요.' 나는 어젯밤과 같은 공청회를 마련한 내 선택에 감사하며 미소를 지었다. 아무리 의견이 달라도 마음을 활짝 열고 타인의 의견을 경청하면 감정의 골은 치유될 수 있다는 생각이 들었다.

이타카 에코빌리지 이사회는 물탱크에 대해 논의하기 위해 얼마 후 두 번째 회의를 소집했다. 다른 날과 같이 번잡한 커먼 하우스의 어느 저녁이었다. 이타카대학의 학생들이 위층에서 공동체 주민들에게 조경 프로젝트에 대한 마지막 프레젠테이션을 하고 있었다. 이사회와 5명 남짓한 주민들이 지하의 공방에 모였다.

처음 얼마간은 여러 소식을 주고받은 뒤 회의를 시작했다. 우리는 이타카 에코빌리지 부지에 물탱크를 설치하는 문제에 대해 어떤 의견이 있으며, 그 이유는 무엇인지 이야기를 나누었다. 사람들은 간략하면서도 요점을 짚어 나갔다. 이사회 멤버들은 대부분 찬성이었고, 주민들은 반으로 나뉘었다.

FROG의 주민이자 이사회 멤버인 제이 제이콥슨이 회의에 처음 왔을 때는 마음을 정하지 못했지만, 사람들의 이야기를 듣고 반대하기로 결정했다고 말했다. 그는 우리가 지속 가능한 삶을 제대로 영위하지 못하면서 개발을 서두르는 것이 아닌지 우려했다.

제이의 지적을 마지막으로 토론이 끝났다. 그리고 의장 존 슈뢰더가 표결을 시작했다. 거의 만장일치로 물탱크를 설치하기로 결정했다. 반대는 제이 한 사람뿐이었다.

투표에서 이렇게 의견이 갈라지다니 기분이 이상했다. 이타카 에코빌리지 이사회가 결성된 이래 이런 일은 처음이었다. 나는 어쨌든 만장일치나 다름없는 결과로 이 문제가 해결되어 아주 기뻤다. 그렇지 않았다면 앞으로 또 몇 달간을 이 문제에 꼼짝없이 발이 묶일 뻔했다. 마침내 어떤 결정에 도달했다는 사실에 마음이 놓였다. 하지만 가슴 한구석이 뻐근했다. 이제껏 이사회는 결정을 내릴 때마다 한마음이었는데 이번에는 그렇지 못했기 때문이다.

다음날 나는 이사회 회의 내용을 사람들에게 알렸다. 그리고 물탱크의 부지 선정과 관련해서 최종 공청회를 제안했다. (이 문제는 주민 모두 직접 결정해야 했다.) 이번에는 댄을 초대했다. 그 결정 또한 옳은 것이었다.

최종 공청회는 월요일 밤으로 정해졌다. 댄은 월요일 아침 시에서 예정지로 고른 부지에 물탱크를 설치하면 상당한 비용을 절약할 수 있을 것이라고 설명했다. 시가 우리와 이견을 해소하기 위해 노력하고 있다고도 덧붙였다. 그날 밤 회의에서 한 여자 주민이 댄에게 정확히 얼마를 아낄 수 있는지 물어보았다. 댄은 9만 달러라고 대답했다. 시 감독관은 우리가 그 금액의 반은 현금으로 받을 수 있을 것이라고 설명했다.

공청회는 흥분의 도가니였다! 시당국에서 4만 5000달러를 현금으로 받는 것이다. 도로와 농장 문제는 보수와 영향을 최소화하는 쪽으로 합의된 사항이었다. 시가 고른 장소는 거주지에서 보이지도 않았다. 물론 진입로에서는 잘 보이는 장소지만, 사람들은 이쪽으로 의견을 굳혀가는 것 같았다. 그 자리에 모인 주민 15명은 이사회에 그 장소를 추천했다.

그러나 시당국은 자꾸 말을 번복했다. 처음에는 모두 현금으로 지불하고 싶다고 했다가, 지불하는 현금 액수를 줄이고 다른 편의를 봐주겠다고 하더니, 모든 혜택을 줄이는 쪽으로 말을 다시 바꿨다.

그 주에 열린 최종 이사회 회의에서 우리는 시당국이 고른 부지로 결정하되, 합의 내용을 문서화한다는 조건을 붙였다. 그 내용은 이전에 댄 워커와 합의한 사항이었다. 우리는 현금으로 2만 달러를 받고, 2만 달러는 도로 보수비에 쓰기로 동의했으며, 댄은 그 내용을 기록에 남겼다. 그러나 우리는 추가로 1만 달러를 12m에 달하는 비포장도로를 포장하는 데 사용하고 싶었다. 공사 기간 중에 대형 트럭들이 드나들면 도로가 훼손될 것이기 때문이다.

협상가로 나선 그레그는 이사회에 참석하지 않았다. 그래서 내가 시당국에 우리의 요구 사항을 모두 말해야 할지 이사회의 의견을 물었다. 이사회는 이 문제에 관한 한 정면 승부를 하는 내 협상 태도를 지지했다. 그래서 이사회가 만든 전제조건을 존 슈뢰더가 약간 손질하고, 나는 그것을 댄 워커에게 전달했다. 그러고 나서 자레드와 함께 뉴저지의 케이프 메이에서 열리는 댄스 페스티벌에 가서 나흘간 주말 휴가를 보냈다.

집을 떠나 있는 동안 나는 제대로 잘 수 없었다. 한번은 원시시대와 같은 자연에 있는 이상한 꿈을 꾸었다. 갑자기 녹색 평원을 가로

물탱크 건설 현장.

지르는 신작로가 들어서고 새로운 개발이 시작되었다. 꿈속에서도 나는 도로의 실용성을 격찬하다가도 지구에 깊은 상처를 낸 것에 마음이 아팠다. 미래의 개발이 과연 그만한 가치가 있는 것일까?

다음날 밤, 나는 우리의 카드를 모두 펼쳐 보이면서까지 한 일이 과연 잘한 짓인지 고민하며 뒤척였다. 그레그와 나는 협상 스타일이 전혀 달랐다. 그는 우리가 원하는 내용을 시당국에 시시콜콜 먼저 밝히지 말고 전체적인 개념부터 설명하라고 충고했다. 그레그는 나보다 훨씬 경험이 많았고, 기업이나 정부에 몸담고 있으면서 계약 체결 협상을 진행한 경험도 풍부했다. 반면 나는 솔직하고 단도직입적인 태도가 이타카 시의 공무원들에게 더 잘 먹힐 것 같다는 생각이 들었다.

주말 휴가를 마치고 집으로 돌아온 날 저녁, 이사회가 개최되었다. 그레그와 나는 늦지 않게 이사회에 참석했지만 발언을 하기 위해 한 시간이나 기다려야 했다. 우리가 발언을 마치자 순식간에 놀라운 일이 벌어졌다. 그레그가 물탱크를 받아들이기로 했다고 말한 것이다. 그 물탱크가 우리에게 당장 시급한 일은 아니지만 시당국이 그곳을 부지로 원했고, 지역 병원을 비롯한 웨스트 힐의 주민들에게 물을 원활하게 공급할 수 있기 때문이었다. 물론 앞으로 이타카 에코빌리지를 계속 개발하면서 화재와 같은 위급 상황이 벌어졌을 때 이 물을 사용할 수 있다는 이점도 무시하지 못했다. 시 감독관은 댄 워커에게 앞으로 세부 사항을 협의해 나가도록 지시했다. 이사회는 다음 안건으로 넘어갔다. 그것으로 모든 것이 해결되었다.

한 달간 고생한 끝에 이제야 한숨 돌릴 수 있겠다는 생각이 들었다. 모든 주민들이 자랑스러웠다. 물탱크 설치를 둘러싸고 우리는 수많은 논란을 거듭했다. 하지만 이 문제에 대해 귀를 막고 입을 다무는 사람은 아무도 없었다. 사람들은 기꺼이 뜻을 모으는 과정에 참여했고, 그 과정에서 서로 다른 점을 해소해갔다. 이타카 에코빌리지는 유토피아가 아니다. 하지만 한번 살아볼 만한 곳이다.

ECOVILLA

Chapter 6

계속되는 삶

다음 부처는 사람의 형태를 취하지 않을 것이다. 바로 공동체의 형태를 취할 것이다. 이해를 실천하고 친절을 사랑하며 충만한 삶을 실천하는 공동체의 모습을 하고 오실 것이다. 지구의 생존을 위해 우리가 할 수 있는 가장 중요한 행동이 바로 공동체를 이루는 것이다.

-틱낫한

우 리는 공동체에서 생활하며 인생에 대해 많은 것을 배우고 있다. 함께 살고 일하며 축하하는 법을 배웠다. 효과적으로 의견을 교환하는 법을 배웠으며, 분쟁을 해결하는 법도 배웠다. 하지만 우리가 정말 빛나는 순간은 인생에서 중요한 사건을 함께 모여 축하할 때나 위기를 겪는 이웃을 도울 때일 것이다.

우리는 이제 대가족을 이루었다. 그런 만큼 신나는 일도, 힘든 위기도 놀랄 만큼 자주 찾아온다. 아이들이 자라 학교를 졸업하고 결혼하고 아이를 낳는다. 일자리를 잃기도 하고, 파산을 하기도 하며, 부모님을 여의는 불행도 겪는다. 우리는 다른 사람들의 삶을 볼 때마다 자신에게서 사랑하고 베푸는 힘을 발견한다. 그리고 그 힘은 항상 생각보다 훨씬 강하다. 우리는 인류라는 테두리 안에서 점점 성장해간다.

이타카 에코빌리지의 삶은 전혀 새로운 것이 아니다. 사람들은 몇천 년 동안 긴밀한 유대감을 키우면서 살아왔다. 오스트레일리아의 원주민이나 뉴잉글랜드의 작은 마을이 다르지 않다. 우리가 성공할 수 있었던 것은 정으로 뭉친 사람들이 있었기 때문이다. 우리는 깊은 애정과 지속 가능성의 문화를 창조하는 법을 배우면서 끈끈한 정으로 새로운 생활을 만들어간다. 사람들이 경험하는 모든 슬픔과 기쁨이 우리 사이에 전해지면 마음속에서 깊은 울림이 솟아오르는 것이다.

계속되는 탄생과 죽음

코하우징 방식은 어린아이를 키우는 젊은 부부들에게 대단히 매력적이다. 이타카 에코빌리지도 그런 점에서 예외가 아니다. 공동으로 생활하면 장점이 많다. 점점 증가하는 가족의 요구를 충족시킬수 있으며, 강한 연대감도 키울 수 있다. 아이들은 또래 친구들이 많아 좋고, 부모들은 육아를 분담할 수 있어 편리하다. 그동안 이타카 에코빌리지에서는 아기가 7명 태어났다. 4명은 FROG에 살고, 나머지 3명은 SONG에 산다.

축복의 순간

2003년 한여름 우리는 출산을 앞둔 포피와 앨리슨을 위해 '축복의 순간' 파티를 열어주었다. 두 사람 다 SONG에 살았는데, 출산 예정일이 이틀도 남지 않은 상태였다. 포피는 키가 크고 머리칼이 검다. 당당하고 아름다운 그녀는 42세로, 20세가 된 딸 심니아가 있었다. 예술가 포피는 파트타임으로 유기농 면을 이용해 아름다운 침대보를 디자인했다.

앨리슨은 30대로 그리 작은 키가 아니지만 포피에 비하면 확실히 작았다. 하지만 머리칼은 포피처럼 검었다. 그리고 세 살배기 딸 엠마가 있다는 점도 포피와 같았다. 앨리슨은 내면에서 솟아나는 환한 미소가 매력적이었다. 선(禪)에 심취한 그녀는 언제나 주변 사람들을 응원하고 큰 지혜와 사랑을 나눠주었다.

나는 두 여자들의 아름다움에 매혹되고 말았다. 한껏 부풀어오른 배를 하고 나란히 앉아 환하게 웃는 모습이 무척 아름다웠다. 사라는 들꽃으로 화관을 만들어 두 사람의 머리에 얹어주었다. 검은 머리에 화관을 쓴 모습이 마치 여신 같았다.

나머지 여자들 12명도 꽃과 강인한 여자들의 모습이 그려진 검붉은 천 주위에 놓인 쿠션에 앉았다. 이 모임을 주도한 로라와 사라는 우리를 인도하는 것으로 의식을 시작했다. 우리는 네 방향으로 영혼을 불렀다. 동서남북과 중앙에 초를 세우고 불을 붙였다. 축복의 순간에 연주하던 독특한 음악이 이번에도 방 안을 가득 채웠다.

우리는 원을 만들면서 한 명씩 포피와 앨리슨에게 축복의 말을 전했다. 그리고 각자 특별한 목걸이에 구슬을 하나씩 꿰었다. 나는 코스타리카의 백사장에서 주운 조개껍데기 2개를 가져왔다. 완벽한 휴식을 보낸 하루의 기념품이었다.

하나는 크고 볼록했다. 이 조개껍데기를 보고 있으면 포피와 그녀의 둥근 배가 떠올랐다.

"이 조개는 크고 대담하고 아름다워요. 당신처럼."

앨리슨의 것은 사랑스러운 나선형으로, 금색과 하얀색 무늬가 복잡하게 새겨져 있었다.

"마치 당신의 영혼을 보여주는 것 같아요."

나는 두 사람이 코스타리카의 해변에서 조개껍데기를 주운 날 느낀 완벽한 평화와 평온을 앞으로도 늘 느끼기를 소망했다.

축복의 시간이 끝나고 우리는 장미수로 곧 엄마가 될 두 사람을 목욕시키고 머리와 어깨, 손과 발을 마사지해주었다. 각각 6명이 붙어서 말이다. 포피는 천국에 있는 것 같다며 좋아했다.

갑자기 누군가 울음을 터뜨린다.

"나도 임신했을 때 이런 축하를 받았으면 좋았을걸."

그녀는 첫아이를 사산한 슬픈 경험이 있었다. 병원에서는 아무도 병실에 들어가지 못하게 했다. 아이의 아빠는 오래 전에 집을 나가고 없었다. 그녀는 혼자 아이를 낳았는데 아이가 자궁에서 죽었다는 사실을 알고 있었다. 설상가상으로 회복실 맞은편이 건강한 아이들과 함께 회복 중인 산모들이 있는 병동이었다.

"축복의 시간은 곧 엄마가 될 사람뿐만 아니라 모든 여자들을 위한 것이에요."

내 말에 다들 맞장구를 쳤다.

우리는 여자를 보듬어 안는 여자들의 기술을 부활시키면서 왠지 원시적인 느낌을 받았다. 우리가 있는 곳은 고대 이집트일 수도 있고, 러시아의 전통마을일 수도 있었다. 아니면 미국 원주민 부족의 일자형 공동 가옥일 수도 있었다. 우리가 새로 만든 목걸이는 수천 년을 거슬러 올라가 선조와 우리를 하나로 이어주었다. 그 목걸이는 특별한 구슬과 조개껍데기와 점토로 빚은 춤추는 작은 여자 인형들로 만들어졌다. 우리는 치유의 힘이 있는 대지의 물을 향해 한 발짝씩 걸음을 옮겼다. 새 생명의 탄생을 축하하기 위해서였다. 이 세상이 생겼을 때부터 여자들이 그랬던 것처럼. 우리는 원을 풀고 "축복이 있으라"고 말하며 네 방향으로 흩어졌다.

우리는 임신한 친구들의 충만한 몸을 기리기 위해 석고로 '배의 모형'을 떴다. 포피와 앨리슨은 방수 천을 씌워놓은 안락의자에 나란히 앉았다. 건강함을 발산하는 두 사람은 정말 멋져 보였다. 드러난 배 위의 가슴은 풍만하게 부풀어올랐다. 우리는 번갈아가며 그

출산을 앞둔 앨리슨과 포피.

들의 배에 바셀린을 듬뿍 바르고 따뜻하게 한 뒤 둥근 배에 젖은 석고를 바르기 시작했다.

반쯤 발랐을 때 갑자기 사라가 당황하며 말했다.

"석고가 다 떨어졌어!"

로라는 10분 거리에 있는 공예품 가게에 전화를 걸어 상황을 설명했다. 시간이 좀 지나자 로라가 의기양양한 모습으로 새로운 석고를 들고 나타났다.

"상점 주인이 가게 문 닫을 시간이 지났는데도 한참이나 기다려줬어. 우리 행사가 얼마나 중요한지 아는 것 같아."

석고는 바르자마자 굳었다. 포피와 앨리슨은 아이가 뱃속에 있는 동안 확실한 추억을 만들었다. 석고는 마치 예술 작품 같았다. 우리 눈에는 분명 그랬다.

탄생

포피가 집에서 아기를 낳는 날 나를 불러주어 무척 기뻤다.

"다른 사람들이 어려운 시간을 보낼 때 리즈가 창의적이고 사랑스러운 생각으로 도움을 주는 모습을 자주 지켜봤어요. 당신도 나의 후원팀이 되어주면 좋겠어요."

포피가 말했다.

포피는 아기 낳을 날만을 고대하고 있었다. 앨리슨은 예정일보다 5일 늦게 아기를 낳았다. 포피는 예정일을 9일이나 넘긴 상태였다. 그녀는 불안했고 사람들의 관심에도 점점 지쳐갔다. 사람들은 포피를 보면 "어? 포피, 아직이야?"라고 묻곤 했던 것이다.

2003년 7월 17일 포피가 좋은 책을 몇 권 빌려 왔다. 그녀는 수다를 떨며 책을 이리저리 펼쳐보았다. 포피는 산파가 자신을 살펴본 뒤 수축이 진행되고 있다고 말해주었다며, 기분이 훨씬 좋아졌다고 했다. 자궁 입구가 열렸지만 아직 아기가 나올 정도는 아니었다.

2003년 7월 18일 사라가 전화했다.

"산파들이 빨리 오래. 하지만 포피가 부르기 전에는 방으로 들어가지 말래."

사라는 산파가 되기 위해 산부인과 정간호사 코스를 밟고 있었는데, 자신도 출산을 앞둔 상태였다.

나는 계단을 구르다시피 내려갔다. 그래도 최대한 침착해지려고 애썼다. 부엌의 낮은 벽에 붙어 앉아서 포피가 아이를 낳고 있는 거실을 들여다보았다. 산파 2명, 사라, 포피의 남편 매튜와 딸 심니아가 포피를 에워싸고 있었다.

시간 감각이 사라졌다. 포피는 자궁이 수축할 때마다 투덜거리거나 비명을 질렀다. 두 아이를 둔 엄마로서 나에게도 그 느낌이 전해졌다. 나는 그녀를 지켜보면서 함께 호흡을 했다. 마치 내가 포피에게 힘을 북돋우고 있는 것 같았다. 나는 수천 년을 통해 이어져온 출산이라는 행위와 연결되었고, 불가능한 것처럼 보이지만 매일 이런 식으로 새로운 생명을 낳은 여자들 수천 명과 이어졌다. 출생이라는 것을 도대체 어떻게 설명할 수 있을까?

밖에는 비가 쏟아졌다. 포피는 자궁이 수축할 때마다 파도처럼 밀려오는 고통으로 괴로워했다. 진통이 잦아들면 포피는 몸을 푸는 욕조에서 나와 따뜻한 물로 들어갔다. 우리는 모두 한숨을 내쉬며 다시 진통이 오기만을 기다렸다. 진통이 왔다. 아무리 애를 써도 아기는 도무지 나올 생각을 하지 않았다.

산파 힐러리가 그녀의 상태를 점검한 뒤 아기의 머리가 자궁 입구를 밀어낸다는 것을 알았다. 힐러리는 입구를 다시 밀어넣을 수 있었지만 그것은 포피에게 무척 고통스러운 일이었다. 아니면 계속 진통을 하면서 자궁 입구가 저절로 들어가기를 기다려야 했다.

포피는 힐러리가 만질 때마다 극심한 고통을 느꼈다. 산통은 도저히 끝날 것 같지 않았지만 포피는 의연하게 견뎌냈다. 또 다른 산파 앤이 포피에게 지시를 내렸다. 그녀는 포피의 눈높이에 맞춰 쪼그리고 앉은 뒤 포피의 얼굴에 직접 숨을 내쉬었다. 두 사람이 그렇게 힘을 모은 결과는 대단했다.

매튜는 아내를 잡고 그녀가 쪼그리고 앉을 수 있게 했다. 하지만 포피는 그 자세가 불편한 것 같았다. 그녀는 욕조에서 나와 나른 자세를 시도해보았다. 매튜는 젊고 강인한 남자지만 180cm나 되는 아내를 지탱하고 있자니 힘에 부쳤다.

나는 아내를 지탱하고 있는 매튜를 도와줘야겠다고 생각했다. 자세를 바꾼 것이 효과가 있는 모양이었다. 점점 자궁 입구가 들어가면서 포피는 다시 힘을 주기 시작했다. 하지만 우리는 그 자세로 오래 버티기가 힘들었다. 그래서 매튜가 벽에 기댔고 포피가 다시 그에게 몸을 기댔다.

아이의 검은 머리가 살짝 보이더니 사라졌다가 다시 나타났다. 포피의 산고와 곧 태어날 아기에 대한 기대감으로 방 안 분위기는 확 달라졌다. 레슬리가 앞에서 거울을 잡고 있어서 매튜와 포피는 자신들에게 벌어지는 일을 잘 볼 수 있었다. 포피는 다시 몸을 다른 곳으로 옮겨야 했다. 너무 많이 쭈그리고 앉아서 아이가 나올 공간이 없었기 때문이다. 매튜와 다이앤과 내가 포피를 양쪽으로 부축해서 들어올렸다. 나는 온 힘을 다해 그녀를 지탱하며 그녀의 배를 내려다보았다.

포피의 몸이 수축하는 것 같더니 아기의 머리가 쑥 나왔다. 아기의 얼굴은 부어 있었고 검은 보라색에 가까웠다. 잠시 후 나머지 부분도 나왔다. 말려 올라간 꽃잎 같은 자세로 여전히 파랗고, 이 세상의 것 같지 않은 탯줄에 매달린 채였다. 포피는 바닥으로 쓰러지듯 내려가 아기를 안았다. 기진맥진하고 땀으로 뒤범벅이 되었지만 기쁨으로 충만했다.

그들을 보고 있자니 살아 숨쉬는 생명체가 태어났다는 사실이 믿기지 않았다. 나는 점점 핑크색으로 변해가는 보랏빛 작은 발가락과 태어나느라 고생해서 쪼글쪼글해진 얼굴을 경이에 찬 표정으로 바라보았다.

2003년 7월 20일 나는 포피의 출산을 직접 목격한 놀라운 순간을 다시금 떠올렸다. 죽음과 마찬가지로 탄생도 인간의 동물적인 본성과 영적인 자아를 동시에 느끼게 해준다. 하지만 우리의 문화는 이러한 경험으로 가는 문을 차단하고 있다. 아이가 태어나는 장면과 그 순간을 위해 산통을 겪는 어머니의 모습을 보면 어떨까? 이것이 바로 인간적인 모습이며, 우리의 공동체를 진짜 집으로 만들어주는 것이라고 사람들을 설득할 수는 없을까? 이 얼마나 숭고한 선물인가. 이런 경험을 통해 우리는 자연계와 하나로 이어질 수 있다. 이 자연계야말로 우리의 존재를 이루는 가장 중요한 부분이다. 그리고 자연계와 하나가 됨으로써 우리는 그토록 열망하는 완전함에 도달할 수 있다.

　죽음도 탄생과 같은 가치가 있다. 탄생이 크나큰 기쁨의 원천이라면, 죽음은 슬픔을 자아낸다. 하지만 죽어가는 과정 자체가 생을 긍정하는 방법이기도 하다. 지금까지 이타카 에코빌리지에서 돌아가신 유일한 분, 파멜라 카슨은 우리에게 위엄과 솔직함, 용기를 가지고 살다가 죽을 수 있다는 것을 가르쳐주었다.

죽음

파멜라는 1996년 이타카 에코빌리지로 이주한 직후 위암 말기 판정을 받았다. 일반적으로 위암은 진단받고 6개월에서 1년 후면 사망한다. 그러나 파멜라는 힘들고 긴 투병 기간을 보냈다. 그녀는 위절제 수술을 받았고, 몇 차례에 걸쳐서 화학 요법을 받아 진단 후 3년을 더 살았다.

　우리는 일치단결해서 파멜라를 도울 길을 찾았다. 파멜라는 종종 "공동체에서 살기 때문에 지금까지 살아 있는 것"이라고 말했다.

화학 요법을 받고 구토 때문에 거의 먹지 못해서 몸무게가 많이 줄었을 때 시걸은 매일같이 맛있는 요리를 준비해서 파멜라의 식욕을 찾아주려고 애썼다. 포크송 가수 마르시는 화학 요법을 받을 때마다 파멜라의 집 밖에서 노래를 불러 간호사들을 놀라게 했다. 산드라는 매주 기(氣) 치료를 해주었고, 수잔은 마사지를 해주었다. 다른 사람들도 문병을 오고, 어디 갈 때나 쇼핑할 때 도와주기도 했다. 잘 지내는지 보러 오는 사람들도 있었다. 나는 일주일에 한 번씩 그녀를 만나 한 시간 동안 글쓰기를 도왔다.

파멜라는 이타카에서 여성들을 위한 글쓰기 강습을 들었지만 꼬박꼬박 참석하지는 못했다. 그래서 강사가 집으로 과제물을 보내주었다. 우리는 한 시간 정도 글을 쓰고 상대의 글을 읽어보며 서로 더 잘 알 수 있었다. 이전에는 전혀 모르던 외설스러운 취향에 대해서도 알았다.

파멜라는 산전수전 다 겪은 놀라운 여성이었다. 잘나가던 시절에는 보스턴에서 대형 벼룩시장을 열기도 했고, 프렌즈&컴퍼니라는 고급 레스토랑을 운영하기도 했다. 그게 전부가 아니다.

파멜라는 질주하는 인생에서 물러나 2년간 일본에서 선불교를 공부했다. 미국으로 돌아오는 길에 네팔에 들렀는데, 그곳 사람들의 가난한 삶을 보고 큰 충격을 받았다. 거리의 아이들은 말할 것도 없었다. 그래서 카트만두 거리에서 살아가는 네팔 소년 2명을 입양했다. 그중 한 명인 람 사란 타파가 미국에 왔을 때 겨우 14살이었다. 그 후 미국 사회에 적응하기 위해 노력한 보람이 있어 람은 네팔 전통 음식점의 주방장이 되었다(4장 참조). 파멜라가 두 아이를 입양한 것은 더 큰 노력의 시작에 불과했다.

파멜라는 강인한 정의감과 애정을 바탕으로 '아동을 교육하자 (Educate the Children, ETC : 아동, 여성, 공동체의 교육과 발전을 돕기 위한 네팔의 비정부 기구)' 라는 비영리재단을 만들었다. ETC의 원래 목적은 미국의 여러 기부자들에게 기금을 모금하여 네팔의 가난한 아이들을 후원하는 것이었으나, 여자들의 교육 프로그램도 시작했다. 기금 운영을 위해 수공예 스웨터, 보석 장신구와 갖가지 네팔산 수공예품을 만들어서 판매했다. 그리고 그 돈으로 네팔의 여자들에게 읽고 쓰기 교육을 제공하고, 간단한 사업 기술도 익히도록 도와주었다. ETC는 지금도 여자들과 아이들 수천 명에게 직접적인 도움을 주고 있다. 이 모든 일이 파멜라의 단순하면서도 관대한 충동에서 시작된 것이다.

파멜라는 죽어가면서도 우리에게 놀라움을 선사했다. 어느 날 항암 치료 때문에 머리카락이 빠진다는 것을 안 파멜라는 완전히 밀어버리기로 결심했다. 이왕이면 승려가 삭발하는 선불교의 전통에 따라 의식을 치르기로 했다. 우리 모두 그 행사에 초대되었다.

그날은 여름이었다. 마당은 기도하는 사람들을 위한 티베트의 알록달록한 깃발들로 장식되었다. 파멜라는 위엄 있는 모습으로 등나무 의자에 앉았다. 의자는 꽃으로 장식한 나지막한 탁자 뒤에 있었다. 불경을 외우는 것과 함께 식이 시작되었다. 파멜라는 로체스터에 있는 선방에서 온 친구에게 가위를 건넸다. 카렌은 파멜라의 곱슬곱슬한 백발을 자르기 시작했다. 그 모습에 나는 슬픔이 복받쳤다. 친구의 죽음이 이제 얼마 남지 않았다는 것을 직감했기 때문이다. 하지만 그 의식은 매우 감동적이었다.

파멜라는 깊은 상실감을 헌신적인 행동으로 승화시키고 있었다.

파멜라가 승려처럼 삭발을 하고 있다.

마치 육체를 완전히 놓아버리는 예행연습을 하듯 머리카락을 잘라 버렸다. 그녀는 혹독한 병마와 싸우면서도 자신의 센터를 운영하는 본보기를 보여주었다. 그리고 다가오는 죽음을 바라보면서 최선을 다해 여생을 활기차게 보냈다.

파멜라는 모든 일을 개인적인 행사의 수준에서 그치게 하지 않았 다. 그녀는 알리고 싶은 것이 있으면 널리 알려서 많은 사람들의 눈 과 귀를 모아야 한다고 믿었다. 자신의 삭발식도 지역 신문의 1면 에 실리도록 했다. 물론 관련 기사와 사진도 함께.

파멜라가 죽기 몇 주 전, 그녀의 친구들이 커먼 하우스에서 추도 식을 열었다. 파멜라는 증세가 너무 악화되어 올 수 없었지만 주민 들은 모두 참석했다. 사람들은 좋아하는 음식을 가져오고 최대한 점잖은 옷으로 성장을 하고 나타났다. 전직 오페라 가수인 파멜라의 동생 게일이 아름다운 목소리로 노래를 불렀다. 누군가 비디오 촬영을 하기 시작했고, 파멜라의 특별한 점에 대해 사람들에게 질문을 던지기도 했다. 저녁식사가 끝나자 우리는 둘러앉아 이런저런 이야기를 나눴다. 마음이 밝아지는 내용도 있었고, 마음을 무겁게 하는 내용도 있었다.

어찌 보면 정말 가슴 아픈 저녁이었다. 파멜라는 아직 살아 있는데 우리는 모여서 그녀에 대한 추억을 더듬고 그 생애를 기념했으니 말이다. 허클베리 핀처럼 파멜라가 자신의 추도식을 볼 수 있다면 얼마나 좋을까 싶었다. 나중에 게일은 언니가 그 비디오를 몇 번이나 재밌게 봤다고 우리에게 알려주었다.

10월, 파멜라가 눈을 감았다. 그녀가 이승을 떠나기 얼마 전, 그녀를 찾아갔다. 의식은 없는 상태였고, 입가에는 침이 한 줄기 나와 턱 아래까지 이어져 있었다. 밀랍처럼 창백한 몸속으로 숨이 들었다 나갔다 했다. 마치 20살밖에 되지 않은 것 같았다. 그녀의 손을 쥐고 마지막 인사를 속삭일 때는 참았던 눈물이 두 뺨을 타고 흘러내렸다. 파멜라의 눈꺼풀이 몇 번 깜박거렸다. 분명 내 목소리를 들었으리라 믿는다.

많은 사람들이 그녀의 마지막 가는 길을 지켰다. 죽음의 순간에서조차 파멜라는 놀라운 솔직함을 보여주었다. 우리에게 자신의 임종을 지킬 수 있는 선물을 준 것이다. 나는 잠시 파멜라의 집에서 나와 주변을 산책했다. 온전히 살아 있음을, 이 세상과 조화를 이루고 있음을 느꼈다. 산책하면서 오늘은 죽기에 좋은 날이라고 생각했다. 그리고 몇 시간 뒤 파멜라는 숨을 거뒀다.

이것이 이 이야기의 끝이 아니다. 파멜라는 천성적인 조직가답게 자신의 장례식을 공들여 준비해두었다. 교회를 예약하고 프로그램도 인쇄해놓았다. 고별사를 할 사람들을 골라놓고, 자신이 부르고 싶던 노래도 지정했다. 장례식은 파멜라가 숨을 거둔 지 몇 주 만에 거행되었다.

우아하지만 왠지 불편해 보이는 양복과 넥타이 차림의 람 사란 타파가 감동적인 추도사를 읽었다. 보통 때의 람은 수줍음을 많이 탔지만, 교회에 모인 조문객 수백 명 앞에서 훌륭하게 제 소임을 다했다. 카트만두 거리에서 생활하던 시절을 회상하자 그의 검은 얼굴이 일그러졌다.

람은 온몸을 얻어맞고 항상 배고팠으며 집 없는 아홉 살 꼬마였다. 바로 그때 파멜라를 처음 만났다고 그는 추억했다. 파멜라는 람과 그의 친구를 식당으로 데려가 맛있는 음식을 사주었다. 그들은 파멜라에게 꼭 돌아와달라고 간청했고 그녀는 약속을 지켰다. 드디어 파멜라는 람을 입양해 미국으로 데려왔다. 미국에서 새로운 생활에 적응하기란 쉽지 않았다. 파멜라도 생전처음 해보는 싱글 맘의 역할에 익숙해지기 어려웠다. 두 사람은 온갖 좋은 일과 나쁜 일을 함께 했다. 파멜라는 람의 수호천사임이 분명했다.

ECOVILLAGE *at* **ITHACA**

아이들을 위해서

파멜라는 자신이 무엇을 해야 할지 잘 아는 사람이었다. 애슐리가 죽었을 때 파멜라는 이웃을 모두 불러 장례식을 치러주었다. 그 개를 좋아하던 아이들이 모여서 마지막으로 개를 토닥여주었다. 살았을 때 애슐리의 모습에 대해 이야기하며 아이들은 눈물을 흘렸다. 그리고 애슐리에게 가져온 꽃을 얹었다. 개의 장례식은 파멜라가 자신의 죽음을 우리에게 미리 준비시키기 위한 연습이었다. 특히 아이들에게 말이다.

파멜라의 추도식은 정말 아름다웠다. 언제나 옳은 일을 할 줄 아는 그녀의 능력은 자기 인생의 마지막 이벤트에도 어김없이 발휘되었다. 장례식을 통해 공동체의 모든 사람이 그녀의 죽음으로 인한 충격에서 회복될 수 있었다.

파멜라가 우리 곁을 떠난 지 2년 후 그녀의 유산은 모두 제자리를 찾아갔다. 게일과 그녀의 파트너 바바라는 파멜라의 집을 유산으로 받았다. 람은 자신이 받은 유산으로 네팔에 돌아가 니루자와 결혼한 뒤 그녀를 이곳으로 데려왔다(4장 참조). 요즘도 커먼 하우스에서 정기적으로 네팔 친구들과 모임을 갖는다. 새색시 니루자는 이제 영어도 잘하고 컴퓨터도 배웠다. 22살 생일에는 운전면허증도 땄다. 파멜라가 이 소식을 들었다면 정말 좋아했을 텐데.

인생이란…

그동안 우리 공동체는 계속 전진해왔다. 건강이나 인간관계의 문제로 어려운 시기를 보내는 사람들은 공동체에서 도움을 받았다. 공동체는 구성원들의 인생에 일어난 변화를 목격하기도 했다.

위기의 시간들

우리 중에는 건강상의 문제로 고생한 사람들도 있었다. 줄리아는 최근에 큰 사고를 겪었다. 사내아이 둘을 둔 줄리아는 간질 환자다.

하루는 남편 로드가 퇴근해서 돌아와보니 줄리아가 머리에 피를 흘리며 의식을 잃고 계단 발치에 쓰러져 있었다.

줄리아는 항공기로 신경외과 전문 병원에 후송되었다. 그녀의 수술을 집도한 의사는 살아 있는 사람을 수술하면서 이렇게 큰 응혈을 제거한 것은 처음이라고 말했다. 핏덩어리가 줄리아의 뇌를 심하게 압박하고 있었다. 수술하지 않았다면 사망했거나 최소한 정신이나 육체적으로 영구 손상을 입었을 정도였다.

우리는 모두 그녀에게 사랑과 격려를 보냈다. 매일 밤 철야 기도회를 열었다. 한 시간이 넘는 거리에 있는 병원을 매일같이 로드와 함께 문병을 가는 사람도 있었다. 줄리아 가족의 식사를 책임지거나 아이들을 학교에서 데려오기도 했다. 방과 후 아이들을 돌봐주는 사람도 있었다. 어떤 이웃은 청소를 해주었고 매일 설거지를 자청했다. 우리는 줄리아와 그녀의 가족, 친구들의 사진을 붙이고 사람들의 사인과 완쾌하라는 메시지를 적은 판을 만들어 그녀에게 보내주기도 했다. 사람들은 편지와 꽃, 비디오테이프를 보내주었다. 마음을 편하게 해주는 음악을 연주하기도 했다. 모두 각자의 방식으로 그녀의 쾌유를 빌었다.

담당 의료진은 줄리아가 2주 만에 퇴원하자 놀라움을 감추지 못했다. 그녀는 완전히 회복되어 움직이는 데 지장이 없어 보였다. 물론 방향 감각을 약간 상실한 것 같았고, 신경이 많이 쇠약해졌다. 그녀의 회복은 말 그대로 기적이었다. 그녀는 공동체 사람들의 애정과 보살핌이 분명 자신의 회복에 도움을 주었다고 말했다.

줄리아가 겪은 사고는 이타카 에코빌리지에서 일어났던 온갖 평지풍파의 일부에 지나지 않는다. 몇 년 전, 내 인생의 동반자 자례

드는 심한 우울증에 시달렸지만, 많은 친구들의 끊임없는 사랑과 도움으로 금세 훌훌 털어버렸다.

18개월 된 사내아이가 수막염에 걸려 한 시간이나 떨어진 병원으로 후송된 적도 있었다. 아무도 아이의 운명을 장담할 수 없었다. 모든 주민들은 병문안을 하기 위해 기꺼이 시러큐스까지 다녀왔고, 그 아이의 누나를 보살펴주었다. 그리고 기적처럼 회복되어 집으로 돌아왔을 때는 모두 진심으로 환영해주었다.

공동체 주민들의 보살핌은 무엇보다 소중한 것으로 대접받아야 한다. 그런 보살핌 덕분에 우리 사회의 어느 곳보다 포근한 보금자리가 될 수 있었기 때문이다. 이곳 사람들은 자신의 인생에 아무리 어려운 시기가 와도 도움의 손길을 받을 수 있다는 사실을 잘 알고 있다. 이런 보살핌이야말로 '공동체 생명보험'이라고 생각한다.

ECOVILLAGE *at* **ITHACA**

사랑의 힘

극적인 순간도 있었다. 커먼 하우스에서 로라 벡과 이야기하고 있었다. 로라는 텍사스의 오스틴에 살았는데, 이타카 에코빌지리에 입주하는 것을 고려 중이었다. 근처에는 줄리아와 엘란이 서 있었다. 그때 갑자기 줄리아의 눈동자가 돌아가기 시작했다. 엘란은 앞으로 다가가 그녀를 꼭 안았다.

줄리아가 기진맥진하자 나는 로라에게 줄리아가 간질 환자라고 말해주었다. 그녀가 하루에도 3~4번씩 발작을 일으킨다는 얘기도 했다. 줄리아는 최근에 자신의 병과 관련해 새로운 사실을 알았다. 발작이 시작되려는 순간 누군가 꼭 안아주면 증상을 완화하는 것은 물론, 의식을 완전히 잃지 않는다는 것이다. 엘란이 안아준 것도 그 때문이다.

줄리아는 완전히 발작을 일으키지 않고 바로 원 상태를 회복했다. 나중에 로라는 이 일이 이타카 에코빌지로 이사할 것을 결심한 결정적 계기였다고 말했다. 로라는 사랑으로 병마도 이길 수 있다는 사실을 목격한 순간이었다고 당시를 회상했다.

이혼

처음 이타카 에코빌리지에 이사 왔을 때 나는 순진하게도 우리 모두 죽을 때까지 다 같이 살 줄 알았다. 얼마나 어리석은 생각이었는지! 코하우징 생활에 적응하지 못해서 이곳을 떠난 사람들도 있고, 생활비가 많이 든다며 나간 사람도 있었다. 원래 FROG로 입주한 4가구는 SONG로 이사 가기도 했다. 하지만 이혼은 이런 변화와는 또 다른 문제를 낳았다.

코하우징 생활을 하는 사람들은 스트레스에 면역력이 없다. 이곳에서는 서로 돕고 사는 분위기가 형성되어 있기 때문이다. 음식을 나눠 먹고, 아이들도 함께 키우고, 이웃과 사이도 좋다. 하지만 뒤집어보면 끝없는 스트레스를 유발하는 원인이 되기도 한다. 늘 회의가 있고, 위원회가 소집되고, 집을 지어야 한다는 구속감도 감당해야 한다. 그리고 엄청난 관심과 노력이 필요한 주거단지 개발 계획까지 신경 써야 한다. 부부 관계에 금이 가기 시작했다면 이런 스트레스는 결정타가 될 수 있다. FROG에 처음 입주한 30세대 중 3쌍이 이혼했다. 그리고 한 쌍은 잠시 별거 기간을 가졌다가 재결합했다. SONG에 살던 2쌍도 이사 온 지 1년 만에 갈라섰다.

공동체에서 이혼을 하면 어떤 일이 벌어질까? 이혼 초기에는 매우 힘들 것이다. 여자의 경우 사람들이 요즘 어떻게 지내냐고 물어볼까 두려워한다. 입을 열면 금방이라도 눈물바람이 될 것을 알기 때문이다. 남자는 자신의 상황을 남에게 알리고 싶어하지 않는다. 자신의 사생활이 사람들의 입에 오르내리는 난감함에도 불구하고 공동체는 두 사람이 기댈 수 있는 든든한 버팀목이 되어준다.

"매일 이야기할 수 있고 기대 울 수 있는 친구들이 없었다면 이혼하고 내가 어떻게 되었을지 상상도 안 돼. 공동체는 모든 것을 바꿀 수 있어."

그런 아픔을 겪은 한 여자 주민이 말했다.

아마 그 말은 사실일 것이다. 로라 벡과 그레그 피츠의 경우를 보면 잘 알 수 있다.

그들이 처음 방문하고 1년 뒤 이타카 에코빌리지로 옮겨왔을 때 아들 에단은 강보에 싸여 있었다. 나는 텍사스의 오스틴에서 온 이 젊은 부부가 정말 마음에 들었다. 그레그는 오기 전에 우리 공동체에 대해서 알아보았기 때문에 이사한 다음날 나를 도와서 대규모 투어단을 인솔했을 정도다. 로라도 우리와 동행해서 투어단과 웨스트 헤이븐 농장을 멋지게 찍어주었다. 그때 찍은 사진이 이 책에도 있다. 두 사람은 자신의 일에서 뛰어난 재능을 발휘했고, 매사에 적극적이었으며, 열렬한 환경론자이기도 했다.

우리는 좋은 친구가 되었다. 두 사람은 이곳의 발전을 위해 큰 힘이 되어주었다. 그레그는 SONG의 건설에 적극적으로 뛰어들었다. 특히 프로젝트 관리에서 그의 경력이 우리에게 큰 도움이 되었다. 로라는 저가 주택을 강력하게 주장했고, SONG에서 저가 주택 공급 프로그램을 실시하기 위해 애썼다. 그 일은 정말 힘들고 많은 시간이 필요한 일이었다. 하지만 두 사람은 자신들의 집을 설계하고 건설하는 일에 열성적으로 참여했다.

그러던 중 우리는 두 사람 사이에 뭔가 있음을 알았다. 눈치채고 있었지만 막상 두 사람이 별거를 선언하자 우리는 큰 충격을 받았다. 로라는 아래층에서 생활했고 그레그는 위층을 썼다. 두 사람은 아름다운 개방형 부엌과 거실이 딸린 주층(main floor) 공간을 공동으로 사용했다. 당시 네 살이던 에단은 각 층에 침실을 하나씩 두었다. 두 사람 다 이타카 에코빌리지에 남기를 희망했기 때문에 이런 별거 생활을 1년 유지했다. 1년 후 로라가 FROG로 이사하면서 두 사람은 완전히 갈라섰다.

로라와 그레그는 여러 가지 면에서 모범적인 이혼 사례다. 어려운 일도 많았지만 두 사람은 지금도 서로 잘 이해하고 의지하는 친구로 남았다. 두 사람이 각자 새로운 만남을 시작할 무렵에도 어려운 일을 함께 해결하고 친밀한 관계를 유지했다.

이혼을 겪으면서 얼마나 힘들었냐고 하자 로라가 말했다.

"가끔 사생활이 지켜지지 않아서 정말 힘들었어요. 공동체에서 함께 살기 때문에 힘든 질문을 해도 된다는 일종의 허락을 받았다고들 생각하는 것 같아요. 하지만 이곳이 아니었다면 우리가 그 시기를 어떻게 헤쳐 나올 수 있었을까 하는 생각도 들어요."

로라는 주위에서 자신들을 지켜보는 사람들이 있다는 사실이 얼마나 대단한지 이야기했다. 공동체의 주민들은 힘든 시기를 겪는 그녀에게 필요할 때마다 안식처를 제공해주었다. 개중에는 섣불리 넘겨짚어 말하는 사람들도 있었지만, 로라는 필요한 것을 툭 터놓고 말하면 사람들은 곧잘 응해주었다고 했다.

"이타카 에코빌리지라는 공동체가 우리를 보듬어주는 느낌이었어요. 나와 에단을 사랑하는 사람들이 언제나 우리를 꼭 안아주는 느낌이랄까. 덕분에 내 의지대로 살 수 있었죠. 억지로 '사이가 좋지 않은' 부부 역할을 할 필요도 없었고요. 이곳에 살았기에 자신감을 가지고 내 인생에서 가장 힘든 위기를 헤쳐 나올 수 있었어요."

물론 이타카 에코빌리지에서 이 두 사람보다 고통스러운 파경을 맞은 사람들도 있었다. 그러나 로라와 그레그는 다른 부부들에게 희망을 전해주었다. 솔직하게 대화하고 상대를 아끼는 마음만 간직하면 이혼이라는 큰 고비도 극복할 수 있다는 것을 말이다.

통과의례

우리는 종종 인생에서 중요한 변화를 축하하는 자리에 초대받기도 한다. 예를 들어, 신시아는 자신의 폐경을 기념하는 특별한 의식을 계획했다. 그리고 마을 여자들에게 그 순간의 증인이 되어달라고 부탁했다. 마지막으로 생리가 있은 지 1년도 지났다. 이제 신시아는 공식적으로 '변화'를 끝냈다.

　신시아는 우리를 보자 약간 긴장하는 것 같았다. 잠시 후 그녀는 말문을 열었다. 모든 사람에게 짬을 내달라고 부탁하기가 얼마나 어려웠는지부터 이야기했다. 하지만 인생의 변화를 기념하는 일이 매우 중요했기에 용기를 냈다고 말했다. 신시아는 이날을 위해 준비한 옷을 입고 양초 8개를 둥글게 늘어놓았다. 초 하나가 인생의 한 단계를 의미했다.

　"이 초는 내가 알코올중독자였던 시기를 의미해. 무척 혼란스러웠지만 어떻게든 헤쳐 나가려고 애썼지. 상대를 가리지 않고 섹스에 집착했어. 늘 잘못된 곳에서 사랑을 찾으려고 했지. 당시 길을 잃고 방황하던 내 자신에게 치유의 에너지를 불어넣는 거야."

　그녀는 첫 번째 초에 불을 붙이며 말했다.

　음주 운전으로 죽을 뻔했던 아들을 위한 촛불도 붙였다. 그는 그 후 3년째 금주를 실천하고 있었다. 남편을 위해서도 불을 붙였다.

평생 사랑과 헌신을 아끼지 않은 남편이었다.

촛불을 하나씩 밝혀가면서 신시아는 여태껏 일어났던 모든 사건과 반복된 일들을 기념했다. 그 원을 둘러싼 우리는 그녀의 말에 탄성을 내지르기도 하고 고개를 끄덕이기도 했다. 신시아가 살아온 인생의 깊이와 상처에 모두 감동을 받았다. 성숙해지기 위한 그녀의 노력이 전해진 것 같았다.

마침내 마지막 촛불까지 모두 불을 붙였다.

"이 초는 내 미래야. 내가 하고자 하는 일에서 나만의 영역을 찾고 싶어."

신시아의 얼굴이 불빛으로 환하게 빛났다. 그리고 사랑으로 두 눈이 빛나는 우리의 얼굴도 환하게 밝혀주었다.

당당하게 나이 들기

인생에서 맞이한 획기적인 사건을 축하하는 자리에 부름을 받기도 했다. 바로 몬티의 75번째 생일이 그러했다. 제일 먼저 이곳에 둥지를 튼 몬티는 일주일에 몇 차례씩 비크람 요가 강습회를 열 정도로 정정했다. 75세라는 나이가 무색할 정도였다. 몬티는 리아라는 개와 하루도 빠짐없이 산책을 다녔다. 대학생들과 함께 파트타임으로 일도 했고, FROG의 조정위원회에도 적극적으로 참여했다. 가장 인상 깊었던 순간은 전립선암을 이겨낸 때였다.

몬티는 쉽게 친해질 수 있는 노인이 아니었다. 그는 개인의 성장에 관심이 많았고, 속 깊은 대화를 할지언정 가벼운 잡담에는 손사래를 치는 사람이었다. 최근에 이혼한 몬티는 때때로 외로움과 고독을 느꼈지만, 나이를 먹어가면서 모난 구석이 부드러워졌고 더 많은 사람에게 자신을 열어 보일 수 있었다.

몬티는 조촐하게 생일 파티를 했다. 하지만 재밌었고 모든 사람들이 참석했다. 몬티는 참석자들에게 하이쿠를 지어오라고 숙제를 내주었다. 하이쿠는 총 17음절로 된 일본의 단가(短歌)를 말한다. 첫 행은 다섯 음, 두 번째 행은 일곱 음, 마지막 행은 다섯 음으로 구성된다. 우리는 대부분 한 번도 3행짜리 짧은 시를 지어본 적이 없어서 어렵게 느껴졌지만 새로운 경험으로 흥분되기도 했다.

당신은 친구의 일생을 3행짜리 시에 모두 담을 수 있는가? 우리는 몬티의 생일 파티에서 그게 가능하다는 것을 깨달았다. **'하이쿠의 길은 집중에 있다.'**

우리는 각자 써온 시를 큰 소리로 읽었다. 사람들은 시를 통해 몬티를 특별한 사람으로 만든 면에 대해 나름대로 존경을 표했다. 파멜라 윌렛은 몬티에 대해 이런 시를 지었다.

저 아기를 보고
75년 후의 몬티를
누가 상상했을까?

카린 라마누얀의 시는 아름다운 한 상면을 떠올리게 했다.

하이쿠의 길은 집중에 있다
에도(江戶) 시대 하이쿠 시인 바쇼의 여행 규칙.

한 그루의 고목

친구는 이제 75세가 되었네.

뿌리를 박고 하늘로 높이

몬티의 아들 데이비드는 편지에 이 시를 함께 적었다.

75년

정진으로 매진한 세월

빼빼 마른 부처가 되었네.

몬티의 생일 파티는 우리의 가슴을 벅차게 했다. 그가 우리 삶에 어떤 변화를 주었는지 알려주는 자리였다. 우리도 몬티를 본받아 나이 드는 과정을 즐기면서 멋있게 늙어가고 싶어졌다.

이타카 에코빌리지에서는 힘들어하는 이웃에게 도움을 주든지 지켜보든지 상관없다. 그러나 우리는 서로 아픔을 보듬어 안으면서 남을 더 잘 이해하고 사랑을 더욱 키울 수 있었다.

ECOVILLAGE ITHACA
개인적 변화

이타카 에코빌리지는 주민들의 성장과 변화를 돕는다. 나는 우리 모두 강가의 조약돌 같다고 생각한다. 처음에는 모두 여기저기 모가 나 있었다. 하지만 서로 부딪히고 이리저리 구르면서 모난 부분이 둥글어지고 부드러워진다. 비슷한 과정이 이타카 에코빌리지에서도 일어났다. 서로 이해하고 어려울 때 기꺼이 도움을 주는 분위기였기에 가능했다. 처음 이곳에 올 때만 해도 다들 나름대로 문제가 있었고, 어김없이 다른 사람들과 충돌하곤 했다. 하지만 다른 사람들을 알려 하고, 그 과정에서 닥칠 수 있는 위험을 기꺼이 떠안은 사람들은 모난 구석이 점점 사라졌다. 문제에 직면했을 때 당당히 맞서 해결책을 찾아낸 사람들은 차츰 달라졌다. 그 사람들의 주변은 내면의 아름다움으로 환하게 빛났다.

헌신으로 이룬 변화

제이는 이타카 에코빌리지 이사회의 회원이자 FROG를 만든 주역이다. 신중한 그는 1년 내내 온갖 회의에 참석하고, 이타카 에코빌리지를 만들 때도 위원회에서 활동했다. 그러나 자신의 위치와 여러 활동에도 불구하고 정작 제이는 공동체에 융화하려는 열성을 보여주지 않았다. 보다 못한 조안이 그와 이야기한 뒤 그는 우리와 융화하기 시작했다. 그때 조안은 "제이, 이제 우리와 어울릴 때가 되었어요. 결정하세요"라고 말했다고 한다.

그 후 제이는 공동체에 아주 헌신적인 사람이 되었다. 은퇴한 식물생리학자인 그는 우리 프로젝트에서 과학적인 내용이 들어가는 모든 면을 서류화했다. 몇 년 동안 우리가 소비한 전기와 가스, 물의 양을 계산하는가 하면, 저수지의 수위도 계속 점검했다. 그리고 남북미 생태마을 네트워크(EcoVillage Network for the Americas) 회의에서 이타카 에코빌리지를 대표하고 있다.

67세인 제이는 큰 변화를 겪었다. 지난 10년간 독신으로 살던 그가 40대의 공동체 주민 팸과 만나기 시작한 것이다. 지금까지 이타카 에코빌리지에 헌신해온 제이는 이제 개인 생활에 집중하기 시작했다. 물론 훨씬 더 심오한 경험이 되지 않았을까 싶다.

리더십으로 승화한 변화

이 자리에서 160명에 달하는 주민 중 누구를 소개한다 해도 그 사람은 이타카 에코빌리지에서 받은 격려와 도전 정신이 자신들의 삶에 얼마나 큰 영향을 주었는지 열렬하게 증언할 것이나. 제이의 변화는 개인적인 것이었지만 사생활이 아닌 직업적인 면에서도 그와 비슷한 변화를 경험할 수 있었다. 바로 내가 그런 경험자다.

1991년에 처음 이타카 에코빌리지의 설립에 뛰어들었을 때 총책임자는 조안 보케어였고, 나는 부책임자였다. 곧 책임자의 역할을 우리 두 사람이 공유했고, 서로 다른 업무 스타일을 결합하기 시작했다. 조안은 기금 조달자와 대변인, 공상가의 역할을 했다. 나는 좀 더 조직적인 측면에 역점을 두었고, 계획을 실천에 옮기는 역할에 능했다. 그런 두 사람이 모였으니 우리는 천하무적이었다.

1996년 초에 조안은 심한 스트레스와 수익도 없는 힘든 업무에 지쳐버리고 말았다. 그는 특유의 직설적인 어투로 말했다.

"이제 사무실 문 닫자."

그 말은 내 가슴에 비수처럼 꽂혔다. 생살을 도려내는 것 같은 예기치 못한 슬픔이 느껴졌다. 힘들게 시작해서 지금까지 끌고 온 일을 어떻게 그만둘 수 있다는 거지? 조안이 떠나면 나 혼자서 어떻게 사무실을 유지하고 이 프로젝트를 진행하지? 자금 사정이 무척 어려웠다. 조안이 떠나면 나는 총책임자의 역할을 떠맡아야 했다. 게다가 사무실의 유일한 직원이 되는 것이었다. 도저히 있을 수 없는 일로 생각되었다. 한 사람이 떠맡기에는 너무나 큰 일이었다. 하지만 나마저 포기한다면 누가 이 일을 맡아 진행하겠는가?

이 일이 내 운명이라는 사실을 누구보다 잘 알고 있었다. 지난 수년간 평화와 환경 보호를 위해 활동한 내 경력은 이 대형 프로젝트를 이끌고 나가기 위한 예행연습이었다. 하지만 나는 두려움에 압도되고 말았다. 공동체의 주민들이 자신들을 위해 일해줄 책임자들을 어떤 식으로 혹사하는지 보았고 경험했기 때문이다. 사람들은 놀랍게도 언제나 똑같이 행동했다. 책임자를 뽑으면 개인들은 모든 권력을 그에게 위임한다. 그리고 무슨 문제가 생기면 책임자는 영락없는 희생양이 되는 것이다. 그런 경험은 이타카 에코빌리지에서도 있었다(5장 참조). 나는 두려움을 극복해야 했다. 설사 사람들과 문제가 생기더라도 해결책을 찾을 수 있는 힘을 얻을 것이라는 믿음도 회복해야 했다. 그렇게 각오를 단단히 했지만 마음은 여전히 무거웠다. 그래서 나는 길을 보여주십사고 기도했다. 내게 주신 답은 명확했다. 프로젝트를 계속 밀고 나가라는 것이었다. 결국 나는 기꺼이 이 말도 많고 탈도 많은 프로젝트를 혼자 떠안았다. 그리고 그 결정을 후회한 적은 한 번도 없었다.

1996년은 일복이 터진 해였다. SONG의 개발이 본격적으로 시작되었기 때문이다. 아직 경험이 충분하지 않던 우리는 실력 있는 개발 매니저를 찾아 코하우징 프로젝트를 맡길 생각이었다. 우리가 처음 찾은 사람은 이 지역 사람으로 이런 프로젝트 기획 경험이 많았다. 우리는 그와 1년 정도 함께 일했다. 하지만 그는 코하우징 개념을 잘 몰랐고, 우리와 맞춰가면서 일할 여유가 없었다.

우리는 초기 단계의 코하우징 프로젝트를 버지니아의 한 회사에 맡기기로 결정했는데, 그들이 청구한 비용이 우리의 예산을 넘어서는 액수였다. 게다가 코하우징에 대해서는 우리보다도 아는 것이 적었다. 이타카에서 먼 뉴욕 회사라는 점도 문제였다.

그래서 우리는 다른 해결책을 모색했다. 매사추세츠에 있는 코하우징 생태마을의 개발 매니저를 파트타임으로 고용했다. 하지만 매사추세츠 역시 이타카에서 멀었다. SONG는 이타카의 매니저가 아니라면 건설이 불가능하다는 결론에 노달했으나, 우리의 조건에 맞는 매니저는 없었다.

그 무렵 나는 로드 램버트와 팀을 구성하는 계획을 구상 중이었다. 로드는 주택을 설계하고 건축한 경험이 많았다. 게다가 선(禪) 수양관을 공동 건축하는 계획을 맡아 진행하기도 했다. 로드와 함께 일하기는 쉽지 않았다. 의견 대립도 많았다. 하지만 로드는 건축공학적 지식이 풍부했고, 나는 공동체를 조직하고 전략을 수립해 진행하는 일에 능숙했다.

몇 날 밤을 지새우며 SONG라는 막대한 과제를 떠안을지 고민하다가 로드에게 산책을 가자고 했다. 우리는 자신의 장단점을 솔직히 털어놓고 어떻게 하면 SONG를 건설할 수 있을지 허심탄회하게 이야기를 나누었다. 산책이 끝날 즈음 두 사람은 두 번째 주거단지를 건설할 공동책임자의 역할을 자청하기로 결정을 내렸다.

우리의 파트너십은 효과가 있었다. 성격은 달랐지만 일에서는 오히려 상호 보완의 효과가 있었다. 자신과 상대방에 대한 믿음, 프로젝트에 대한 책임감이 있었기에 가능했다. 물론 우리가 가야 할 길은 가시밭길이 분명했다. 하지만 우리는 혁신적인 코하우징 건물을 완성했고, 그곳에는 지금 멋진 이웃들이 살고 있다.

이곳에서 이제까지 일어난 변화가 극적인 반전은 아니었다. 눈에 보이지 않는 작은 변화들이 오랫동안 모이고 모여 이룬 변화가 많았다. 이런 작은 변화는 서로 돕는 분위기에서 종종 발생하곤 했다. 몇 년 동안 이타카 에코빌리지의 사람들은 갖가지 모임을 만들었다. 남자들의 모임, 여자들의 모임, 양육 지원 모임, 공동 카운슬링 모임, 매일 명상하는 모임, (은퇴자들을 포함한) 자영업 지원 모임, SONG 아빠들의 모임…. 모든 모임은 회원들의 성장을 돕는 밑거름이 되었다.

ECOVILLAGE ITHACA
'친목을 도모하는' 모임들

FROG에는 1997년까지 모두 30가구가 입주했다. 드디어 우리의 커먼 하우스가 완전히 채워진 것이다. 지난 5년간 함께 노력해온 사람들은 이 순간을 고대했다. 우리는 커먼 하우스에서 함께 식사하고 주거단지를 꾸미거나 오솔길에서 마주치다 보면 자연히 유대감이 형성될 줄 알았다. 하지만 그것은 착각이었다.

그동안 회의를 하며 자주 얼굴을 맞댄 것을 서로 아는 것으로 착각했을 뿐, 실상 함께 사는 것이 무엇인지에 대해서는 아무도 몰랐던 것이다. 우리의 관계는 이타카 에코빌리지를 만들기 위한 것이었다. 그동안 매주 일요일 오후면 그룹 회의를 했다. 일주일 내내 몇 군데 회의에 나가는 사람들도 있었다. 결정해야 할 일은 끝도 없었다. 위원회에서 아무리 꼼꼼하게 준비해도 막상 실무 그룹에서 만장일치에 도달하기란 힘들었다.

우리는 구성원들의 회의 스타일에 대해서는 잘 알았다. 회의 시간에 누가 말을 많이 하고, 누가 융통성이 있는지 훤했다. 어떤 사람이 문제가 해결되는 쪽을 선호하고, 어떤 사람이 매번 불평을 터뜨리는지도 꿰고 있었다. 누가 경청을 잘하고, 누가 자신의 의견을 잘 펴는지도 알았다. 하지만 그들이 어떻게 사는지에 대해서는 아무것도 몰랐다. 해결해야 할 문제가 정말 많았으나, 상황은 곧 개선되기 시작했다.

조와 미셸 놀란은 캘리포니아에서 온 젊은 부부다. 그들은 하룻밤 만에 이타카 에코빌리지에 입주할 것을 결정한 사람들로도 유명했다. 오토바이를 타고 미국을 횡단해 FROG 회의에 참석하고는 다음 날 아침 입주를 약속했던 것이다. 이곳에서 살기 시작한 지 6개월이 지났을 즈음, 두 사람은 캘리포니아의 공동체에 친구를 만나러 갔다. 두 사람은 돌아와서 우리에게 새로운 아이디어를 알렸다.

미셸은 회의를 소집하고 '친목을 도모하는 모임'이라는 친목회를 만들자고 제의했다. 사람들의 호응은 대단했다. 미셸은 그런 모임의 필요성을 확실하게 알렸다. 우리는 이웃에 모여 35명 정도가 거실에 빼곡히 앉았다. 소파며 바닥이며 앉을 수 있는 곳이라면 모두 사람들로 바글거렸다. 그 자리에서 네 종류의 모임이 결성되었다. 모임은 한 달에 두 차례 토요일 오전 9~11시에 갖기로 했다.

8명 내외로 구성된 모임은 이야기도 나누며 활동을 했다. 아이들은 돌아가며 형편대로 봐주었다. 회원이 한 사람씩 돌아가며 진행자가 되는 모임도 있고, 형식에 얽매이지 않는 모임도 있었다. 진지한 활동을 하는 모임도 있고, 흥미 위주로 활동하는 모임도 있었다.

생태생리학자 엘란 샤피로가 이끄는 활동을 예로 들어보자. 나도 이 모임의 회원이었다. 한번은 모두 필기도구를 들고 야외로 나갔다. 30분 정도 주변을 돌아다니면서 눈에 띄는 것을 찾기 시작했다. 그리고 우리가 경험한 특별한 일들을 노트에 기록했다. 야외 활동을 마치고 다시 모인 우리는 각자의 경험을 이야기했다.

사람들이 관심을 보인 자연의 대상은 정말 다양했다. 나무, 대지, 저수지 등 우리가 선택한 대상은 어떤 의미에서 우리 삶의 단편을 상징적으로 보여주었다. 어떤 사람은 부들이 무성한 저수지를 산책할 때가 즐겁다고 했다. 그녀의 선택은 자신의 삶 속으로 침잠하고 싶은 소망을 나타낸다. 또 어떤 부분은 여전히 미지의 감춰진 부분으로 남겨두고 싶어한다. 반면에 나는 저수지가 내려다보이는 큰 바위에 앉으면 보이는 광경이 정말 좋다. 엘란이 조직한 이 단순한 행사 덕분에 우리는 잠시 여유를 가질 수 있었다. 그리고 자신의 영혼과 자연, 모임의 다른 사람들과 교감하는 시간을 가졌다.

어떤 모임에서 어떤 활동을 하든 빠지지 않는 일이 있다. 따로 시간을 내서 '체크인'하는 것이다. 짧지만 이 시간을 통해 구성원들에 대해 많은 것을 알 수 있다. 한 사람당 5~10분씩 자신의 인생에 대해 방해받지 않고 이야기한다. 부모님이 찾아와서 어떤 기분이었는지, 해고당했을 때 어떤 심정이었는지, 아들이 비뚤어진 행동을 하는 시기를 어떻게 헤쳐 나왔는지, 결혼 생활에 어떤 어려움을 겪는지 알 수 있다. 개인적인 영역은 절대 침범하지 않는 것이 이 활동의 철칙이다(체크인 시간에 나온 이야기들은 철저하게 비밀이 유지된다).

나는 주민들이 서로 보여주는 절대적이며 애정 어린 관심만한 것은 없다고 자신있게 말할 수 있다. 당신의 말을 잘 들어주는 가장 좋은 친구를 만난 것과 같다. 그들이 있기에 자신의 인생을 명확하고 솔직하게 바라볼 수 있으며, 자신의 습관을 솔직히 인정할 수 있다. 좋은 일은 마음껏 축하하고 어려울 때면 기꺼이 도움을 청한다. 여러 상황에서 마주친 사람들과 이렇게 교류하는 일이야말로 진정한 기쁨이라는 사실을 깨달았다. 평생 큰 가족으로 함께 살고 싶은 사람들과 이렇게 사는 것이야말로 진정한 즐거움임을 알았다. 나 혼자만 이런 즐거움을 느끼지는 않았을 것이다.

'친목을 도모하는 모임' 활동이 가장 활발했을 때는 이타카 에코 빌리지 어른의 반 정도가 참가했다. 1년이 지나면 각 모임의 회원들이 교체되었다. 모임에서 나가는 사람도 있고, 새로 가입하는 사람도 있었다. 지금은 소모임 2개만 남아서 활동하고 있다. 구성원들에 대해 더 잘 알면 이 모임도 불필요할 것이다. 우리의 우정이 더 깊어지면 모임이 제공하던 돈독한 관계가 저절로 이뤄질지도 모른다. 아니면 달이 차고 기울듯 우리의 관계가 소원해지면 이런 친목 모임이 또 생겨날지도 모르겠다.

우리 공동체는 틱낫한 스님이 말씀하신 '다음 부처'가 되기까지 갈 길이 멀다. 하지만 전보다 많이 사랑하고 존중한다. 사람들의 성격과 사회·정신적 배경은 모두 제각각이다. 그러나 사랑을 실천할 수 있다면 이 세상에 다시 한번 희망을 품어도 좋을 것이다.

ECOVILLA

Chapter 7

이타카 에코빌리지의 '에코'

at ITHACA

"안녕하세요, 이타카 에코빌리지에 오신 것을 환영합니다."
이번에는 건축학과 학생들이다. 나는 이 학생들에게 우리가 이룩한 것들을 보여준
다는 기쁨을 만끽했다.
"지붕 위에 있는 것은 태양전지입니까? 전기 걱정은 없겠네요."
"아뇨."
"저, 자연 발효 화장실을 사용하십니까?"
"아뇨, 시에서 시의 상하수도를 사용해달라는 요청을 받았습니다."
대화가 여기까지 진척되면 항상 나오는 질문이 있다.
"그럼 이타카 에코빌리지의 의미가 어디에 있습니까?"

$\mathbf{F}$ROG가 완공되고 SONG는 건축 중일 때 많은 사람들이 겪은 상황을 짧게 묘사해보았다. 질문은 간단하다. 하지만 그 해답을 찾기까지 길고 험난한 여정을 거쳐야 했다.

원대한 계획

이타카 에코빌리지는 환경 부분의 지속 가능성을 위해 실용적으로 접근했다. 가장 매력적인(동시에 가장 비싼) 기술을 활용하느니 차라리 에너지를 절약하는 방법을 택한 것이다. 그런 방법들은 얼핏 보면 비효율적인 것 같지만 실제로는 그렇지 않다(예를 들면 자연광을 최대한 많이 받도록 설계한 슈퍼 단열주택이 풍차나 태양전지보다 '환경 친화적'으로 보이지 않는다). 하지만 모두 조금씩 절약한 에너지를 모으면 대단한 규모가 된다. 우리는 개인적인 최신식 '그린' 빌딩이 아니라 '그린' 공동체와 문화를 건설하고 있다. 그 효과는 다음과 같다. 즉 우리의 **생태발자국**은 미국의 일반적인 가정의 생태발자국보다 훨씬 작다.

생태발자국(ecological footprint)
생태발자국은 생태, 즉 자연에 남겨진 인간의 발자국을 의미한다. 음식, 옷, 집, 에너지 등을 생산하기 위해 필요한 토지, 쓰레기를 처리하는 데 필요한 토지 등 인간 생활에 필요한 자원을 생산하는 데 소요되는 토지 면적을 헥타르로 나타낸 지수다. 수치가 높을수록 자연에 악영향을 끼쳐 '생태파괴지수'라고 불리기도 한다.

입지조건

이타카 에코빌리지가 에너지를 절약할 수 있었던 것은 최적의 입지 조건 때문이다. 무엇보다 교통 수단으로 인한 환경 파괴를 최소화할 수 있었다. 우리는 차를 타고 이동할 일이 거의 없다. 출퇴근을 거의 하지 않기 때문이다. 외출할 일이 있어도 마찬가지다. 이타카 시내는 에코빌리지와 2.5km 거리에 있다. 시내에서 16km 떨어진 무료 부지가 아닌 이곳을 선택한 것도 바로 교통 때문이었다.

입지조건이 뭐 그리 대수냐고 생각할 수도 있지만, 엄청난 환경적 이점이 있다. 에너지 컨설턴트 그레그 토마스는 한때 우리 마을에서 살았다. 그는 경력 30년의 에너지 절약 연구가다. 그레그의 계산에 따르면, 가구당 하루에 한 번씩 외출을 줄일 경우 일반 미국인 가정에 비해 71만 6000달러를 절약할 수 있다고 했다. 물론 배기가스를 배출하지 않음으로써 발생하는 경제적 이득은 고려하지 않은 수치다. 시내에 생태마을을 지었다면 더욱 절약할 수 있었겠지만, 대신 현지의 유기농장을 포기해야 했을 것이다(1장 참조).

에너지를 절약할 수 있었던 둘째 이유는 주민들이 친하게 지내다 보니 자연스럽게 카풀을 했다는 점이다. 이타카 에코빌리지에 사는 부부나 가족은 가구당 보유 차량 대수를 한 대로 줄였다. 혼자 사는 주민 중 두 사람은 아예 차를 팔아버렸을 정도다. 차가 2대인 집은 남는 한 대를 다른 사람에게 빌려주기도 한다. 1.6km당 30센트라는 헐값에 말이다. 두 아이를 둔 어떤 가족은 돈을 받지 않는다. 대신 자동차와 아이 봐주기를 교환한다. 차가 줄어들면 공해도 자연히 줄어들 것이고, 결국 차를 생산하고 사람들이 몰고 다니기 위해 필요한 자원도 절약할 수 있을 것이다.

SONG의 복식 가옥을 짓기 위해 벽의 통나무 틀을 세우는 마을 주민들과 친구들.

셋째, 우리는 단체로 대중 교통 수단을 애용한다. 30가구밖에 되지 않았지만 FROG 주민들이 힘을 합쳐서 로비한 덕분에 우리 마을 진입로에 버스 정류장이 들어섰다. 주민 20명이 출근과 쇼핑, 여가 활동을 하기 위해 시내로 갈 때 버스를 탄다. 앞으로 버스 노선이 증편되면 버스를 이용하는 주민들도 더 늘어날 것이다. 대중 교통 수단을 이용하는 편이 직접 차를 몰고 다니는 것보다 에너지 효율이 훨씬 높다. 하지만 운전하던 사람이 그 습관을 버리기는 쉽지 않다(시내에 볼일이 있을 때 자전거를 타거나 걷거나 버스를 기다리기보다는 자가용을 타고 가는 게 편하지 않은가. 게다가 비라도 오면 두말할 것도 없다). 현대 사회는 독립성과 기동성에 높은 가치를 두고 있다. 그런 상황에서 차에 대한 사람들의 애정은 커질 수밖에 없다. 동시에 국가의 기간 시설은 차가 없으면 안 되도록 건설되고 있다. 가장 환경을 걱정하는 사람들의 공동체인 이타카 에코빌리지 주민들도 여전히 차를 보유하고 매일 타고 다닌다. 미국 시민들에게 교통 수단은 아킬레스건이다. 하지만 우리는 환경을 위해 조금씩 노력하고 발전해간다. 이타카 에코빌리지의 입지조건은 그런 우리에게 큰 도움을 준다.

자체 고용

이타카 에코빌리지에서 자체적으로 고용이 이뤄져 에너지를 절약하고 있다. 게다가 지속 가능한 문화를 건설하는 데 필수적인 공동체를 이루는 데 큰 도움을 주고 있다. 최근 조사 결과, 이타카 에코빌리지의 경제 활동 인구 중 75% 이상이 적어도 마을에서 파트타임으로 일하고 있었다. 이타카 에코빌리지에는 다양한 일을 하는 사람들이 모여 있으니 놀랄 일도 아니다. 보육사, 환경교육가, 농부, 그래픽 아티스트, 친환경 건물 건축가, 자연요법의(醫), 프로그래머, 치료사, 작가 등 말하자면 끝이 없다.

자체 고용은 환경에 큰 도움이 된다. 사람들이 차를 타고 출근할 필요가 없기 때문이다. 또 복사기나 고속 인터넷 등 자원을 공유할 수 있어 사무실 집기를 구입하고 사용하는 전체 비용이 절감된다.

자체 고용을 하면 다양한 종류의 에너지를 절약하는 것 말고도 큰 장점이 있다. 덕분에 공동체를 하나로 묶어주는 유대감이 강화되는 것 같다. 언젠가는 이곳 주민의 80% 이상이 마을에서 일자리를 구할 수 있을 것이다. (이곳에는 신생아부터 고등학생까지 아이들 60명과 어른 102명이 산다. 이중에서 17명이 전업주부, 12명이 은퇴자다. 최근에 실직한 사람이 5명이고, 68명이 직장에 나가고 있다.) 다양한 사람들이 모여 있으므로 다양한 관계가 형성되었다. 마치 소규모 부족이나 뉴잉글랜드의 작은 마을 같은 느낌이다.

내부 경제

최근 들어 이타카 에코빌리지에서는 내부 경제가 급속도로 발달하고 있다. 우리 마을에서는 화폐와 물물교환을 함께 사용한다. 게다가 마을로 들어오는 돈은 '마을 내부를 돌면서' 상승 효과를 일으킨다. 예를 들면 이렇다. 자레드는 마을에서 컴퓨터 생명공학을 이용한 새 사업을 시작하기로 했다. 먼저 회사의 로고와 명함을 메간에게 의뢰했다. 짐은 회사의 홈페이지를 제작했고, 스티브는 데이터베이스를 만들었다. 사업을 시작하자마자 자레드는 눈의 피로를 호소하는 과학작가 크리슈나에게 무료로 컨설팅을 해주었다. 그 답례로 크리슈나는 이 책의 원고를 검토해주었다. 아마도 자레드에게 무료로 컨설팅을 받은 시간과 비슷할 것이다. 마이크는 자레드에게 컨설팅을 부탁했다. 마이크는 프로그래머인데 하루에 8시간을 꼬박 컴퓨터 앞에 앉아서 일했다. 마이크에게 받은 보수의 일부로 우리 식구는 웨스트 헤이븐 농장에서 먹을거리를 구입했다. 마을에서 번 돈은 결국 긴밀한 공동체의 삶에 도움을 준다.

마을에서 제공할 수 있는 서비스가 더 많아진다면 굳이 시내로 갈 필요가 없기 때문에 시간과 에너지를 절약할 수 있을 것이다. 더불어 '올바른 삶'을 살면서 공동체 주민들을 도울 수도 있다. 자신의 가치를 제대로 반영하는 만족스러운 일을 할 수 있기 때문이다.

이렇게 자신이 사는 곳에서 일할 수 있다면 당사자들뿐만 아니라 우리 지구에도 도움이 될 것이다.

토지 사용

토지 보존은 이타카 에코빌리지 비전에서 가장 기본적인 내용이다. 애당초 이타카 에코빌리지는 도시의 **스프롤 현상**에 효과적인 대안을 제시하려는 목적이 있었다. 우리는 전체 175에이커 중에서 90%를 보존하고 있다. 이 땅에는 유기농장과 숲, 초원, 습지가 모두 있다. 우리가 개발해서 사용하는 땅은 전체의 10%에 불과하다. 우리는 주거단지가 한 곳에 밀집되도록 설계했다. 주택 30채와 커먼 하우스, 주차 지역이 3~4에이커(1만 2141~1만 6188m²)에 들어섰고, 아직도 이 10% 내에서 개발할 땅이 있다. 우리는 그곳에 교육 센터나 사무용 건물을 지을 계획이다. 현재 55에이커는 영구 보존 지역으로 지정해놓았다. 우리는 그 면적을 넓힐 수 있기를 바란다. 그래야 후손을 위해 녹지를 물려줄 수 있기 때문이다.

서식지 복구

이제 이타카 에코빌리지의 설립 과정이 완료되어 기틀이 잡혔다. 우리는 서식지 복구 같은 문제에 눈을 돌렸다. 주변의 토지를 이전

스프롤(sprawl) 현상
대도시가 교외로 무질서하게 개발·확산되는 현상.

처럼 건강하게 복구하고 생물학적 다양성을 증가시킬 계획이다. 현재 버려진 건초 밭이 우리 땅을 대부분 차지하고 있다. 수십 년에 걸쳐서 지력을 고갈시키는 농법의 결과를 사람들에게 보여주듯이 아무짝에도 쓸모없는 건초더미가 관목 근처에 덩그마니 쌓여 있다. 농부들에게 건초를 베어주는 대신 그 건초를 주겠다고 해봤지만 아무도 응하지 않았다. 건초에 영양분이라고는 없었기 때문이다. 한 농부는 가져갈 가치도 없는 건초라고 대놓고 말했을 정도다.

우리는 미국 농무부(USDA)에서 소규모의 지원금을 받았다. 그 돈을 발판으로 최초로 12에이커(4만 8564m²)의 땅을 복구하기 시작했다. 우리는 지원금을 농부 존에게 주었고, 존은 우리가 차츰차츰 들여온 자생식물을 재배하기 시작했다.

역설적이게도 서식지를 복구하기 위해 외래종을 솎아낼 목적으로 온갖 살충제와 제초제를 사용해야 했다. 그래서 우리는 시간이 훨씬 오래 걸리는 방법을 택했다. 먼저 몇 단계에 걸친 복구 작업을 계획했다. 지력을 회복하기 위해 유기농법만을 사용했다. 주의 깊

ECOVILLAGE at ITHACA

개발에 희생될 뻔한 웨스트 힐

우리의 보금자리인 175에이커 면적의 웨스트 힐은 지금과 완전히 다른 모습일 수도 있었다. 1991년 이 땅의 소유주였던 레이크사이드 개발회사가 1에이커당 주택 150채를 지을 계획이었기 때문이다. 그렇게 되면 이 땅의 90%에 도로와 주택, 잔디밭이 들어서고, 나머지 10%는 이타카 시의 요구 사항을 이행하기 위해 공터로 남겨두었을 것이다. 그리고 분명 너무 습하거나 경사가 심해서 건축에 부적당한 땅이 그 10%에 들어갔을 것이다.

레이크사이드사가 제안한 것과 같은 개발은 미국 전역에서 일상화된 것이다. 이제 야생 동물이나 농업, 사람의 손이 닿지 않은 공터는 미국에 들어설 자리가 없다. 사람들은 차가 없으면 출퇴근을 못 하고, 아이들을 학교에 데려가지도 못한다. 쉬는 시간조차 차가 없으면 안 될 지경에 이르렀다. 사람들이 단순히 잠만 자는 곳에 불과한 공동체라면 얼마나 쓸쓸하겠는가. 하지만 이것은 '아메리칸 드림'의 전형으로 전 세계 공동체가 적극적으로 추진하는 개발 모델이다.

게 땅을 경작한 뒤 간작을 했다. 이런 과정을 통해 점차 토질을 개선하고 외래종을 서서히 몰아냈다. 이렇게 몇 년이 지나면 자생하던 풀밭을 다시 들여올 수 있을 것이다. 그러면 위험에 처한 지역의 자생종이 돌아오고, 생물학적 다양성도 증가할 것이다.

우리가 옮겨 심으려는 난지형 벼과 풀만 잘 자라준다면 수많은 새와 동물들이 이곳에 보금자리를 틀 수 있다. 난지형 벼과 풀은 자라면서 딱딱해지고, 1~2m까지 자라면 우아한 꽃이 핀다. 쌀먹이새, 들종다리, 푸른날개발구지 등은 벼과 풀줄기 사이에 둥지를 튼다. 쇠부엉이나 잿빛개구리매와 같은 포식자도 이 지역에 서식한다.

다른 프로젝트도 그랬지만 서식지를 복구하는 프로젝트도 처음 보기보다 훨씬 어려웠다. 일은 첫해부터 느리게 진행되었다. 농장의 트랙터로는 씨앗을 파종하는 데 쓰이는 **무경간농법**을 할 수 없었다. 봄은 비 오는 기간이 길고 강수량이 많아서 작업을 여름철로 연기해야 했다. 그런데 여름은 웨스트 헤이븐 농장이 가장 바쁜 시기라 존이 간작할 여유가 없었다.

하지만 우리는 최선을 다하고 있다. 일이 순조롭게 풀리기까지 오랜 시간이 필요할 수도 있으나, 앞으로 5년 정도면 키 큰 풀숲 사이로 쌀먹이새들을 볼 수 있을 것이다. 그리고 우리의 경험이 생태계를 복구하는 사람들에게 큰 도움이 되기를 바란다. 자연보호가와 조류학자, 토지 신탁에서 일하는 사람들이 우리의 경험을 바탕으로 또 다른 '녹지'를 이룩할 수 있기를 희망한다.

무경간농법(無耕墾農法)
밭을 갈지 않고 도랑에 씨를 심어 농사 짓는 방법.

수자원 보호

우리 마을을 둘러싸고 있는 무성한 신록을 보면 물 부족 문제가 그리 심각할 것 같지 않다. 하지만 여름 한철 가뭄으로도 우리는 물 절약의 중요성을 실감하기에 충분했다. 1에이커에 달하는 저수지의 수위가 1m나 내려간 것이다. 우리 마을에서 소비하는 물은 전형적인 미국 가정에서 소비하는 수준에 훨씬 못 미치는데도 말이다.

일단 우리는 하루에 사용하는 물의 양을 줄이기로 했다. 자연 발효 화장실을 사용하는 사람도 있었다. 우리 모두 재래식 화장실을 쓸 경우 물을 한 번 내리는 데 5.7ℓ면 충분하다. 우리 마을의 수도 꼭지는 수압이 낮다. 조경을 할 때는 물이 덜 필요하면서 수분을 많이 보존하는 종류의 식물을 주로 심었다. 주민들에게는 선선할 때만 정원에 물을 주라고 부탁했다.

물을 절약하기 위한 다른 방법은 빗물을 모으는 것이다. 주거단지의 배수관과 저습지를 통해 지붕에서 떨어지는 빗물과 저수지로 흘러드는 빗물을 모은다. 저수지의 물을 공동체 정원에 물을 주거나 양과 닭을 키우는 데 활용한다. FROG의 일부 주민들은 지붕에 홈통을 달고 빗물받이 통에 연결했다. 이 통에 모인 물로 정원을 가꾸기 위해서다. SONG의 주민들 반은 빗물을 지하의 수조에 모은다. 우리는 소중한 자원을 제대로 활용하는 방법을 배우고 있다.

먹을거리

먹을거리라면 이타카 에코빌리지는 최대한 친환경을 실천하고 있다. 직접 유기농 과일과 채소를 키우기 때문이다. 우리 농장에서 나지 않는 것은 유기농에 한해 단체로 구입한다. 정원에서는 텃밭을 가꾸고, 대규모 공동 텃밭도 만들었다. 집 주변에 먹을 수 있는 식물들이 둘러싸인 풍경은 직접 키워서 먹는 모습을 잘 보여준다. 작은 정원과 남쪽으로 난 격자 울타리에는 포도와 키위, 콩, 각종 덩굴식물이 자라고 있다. 하지만 먹을거리는 대부분 웨스트 헤이븐 농장에서 키운 것들이다.

우리는 농장의 풍성한 수확물을 애용한다. 커먼 하우스의 공동 식사 재료로는 제철 채소를 사용한다(4장 '유명한 튀김두부' 참조). 또 상당량의 수확물을 저장했다가 먹는다. 여름 한철에 토마토 230kg 을 저장할 수 있다. 우리는 이 토마토로 겨우내 맛있는 스튜와 수프, 스파게티 소스를 만들어 먹는다.

우리가 키우지 않는 먹을거리는 사 먹는다. 이타카 에코빌리지는 유기농 제품을 생산하는 유나이티드 내추럴 푸드(United Natural Foods)의 지역 대리점에서 저렴한 가격으로 유기농 식품을 구매한다. 한 달에 한 번씩 기다란 배달 트럭이 들르면 여자들과 아이들이 곡물이나 콩이 담긴 가방과 파스타 박스 등을 내리고 분류한다. 일부는 커먼 하우스로 보내고, 나머지는 각 가정으로 보낸다.

우리가 이렇게 열심히 유기농 작물을 키우고 구입하는 것은 이타카 에코빌리지의 삶을 더욱 지속 가능한 형태로 만들기 위한 기본적인 노력이다. 유기농법은 지력을 개선하는 효과가 있다. 이타카 에코빌리지에서 직접 키우든 사 먹든 유기농을 지원함으로써 자신의 건강을 돌볼 수 있을 뿐 아니라 우리의 손길이 절실한 지구의 건강마저 책임지고 있다.

지속 가능한 문화와 농업, 퍼머컬처

이타카 에코빌리지 프로젝트를 처음 시작한 1991년에만 해도 우리
는 **퍼머컬처**의 의미는 고사하고 그 단어조차 생경했다. 그러나 이
타카 에코빌리지의 설계에는 이 개념의 가치와 원칙이 큰 영향을
미치고 있다. 2004년호『퍼머컬처 매거진(Permaculture Magazine)』은
이타카 에코빌리지를 커버스토리로 다루었다. 영국에서 출판하는
이 잡지는 북미와 유럽 전역에 배급된다. 기사를 쓴 힐더 잭슨은 가
이아 트러스트와 국제 생태마을 네트워크(Global EcoVillage Network,
GEN)의 창립자이기도 하다. 그는 이타카 에코빌리지를 "이제껏 내
가 보아온 생태마을 중에서 가장 표준이라고 할 수 있는 두 곳 중
하나"라고 말했다.

그러면 퍼머컬처란 무엇인가? 퍼머컬처는 자연의 원리를 인간의
거주지에도 적용하려는 다차원적인 철학이라 할 수 있다. 퍼머컬처
의 목적은 지속 가능한 인간의 생태 시스템을 만드는 것이다. 이 시
스템은 자연의 다양성과 안정성, 회복력을 구현할 수 있으며 경제
적으로도 실용적이다. 퍼머컬처 원칙을 지향하는 사람들은 지구에
서 인간의 기본적인 욕구인 식량과 거처, 교육, 고용, 공동생활 등
을 해결하면서 지구를 소중히 여긴다. 이들은 이것이야말로 하나로
통합된 생활 방식이라고 생각한다. 퍼머컬처 디자이너들은 인간의
기본 욕구를 충족시키면서 자연을 보존하기 위해 땅에 대한 세부

퍼머컬처(permaculture)
퍼머컬처는 permanent와 culture 혹은 agriculture의 합성어로, 지속 가능한 문화와 농업을 의미한
다. 오스트레일리아의 생태학자 빌 모리슨이 주창한 퍼머컬처의 핵심은 땅을 살리고, 인간을 살리고,
이웃을 살리자는 것이다. 퍼머컬처를 지지하는 사람들은 사람과 동물, 건물과 초목의 '생태적 공존'
이 불가능하면 인간의 지속적인 삶도 불가능하다고 주장한다.

지식과 자원을 슬기롭게 사용하는 방법을 결합한다.

1997년 여름, 이타카 에코빌리지는 퍼머컬처 디자이너 데이브 제이크가 진행하는 2주 과정 워크숍을 후원했다. 워크숍 이후 많은 주민들이 그때 배운 기술을 실천하고 있다. '시트 멀칭(sheet mulching)' 이라는 경작법인데 워크숍에 참가하지 않는 주민들에게도 전수되었다.

시트 멀칭은 다양한 재료로 구성된 물질을 토양을 덮듯이 까는 방법이다. 이 물질들은 화학적 분해 작용을 일으켜 토양을 더욱 비옥하고 부스러지기 쉬운 상태로 만든다. 비옥한 토양이야말로 우리에게 꼭 필요한 것이다. 우리가 처음 FROG에 입수했을 때만 해도 땅은 딱딱한 빙하 같아서 곡괭이가 없으면 도저히 파내지 못할 정도였다. 건설 장비가 지나다니면서 다져졌기 때문이다. 이런 상황에 시트 멀칭은 큰 도움이 된다.

멀칭을 위해 마련한 재료를 여러 겹 땅에 깐다. 먼저 토양 첨가제로 사용하는 녹사(green sand)를 땅에 뿌리고, 그 위에 골판지를 깐다. 지렁이들은 이런 골판지를 매우 좋아해서 집으로 삼는다. 그래서 골판지 안에는 수많은 지렁이 터널이 생긴다. 골판지 위에 퇴비를 덮고 정원에서 사용하는 뿌리 덮개(garden mulch)용으로 나온 물질을 뿌린다. 여기까지 작업을 마치면 골판지를 들어낼 필요 없이 구멍을 내서 다년생식물을 심으면 된다.

이런 농법을 활용하면 정원 손질이 훨씬 간편하고 토질이 개선된다. 골판지는 씨앗을 눌러주고, 뿌리 덮개로 사용된 재료들은 수분을 흡수해 머금고 있다. 그대로 내버려두면 10년이 걸릴 일을 표토(表土)로 사용된 재료들이 순식간에 해결해주는 것이다.

우리는 주로 각자의 정원이나 텃밭에서 시트 멀칭을 활용했다. 하지만 퍼머컬처는 대규모로도 실시할 수 있다. 1998년 SONG의 주민들은 데이브에게 부지 설계에 대한 도움을 받았다. 그는 며칠간 부지를 둘러보았다. 앞으로 SONG가 들어설 부지에서 야생 환경을 조사하기 위해서였다. 물길과 바람의 방향을 조사했고, 공동 텃밭을 꾸밀 수 있는 후보지를 물색했다.

SONG 부지에 대한 조사가 끝나자 데이브는 우리에게 몇 가지 조언을 했다. 먼저 SONG를 숲 근처에 지으라고 권유했다. 그러면 겨울철 매서운 북풍을 막을 수 있다는 것이다. 데이브는 SONG의 건물들과 들판을 야생 동식물의 거주지로 나누는 분수계(分水界)에서 멀리 떨어뜨려야 한다고 생각했다. 그렇게 배치해야 야생동물들이 자연적으로 난 길을 따라 숲으로 다닐 수 있다는 것이다. 그는 또 두 거주단지 사이의 빈터를 그대로 두라고 권고했다. 그 공간은 이타카 에코빌리지가 마을로서 기능하기 위해 꼭 필요한 장소라는 것이다. 우리는 그의 조언을 염두에 두고 SONG의 건설을 시작했다.

2004년 가을, 우리는 퍼머컬처의 개념에 대해 다시 한번 배울 기회가 있었다. 일본 퍼머컬처 연구소(Permaculture Institute of Japan)의 기요카즈 시다라 소장이 한 달간 우리 마을에서 생활한 것이다. 우리는 이타카 에코빌리지에 대해 가르쳐주고, 그는 퍼머컬처 농법을 가르쳐주었다. 그는 SONG의 조경에 대해 많은 조언을 해주었으며, 세 번째 주거단지와 교육 센터 건설에 대해 소중한 의견을 제공했다. 현재 우리 마을에는 퍼머컬처 농법을 배우는 주민이 두 사람 있다. 언젠가 이타카 에코빌리지에 퍼머컬처를 제대로 접목할 날이 오리라 확신한다.

다양한 모델들

이타카 에코빌리지의 부지가 넓어서 우리는 다양한 모델을 실천해 볼 수 있었다. 프로젝트를 실현하면서 '살면서 배운다'는 태도를 직접 실천했다. 조감도를 보면 공동 거주단지, 교육 센터, 마을회관 과 농장 등 마을 전체가 들어 있다. 이곳에서 새로운 실험을 할 때 마다 우리는 고유의 장단점을 배운다. 이런 시행착오를 거쳐 우리 에게 가장 잘 맞는 것이 무엇인지 알 수 있다. 우리의 성공과 실패 는 다른 사람들에게도 분명 도움이 될 것이다. 확실한 것은 이타카 에코빌리지의 비전을 추구하는 과정에서 우리는 생태와 자연의 지 속 가능성을 모두 구현할 수 있는 길을 택힐 것이라는 점이다.

ECOVILLAGE ITHACA
환경 친화적인 건물

이타카 에코빌리지의 주거단지는 기본적인 '그린 디자인' 원칙을 활용한 좋은 예다. 무엇보다도 가옥들을 조밀하게 지어서 물리적 발자국(physical footprint)을 줄일 수 있었다. 커먼 하우스에 공동으 로 사용하는 대식당, 응접실, 손님방, 아이들의 놀이 공간, 공동 세 탁소 등 주거 · 작업 공간을 마련함으로써 개인용 주택의 크기를 최 소화했다. 적어도 개인 주택에 이런 공간을 더 마련할 필요가 없다.

둘째, 에너지를 절약할 수 있도록 주택을 설계했다. 모든 주택이 남향이라 햇빛을 많이 받는다. 남쪽으로 난 2중 혹은 3중 통유리 벽 은 겨울철에 태양열을 최대한 흡수한다. (우리가 처음 입주했을 당시 나는 기자에게 이런 농담을 한 적도 있었다. 구름이 많이 끼는 이 지역에서 사람들이 햇빛을 충분히 받지 못하기 때문에 우리는 이렇게 햇빛을 많이 볼 수 있는 집에 산다고 말이다.) 또 내물림 지붕으로 여름에 빛을 덜 받게 함으로써 실내가 시원하고 쾌적하다. 복식 가옥은 2채가 외부의 벽 하나를 공유하기 때문에 건물의 표면적을 줄여서 냉난방 비용도 절약할 수 있다. 난방 시스템을 함께 사용하여 보일러 효율도 극대화할 수 있다. SONG에서는 지하실 통로가 북쪽 벽에 단열 효과를 보강해준다. 게다가 남쪽으로 난 창으로 보이는 광경은 무척 아름답고 생기에 넘친다.

우리 마을의 에너지 절약은 정말 인상적이다. FROG는 미국 북동부의 일반 가정에 비해 가스와 전기를 대략 40%나 적게 사용한다. 야간에 난방 온도를 낮추고 뜨거운 물을 적게 쓰는 것만으로도 에너지를 20% 더 절약할 수 있다. 아직 구체적으로 밝힐 단계는 아니지만 앞으로 SONG는 최신 기술을 활용해 FROG보다 많은 에너지를 절약할 수 있을 것이다.

셋째, 우리는 건축 자재와 마감재로 환경 친화적인 자재를 사용한다. 건축 자재는 기술이 발전함에 따라 항상 바뀐다. 새로운 환경 친화적 자재를 선택하기 위해 방대한 자료 조사부터 해야 한다. FROG와 SONG는 특별위원회를 구성해서 이 조사 작업을 전담케 하고 있다. 위원회는 조사 내용과 함께 권고 사항을 보고하며, 주민들은 이 내용을 바탕으로 최종 결정을 내린다. 설계 단계부터 우리는 엄청난 선택을 감수해야 한다. 주민들의 건강과 환경에 좋을 뿐만 아니라 예산에도 맞는 자재를 선택하기 위해서다.

난방 시스템은 우리의 선결 과제 중의 하나였다. FROG에서 가장 많이 논의된 대상도 '열 회수 환기장치(heat recovery ventilator, HRV)'였다. 건물을 환기하면서 다 쓴 열을 회복하는 이 장치는 FROG를 건설할 당시 매우 고가였다. 주민위원회에서는 초기 설치 비용을 위해 앞으로 30년 동안 돈을 모아야 할 것이라는 계산 결과를 내놓기도 했다. 당시에는 HRV가 난방 분야에서 크게 부각되지도 않았기 때문에 설치할 필요성을 느끼지 못했다. 그러나 6년 후 SONG를 건설할 무렵에는 HRV가 매우 발전했고 가격도 상당히 떨어진 상태라 SONG는 대형 HRV를 설치하라는 권고를 받았다.

건물의 골재도 신경 써야 할 부분이었다. FROG 주민들은 기본적인 조립식 건축을 선택했다. 그리고 이중 벽을 설치하여 그 속에는 신문지를 재활용한 셀룰로오스 단열재로 채웠다. 그러나 SONG의 주민들은 구조적 절연 패널 시스템(structurally insulated panels, SIPs)을 사용했다. 이 패널은 FROG를 건설할 당시 그리 널리 알려지지 않은 새로운 자재였다. SIPs는 보온재 겸 콘크리트 거푸집(insulating concrete form, ICFs)과 반대되는 제품이다. SIPs는 기포단열제가 1.2×2.4m 크기의 패널 내부를 채우고 있다. 이 패널은 **배향성 스트랜드 보드(OSB)** 2장 사이에 샌드위치처럼 끼어 있다. SIPs는 천연 건축 자재는 아니지만 매우 환경 친화적이다. 하루면 벽을 세울 수 있으며, 신속하게 가옥의 마감재를 설치할 수 있다. 게다가 습기 문제도 거의 발생하지 않는다. SIPs는 목재 사용을 줄이면서 주택의 기밀성(氣密性)을 높여준다. 포름알데히드 접착제로 제작되었다는 단

배향성 스트랜드 보드(oriented strand board, OSB)
내수성 접착제를 사용하여 목편을 판재의 형태로 적층한 것. 질이 낮은 목재를 활용하기 때문에 대규모 벌목을 줄일 수 있다.

점이 있지만, 포름알데히드 접착제는 매우 다양한 제품이 나와 있기 때문에 우리는 최대한 유독성이 없는 것으로 골랐다. FROG의 조립식 골조와 SONG의 SIPs는 서로 다르지만 구조적으로 견고하며, 두 곳의 공동주택에 적합하다는 점에서 일치한다.

우리가 심사숙고한 또 다른 자재는 단열재(미 동북부의 구름이 많이 끼는 날씨에는 특히 중요한 부분), 가전제품, 도료(塗料) 등이었다. 실내 환기 문제도 해결 과제였다. 이와 관련하여 주민위원회는 모든 가능성을 철저히 조사했다. 주민들은 제품과 자재마다 생산이나 운송

ECOVILLAGE at ITHACA

SONG 1기

2001년 가을　어느 선선한 가을날, SONG의 주택 14채의 기초 공사가 시작되었다. 이 14채야말로 진정한 이타카 에코빌리지 스타일이라 할 수 있었기에 우리는 이 공사를 '1기'라고 불렀다. 커먼 하우스에서 저녁식사를 마치고, 우리는 SONG가 들어설 부지에서 '에코 블록™' 파티를 거행할 예정이었다.

에코 블록™이라는 말에 '레고' 같은 플라스틱 장난감을 상상하면 안 된다. 이 블록은 특별한 ICFs라 할 수 있다. ICFs는 커다란 폴리스티렌으로 만들어졌는데, 일반 돌로 만든 벽돌보다 훨씬 가볍고 단열 효과도 뛰어나다. 이 블록은 높이나 길이가 다양하다. 우리가 사용하는 블록은 높이 40cm에 길이 120cm다. ICFs는 열 저항(R-value)이 기준치를 훨씬 능가하며 화재와 지진, 흰개미에 매우 강하다.

가운데를 뚝 잘라서 속이 빈 블록을 벽처럼 쌓아보았다. 주로 기초 공사에서 콘크리트를 부을 때 사용하는 틀 같았다. 건설이 시작되면 인부들이 이 블록에 보강용 강철봉을 박고 콘크리트를 부어 강화한다. 종전의 목재 틀은 나중에 분리해서 제거하지만, ICFs를 쓰면 그럴 필요가 없다. ICFs가 영구적으로 남아 건물 기초에서 단열을 강화하기 때문이다.

우리는 ICFs를 기초 공사가 한창인 곳으로 옮길 것이다. 나는 사람들이 작업할 곳을 편평하게 만들고, 친구와 함께 순서대로 블록을 꺾기 시작한다. 손을 보호하기 위해 장갑을 꼈지만 사실 장갑은 필요 없다.

이것이 바로 나의 건축 프로젝트다! 2시간 동안 어른 15명, 아이들 3명, 등에 업힌 아기 한 명과 개 2마리로 구성된 작업반이 기초 공사용 단열재를 쌓는 것이다. 나는 비밀스러운 즐거움에 흠뻑 빠졌다. 작업은 단순한 동작의 반복이지만 마치 5살배기 어린이가 된 것처럼 흥겹다. 나는 그 나이에 나무로 된 블록으로 집짓기를 제일 좋아했기 때문이다.

2002년 여름　크리스와 모니가 자신들의 통나무집 설계를 어느 정도 마무리했다. 이제 작업을 수주 받은 사라 하이랜드가 건축 작업을 감독할 것이다. 주민 20명과 지역 신문

에 든 총 에너지를 고려했다. 현지에서 구매할 수 있는지도 계산에 넣었으며, 에너지 효율이 큰 전자제품을 선택했다. 도료는 실내의 환기 상태에 도움이 되고 가스를 방출하지 않는 제품으로 골랐다. 우리는 장차 각종 설비를 직접 개조할 수 있기를 바랐다. 그래서 FROG와 SONG의 배관이나 전기 배선은 대충 틀만 잡도록 설치했다. 기술이 개선되어 좋은 제품이 나오면 언제라도 쉽게 대체할 수 있도록 말이다. 그 예로 광전지, 태양열 온수기, 중수도 회수 시스템(graywater recovery system) 등을 들 수 있다. 주민들의 광범위한 조

기자 한 명이 작업을 도우려고 나왔다. 사라가 손으로 눈금을 새긴 들보들은 거대하다. 이 정도 크기의 들보를 어떻게 지붕 높이로 들어올리는지 신기할 따름이다. 하지만 사라는 아무 경험도 없는 우리가 불가능해 보이는 일을 제대로 해낼 수 있도록 철저히 준비했다.

경험의 힘이란 얼마나 대단한 것인가! 나와 여자 4명이 한 팀을 이뤘다. 사다리에 올라간 2명과 함께 우리는 힘껏 들보를 제자리로 들어올린다. 우리 팀의 작업을 끝내고 뒤로 물러서서 다른 팀이 작업을 반복하는 모습을 보니 기적과 같이 느껴졌다. 우리는 기록적인 스피드로 모든 작업을 마쳤다. 다음주에 크리스의 사진이 지역 신문에 실렸다. 사진에서 크리스는 새 집의 벽을 배경으로 서 있었다.

SONG 2기
2002년 겨울　거대한 트럭이 SONG의 주차장으로 들어왔다. 짐칸에는 '2기' 복식 주택 한 채에 쓰일 짚단이 가득 쌓여 있다. 통나무 골조는 세워진 상태. 우리는 트럭에서 화물을 내려 창고로 옮긴다.

나는 지금 짓고 있는 두 집에서 살 주인들을 바라보았다. 조와 그레이엄은 환하게 웃고 있다. 두 사람과 조의 아내 미셸은 이타카 에코빌리지에서 짚단을 건축 자재로 사용하기 위해 열심히 일했다. 이들의 결정은 혁신적인 것이었다. 이날이 오기까지 수많은 장애물을 힘겹게 넘어왔다. 하지만 이렇게 짚단을 내리고 있으니 그동안 고생한 보람이 느껴졌다. 우리는 이제 겨울이면 집 안이 얼마나 후끈 달아오르겠냐며 농담을 했다. 그러면 창문을 다 열어놓아야 할 것이라고 덧붙였다.

ICFs와 통나무 골재, 짚단은 모두 제각각 뛰어난 '환경 친화적 건축물'에 쓰인다. 하지만 환경 친화적 건축물의 재료는 이것이 전부가 아니다. 환경 친화적 건축물이란 자연 친화적인 건축물과 사려 깊은 토지 이용, 이용 계획을 아우르는 디자인 철학이라 할 수 있다.

SONG 주택의 절반가량에는 태양에너지에서 전기를 얻을 수 있는 광전지 판이 설치되었다.

사와 토론, 선택 작업은 결과적으로 성과를 거두었다. FROG와 SONG의 입지와 에너지 효율성, 각종 자재와 주거 환경의 환경 친화성 모두 뛰어나기 때문이다.

FROG와 SONG : 우리의 선택과 그 결과들

FROG와 SONG의 주민들은 서로 다른 과정을 거쳐서 자신의 집을 완성했다. 이 사실은 그리 놀랍지 않다. FROG의 주민들은 설계 과정부터 의사 결정에 적극적으로 참여했다. 하지만 설계 과정이 제한적이었으며, 건축 과정도 책임을 지던 건축업자들이 진행했다.

이타카 에코빌리지 최초의 주민 단체인 FROG는 운 좋게도 하우스크래프트 빌더사의 개발 매니저 제리와 클라우디아 위스버드 부부를 만났다. 두 사람은 많은 점에서 FROG와 잘 맞았다. 건축가이자 건설업자인 제리는 주택 개발에 대해서 속속들이 알았고, 비용에 맞춰 건축을 진행하는 능력까지 겸비했다. 클라우디아는 전략 수립과 공동 진행 경험이 풍부했고, 법적인 지식도 해박했다.

위스버드 부부는 20년간 이타카 지역의 저가 주택 건축 분야에서 경력을 쌓아왔다. 환경 문제에 대해 우리와 의견을 같이했고, 자신들의 공동체를 위해 집을 지어본 경험도 있었다. 그들과 우리가 뭉치면 손발이 척척 맞았다. 두 사람은 뉴욕 주 최초로 코하우징 공동체를 계획하고 건설하는 과정에 따르는 온갖 난관을 극복하며 우리를 능숙하게 이끌었다.

일부에서는 위스버드 부부의 확고한 지도력에 불만을 터뜨리기도 했다. 하지만 당시 우리에게는 그런 리더십이 필요했다. 두 사람은 우리에게 명확한 데드라인을 정해주었다. 그 시간표에는 주택 설계에서 자재 선택과 커먼 하우스 설계까지 전 과정이 포함되었다. 톰킨스 신탁회사가 우리 프로젝트에 재정을 지원하도록 설득한 것도 그들의 작품이었다.

설계 작업이 진행되는 동안 우리는 제리에게 소규모 자연형 태양열 주택을 만들어달라고 요청했다. 집이 완성되면 환하고 공간을 넓게 활용할 수 있을 것이다. 나는 제리가 그 요청을 훌륭하게 이행했다고 생각한다. FROG에 속하는 기본 주택 5채는 설계가 매우 다양하다. 84m²(25평)에 침실 하나짜리 집이 있는가 하면, 152m²(46평)에 침실 5개가 딸린 집도 있다. 거의 모든 주택에 3중 통유리 벽이 남쪽을 향해 나 있고, 천장은 골조가 겉으로 드러나는 대성당 구조다. 그래서 집 안이 환하고 답답한 느낌이 들지 않는다. 1층과 2층 사이에 1층 거실로 난 중이층(中二層)을 두었는데, 이 부분은 작업실로 적합하다.

FROG의 주택은 대체적으로 규격화된 느낌이다. 제리와 클라우디아는 공사 일정을 확실하게 정했다. 우리가 일정을 정하지 않으면 두 사람이 대신 해줄 것이라고 확신했다. 그 결과 개인의 개성이 드러나지 않고 규격화된 집을 얻는 대신 예산에 맞는 선에서 집을 지을 수 있었다. SONG에 비해 FROG의 주택은 더 작고 획일적이며 저렴하다. 환경적인 면에서도 떨어진다. 광전지나 자연 발효식 화장실의 활용 면에서 말이다. SONG의 주민들과 달리 FROG의 주민들은 '내 손으로 집을 짓는 데 따르는' 즐거움이나 고충을 겪지 않았다.

SONG의 설계와 건축 과정은 비교적 느슨했다. 덕분에 FROG에 비해 입주자들이 많이 관여하고, 더 많은 개성을 발휘할 수 있었다. 그만큼 고충도 많았다. 우리는 제일 먼저 경험이 많은 주택업자를 찾았지만, 적임자를 구할 수가 없었다. 그래서 로드 램버트와 내가 최종적으로 프로젝트를 책임지게 되었다. 우리의 임무는 공사 시작 단계까지 프로젝트를 끌고 가는 것이었다(6장 참조). 로드와 나는 경험이 없는 대신 더 열심히 일했다. 이타카 시의 건축 허가도 비교적 쉽게 받았고, 부지와 주택 설계, 마케팅, 재정 문제도 수월하게 해결했다.

하지만 설계는 그리 쉽지 않았다. 환경 친화적 자재를 이용한 소형 주택 설계를 전문으로 하는 매사추세츠의 건축설계사 메리 크라우스가 SONG의 구체적인 도면을 마련했다. 하지만 SONG의 최초 입주 예정자들 중에서 탈퇴자가 나오고 새로운 멤버들이 합류하자, 입주 예정자들은 크라우스를 재고용하지 않기로 결정했다. 그가 너무 멀리 떨어져 있어서 지속적인 관계를 유지하기 어렵다는 것이 입주 예정자들의 중론이었다. 대신 로드 램버트는 입주 예정자들이 각자의 집을 개성에 맞게 바꾸는 작업을 도왔다. 그 작업이 완료되자 다른 설계사가 설계를 마무리했다.

SONG의 공사가 시작될 무렵, 로드와 나의 임무는 비로소 끝났다. 로드는 계속해서 공사의 진행을 도왔지만, 나는 안도의 한숨을 쉬며 '내 아기'를 공사 담당자에게 맡겼다. 이제 골치 아픈 문제를 해결하기 위해 한밤중에도 일어날 일은 없을 것이다.

SONG의 입주 예정자들은 공사 책임자로 마이크 카펜터를 고용했다. 마이크는 건축 공사 경험이 풍부했으며, 이 지역에 연줄이 많았다. 게다가 태양열 기술에 대한 해박한 지식을 우리 프로젝트에 훌륭하게 접목했다. 마이크와 SONG의 입주 예정자들은 팀을 이뤄 구성원들의 참여가 절실한 과정을 잘 진행했다. 이 과정에는 건축 공사와 재정·하청 문제를 비롯하여 **보조주택** 관리 문제 등도 포함되었다. SONG의 입주 예정자들 중 많은 사람들이 **'노동 제공형 가옥 소유제도'**를 통해 자신들이 살 집을 직접 지었다. 이들 중에는

보조주택(subsidizing housing)
저소득층 개인이나 가정용으로 임대하기로 도시개발국(HUD)과 계약을 체결한 주택. 입주자가 임대료의 30~40%를 지급하고 나머지는 HUD에서 보조함.

노동 제공형 가옥 소유제도(sweat equity)
황폐한 건물에 입주자의 노동력을 부가시켜 일정 기간 염가 임대 후 소유권을 부여하는 정책.

온전히 자신들이 집을 지은 부부도 2쌍이나 된다.

SONG의 건설에 입주 예정자들이 적극적으로 참여한 결과는 그들이 대부분 집을 지어본 경험이 없었음에도 불구하고 놀라웠다. 자재를 결정하는 일을 각자의 선택에 맡긴 덕분에 온갖 제품들이 건축에 사용되었다. 골조는 어떤 것을 사용하나? 지붕과 바닥은 무엇으로 하나? 마감재는? 새것 혹은 재활용품을 사용하나?… 선택은 끝이 없었다. 건축에 책임을 지는 사람이나 업자는 아무도 없었다. 예산과 시공 일정 또한 맞춰지지 않았다.

표준이 되는 주택의 크기와 설계상의 특성에 대한 합의가 되지 않았기 때문에 SONG의 입주 예정자들은 비용이 얼마나 더 드는지 제대로 알지도 못하고 구조를 바꿨다. 여기에는 창을 내고, 저기에는 명상 전용 다락방을 내고 이런 식이었다. 결과적으로 집이 완성되었을 때 쓸데없이 크거나 예산을 훨씬 초과한 경우가 많았다. 안타깝게도 일부 주민들에게 이로 인한 감정적이며 재정적인 부담이 아직까지 후유증으로 남아 있다.

말도 많고 탈도 많았지만 SONG는 개성이 뚜렷하고, 개인의 취향과 선택이 잘 반영되었으며, 입주자들의 노고가 배어 있었다. 아내

ECOVILLAGE *at* **ITHACA**

어제 비가 억수같이 퍼붓더니 오늘은 인동덩굴에 부드러운 새잎이 돋았다. 남향으로 난 옆집의 앞마당에는 수선화가 햇빛을 받아 꽃망울을 터뜨렸다. 하지만 우리 정원의 수선화는 앞으로 2주 정도 더 있어야 꽃을 피울 것 같다. 우리 정원은 북쪽을 향해 있어서 집의 그늘이 지기 때문이다. 어느새 푸른 하늘을 배경으로 만개한 단풍나무의 붉은 꽃이 시선을 사로잡는다. 이타카 에코빌리지의 저수지에서 청개구리들이 합창을 한다. 그 속에 새들의 지저귐과 SONG를 짓는 건축 장비들의 소리가 섞여 들려온다. 오늘은 재킷을 입지 않아도 산책할 수 있을 정도로 따뜻하다. 드디어 봄이다!

― '저널 엔트리', 2002년 봄

와 함께 자신의 집은 물론 다른 주민들의 집을 짓는 데도 참여한 로브 챔피언은 말했다.

"직접 집을 짓다 보면 꼭 거쳐야 할 통과의례와 같은 순간이 있습니다. 가슴이 벅차오르는 순간이죠. 저뿐만 아니라 다른 이웃들도 이 순간이 얼마나 의미심장한지 잘 알고 있습니다. 자기가 먹을 것을 직접 재배하는 사람들이 많지 않듯이 자기 집을 직접 짓는 사람들도 별로 없기 때문이죠."

이타카 에코빌리지를 건설하면서 겪었던 다른 일들처럼 FROG와 SONG를 만드는 일은 우리에게 많은 교훈을 남겼다. 세 번째 주거단지는 앞의 두 경우를 절충한 방법을 신택하지 않을까 싶다. 시공의 전 과정을 일임한 책임자가 계획을 이끌어가면서 자신의 집에 대한 입주 예정자들의 취향을 반영할 수 있는 방법으로 말이다.

재활용

지속 가능성을 논의하는 자리에서 재활용 문제를 빠뜨릴 수 없다. 이타카 에코빌리지에서는 상세한 재활용 프로그램을 확립했다. 다음 글에서 볼 수 있듯이 재활용은 이곳의 일상과 관계에 아주 잘 들어맞는다.

2002년 7월

어김없이 재활용 날이 돌아왔다. 나는 길 맞은편에 있는 창고에서 정원용 수레를 가져왔다. 그 수레에 퇴비, 신문, 유리, 금속, 플라스틱과 잡동사니를 반 자루 정도 실었다. 수레가 망가지지 않아 정말 다행이다! 다 실어도 별 힘 들이지 않고 한 번에 옮길 수 있을 정도다. 오늘도 쾌청한 여름날이다.

옆집 정원을 지나가면서 아름다운 꽃들을 부러운 눈빛으로 바라보았다. 그 정원에는 매주 새로운 꽃들이 피었다. 첫봄에는 크로커스와 튤립이 피고, 여름과 가을에는 딥 퍼플 아이리스가 제철을 맞는다. 지금은 하얀 데이지와 황금색 달맞이꽃이 한창이고, 장미와 라벤더가 만개했다. 라벤더는 천상의 향기를 발한다. 걸음을 멈추고 꽃을 톡 건드려본다. 라벤더 향이 물씬 풍긴다. 흐드러진 꽃들 사이로 희고 작은 나비들이 안개처럼 맴돌고 있다. 내가 만약 곤충이 된다면 바로 이런 광경 때문이리라.

수레를 끌고 간이 차고 뒤쪽을 지나 퇴비를 저장하는 장소로 갔다. 우리는 주방에서 나오는 온갖 음식물 쓰레기로 퇴비를 만든다 (설치류가 모일 수 있는 육류는 제외한다). 음식물 쓰레기를 덮는 것에 대해 사람들이 불평을 한다. 난 그런 말을 들으면 짜증이 난다. 음식물 쓰레기가 '검은 황금'과도 같은 퇴비가 되려면 이렇게 하는 것이 옳다.

'녹색 물질'이 '갈색 물질'로 변하고 있었다. 옥수수자루나 베이글처럼 음식물 쓰레기 중에서도 덩어리가 큰 것은 잘게 썰고, 달걀 껍데기 같은 것은 부숴서 버려야 한다. 그래야 더 빨리 퇴비가 되기 때문이다. 그런 다음에 쓰레기를 낙엽과 짚 같은 재료로 덮어야 한다. 모든 재료가 제대로 섞이지 않으면 퇴비 재료의 온도가 올라가지 않는다. 재료가 잘 섞이면 온도가 쉽게 올라가서(60~71℃까지 올라간다) 땅에 이로운 물질이 풍부한 퇴비가 된다. 완성된 퇴비는 아무 냄새도 나지 않고, 정원에서 사용하기 좋은 상태가 된다. 나는 퇴비를 만드는 데 일조한 뒤 잘 덮어주었다. 그리고 친구를 만나 잠시 수다를 떨고 재활용품 집하장으로 향했다.

공동 집하장은 커먼 하우스의 한쪽에 있다. 수많은 시행착오를 겪은 뒤 우리는 집하장의 면적을 대폭 넓혔다. 현재 이곳에는 매주 3m³의 물건이 들어온다. 주민 160명이 사는 것치고 많지 않다. 우리와 비슷한 규모의 미국 가정에서 나오는 양에 비하면 4분의 1 수준이다. 하지만 여전히 개선의 여지가 많다는 생각이 들었다.

이곳의 상황을 개선하는 과제는 내게 큰 모험이었다. 일단 나부터 생활 쓰레기를 줄여야 했다. (나는 재활용에 내는 플라스틱 용기를 다시 씻기 귀찮아한다. 살펴보니 우리 집 쓰레기는 대부분 플라스틱이었다.) 하지만 먼저 매주 우리 공동체가 버리는 쓰레기의 양을 알아야 했다.

이 조사에 자원한 가정에서 버리는 쓰레기와 재활용품, 매주 나오는 퇴비의 양을 측정하고 알아낸 사항들을 기록하여 목록으로 만들 학생이 필요했다. 그 목록은 매우 유용한 자료다. 앞으로 비교 사항을 위한 기초 자료는 물론, 지금 나오는 쓰레기를 더욱 줄이는 계기로 활용할 수 있기 때문이다. 어쨌든 지금은 재활용품 집하장으로 가야 할 시간이다.

나는 로브에게 손을 흔들며 인사했다. 로브는 바쁘게 사다리를 오르락내리락하며 SONG의 간이 차고를 만들고 있다. 그는 뭔가를 짓는 일이 야외에서 경험하는 모험 같다고 말한다. 마지막에 보여줄 수 있는 뭔가를 만드는 점을 제외한다면 말이다. 로브는 하루 종일 밖에 있으면 위험하긴 하지만 창의적이 된다고 말한다. 그는 확실히 집 짓는 재미에 흠뻑 빠졌다. 나는 인사를 하고 다시 발길을 재촉했다.

간이 차고가 끝나는 곳에 있는 재활용품 집하장은 헛간의 커다란 미닫이문이 달려 있다. 신문과 골판지 상자를 담는 수거함, #1과 #2라고 번호를 붙인 플라스틱 수거함, 금속과 유리 재활용품을 수거하는 용기가 있다. 벽에는 자전거들이 못에 걸려 있다.

돌아오는 길에 재활용 방에 가보기로 했다. 방이라고는 하지만 실은 커먼 하우스에 있는 벽장이다. 그곳에 주민들이 내놓은 옷과 신발, 장난감 등을 보관한다. 새것이나 다름없는 등산화가 내 발에 딱 맞아서 매우 기뻤다. 옷장에 넣어둔 청바지를 다른 사람이 입을 수 있도록 가져와야겠다고 생각했다.

커먼 하우스의 베란다에 서니 농장에 있는 큰 바구니가 눈에 들어왔다. 그 바구니에는 '맛있게 드세요!'라고 적혀 있고, 안에는 CSA 직거래 장터에서 남은 깍지완두가 들어 있다. 나는 기꺼운 마음으로 완두를 퍼 담았다. 그리고 한술 더 떠서 시식을 해보았다. 하루나 이틀 정도 지난 깍지가 약간 흐물흐물했지만 여전히 여름의 맛을 간직하고 있었다. 깨물자마자 입 안에 싱그러운 채소의 향긋함이 감돌았다. 나는 연신 콩을 씹으며 수레를 창고로 끌고 갔다.

아이들 몇 명이 그네 근처에서 놀고 있다. 나는 아이들에게 닭 모이 주는 것을 도와달라고 부탁했다. 사실 부탁하려니 조금 멋쩍기도 했다. 이곳에서 산 지 벌써 5년이 되었지만 한 번도 아이들에게 이런 부탁을 해본 적이 없기 때문이다. 아이들에게 부탁하려면 약간의 기술이 필요한 것이 아닌가 싶었다. 그러면 아이들이 더 잘할 것 같았다. 얼마 전에 다섯 번째 생일을 맞은 모건이 도와주겠다고 했다. 우리는 모건의 생일 파티에 대해 떠들면서 닭장으로 갔다.

닭들을 보니 웃음이 터져 나왔다. 모건은 내게 모이를 작게 부숴 던져주는 거라며 시범을 보였다. 닭들이 모이를 먹으려고 달려오는 모습을 보니 다리 사이에 수박을 끼우고 전속력으로 달려오는 사람들 같았다. 5마리가 굶어 죽을 뻔했던 것처럼 내가 가져온 딱딱해진 블루베리 팬케이크 주위로 몰려들었다. 다음에는 빵을 좀더 가져와야겠다고 생각했다. 모건에게 도와줘서 고맙다고 인사하고 집으로 돌아왔다.

이 글을 읽은 당신은 내가 별것 아닌 허드렛일을 했다고 생각할지 모른다. 하지만 나는 절대 허드렛일이라고 생각지 않는다. 하루 동안에 이웃들의 모습을 볼 수 있었고, 친구들과 담소를 나눴으며, 모건을 만나 신나게 웃었다. 재활용품을 모으고 남은 음식물 쓰레기로 퇴비를 만들어서 지구를 건강하게 살찌우는 데 조금이나마 기여도 했다. 그리고 닭에게 모이 주는 법까지 익혔다!

ECOVILLAGE at ITHACA
친구와 이웃들을 감화시키기

우리가 하는 일들은 다른 사람에게도 큰 영향을 미친다. 한 사람이 '환경 친화적인 생활'을 하면 물결처럼 퍼져 다른 사람들의 생활 방식을 바꾸게도 한다. 예를 들면 이런 것이다. 우리 가족은 4명으로 이타카 에코빌리지에 이사 올 당시 자가용 2대가 있었다. 자레드와 나의 직장은 각기 다른 곳에 있었고, 아이들도 교통편이 좋지 않은 각기 다른 학교에 다녔다. 눈이 오는 날 아침 6시에 아이들을 깨워서 버스 정류장까지 0.8km를 걷게 만들어 불평을 들으니 차로 학교까지 데려다주는 것이 편했다. 퇴근하면 마트에 들렀다가 운동 연습을 하는 제이슨을 데려오고, 체육관으로 자레드를 데리러 갔다. 그리고 온갖 볼일을 보느라 여기저기 들렀다. 우리는 여기저기 갈 곳도 많은 평범한 미국의 가정에 불과했다.

그러던 어느 날, 이타카 에코빌리지의 다른 가정들이 차를 한 대만 사용하는 것을 알았다. 물론 쉬운 일이 아니었을 것이다. 그래서 2년 후 내 차가 주행거리 28만 2000km를 기록하며 폐차 지경이 되었을 때 대대적인 실험이 필요한 시기가 되었다고 결심했다. 우리가 자동차 한 대로 살 수 있을까?

우리 가족은 충분히 실험을 해보았다. 자레드와 나는 버스로 출퇴근하면서 노선을 익혔고, 아이들도 시내버스를 더 자주 이용했다. 내가 운전하는 날이면 자레드를 직장까지 데려다준 다음 고등학생인 제이슨을 학교에 내려준다. 그리고 나의 직장이 있는 코넬로 향한다. 다니엘은 카풀을 해서 대안공동체학교(Alternative Community School, ACS)로 간다. 자레드는 비정기적으로 쉬는 날이면 카풀을 이용한다. 일요일 밤마다 우리 가족은 다음주에 차를 어떻게 이용할 것인지 계획을 세운다. 실험은 잘 진행되고 있지만 여전히 직접 운전하는 비중이 큰 편이다.

나는 종종 차를 몰고 오는 길에 이웃집 아서 고딘이 자전거를 타고 오는 모습을 보았다. 아서는 식품협동조합의 총지배인이다. 생각해보니 아서가 할 수 있다면 나도 할 수 있을 것 같았다. 그래서 나도 서류가방을 배낭에 넣고 자전거에 올라탔다.

나는 자전거를 타고 웨스트 힐을 씽씽 달린다. 내리막길은 정말 쉽다! 나는 도시의 도로를 자전거로 누빈다(별로 기분 좋은 일은 아니다). 그리고 이스트 힐을 오른다. 거리는 짧지만 상당히 가파른 길이다. 반쯤 올라가면 숨이 차기 시작하고, 왜 이런 고생을 사서 하는지 한심하게 느껴진다. 하지만 그렇게 출근하면 직장에서 하루를 잘 보낼 수 있다. 그래서 자전거는 탈 만하다. 물론 집으로 오는 길은 이야기가 달라지지만.

웨스트 힐은 꽤 길며, 특히 3km 정도 경사가 이어진다. 내가 그 길을 제대로 오를 수 있는 유일한 방법은 일단 45m 앞에 있는 나무에만 집중하는 것이다. 그리고 "나는 할 수 있다, 도착하면 쉬자"고 되뇐다. 나무에 도착할 즈음이 되면 오히려 쉬고 싶은 마음이 사라진다. 이렇게 오면 시간은 더 걸린다. 하지만 나는 발놀림을 쉬지 않는다. 이마에서는 땀이 줄줄 흘러내린다. 결국 나는 경사진 길을 다 올랐다. 여기까지 오면 기진맥진한 상태지만 내가 자랑스럽다. 고통스러웠던 첫날 이후 나는 일주일에 몇 번씩 자전거를 탔다. 시간이 갈수록 힘든 부분이 줄어들었다.

자레드도 내 노력에 감동받았는지 자전거로 함께 출근하기로 결정했다. 그는 직장에서 정장을 입어야 하고, 출근한 뒤에 샤워를 할 수 없었다. 이 문제를 어떻게 해결할지 처음에는 약간 걱정했다. 하지만 이틀 정도 지나자 걱정할 필요가 없었다. 자레드는 레크리에이션용 자전거를 타본 경험이 있어서 출근길이 거의 힘들지 않았기 때문이다. 땀도 많이 나지 않았다. 그 후로는 직장에서 입을 옷을 잘 싸서 바구니에 넣어 가지고 다닌다. 자전거를 타고 출근한 뒤 직장에서 더 활기차고, 기분이 저조한 날도 없어졌다고 한다.

여름이 끝나고 ACS 카풀을 다시 시작하면서 나의 게으름도 시작되었다. 카풀을 한다는 것은 일주일에 2번은 운전을 해야 한다는 것을 의미한다. 다니엘은 다른 아이들과 함께 자전거를 타고 학교에 다니겠다고 했다. 마침 학교가 웨스트 힐의 아랫부분에 있었다. 우리는 다른 아이들의 부모들과도 이 이야기를 해보았다. 다들 아이들에게 자전거로 다녀보라고 격려하는 분위기였다. 물론 처음에는 반대도 있었다.

시도 결과는 매우 좋았다. 아이들은 좀더 독립적으로 생활하는 것 같은 즐거움을 느꼈고, 아침마다 언덕을 전속력으로 내려가는 재미도 맛보았다. 그리고 약간은 걸어야 했지만 돌아오는 길의 도전도 기꺼이 받아들였다. 다니엘은 자전거 타는 솜씨가 부쩍 늘었고, 방과 후에 친구의 집까지 8km를 완주하기도 했다.

파급 효과는 여기서 그치지 않았다. 자전거를 타기 시작한 사람들이 늘어난 것이다. 이웃에 사는 스티브가 자전거를 타고 출근하기 시작했다. 집으로 올 때는 자전거를 버스에 싣고 편하게 왔다. SONG에 사는 열성적인 이웃 프랜시스는 겨우내 코넬에 있는 직장까지 자전거로 출퇴근했다. 그는 대중 교통 계획 분야에서 박사 학위를 받은 사람이다.

자전거를 타면서부터 나는 건강이 많이 좋아졌다. 게다가 효율적으로 일하고 행복해졌으며, 몸의 긴장도 풀리는 것을 느낄 수 있었다. 사람들은 내 분위기가 많이 밝아졌다고 했다. 노력을 하지 않아도 살이 빠졌고, 근육도 많이 생겼다. 당연히 건강해진 자신을 느꼈다. 자전거를 타면서 계절이 변하는 모습을 직접 보고, 얼굴에 쏟아지는 햇빛과 바람을 느낀다. 언덕을 올라오면 여전히 숨이 차지만 요즘은 저 멀리 농장 근처에서 풀을 뜯는 사슴을 발견하기도 한다.

아서, 고마워요. 이 모든 일이 당신에게서 비롯되었어요. 당신은 누군가 모범을 보이면 많은 사람들이 그 뒤를 이을 것이라는 진리를 실천했어요.

우리 가족은 여전히 차를 한 대 보유하고 있다. 하지만 결국 그 차도 처분할 날이 올 것임을 안다. 현재 이타카 에코빌리지에서 비공식적으로 실시되는 '자동차 공유제'가 장거리 혹은 단거리 여행을 위해 대여해주는 '이타카 에코빌리지 차량제'로 확대되기 바란다.

다른 사람들에게 좀더 자연 친화적인 생활 방식을 퍼뜨리는 것도 우리 마을을 '더욱 생태적으로' 만드는 방법이다. 앞서 설명한 것 외에도 우리는 좋은 생활 방식을 실천하고 있다. 에너지 절약, 환경 친화적 건축물, 유기농법, 재활용… 무엇을 하든 우리는 현실에 안주하지 않고 이타카 에코빌리지를 더욱 환경 친화적으로 개선하는 방법을 끊임없이 추구하고 있다.

ECOVILLAG

이타카 에코빌리지에서 '마을' 만들기

at ITHACA

2003년 노동절 주간

토요일 푸른 하늘이 눈부신 날이다. 이번 주말에는 몇 가지 행사가 있다. 우여곡절 끝에 SONG가 완공되었고 마을자치회도 설립했으니 꿈에 그리던 기념 파티를 여는 것이다.

벌써부터 남녀노소 할 것 없이 수십 명이 나와서 보드에 못질을 하느라 여념이 없다. 두 살배기 아기가 못은 어딘가에 내팽개치고 플라스틱 망치를 신나게 휘두르고 있다. 로브 챔피언은 토드 에이영과 함께 FROG와 SONG 사이의 4.5m 골짜기를 연결하는 다리를 설계했고, 필요한 자재를 구입했다.

정오 무렵이면 새 다리가 완성된다. 이제 이웃집에 놀러 가기 위해 주차장을 가로지를 필요가 없다. 하지만 이 다리의 진정한 의미는 하나의 마을로 결합한 FROG와 SONG의 모습을 상징적으로 보여준다는 데 있다.

일요일 주민 70명이 다리에 모였다. 사람들은 FROG와 SONG의 주변을 거대한 8자를 그리며 걷기 시작했다. 서로 결합된 두 원은 영원을 상징한다. 우리는 걸으면서 옥수수 가루를 뿌린다. 대지와 그곳에 살고 있는 다른 생물을 축복하기 위해 옥수수를 뿌린 과거 아메리카 원주민의 전통에 따른 것이다. 나는 친구들과 원주민의 기도문을 바탕으로 만든 노래 '이제 나는 아름답게 걸어가네'를 부른다.

모든 사람이 다 돌자 다리로 돌아가서 손을 맞잡고 터널을 만들었다. 우리는 계속 노래를 부르면서 차례로 터널을 통과해 다리의 다른 쪽으로 나간다. 두 주거단지 사이에 커다란 원을 만들고, 한 사람씩 새로 태어난 마을에게 희망의 메시지를 전한다.

FROG에서 오래 산 마리아 개서가 우리의 마음을 대변했다.

"FROG만으로는 이타카 에코빌리지의 비전을 실천하기가 어려웠습니다. 이제 SONG의 새 식구들이 들어와 안심입니다. 이분들이 공동체 프로젝트에 새로운 활력과 열정을 불어넣어줄 것입니다."

우리는 마을을 위해 체리나무를 심기로 했다. 그 전에 개인이나 전체의 성장에 방해가 될 수 있는 것을 종이에 적어서 홀홀 털어버리기로 했다. 고민에 빠져 뭔가 끼적거리던 나는 무려 3가지나 되는 내용을 적고 놀랐다. 우리는 자신의 종이를 접어서 나무를 심기 위해 파놓은 구덩이에 넣는다. 다 되었다! 케케묵은 유감이 서서히 사라지는 기분이었다.

우리는 체리 묘목을 구덩이에 잘 심었다. 아이들 10명이 삽으로 뿌리 주변에 흙을 덮어주었다. 새 집에 이사 온 묘목이 튼튼히 뿌리를 내리라고 땅을 잘 다졌다. 이 나무처럼 이곳에서 우리의 삶도 무럭무럭 성장할 준비가 되었다.

분 위기가 사뭇 다른 두 주거단지의 60가구가 어떻게 한 마을을 이룰 수 있을까? 미국 최초로 두 주거단지가 결합된 공동체였기 때문에 모든 과정을 스스로 창조해야 했다. 우리는 FROG와 SONG를 '마을'이라고 알려진 더 큰 울타리로 아우를 수 있는 방법을 찾아내야 했다. 이 과정에서 개인의 가치를 훼손해서도 안 된다. 당연히 쉬운 일이 아니었다. 책임, 공간, 리더십을 공유하는 문제와 관련해 우리는 수많은 토론을 벌였다. 심지어는 저수지에서 수영하기에 적당한 시간과 같은 공동의 규칙을 정하기 위한 토론도 있었다. 그 과정에서 쉽게 합의에 이르기도 했지만 마찰도 적잖이 발생했다. 그러면서 우리는 너불어 사는 삶의 새 장을 개척했다.

FROG와 SONG 사이에 다리를 놓다.

더불어 살기

사람들을 한데 모으고 마을의 정체성을 확립해가는 과정에서 가장 어려웠던 일은 '커먼 하우스 이용 수칙'을 마련하는 것이었다. 즉 SONG의 커먼 하우스가 완공될 때까지 SONG 주민들이 FROG의 커먼 하우스를 이용하는 수칙이었다. 곧 커먼 하우스를 둘러싸고 첨예한 논쟁이 벌어졌다. SONG의 일부 주민들이 커먼 하우스를 아예 짓지 않겠다는 의사를 비쳤기 때문이다. 그러자 FROG의 주민 2명이 SONG가 일정에 맞춰서 자신들의 커먼 하우스를 짓지 않겠다면 엄격한 재정적 조치를 취해야 한다고 주장하기에 이르렀다.

두 그룹 사이에 이제 막 싹트기 시작한 믿음은 이메일과 회의장에서 오고 간 신랄한 말들로 산산이 부서졌다. 대다수 주민들이 마을을 함께 만들어간다는 사실에 흥분한 상태였지만, 커먼 하우스를 둘러싸고 설전을 벌이면서 많은 사람들이 상처를 입었다. 주민들 사이에 신뢰를 회복하기 위해 모든 것을 처음부터 시작해야 할 것 같았다.

주거단지 내에서도 긴장의 요소가 있었다. FROG의 일부 주민들은 변화를 원하지 않았고, SONG 주민들이 자신들이 좋아하는 공터를 치지히려고 한다고 느꼈다. 한편 SONG의 일각에서는 이티키 에코빌리지뿐만 아니라 뉴욕 주에서 최초로 코하우징 단지를 만든 FROG 주민들의 노고를 무시하는 분위기마저 형성되기 시작했다. 마치 너희보다 우리가 잘할 수 있다는 것 같았다. 주민들 모두 끈끈한 정으로 연결된 진정한 마을이 되려면 이러한 충돌은 반드시 극복해야 할 과제다.

우리는 상처가 곪아가도록 방치할 수 없었다. 해결책을 찾기 위한 노력이 시작되었다. 두 그룹이 대화를 나누는 것부터 시작했다. 두 차례 공청회를 열어 현 상황에 대해 이야기를 나눌 자리를 마련했다. 공청회의 타이틀은 '서로 다른 점을 알아보고 유대감을 강화하는 자리'로 정했다. 이런 노력을 통해 마을 주민들은 서운한 감정을 풀고 서로 다른 점을 이해하며 함께 문제를 풀어 나갈 수 있었다.

우리는 비영리단체인 마을자치회를 조직했다. 자치회는 마을 내의 길, 상하수도 시설, 저수지, 주거단지 사이의 토지를 소유하며, 마을과 관계된 모든 문제를 살피기로 했다. 모든 주민은 자치회에 소속되며, 마을의 각종 시설을 유지하기 위해 회비를 납부해야 한다. 자치회를 설립함으로써 우리는 공동의 책임을 명확하게 자각할 수 있었다. 마을이사회는 적극적으로 회의를 계획하고 마을에 대한 법적·재정적 책임을 맡기로 했다. 이사회의 회의는 FROG나 SONG 회의의 일환으로 매달 열린다.

어떤 문제든 가장 좋은 해결책은 가장 단순한 것이다. 우리 모두 함께 하는 것이다. 우리는 온 마을 주민이 공동 식사를 자주 한다. 일이나 기념일도 함께 하는 경우가 많다. 이렇게 경험을 공유하면서 하나의 마을로 융합되기 시작했다. 동시에 주거단지 고유의 개성은 고스란히 유지할 수 있었다. 사람들의 관심을 모으는 마을 전체 규모의 행사로 '크룩스'가 있다. 이 행사가 열리는 곳은 FROG 와 SONG 사이에 있는 작은 공터다.

'크룩스 오브 더 매터' 파티

2002년 9월

하늘은 구름 한 점 없이 맑고, 바깥은 찌는 듯이 덥다. 우리는 모두 **크룩스 오브 더 매터** 파티에 초대되었다. 즐기기 위한 목적도 있지만 두 주거단지 사이의 공간을 어떻게 활용할지 이야기를 나누기 위해서다. 퍼머컬처 디자이너 데이브 제이크가 설계한 '크룩스'는 우리 마을에서 경치가 가장 좋은 곳이자, 아직 아무런 개발도 되지 않은 곳이다.

작은 마을의 중심에 자리잡은 크룩스 앞에는 저수지가, 뒤로는 녹음이 우거진 언덕이 펼쳐져 있다. 사람들이 모이기에는 더없이 아름답고 생기 넘치는 장소다. 이곳에 피크닉용 테이블을 놓거나 구불구불한 시냇가를 만드는 것도 좋고, 작은 정자를 세우고 야외 공연장을 마련하거나 농구 코트나 예술 공간을 꾸며도 괜찮을 것 같다. 아니면 허브와 꽃이 만발한 정원을 가꾸거나 버스 정류장을 만들어도 좋을 듯싶다. 뭐든 가능해 보였다. 지금은 간이 차고와 자갈을 깐 주차장, 잡초가 무성한 공터만 있을 뿐이다. 아쉽게도 간이 차고 때문에 연못의 모습이 가려졌고, 그러다 보니 주차장이 이타카 에코빌리지에서 가장 아름다운 장소가 되었다. 물론 우리 공동체가 진심으로 만들고자 한 이미지와 정확하게 일치하는 것은 아니

크룩스 오브 더 매터(crux of the matter)
영어에서 이 표현은 '핵심'이라는 뜻이 있다. 두 주거단지 사이의 공간을 중요하게 여기는 이타카 에코빌리지 주민들의 마음을 반영한 것 같다.

지만. 그래서 더 이곳을 새롭게 꾸며야 했다.

　나는 이 일을 추진하는 사람들이 두 주거단지의 어른과 아이들을 모으는 방법을 아주 인상 깊게 보았다. 준비단은 테이블을 마련해서 칩과 살사소스, 레모네이드, 수박 등 음식을 차려놓았다. 그늘에는 의자들을 모아놓고 물풍선 게임을 진행했다. 2팀으로 나뉘어 물풍선을 이리저리 옮기고 있다. 터지지 않도록 조심하면서 멀리까지 옮기는 게임이다. 마지막 남은 물풍선 3개가 한꺼번에 터져서 주위 사람들이 물세례를 받았다. 그 모습에 다들 웃음을 터뜨렸다. 다음으로는 '빅 윈드 블로'라는 게임이 시작되었다. 이 게임에도 너나없이 많은 사람들이 참여했다. 이번 행사를 놀이가 가득한 즐거운 분위기로 꾸민 것은 멋진 아이디어였다. 덕분에 사람들은 함께 놀면서 장소감을 경험할 수 있었다.

　이제 크룩스의 개발 계획도를 만들어보는 시간이 되었다. 스티브 가더는 1에이커의 크룩스 부지를 본뜬 모래 틀을 가져왔다. 그는 먼저 모래 위의 길에 장난감 자동차들을 배치해서 간이 차고의 위치를 표시했다. 그렇게 해놓고 보니 우리가 앞으로 가꿔야 할 장소가 머릿속에 명확히 들어왔다.

　스티브는 크룩스에 대해 사람들의 생각이 어떻게 바뀌어왔는지 요약해서 발표했다. 엘리자베스는 참석한 가정마다 설문지를 나눠주었다. 설문지는 역사적인 배경을 묻는 질문 몇 가지와 좋아하는 사항, 관심거리를 묻는 질문들로 구성되었다. 또 우리가 이 공간을 어떻게 바꿀 수 있을지 의견도 물었다.

　"설문지를 다 작성해주신 분들에게는 상을 드리겠습니다."

　"뭘 주실 건데요?"

사람들이 합창이라도 하듯 이구동성으로 물었다.

"집에서 만든 초밥이 준비되어 있어요. 그레이엄은 헤나 문신을 해드릴 거구요, 빌은 발 마사지를 준비했어요."

엘리자베스가 대답했다.

그 정도의 상이라면 지금 당장 설문지를 작성하고도 남을 것이다! 사람들은 머릿속에 떠오른 생각을 다른 사람들과 함께 나누면서 바삐 손을 놀리기 시작했다.

그렇다고 즐기고 노는 것이 전부가 아니다. 여기에는 우리가 어떤 길을 선택하든 받아들이겠다는 의미도 포함된다. SONG 재정위원회의 그레그가 나에게 잠시 자리를 옮겨 이야기하자고 한다. 그는 현재 SONG의 예산이 많이 초과되었다고 말했다. 건축에 많은 비용이 소비되었다는 것이다. 간이 차고와 길 혹은 둘 중 하나만이라도 크룩스에서 옮기는 데 드는 추가 비용을 어떻게 마련할까?

나는 다른 걱정거리가 있었다. 크룩스에 예산을 쓸 경우 이타카 에코빌리지의 대출 상환은 어떤 영향을 받을까? FROG와 SONG, 이타카 에코빌리지가 초과 예산에 대한 합의를 도출하기까지 1년이라는 시간이 소요되었다. 그 결과 마련된 아일랜드 합의안은 마을 전체가 사용하는 시설에 대해 발생하는 초과 경비는 항상 3가지 방법으로 마련해야 한다고 못 박았다. 만약 SONG가 크룩스에 대한 의무를 이행할 수 없다면 오랫동안 대출금 상환을 기다려온 이타카 에코빌리지 채권자들이 큰 타격을 받을 수도 있다.

예산 문제는 새로운 문제가 아니었다. 이타카 에코빌리지를 만들기 위해 사용한 거의 모든 자금은 주민들이나 우리가 땅을 구입할 수 있도록 모든 위험을 감수한 채권자들의 주머니에서 나왔다. 지원금이나 기부금, 회비, 관광 소득과 창고 세일을 통해 모은 금액은 미미했다. 예산 지원의 우선순위를 배정하는 것이 가장 시급한 과제였다. 그레그와 나는 지금은 이 문제를 제기하는 것이 적절하지 않다는 데 뜻을 모았다. 대신 이 문제를 설문지에 포함하고 크룩스 계획위원회와도 협의하기로 했다. 오늘은 즐겁고 창의적인 분위기를 깨뜨리고 싶지 않았다.

그레그와 나는 다시 사람들 사이로 돌아왔다. 초밥은 맛있었고, 조산원 그레이엄은 예술적 기질을 잘 살려서 헤나 문신을 해주었다. 변호사 빌은 발이 인체의 다른 부분과 어떻게 연결되는지 더 자세히 배우기 위해 반사학 강좌를 듣고 싶다고 말했다. 그 과정을 들으면 발 마사지를 더 잘할 수 있을 것 같다고도 했다. 아무짝에도 쓸모없어 보이는 공터에서 우리 마을 사람들이 이렇게 즐거운 한때를 보내는 것을 누가 상상이라도 하겠는가?

크룩스 주차장에서는 농구 게임이 한창이었다. 테이블과 의자를 커먼 하우스로 다시 옮겨놓고 남은 음식을 치우는데 마사지 받은 발이 욱신거렸다. 커먼 하우스를 나올 때 보니 현관 위에서 펄럭이던 '지구의 깃발'이 마구 뒤엉켜 있었다. 10벌이 넘는 노란 재킷이 깃대에 걸려 있었던 것이다. 깃대를 흔들어서 그 옷들을 다 떨어뜨리자 깃발이 다시 풀렸다. 아름다운 지구가 그려진 깃발이 힘차게 펄럭이는 모습을 보니 가슴이 뭉클했다. 커먼 하우스 앞마당에서 노는 아이들을 바라보며 생각했다. 이 지구는 너희의 것이라고.

이번 파티로 우리는 공유지를 함께 가꾸는 경험을 했고, 유대감을 다졌다. 모든 구성원이 주인이라는 사실을 새삼 확인하면서 우리는 더욱 가까워졌다.

힘든 일도 기쁜 일도 다 같이 : 모두 주인인 마을

리더십이 최고의 효과를 발휘하려면 모든 사람이 리더십을 공유해
야 한다. 안타깝게도 우리 사회에서 리더는 추앙이나 매도의 대상
일 뿐이다. 영웅 아니면 악마인 것이다. 그런 태도에는 리더도 평범
한 사람일 뿐이라는 인식이 결여되어 있다. 어떤 목표를 달성하기
위해서 리더는 확실히 필요한 존재다. 하지만 개인에게만 리더를
맡기기보다는 리더를 어떤 목표를 달성하기 위해 필요한 역할로 봐
야 한다. 그러면 누구나 리더가 될 수 있으며, 상황에 따라 알맞은
역할을 수행할 수 있다.

리더십의 '정의'

이타카 에코빌리지에서는 리더십의 역할이 매우 다양하다. 나는 비
영리단체의 책임자를 맡고 있다. 내 역할은 이타카 에코빌리지의
전체 비전을 구체화하고 실천할 수 있도록 도움을 주는 것이다. 이
사회의 역할은 선출된 이사들이 리더십을 가지고 맡은 바 임무를
수행하는 것이다. 마을자치회의 역할도 이와 비슷하다. 주민들에게
리더십을 부여하여 마을 전체 규모의 각종 책임을 이행하도록 하는
것이다. 나아가 두 주거단지 내의 각종 집행 기구들도 비슷한 역할
을 수행한다. 더 나아가 위원회의 의장들과 실무진에게도 역할이
있다. 수많은 기능이 동시에 이뤄지고 수많은 자리를 채우려면 거
의 모든 주민들이 하나나 둘 이상의 모임에서 리더가 되어야 한다.
　뒤집어 생각하면 우리 마을에는 리더라는 자리 자체가 존재하지

않는다. 우리 공동체에서는 '불타는 영혼'들이 많은 아이디어와 의견을 제시한다. 그들은 가장 적극적으로 아이디어와 열정을 제공하며 새로운 변화를 이끌어낸다. 우리의 목표가 지속 가능한 문화의 모델을 창조하는 것이므로 어떤 실험이라도 가능하다. 공터를 어떻게 활용할지 열정적으로 고민하는 사람들은 서식지 복구와 토지 신탁 같은 부문에 대해 배워볼 수 있다. 사람이 존재하는 이유가 교육이라고 생각하는 사람도 있지 않을까? 그런 사람들은 강좌를 열어서 지속 가능성을 가르치는 프로그램을 진행할 수 있다. 단체 활동이야말로 사람들에게 주어진 선물이라고 생각하는 사람들은 어떨까? 그러면 워크숍을 열어 사람들이 합의를 도출하고 생각하는 자리를 마련할 수도 있다. 할 수 있는 일은 끝이 없다. 사람들에게는 가능성을 꽃피울 기회가 열려 있다. 공동체를 위해 자신의 재능을 활용할 때 헤아릴 수 없는 풍요로움에 다다를 것이다.

리더십을 실천하는 '방법'

유급 직원이자 풀뿌리 조직가로 활동하다 보니 리더십에 대한 나만의 시각을 갖게 되었다. 나는 어른이 된 후 줄곧 사회 변화를 도모하는, 합의에 기초한 비영리단체에서 일해왔다. 가끔 나 외에 월급을 받는 직원이 둘이나 셋이 있었지만, 대부분 나 혼자였다.

그러다 보니 다양한 사람들의 의견을 듣는 일에는 이골이 났다. 다양한 의견을 수렴하고, 적합한 방향을 도출하고, 그 목표를 달성하도록 사람들의 역량을 한 곳으로 집중시키는 일이 전문이 된 것이다. 또 이런 일을 하면서 가급적 결과에 연연하지 말고, 모든 사람들의 지혜를 신뢰하며, 언제나 더 큰 목표를 지향해야 한다는 교훈도 얻었다.

여러 사람들이 모이다 보면 전체의 분위기에 휩쓸리기 쉽다. 어떤 때는 신이 났다가 어떤 때는 한없이 분위기가 가라앉기도 한다. 그러나 이제까지 경험에서 배운 것은 내 역할을 촉진자(facilitator)와 조정자(coordinator)로 인식할수록 더 많이 인내하고 신뢰할 수 있다는 점이다.

나는 리더십을 스카프 마술에 비유하곤 한다. 마술사가 모자에서 스카프를 계속 끄집어내는 모습을 상상해보라. 스카프는 마술사의 손가락 사이를 술술 빠져 나간다. 나는 달성해야 할 목적이 있고 배워야 할 일이 있을 때는 기술과 책임을 다른 사람에게 넘겨주려고 노력한다.

과정 vs 행동

어느 그룹이나 과정 지향과 행동 지향 사이에 내재된 긴장 요소가 존재하게 마련이다. 그 점에서 우리도 예외가 아니다. 나는 과정과 결과가 모두 좋아야 한다고 믿는 사람이다. 그래서 중도적 입장에서 양쪽 의견을 객관적으로 볼 수 있었다.

이타카 에코빌리지 프로젝트 초기에 대학원생 2명과 함께 과정 대 행동 문제를 논의하는 자리를 마련한 적이 있다. 1992년 1차 연례총회가 열린 자리였다. 우리는 그림 2장을 마련했다. 한 장은 로켓이 발사대에 놓여 있는 그림으로, 기지에는 사람들이 모여 이야기를 나누었다. 그림 아래에는 '이 로켓이 과연 발사될 수 있을까?' 라고 적혀 있다.

다른 한 장은 막 이륙하려는 로켓을 그린 것으로, 한 무리의 사람들이 그 로켓을 끌어내리려고 안간힘을 썼다. 그들은 "로켓을 잡아야 해! 지금 이 로켓을 발사하려는 사람들은 목적지도 정하지 않았어. 곧 연료가 바닥날지도 몰라" 하며 소리쳤다.

지금도 그 그림들을 생각하면 웃음이 나온다. 과정 대 행동이라는 딜레마에 빠진 우리의 모습을 너무나 잘 보여주는 그림이었기 때문이다. 첫 번째 그림은 과정 지향인 사람들을 보여준다. 이 사람들은 모든 세부 사항이 제대로 처리될 때까지 논의에 논의를 거듭한다. 그들에게 과정은 행동보다 중요하다. 두 번째 그림은 당연히 행동 지향인 사람들을 나타낸다. 그들은 목표가 무엇인지 혹은 비행에 필요한 연료를 얼마나 보급했는지는 생각지도 않고 일단 저지르고 본다. 그들에게 행동에 비하면 시골 생활의 매력은 중요하지 않다. 1992년 1차 연례총회에서 우리가 얻은 진리는 여전히 확고부동하다.

2003년 가을부터 2004년 여름까지

우리가 그림 2장을 선보인 지 11년이 지난 2003년, SONG에서는 또다시 과정 대 행동의 딜레마가 재현되었다. 왼쪽 구역의 건축이 완료되자 동기 부여가 확실한 행동 지향 주민들로 구성된 조경위원회에서 황무지나 다름없는 자신들의 주거지역에 나무를 심겠다고 나섰다. 그들은 겨울이 시작되기 전에 뭐라도 심어야 한다고 생각했다. 그래서 냉큼 나무 20그루를 사들이고는 집집마다 돌면서 어떤 나무를 원하는지 물어보았다.

그러자 다른 쪽 끝에 사는 주민들이 들고 일어났다. 그들의 분노는 순식간에 퍼졌다. "이 문제에 대해서 공동체와 의견을 나눴어야 하지 않소!" "뭘 원하는지 개인적으로 물어보고 다닐 문제가 아니죠. 마을 전경과 관계된 일인데" "일단 이 문제를 다시 생각해봐야 합니다"…. 조경위원회는 자신들의 노고가 제대로 인정받지 못한다며 화를 냈다. 그리고 새로운 위원회가 조직되었다.

분란이 일어나자 새 위원회는 공동체 회의에서 이 문제를 논의하기 위해 몇 달을 소비했다. 그동안 겨울이 왔고, 처음에 구입한 나무들은 일단 심었다. 그렇게라도 살려둬야 했다. 아무도 이 나무들이 제자리를 찾아 다시 심을 때까지 살아 있을지 장담할 수 없었다.

이 문제는 이듬해 여름까지 해결되지 않은 숙제로 남았다. 하지만 얼마간의 진전은 있었다. 공동 텃밭을 어디에 만들지와 같은 새로운 문제도 드러났다. 그 시점에서 제이 제이콥슨과 나는 FROG에서 SONG의 조경위원회와 조정위원회의 중재를 맡아달라는 요청을 받았다.

나는 이 나무 사건이 과정과 행동의 균형을 찾는 SONG의 능력을 검증할 수 있는 기회였다고 생각한다. 첫 번째 조경위원회는 뭔가를 이루기 위해 서둘렀고, 너무 서두른 것이 문제였다. 두 번째 위원회는 제대로 시작해보지도 못하고 몇 달 동안 지루한 준비에만 매달렸다. 어떤 일을 할 때는 정답이 반드시 하나만 있는 것이 아니다. SONG의 조경 문제는 과정 대 행동의 논란을 극단적으로 보여준 예다.

안타깝게도 이 논란은 한동안 SONG 공동체에 깊은 골을 형성했다. 내가 보기에 표면적으로 일어나는 일들은 이 분쟁의 핵심을 제

몇 달간 열띤 토론을 벌인 끝에 SONG 조경위원회 회원들이 나무를 심고 있다.

대로 보여주지 못했다(5장 '개인적인 충돌' 참조). 문제는 신뢰에 있었다. 하지만 목표를 달성하고 이를 위해 내부의 힘을 적절하게 활용하는 능력의 문제이기도 했다.

SONG는 2004년 가을에야 일부 조경 문제를 해결할 수 있었다. 물론 전부는 아니었다. SONG의 분위기에 우아함과 아름다움을 보태주는 첫 번째 식수식이 있던 날은 정말 환희 그 자체였다.

조안 보케어와 내가 1991년 이타카 에코빌리지 건설을 시작했을 때도 이와 비슷한 과정과 행동의 딜레마에 봉착한 경험이 있다. 이번에도 로켓 발사와 비유할 수 있을 만한 일이었다. 조안의 확고한 비전과 강력한 카리스마는 이 로켓의 연료였다. 나는 모든 사람들이 로켓에 제대로 승선할 수 있도록 도왔다. 그런데 조안은 행동의

Chapter 8 · 이타카 에코빌리지에서 '마을' 만들기 253

방향과 시작 시점을 독자적으로 결정하는 경향이 있었다. 나머지 사람들은 무엇이 어떻게 될지 감도 잡지 못한 상태에서 말이다. 내 역할에는 그녀가 갑작스럽게 진로를 바꾸기 전에 제동을 거는 것도 포함되었다. 조안의 계획에 대해 전체 승무원들이 토론해볼 시간을 갖기 위함이었다. 그녀의 일 처리 방식에서 보면 내가 걸림돌이 되었을 테지만, 조안은 종종 내가 간섭해준 것에 고마움을 표시했다.

과정 대 행동 문제를 효과적으로 처리하기 위해서는 언제라도 일을 시작할 준비가 되어 있는 사람들이 과정을 중시하는 사람들을 기다릴 줄 아는 인내심을 배워야 하며, 이들이 적합하다고 생각하는 계획을 마련할 때까지 기다려야 한다. 그리고 과정을 중시하는 사람들은 어느 시점에서 토론을 끝내는 지혜가 필요하다. 그래야 로켓이 발사될 수 있지 않겠는가.

팀을 이룬다는 것

이타카 에코빌리지 프로젝트를 시작한 이래 우리를 결집시킨 것은 팀워크였다. 팀워크를 바탕으로 우리 마을의 끈끈한 유대감을 형성했다. 먼저 조안과 나의 공동 작업이 좋은 예다. 두 사람의 업무 스타일이 상호 보완적이었기 때문에 가능한 일이었다. 조안은 카리스마와 강한 목표 의식이 있었고, 나는 그 목표를 실현하기 위해 과성을 진행시키는 일에 강했다. 그랬기 때문에 우리는 서로 굳게 신뢰하며 함께 일할 수 있었다.

그런 신뢰가 있었기에 미래를 위한 비전을 세워 온갖 노력을 기울일 수 있었다. 우리 두 사람이 처음부터 이런 프로젝트에 경험이 있었던 것은 아니다. 조안은 초등학교 교사였고, 나는 풀뿌리 조직가였다. 기획, 건축, 재정, 부동산, 마케팅, 친환경 설계, 혹은 우리의 프로젝트에 도움이 될 만한 어떤 분야에 대한 기본 지식도 갖추지 못했다. 하지만 사람들이 소통하게 하고, 단체를 이끌고 가르치고 조직하는 기술이 있었다. 우리가 팀이었기 때문에 너무나 복잡하지만 우리를 흥분시키고, 놀랍도록 생기 넘치는 것들을 함께 창조할 수 있었다.

우리가 성공할 수 있었던 것은 리더십을 공유했기 때문이다. '머리가 둘이면 하나보다 낫다'는 옛말이 하나도 그르지 않았다. 그리고 이 말은 '마음이 둘이면 하나보다 낫다' 혹은 '자원이 둘이면 하나보다 낫다'로 응용할 수 있다. 우리는 언제나 '초심'을 잃지 않으려고 노력했는데 그런 자세도 큰 도움이 되었다. 우리는 이런 프로젝트를 진행해본 경험이 없기 때문에 당연히 선입관도 없었다. 게다가 우리가 같은 여자라는 점도 다행이었다. 그랬기에 힘든 일을 많이 겪으면서 상대에게 기꺼이 힘이 되어줄 수 있었다. 이타카 에코빌리지 프로젝트를 진행하면서 깨달은 것이 하나 있다. 꿈을 이루려면 무엇보다 열정과 헌신이 필요하며, 거기에 풍부한 자원이 더해져야 한다는 것이다.

조안과 나는 우리와 뜻을 같이하는 사람들의 재능과 경험을 끌어낼 수 있었다. 새로운 사람들이 합류할 때마다 우리는 그들이 좋아하는 것과 그들이 배웠으면 하는 것을 알아냈다. 새로 합류한 사람들은 새로 조직한 위원회에 속했고, 거기에서 자신들의 재능을 마음껏 펼쳤다.

우리의 전략은 호혜를 원칙으로 한다. 우리 프로젝트에 초빙된 사람들은 금세 공동체의 일원이 되었고, 새로 합류한 사람들이 우리 일을 더욱 넓고 깊게 성숙시켰다. 전문적인 지식을 갖춘 사람들이 더 많이 모이고 자신의 지식을 전수함으로써 공동체는 더 많은 일을 해낼 수 있었다.

이타카 에코빌리지는 결코 리더 혼자서 이끌어 나갈 수 없다. 2002년 봄, SONG를 건설하기 위한 사전 준비 과정이 완료되었다. 그래서 나는 잠시 동안 휴식을 취하기로 했다. 지난 11년간 온전히 이타카 에코빌리지를 만드는 데 헌신했다. 주말도 밤낮도 없이 일에만 매달린 시간이었다. 나는 심한 피로를 느꼈다. 내가 없으면 다른 사람들이 더욱 고삐를 바짝 죌 것이라는 계산도 있었다. 대학 교수들처럼 나도 5개월 휴식 기간을 '안식 휴가'라고 부르기로 했다.

나는 5개월 동안 꿀맛 같은 휴식을 취했다. 몇 년 만에 처음으로 이곳의 아름다움을 진심으로 만끽할 수 있었다. 물론 머릿속에 회의라는 말이 들어설 공간도 없었다. 안식 휴가 기간 동안 탄생한 것이 바로 이 책이다. 여행도 많이 다녔다. 먼저 코스타리카에 사는 형제를 방문했고, 캘리포니아에서는 사촌의 결혼식에 참석했다. 시에라 산맥도 등반했다. 자레드와 제이슨, 다니엘과 함께 버몬트에서 몬트리올까지 자전거 여행을 하기도 했다. 새로운 곳을 방문하고 새로운 사람들을 만나 느끼는 자극이 정말 신선했다. 그리고 오랜 여행을 마치고 돌아온 나를 반겨준 아늑한 집이 너무나 반가웠다. 휴가 동안 온몸의 세포 하나하나까지 재충전한 나는 그 해 9월, 업무에 복귀했다.

내가 없는 동안에도 아무런 문제가 발생하지 않았다. 그 사실이 아주 흡족했다. 파트타임으로 나를 도와주는 앨리슨이 내가 없는 동안 일을 대신 처리해주었다. 로라와 그레그는 SONG의 보조금 프로그램을 진행하고 있었다. 엘란은 교육 프로그램을 계속 맡아 진행했고, 방문객들에게 편의를 제공하는 일은 미셸이 맡아서 처리했다. 그밖에 많은 사람들이 맡은 일을 잘 해주었다. 나는 그들에게 정말 감사했다. 하지만 한편으로는 나 없이도 마을이 잘 돌아간다는 사실에 약간 섭섭하기도 했다.

업무에 복귀하자마자 대출금 상환 문제를 처리하기 시작했다. 이타카 에코빌리지에서 가장 오래 끌어온 일이기도 했다. 하지만 나는 새로운 에너지로 넘쳐났다. 끓어오르는 자신감으로 '2003년은 빚 없는 해' 캠페인을 시작했다. 나도 열심이었지만 우리의 소수 정예 기금 모금팀은 야심만만한 계획을 달성하기 위해 공동체에 동기를 부여했다. 팀에 속한 사람들은 너나없이 엄청난 시간과 정력을 이 캠페인에 쏟아 부었다. 캠페인을 성공시키기 위해 모든 사람들의 노력을 하나로 모으는 것이 바로 우리의 힘이었다. 가장 강력한 조직은 리더십이 모든 사람에게 골고루 돌아가는 곳이라는 내 생각에는 변함이 없다. 내 어깨에는 새로운 목표를 달성하기 위해 새로운 근육이 자라난 느낌이다.

성숙한 리더십

이타카 에코빌리지에 살아서 가장 기쁠 때가 사람들이 남을 더 많이 생각하는 모습을 볼 때다. 어떤 주민에게 문제가 발생하면 이웃들이 힘을 모아 해결책을 찾는 일에 열정적으로 참여하는 것이다.

- 마사 스테티니어스는 튼튼한 사슴 방지 울타리를 설치하기 위해 기금을 모았다. 덕분에 웨스트 헤이븐 농장은 사슴의 습격에서 안전해졌다.
- 로라 벡은 SONG의 보조금 프로그램을 진행하기 위해 사람들을 뽑고 교육하는 엄청난 과제를 맡았다. 지금 로라는 린다 글래서와 함께 새로운 과제에 도전하고 있다. 바로 노인과 장애인이 더욱 살기 좋은 마을을 만드는 프로젝트다.
- 케이티 크리거는 유기농 베리 농장을 시작했다. 자원봉사 대학생들과 함께 정기적으로 이타카 에코빌리지 부지에 있는 외래종 덤불을 제거하는 일도 한다.
- 그레그 피츠는 SONG에서 가장 어려운 관리 업무 중 일부를 맡아서 끝까지 완성했다.
- 빌 굿맨은 FROG와 SONG, 비영리사업 등과 관련해 골치 아픈 법적·재정적 문제를 해결할 수 있도록 도와주었다. 그는 언제나 한결같았다.
- 티나와 짐 닐센-호지 부부는 몬테소리학교에서 아이들을 가르치는 바쁜 와중에도 이타카 에코빌리지 키즈 위원회를 개최한다.
- 레이첼 샤피로는 이타카 에코빌리지에서 한 해의 가장 큰 기금 모금 프로그램을 맡았다. 바로 코넬대학 졸업 주간에 이타카 에코빌리지의 주택을 대여하는 프로그램이었다.

이런 리스트는 만들자면 끝이 없다. 한 사람이 맡은 일이 성공적으로 끝나는 모습은 언제 봐도 흐뭇하다. 제각기 다양한 모습으로 이 마을의 주인이 되어가는 과정을 지켜보는 것도 행복한 일이다.

나는 우리 모두 주인인 공동 리더십의 힘과 미덕을 소중하게 여긴다. 공동체의 모든 주민들이 자신만의 능력과 기술, 열정을 통해 이타카 에코빌리지의 비전이 실현되도록 도울 수 있다. 주민들의 그런 노력이 없다면 이 프로젝트는 결코 실현될 수 없을 것이다.

한편 공동체의 삶은 결코 정체되어 있지 않다. 전진하기 위해서는 가끔 뒤를 돌아봐야 한다. 피비 구스타프슨이 없었다면 우리는 그 지혜를 결코 깨우치지 못했을 것이다.

ECOVILLAGE ITHACA
비전을 돌아보다

2004년 피비는 공동체가 처음 이타카 에코빌리지를 세울 때의 비전을 돌아보는 계기를 마련했다. 우리가 피비와 그녀의 남편 웨인을 만난 것은 2001년이었다. 당시 이타카 에코빌리지를 처음 방문한 두 사람은 금세 이곳을 사랑하게 되었다. 시애틀에 위치한 안티오크대학의 대학원생이던 피비는 홀 시스템 디자인(Whole System Design)에 관한 석사 논문을 준비하고 있었다. 피비는 이곳에 머무르는 동안 논문 주제를 '이타카 에코빌리지의 미래 교육 센터를 설립하기 위한 계획 과정'으로 정했다.

피비의 발상은 실무 그룹을 결성하는 단초를 제공했고, 엘란과 내가 그 모임을 주도했다. 시애틀로 돌아간 그녀는 우리가 교육 센터를 연구할 때 이용할 수 있도록 '리빙 더 퀘스천'이라는 계획을 개발하기 시작했다. 다섯 차례에 걸친 회의 동안 피비는 회의 자료를 녹취하고 문제를 제기했다. 그런 과정을 거치면서 결론은 없지만 많은 생각을 할 수 있었다. 피비는 무사히 석사 논문을 마치고 졸업했다. 하지만 이타카 에코빌리지에서 그녀의 역할은 이제 막 시작되었다.

피비와 웨인은 2002년 3월에 이타카 에코빌리지로 옮겨와 SONG에서 자신들의 집을 짓기 시작했다. 피비는 교육 부문에서 계속 적당한 일을 모색했으나, 자신의 역할이 뚜렷하지 않아서 적잖이 실망하는 눈치였다. 하지만 노력 끝에 자신만의 틈새를 찾는 데 성공했다.

피비는 리빙 더 퀘스천 모델을 이용해 모든 주민들에게 이곳에 사는 의미를 다시 생각해보도록 했다. 제일 먼저 한 일은 효과적인 과정을 도출하기 위해 실무 그룹을 조직하는 것이었다. 먼저 웨인이 이 그룹에 들어왔다. 이타카 에코빌리지의 백전노장들인 몬티, 제이, 엘란과 나도 참여했다. 우리는 함께 회의를 조직했다. 놀이와 일을 병행하는 회의로, 이를 통해 마을 사람들 모두 이타카 에코빌리지의 삶에 대한 감상과 생각을 표현할 수 있었다.

계획이 다 세워졌다. 이제 남은 일은 실천에 옮기는 것뿐이었다. 총 5개월이 필요했던 이 일에서 공동체는 2004년 1월에 첫 회의를 열었다. 그리고 그 회의에는 '이타카 에코빌리지를 이야기하기'라는 부제를 붙였다. 그렇게 시작한 우리의 여로는 2004년 5월 마지막 회의를 끝으로 완성되었다. 마지막 회의는 우리가 이룩한 업적을 자축하는 자리가 되었다. 그동안 우리는 이제까지 걸어온 길을 다시 한번 돌아보았고, 제일 처음 작성한 '개발 가이드라인'을 개정했다.

이 프로젝트는 정말 놀라운 변화를 가져왔다! 새 식구가 된 사람들이 우리와 어울릴 수 있는 기회를 주었을 뿐만 아니라, 이곳에서 수년간 살아온 사람들의 심오한 지혜를 전해주기도 했다. 건강하고 역동적인 공동체를 만들겠다는 우리의 목표를 다지는 계기가 된 것은 물론, 환경 친화적인 측면을 부각하는 데도 도움이 되었다. 개발 가이드라인을 보면서 우리가 처음에 품었던 원대한 비전이 새 힘을 얻었다. 그 결과 이타카 에코빌리지 프로젝트를 계속 이끌어갈 수 있는 창의적 에너지가 공동체에 부글부글 끓어올랐다. 피비의 도움으로 공동체는 더욱 성숙해갈 생활 방식과 그 목적을 잘 이해했다.

지난 몇 년 동안 우리는 경험과 일, 리더십을 공유했다. 그 결과 유대감으로 똘똘 뭉친 공동체를 우리 손으로 직접 만들 수 있었다. 초기의 비전을 다시 한번 돌아봄으로써 모두 한 가족처럼 느껴졌다. 해를 거듭할수록 이타카 에코빌리지의 '마을'은 더욱 강하게 성장할 것이다.

ECOVILLA

Chapter 9

배우고 가르치기

이타카 에코빌리지를 방문하는 사람들은 산들바람이 솔솔 부는 거리를 산책하기 좋아한다. 방문객들은 걷다가 커먼 하우스를 슬쩍 들여다보기도 하고, 우리가 어떻게 환경 보호를 실천하는지 이야기를 듣기도 한다. 운이 좋으면 농장에서 딴 신선한 딸기를 맛보거나 시원한 연못에서 수영을 할 수도 있다. 공동 식사 준비를 도울 수도 있고, 아이들과 어른들이 서로 사랑하는 마음을 엿볼 수 있을지도 모른다. 하지만 그들이 절대 볼 수 없는 것도 있다. 우리의 프로젝트 전반에 고루 스며들어 있는 교육의 역할이다.

이 타카 에코빌리지는 1991년에 처음 교육 프로젝트를 시작했다. 그 프로젝트의 목표는 지속 가능한 삶의 살아 있는 예를 만드는 것이었다. 즉 지금의 사회에 사회적이며 생태학적인 대안을 제시하는 것이라고 요약할 수 있다. 우리는 인간과 자연계가 교차하는 부분에 관심을 집중하는 총체적 사고에 관심이 있다. 우리의 교육 방식은 경험적이며 프로젝트에 기반을 둔 학습 과정이라고 정의할 수 있다.

이곳의 주민으로서 우리는 멋진 사회적 실험에 참여하고 있다. 우리는 온갖 전략 기획법, 만장일치에 따른 결정, 분쟁 해결과 독창적인 양육 같은 실험을 해볼 수 있다. 실험의 종류는 매우 다양하다. 공동 기념일을 만들거나 환경 친화적 건물을 세우고, 생태계를 복원하며, 대체 교통 수단을 활용하는 실험도 한다. 우리는 배움이

친구 사이인 알레그라, 알레시아, 아리아나와 개구리.

끊이지 않는 공동체다.

동시에 배운 것을 더 많은 사람들에게 알리는 노력도 멈추지 않는다. 우리의 학생들이 대부분 대학생들이기는 하지만 나이와 배경을 가리지 않고 방문객들을 맞이한다. 솔루션을 기반으로 하는 새로운 학습법을 창조해내는 사람이라면 누구라도 함께 파트너가 될 준비가 되어 있다.

공동체 교육 : 안에서 밖으로 퍼져가는 배움

이타카 에코빌리지에서 살다 보면 삶의 모든 측면이 배움으로 이어진다. 개인으로도 단체로도 배울 점은 무궁무진하다. 가끔 자신을 돌아보면서 배움을 얻기도 한다. 건전한 사고를 하는 사람이라면 자신의 행동을 비판적인 시각으로 돌아볼 것이다. 공동체에 살면 그런 기회가 더욱 잦다. 그래서 나는 종종 우리가 개인적 성장을 이루는 커다란 솥에서 살고 있다고 말한다. 한 마을에 160명이나 되는 어른과 아이들이 복작거리다 보면 서로 다른 가치관과 생활 방식, 개성과 취향이 충돌하지 않을 수 없다. 하지만 타인을 솔직하게 대하고 자신의 행동을 돌아볼 아량을 갖췄다면 어떤 문제도 해결할 수 있다. 문제가 발생하면 그 문제를 해결하기 위해 무엇을 할 수 있으며, 창조적인 변화를 위해 어떤 역할을 맡을지 생각해보는 것이 중요하다(5~6장 참조). 혼자 고민하고 힘들어할 이유가 없다.

이곳 주민들이 이웃에게 한없는 격려를 보낼 수 있는 것도 자기 성찰의 결과다. 6장에서 살펴보았듯이 이타카 에코빌리지에는 수많은 서포터 그룹이 존재한다. 그룹마다 역할은 다르지만 모두 타인의 도움 속에서 개인이 성장해간다는 공통점이 있다. 우리의 서포터 그룹은 개인들의 관계에 더욱 심오한 의미와 짜임새를 부여했다.

이곳에서 사람들의 삶은 속속들이 연결되어 있기 때문에 전체로서 배울 기회 또한 다양하다. 우리는 애완동물과 야생 동식물 덕분에 전체가 하나 되어 배울 수 있는 기회를 접했다. 이타카 에코빌리지에 처음 이사 왔을 무렵, 개를 풀어서 키우면 생태계에 어떤 영향을 미치는지에 관심이 많은 사람들이 있었다. 애완동물에 대해서 특별한 수칙을 세워놓지는 않았지만, 개를 키우는 사람들은 되도록

ECOVILLAGE at ITHACA

올해 노동절은 따뜻했지만 하루 종일 비가 오락가락했다. 우리는 5월제 기둥 주위를 돌며 춤을 추었다. 남녀노소가 하나 되어 작년에도 사용한 리본으로 장식한 큰 나무 기둥 주위에서 춤을 추었다. 5~65세 주민들이 춤을 추고 있다. 그들의 눈은 반짝반짝 빛났다. 모두 수선화와 개나리로 화환을 만들어 머리에 얹은 모습이 무척 아름다웠다. 우리는 주민들이 연주하는 플루트와 기타, **덜시머**의 소리에 맞춰 춤을 추었다. 봄의 전령인 에로스의 기쁨에 찬 에너지를 축하하는 춤이다. 5월제 기둥은 남성을 상징하며, 그곳을 장식한 리본은 여성을 나타낸다.

춤을 다 춘 어른과 아이들은 삼삼오오 모여서 연못 주위를 걸어 다닌다. 연못에는 두꺼비들이 봄의 제식을 지내느라 여념이 없다. 우리는 넋을 잃고 수컷 두꺼비가 물가 갈대에 앉아서 암컷에게 찢어지는 목소리로 세레나데를 불러주는 모습을 바라본다. 두꺼비의 목에는 투명한 풍선들이 부풀어오른다. 수컷보다 몸이 2배나 크고 오렌지색인 암컷들은 인기 절정이다.

오래 전부터 행해온 물가의 찍짓기 행사를 위해 체구가 작은 녹회색 수컷은 암컷의 등에 올라간다. 암컷이 긴 끈처럼 생긴 까만 알들을 낳으면 수컷은 그 알에 우윳빛 정액으로 수정을 시킨다. 몇 분이 지나면 끈처럼 생긴 알이 부풀어올라 젤리처럼 반투명한 물질로 변한다. 이것이 풍요를 기원하는 자연의 춤이다. 옛날부터 끊임없이 되풀이된 완벽한 교육의 순간을 재현해서 새로운 생명의 순환이 시작되는 모습을 가까이에서 관찰할 기회를 주었다.

덜시머(dulcimer)
상자 모양의 공명체 위에 쳐진 다수의 현을 해머로 두드려서 소리내는 악기.

개줄을 채워달라는 부탁을 들었다. 풀어놓을 때도 소리를 치면 개가 들을 수 있는 범위에서 벗어나지 말아달라는 부탁도 받았다. 그러나 개를 키워보니 이곳의 생태계를 파괴하는 녀석은 10마리 중에 한 마리밖에 되지 않았다. 반면 고양이는 심각한 문제를 유발했다.

고양이는 야외에서 사냥하기를 좋아해서 새들을 마구 죽였다. 특히 땅에 둥지를 튼 새들이 큰 피해를 입었다. 하지만 많은 주인들이 고양이를 가족처럼 여겨서 자유를 속박하는 데 거부감을 나타냈다. 우리는 포식자인 고양이가 새들에게 어떤 위험을 주는지 주민들에게 알리기 위해 많은 자료를 회람했다. 그 결과 고양이를 풀어놓던 주민들이 대부분 포란기에는 집 안에만 두기로 약속해주었다. 우리는 아직도 애완동물에 대한 수칙을 정해놓지 않았다. 하지만 위와 같은 교육을 통해서 봄이나 초여름처럼 야생 동식물에게 중요한 시기에는 주민들이 자발적으로 애완동물의 활동을 제한하고 있다.

분쟁을 통해 교훈을 얻은 경험도 있다. 거위 2마리가 연못 주변에 둥지를 틀면서 마을에는 분란이 일어났다. 거위 부부로 인해 이타카 에코빌리지 역사상 가장 많은 이메일을 보내게 될지 그 누가 짐작이나 했을까! 논란의 이유는 다양했다. '거위의 배설물 때문에 물과 연못이 오염될 것이다' '이 거위가 다른 거위들이나 수영하는 사람들을 공격할지도 모른다'는 의견 등이 제시되었다.

그 와중에 한 사람이 메일을 보내 반대하는 사람이 없으면 다음 날 아침 거위를 사살하겠다고 알렸다. 야생 동식물을 아끼는 사람들은 공포에 찬 비명을 질러댔다. 거위들도 우리에게 존중받아야 한다는 것이었다.

이 문제를 어떻게 해결했을까? 일단 거위에 대한 자료를 조사하고, 그 결과를 회람했다. 어떤 주민은 거위를 해로운 동물이라고 규정한 자료를 찾았고, 거위와 잘 어울려 살 수 있을 것이라는 내용의 자료를 찾은 사람도 있었다. 더불어 관련 법규에 대한 논의를 실은 기사 자료도 돌렸다. 새들의 둥지를 보호해야 한다는 입장과 필요하면 둥지를 파괴할 수 있다는 입장이 충돌하는 내용이었다. 자료를 모으면서 우리는 거위가 알을 낳으면 쫓아내는 것이 불가능하다는 사실을 알았다. 마침내 팸 준이 공청회를 소집했다. 그 자리에서 우리는 알아낸 사실과 거위에 대한 생각을 기탄없이 발표했다.

이런 교육 과정을 통해 사람들의 생각이 바뀌기 시작해 적어도 한시적으로 거위를 받아들여야 한다는 분위기가 조성되었다. 목청껏 반대를 외치던 한 주민이 어느 날부터 '아빠 거위'라는 이메일 회보를 발송하기 시작했다. 아빠 거위가 다른 거위들을 다 쫓아버린 덕분에 연못에 다른 침입자들이 얼씬도 못 했다는 내용이었다. 연못에서 수영하는 사람들은 순서를 정해 연못가에 떨어진 거위의 배설물을 치우기 시작했다. 마침내 우리는 연못 주변에 새들이 다가오지 못하게 울타리를 세웠다. 관련 정보와 지식을 모으고 다양한 관점을 통합하여 조금이라도 더 창의적인 해결책을 모색하는 과정에서 우리는 시간을 절약할 수 있었다. 거위는 어떻게 되었냐고? 거위 부부는 새끼 4마리를 수영하는 사람들 주변에 가지 않도록 잘 교육시켰다. 그리고 새끼들은 무럭무럭 자라고 있다(이제 내년에는 어떻게 할지 고민해야 할 시기가 되었다).

제이 제이콥슨은 비전을 재수립하는 실무 그룹에게 보내는 의견서에 단체 학습이 실용적인 측면에만 한정될 필요는 없다며 다음과 같이 역설했다(8장 참조).

영적인 성장은 일반적으로 개인이 노력해야 하는 부분이다. 영적인 성장을 열망하는 사람들은 스승이나 수도원을 찾았고, 사막으로 향하기도 했다. 이들은 각자가 찾은 곳에서 오랫동안 자신을 이해하고, 신과 자신의 관계를 탐구했다. 시간이 흘러 그들 중에는 개인적인 변화를 겪은 사람들도 많았다. 하지만 개인이 모인 단체가 동일한 경험을 하는 경우는 흔치 않았다. 지금 우리는 자신과 환경을 심각하게 파괴할 수 있는 막강한 힘을 보유했다. 그러므로 이제 인간의 다음 단계의 발전은 '함께 하는 노력'을 통해서만 실현될 수 있다.

이타카 에코빌리지는 '함께 노력하기에' 더없이 좋은 곳이다. 어른 100여 명이 서로 속속들이 알고 신뢰하면서 한 방향을 향해 나가는 곳이 또 어디에 있겠는가? 보통은 사공이 많으면 배가 산으로 가는데 말이다.

내게 '이곳에 사는 이유'를 재정립하는 일은 안락하고 에너지 효율이 높은 집을 건축한다는 비전을 되새기는 데서 그치지 않는다. 우리 모두 개인적인 생활뿐만 아니라 미래를 가꿔가는 과정에서 다른 점을 극복하고 맞춰가면서 각자의 역할을 다하는 것을 의미한다.

제이는 이타카 에코빌리지에서 우리가 공동체를 이뤄가는 과정이 영적인 과정이기도 하다고 생각한다. 물론 우리는 함께 세상을 배우면서 수많은 시행착오를 겪었다. 어떤 문제에 접할 때마다 책에서 사례를 찾고 전문가에게 자문을 구했다. 하지만 연구자들이 생각해내지 못한 독특한 발상을 우리가 해내기도 했다. 가끔 조사만도 벅찼다. 작업반을 조직해서 전략을 택하고 일의 진행 과정을 살피던 때, 바로 그런 상황에 처했다.

FROG를 완공했을 때, 우리는 공동체에서 발생하는 자질구레한 일들을 처리하기 위해 작업반을 조직했다(4장 '유명한 튀김두부' 참조). 어른들이 조를 짜서 몇 주씩 일을 맡았고, 시한이 끝나면 다음 작업으로 넘어가도록 정했다. 우리는 사람들이 같은 일을 하느라 지겹지 않으면서 다양한 일을 접해볼 수 있는 좋은 기회라고 생각했다.

하지만 결과는 엉망진창이었다. 계획은 한 조가 어떤 일의 요령을 익히면 다른 일로 넘어가는 것이었다. 그런데 막상 해보니 모든 사람들이 모든 일에 재능이 있는 것이 아니었다. 자기가 먹을 음식도 못 만드는 사람이 공동 식사 시간의 요리 담당이 되었고, 전구 하나 끼우는 것도 벌벌 떠는 사람이 고장난 보일러를 고치는 경우도 있었다. 게다가 우리의 난방 시스템은 일반 가정보다 훨씬 복잡한데 말이다. 그야말로 재앙이었다.

한참이 지난 뒤에야 모두 정신을 차리고 각자 하고 싶은 일을 맡도록 다시 정리했다. 당연히 음식 맛은 훨씬 좋아졌고, 보일러도 잘 돌아갔으며, 커먼 하우스에 불도 들어왔다. 결국 제대로 돌아가는 시스템을 만든 것이다!

우리는 최근에도 시행착오를 겪었다. 요리반이 좀더 조용하고 안락한 환경에서 식사할 수 있는 몇 가지 방법을 실험해본 것이다(겉보기에는 그럴듯한 계획이지만 실상을 들여다보면 그리 만만치 않았다. 80명이 넘는 어른과 아이들이 한 장소에서 함께 식사하는 장면을 생각해보면 내 말 뜻을 이해할 것이다). 우리는 식사 시간이 '가족적 분위기'가 되도록 시도해보았다. 뷔페식으로 음식을 차리고 몇몇씩 모여서 식사를 했으며, 아이들은 아이들 식탁에서 따로 먹게 해보았다. 조용한 분위기를 유지하기 위해 식사가 끝날 때까지 방송도 자제했다. 주말에는 FROG와 SONG를 나눠 식사하기도 했다. 마지막으로 적정선까지 식사 인원을 받고 나머지는 희망자만 일주일에 3번 커먼 하우스에서 식사를 제공하기로 했다.

우리는 아직도 확실한 해결책을 찾지 못했다. 그러나 이런저런 방법을 시도하면서 조금씩 더 좋은 방법에 접근하고 있다. 중요한 것은 사람들이 상황이 마음에 들지 않는다고 말하지 않았다면 변화를 위한 시도조차 해보지 않았을 것이라는 점이다.

거주단지 두 곳이 생긴 이후 마을 전역에서 변화를 위한 제안이 나오고 있다. SONG가 FROG의 커먼 하우스를 사용할 때였다. FROG와 SONG 주민들이 공동 구역에서 쉬기가 힘들다고 불평했다. 그때 우리는 간단하지만 확실한 해결책을 찾았다. '디자인 연구소' 위원회에서는 커먼 하우스의 문 앞에 식탁을 치우고 흔들의자와 소파를 놓았다.

작은 변화가 큰 변화를 이끌어냈다. 건물로 들어가자마자 편안하게 시간을 보낼 수 있다는 것만으로도 전체 분위기가 더 화기애애해진 것이다. 어느 때라도 사람들이 와서 이야기를 나눌 기회가 생기자 그곳에는 활기가 더해졌다. 구조를 살짝 바꾼 것만으로도 우리 문화에 만족스러운 변화가 일어난 것이다.

이타카 에코빌리지의 주민들은 다양한 방식으로 안에서 밖으로 교훈을 얻는다. 그리고 우리는 그 지혜를 다른 사람들과 나누려는 노력을 아끼지 않는다.

지혜 함께 나누기

우리는 이타카 에코빌리지에 심오한 변화와 힘을 만들 수 있는 배우는 환경을 만들어갈 생각이다. 이 세상은 몸과 마음, 정신이 온전한 사람들을 요구한다. 그리고 사상가이면서 실천가가 될 수 있는 사람을 원한다. 어느 시대든지 학생들에게 필요한 교육 환경은 확고한 이론적 틀, 공동 학습 전략, 현실에 도움이 되는 응용, 가치관과 원칙의 확실한 점검 등이 수반되어야 한다. 우리는 총체적 사고에 역점을 두면서 세상이 안고 있는 문제와 잠재적인 해결책을 동시에 모색하고자 한다. 이런 학제적 실험 교육은 사회에서 놀라운 역량을 발휘할 수 있다.

이타카 에코빌리지는 CRESP의 후원으로 건설되었다. 이 센터는 비영리단체로 '세계 평화와 상호 이해, 모든 생명체 존중의 토대를 제공할 수 있는 진정한 복지 공동체 육성'을 목표로 삼고 있다. 또 이제 막 결성된 조직이 완전한 비영리단체로 성장할 수 있도록 보호막이 되어준다. 이타카 에코빌리지의 목표는 CRESP와 잘 맞아떨어졌다. CRESP와 이타카 에코빌리지의 관계는 프로젝트 시작 단계부터 우리가 아이비리그의 명문대에 발붙일 수 있는 중요한 계기가 되었다.

코넬대학의 교수, 학생들과 함께 일해온 지 10년째 되는 2002년에 우리는 이타카대학 환경학부와 제휴를 맺었다. 우리는 이 대학과 공동으로 '지속 가능 학문'이라는 교과 과정을 마련하고, 국립과학재단(National Science Foundation, NSF)에서 3년간 14만 9000달러를 지원받았다. 그 지원금은 양쪽의 성장에 큰 기여를 했다.

이타카 에코빌리지식 교육이 동심원처럼 퍼져간다. 가장 안쪽의 원은 학생 개개인(인턴과 대학원생, 독자적인 연구를 수행하는 사람들)과 일대일로 작업하면서 이룩한 성과다. 그 다음 원은 우리가 이타카 에코빌리지에서 한 학기 동안 가르친 내용이다. 견학과 회의들이 다음 원을 이루며, 그 바깥쪽 원은 언론과 다른 활동으로 구성된다.

우리는 다양한 종류의 학문을 접할 수 있는 기회를 제공한다. 인간의 노력이 어떤 일을 할 수 있는지에 관심이 있는 사람이라면 누구나 우리의 교육에 흥미를 느낄 것이다. 인간이 존재하기 위해 필요한 모든 분야—일과 놀이, 양육, 집, 식량 생산, 에너지 사용 등—는 고찰의 대상이 된다. 물론 모두 지속 가능한 문화를 창조한다는 관점에서 바라봐야 한다. 우리는 자연 환경을 보존하고 번성토록 할 수 있는 길을 모색할 것이다. 지금보다 창조적인 방법으로 자연과 공존할 수 있는 방법을 더 많이 배울 것이며, 자기 성찰과 탐구를 더욱 권장할 것이다. 이타카 에코빌리지가 각양각색의 방문객은 물론, 학생과 교수에게 똑같은 관심을 끈 것은 당연하다.

엘란과 함께 일하기

엘란과 레이첼 샤피로 부부가 아이들과 함께 이타카 에코빌리지에 이사 온 것은 1996년이다. 레이첼과 나는 곧 친한 친구가 되었다. 우리는 일주일에 한두 번씩 시간을 내어 자전거나 스키를 타고, 하

지속 가능 학문(Science of Sustainability)
인간과 자연계가 어떻게 상호 영향을 미치는지 알아보기 위해 통합적으로 접근하는 학문.

이킹을 하기도 했다. 한편 엘란과 나는 샌프란시스코에 살 때부터 **인터헬프**와 관련된 업무를 통해서 알던 사이다. 엘란은 이타카 에코빌리지를 생태학과 공동체에 대한 자신의 지식을 가르치고 열정을 모을 수 있는 곳이라고 생각했다. 특히 우리는 교육 문제에 대해서 의견이 일치했다.

1998년에 우리는 생각지도 않게 제법 큰 액수의 기부금을 받았다. 그 돈으로 나는 엘란을 교육 코디네이터로 고용했다. 근무 시간은 일주일에 15시간이었다. 엘란은 교육자, 카운슬러, 열렬한 생태주의자로서 갈고 닦은 지식을 업무에 쏟아 부었고, 배움에 대한 흥분을 우리에게 마구 전염시켰다. 그리고 이타카 지역사회에까지 우리의 교육이 전해질 수 있도록 최선을 다했다.

엘란을 새로운 식구로 맞이한 뒤 우리의 교육 프로그램은 좀더 명확한 목표를 향해 나아가기 시작했다. 우리는 일반적인 견학 과정을 확대하고 연사들을 초청했다. 뉴욕 주의 각지에서 모인 교육자들과 함께 두 차례에 걸쳐 '이타카 에코빌리지의 교육 비전 구상 회의'를 개최했다. 또 코넬대학에서 우리와 생각이 같은 교수와 학생들을 찾기 시작했다.

교육 비전 구상 회의를 통해 우리의 위치를 확실하게 이해할 수 있었다. 이타카 에코빌리지의 교육이 파고들 수 있는 틈새와 해당분야에서 다른 사람들이 하고 있을 교육을 최대한 보완하는 방법을 찾아야 했다. 그래서 비영리단체와 환경 조직, 학교들과 연계하여 다양한 회의를 개최하기 시작했다. 우리의 노력은 긍정적인 반응을

인터헬프(Interhelp)
심리적·영적인 통찰력으로 사회를 바꿔가려는 사람들의 국제적인 네트워크.

얻었다. 당시 카유가 네이처 센터(Cayuga Nature Center)의 대표이사 자넷 호크스는 말했다.

"이타카 에코빌리지는 우리에게 들려줄 이야기가 많습니다. 단순히 이 지역에 한정된 이야기뿐만이 아닙니다. 미국은 물론 전 세계적으로 의미가 있는 이야기들입니다. 여러분은 코하우징과 환경 친화적인 생활을 결합하여 완전히 새로운 생활의 개념을 만들고 있습니다."

그 회의들은 파급 효과가 대단했다. 우리는 코퍼레이티브 익스텐션(Cooperative Extension)과 함께 '지속 가능한 삶 시리즈'를 개최했다. 이 시리즈는 매달 공개 워크숍을 열었으며, 나중에 '가볍게 살기' 스터디 팀으로 발전했다. 이 활동은 지금도 계속되고 있다.

코넬대학과 이타카 에코빌리지의 협력도 드디어 결실을 맺었다. 2000년 가을, 엘란과 나는 농촌사회학과에서 대학원생들을 대상으로 환경관리론 강좌를 공동으로 진행해달라는 제의를 받았다. 10개국의 대학원생 18명이 우리의 강의를 들었다. 그중에는 아프리카, 남미, 동남아시아에서 온 학생들도 있었다.

이타카 에코빌리지에서도 두 차례 수업을 진행했다. 수강생들에게 충분한 시간을 주면서 주민들과 교류하고 집을 방문해보라고 했다. 학생들은 웨스트 헤이븐 농장에서 양파 껍질을 벗기며 소규모 유기농장을 일구는 기쁨과 고충에 대한 생생한 경험담을 들을 수 있었다. 이 강의는 시험도 획기적이었다. 우리는 수강생들에게 이타카 에코빌리지가 수년간 환경과 사회 부문에서 행한 선택의 장단점을 생각해보라는 문제를 주고, 생태마을 운동에 관한 이야기를 가장 잘 전파할 수 있는 전략을 생각해내라는 과제를 주었다. 강의

제의는 그것으로 그치지 않았다.

2001년 봄, 이타카대학의 개리 토마스 교수는 엘란에게 인류학과 학생 20명을 대상으로 '지속 가능한 공동체'에 관한 파일럿 강의를 제의했다. 강의는 일반 강의와 함께 매주 이타카 에코빌리지를 견학하고, 서비스 중심의 프로젝트를 진행했다. 이 강의가 성공함으

2002년 9월

교육 업무를 조정하기 위해 엘란과 2주에 한 번씩 만나는 약속이 정오에 잡혀 있었다. 둘 다 조금씩 늦었다. 나는 채소를 수확하느라 농장에서 일을 하다 왔고, 그는 인부들을 도와 SONG에 마련된 새 집을 짓는 중이었다.

우리는 개인적인 이야기로 회의를 시작했다. 요즘은 엘란이 매우 바쁜 시기다. 가족이 휴가에서 돌아온 지 얼마 안 된데다 오늘이 개학 첫날이기 때문이다. 설상가상으로 엘란의 자동차가 고장났다. 그는 차를 바꿔야 할지, 마을에서 더욱 효율적인 카풀 제도를 실시해야 할지 고민 중이었다. 엘란은 요즘 실용적인 건축 기술을 배우는 재미에 푹 빠졌고, 카운슬링과 교육 업무를 병행하느라 정신없었다. 나도 안식 휴가에서 막 돌아온 참이었다. 휴가 중에 있었던 일들을 엘란에게 들려주었다(8장 참조). 이런저런 수다를 떠느라 20분이 지났다. 신변잡기적인 이야기로 회의를 시작했지만 어느새 우리는 일에 대해 이야기를 나누고 있다.

제일 먼저 NSF 지원금의 세부 사항에 대해 이야기를 나눴다. 돈 문제, 강의 계획과 지속 가능성에 대한 텍스트 관련 이야기도 했다. 우리는 연못에서 수영을 하면서도 같은 이야기를 계속했다. 엘란은 매우 중요한 문제들을 제기했다. '이번 강좌의 목표는 무엇인가? 이타카 에코빌리지, 이타카대학, 학생들, 이타카 지역사회에 가장 도움이 되는 결과는 무엇인가? 우리는 성공의 척도를 무엇으로 볼 것인가?'…. 하나같이 중요한 질문들이었다. 나는 이 문제들의 해답을 얻고 싶었다. 연못에서 집으로 걸어오면서 우리는 며칠 내에 다시 회의를 하기로 했다. 그리고 지금처럼 즐겁듯이 회의하자고 약속했다. 다음번에는 자전거를 타거나 하이킹을 하면서 회의할 수도 있을 것이다.

일과 사생활을 엄격하게 분리하는 사람들도 있지만 나는 그렇지 않다. 친구들이 곧 직장 동료인 관계를 좋아하고, 야외에서 일하기를 즐기는 편이다. 연못가나 커먼 하우스의 포치에서 회의하는 경우도 잦다. 그러면 우리가 하나가 되었다는 느낌이 들기 때문이다. 하지만 달리 생각하면 그리 좋은 일만도 아니다. 모든 것을 잊고 잠시만이라도 숨을 곳이 아무데도 없기 때문이다. 언제라도 이타카 에코빌리지에서 나를 호출하거나 중요한 손님들이 내 집을 방문할 수도 있다. 하지만 대부분의 경우 나는 자신을 축복받은 사람이라 생각한다. 모든 사람들이 서로 아끼는 곳에서, 놀라운 아이디어가 매일 쏟아지는 곳에서, 대지와 단단하게 연결되어 있는 곳에서, 강력한 유대감을 경험할 수 있고 내가 속한 공동체에서 일과 생활을 동시에 하고 있기 때문이다.

로써 이타카대학과 이타카 에코빌리지의 관계가 더욱 공고해졌고, 공동으로 NSF에 지원금을 신청하는 계기도 되었다.

우리는 이타카대학 강의를 진행하면서 코넬대학의 학생들도 초청했다. 엘란과 제이와 나는 코넬대학 설계와 환경분석학과의 잭 엘리엇 교수와 협력하여 '생태적 디자인' 수업 시간에 학생들이 다양한 프로젝트를 진행할 수 있는 기회를 제공했다.

두 대학과 동시에 협력 사업을 진행하는 것은 우리에게 하나의 돌파구이기도 했지만 벅찬 과제이기도 했다. 우리는 두 대학에서 온 학생들이 한 번에 8개의 프로젝트에 참여할 수 있도록 계획을 짰다. 학생들이 참여한 프로젝트는 비료와 온실 설계부터 진입로를 위한 조경 계획, 마을 주변의 신호 체계를 개선하는 것까지 다양했다. 힘들었지만 그만큼 보람 있는 작업이었다. 우리는 이타카 에코빌리지를 건설하면서 습득한 경험을 더 큰 공동체와 더 많은 사람들에게 나눠줄 수 있었다. 이렇게 활동의 지평을 넓혀갈 수 있었던 것은 엘란의 도움 덕분이다. 나는 그 점에 대해 항상 고마움을 느낀다.

인턴들

이타카 에코빌리지에 인턴들이 찾아왔지, 우리가 먼저 인턴들을 찾은 것이 아니다. 지난 12년간 인턴 12명이 이타카 에코빌리지에서 우리를 도왔다. 풀타임으로 일한 사람도 있었고, 학기 중에 일주일에 몇 시간씩 일을 도와준 사람도 있었다. 내가 놀란 것은 목적이 뚜렷하고 명석한 젊은이들이 먼저 손을 내밀었다는 사실이다. 우리는 이들을 고용하기 위해 어떤 노력도 기울이지 않았다.

우리는 미국 전역과 해외에서 온 인턴들을 열렬히 환영했다. 바드, 코넬, 이타카, 웰즈대학처럼 뉴욕 주에서 온 학생들도 있었고, 플로리다 주(뉴 칼리지), 워싱턴 주(에버그린국립대), 온타리오 주, 캐나다(플레밍 칼리지) 등에서 온 학생들도 있었다. 심지어는 세네갈에서 험프리 장학금을 받고 온 경력자도 있었다!

이 프로젝트는 팀 앨런이 없었다면 결코 시작하지 못했을 것이다. 그는 이타카 에코빌리지 프로젝트를 시작할 때부터 풀타임으로 우리를 도왔으며, 브레드런 자원봉사 서비스(Brethren Volunteer Service)를 통해 장학금을 받았다. 12년이 지난 지금 그는 SONG에 보조금이 지원되는 주택을 구입했다. 자기 힘으로 노력해서 얻은 결실을 마음껏 누리는 것이다. 다른 인턴들은 모두 자원봉사로 일해주었으며, 간혹 이타카 에코빌리지 주민들의 집에서 하숙을 하는 대신 아이를 봐주거나 집안일을 거드는 경우도 있었다. 다행스럽게도 인턴으로 일한 많은 학생들은 보수 대신 학교 측에서 학자금 융자를 받았다.

2003년 봄 학기에 이타카 에코빌리지에 뛰어난 청년이 합류했다. 뉴 칼리지에서 온 자크 샤한이다. 자크는 이타카의 겨울 날씨와 말

ECOVILLAGE at **ITHACA**

레이첼 카슨 웨이(커먼 하우스로 이어진 꼬불꼬불한 자갈길)에서 학생 12명이 갈퀴와 전지가위를 이용해 보라색 좁쌀풀과 인동덩굴을 솎아내고 있다. 아름답기는 하지만 침입식물이기 때문이다. 이 작업은 '공동체 참여' 프로그램의 일환으로 진행되고 있다. 이타카대학에서 진행 중인 공동체 서비스 제공 프로그램은 신입생과 지역의 비영리단체를 연결해서 반나절 동안 자원봉사를 하도록 하는 것이다. 학생들이 와줘서 정말 다행이었다. 이 프로그램은 이타카대학과 진행 중인 강의 프로그램에서 뻗어 나온 것이다. 주민들도 학생들과 함께 작업을 한다. 이들의 작업은 소박해 보이지만 침입식물을 제거하고, 자생 생태계를 복원하기 위한 과제에 큰 도움이 될 것이다. 이것이야말로 모든 사람들에게 도움이 되는 학습 상황이 아니고 무엇이겠는가.

도 많고 탈도 많은 공동체 생활에 적응하느라 고생을 했다. 하지만 언제나 즐겁게 임했고, 주로 엘란의 조수로 오랜 시간 우리와 함께 일했다.

자크는 NSF의 지원금으로 진행된 첫 강좌를 진행하는 데 필요한 일을 도맡았다. 수업 시간에 읽을 자료를 복사하고, 이타카대학과 이타카 에코빌리지를 왕복하며 학생들을 실어 날랐다. '배우는 공동체'를 만드는 실험에서는 학생들과 부교수 엘란 사이에서 중요한 연락책이 되기도 했다. 자크의 피드백과 조언은 수업 진행에 큰 도움이 되었다. 그는 말했다.

"학생들은 열정적이고 목적의식이 투철하며, 자신들이 세상에서 할 수 있는 일에 마음을 활짝 열어놓습니다. 사회에서 존경받는 인물들에 대해서도 마찬가지입니다. 학생들은 이 사람들이 직면한 문제를 성공적으로 해결한다고 생각합니다. 이타카 에코빌리지의 여러분이 단순히 돈벌이가 아닌 생활에 유용한 뭔가를 하고 있다는 사실을 깨달은 거죠."

지속 가능성 강의

NSF의 지원금을 이용해서 이타카 에코빌리지는 강의 4개를 개설했다. 엘란 샤피로는 첫 번째 강의를 준비하면서 높은 기준을 정해, 이전에 진행한 '지속 가능한 공동체들' 강의를 바탕으로 더 많은 내용을 첨가했다. 그 결과 탄생한 4학점짜리 강의는 환경 친화를 지향하는 공동체들의 특성을 검토하는 한편, 학생들은 체험을 통해 공동체를 배울 수 있도록 했다.

엘란의 강의는 개인적인 면과 학문적인 면에 모두 엄격한 기준을 적용했다. 개인적인 면에는 일지 작성하기, 한 학기 동안 진행되는 생태학 실습, 명상이나 요가 같은 '개인적 지속 가능성', 그룹 토론과 의사 결정 과정 참여 등이 포함된다.

학문적인 면으로는 일단 읽어야 할 과제물이 상당했다. 학생들은 학습 내용을 발표와 보고서로 정리해야 했다. 게다가 제시한 실습 과제물 중에서 하나를 골라 참여해야 했다. 이 프로젝트에는 대체 교통 수단, 거주자들의 에너지와 물 사용량 측정, SONG를 위한 지속 가능한 조경 가이드 개발 등이 포함된다. 각 프로젝트의 총지휘는 마을 주민이 맡았다..그리고 학생들이 이타카 에코빌리지에 가장 유용한 연구를 수행할 수 있도록 도움을 아끼지 않았다.

학기가 끝날 무렵, 학생들은 꼬박 이틀 저녁을 투자해서 연구 결과를 발표했다. 주민들은 매우 흥미롭게 학생들의 발표를 들었다. 엘란의 강의는 대단한 성공을 거두었다. 몇몇 학생들은 이번 강의를 듣고 삶이 달라졌다고 말했을 정도다.

이타카 에코빌리지의 주민 존 해로드는 NSF의 지원을 받은 두 번째 강의에서 '에너지 효율과 지속 가능한 에너지'를 가르쳤다. 존은 강의하면서 자신도 많이 배웠다고 했다. 그는 자신의 직업인 '그린' 난방과 단열 시공자의 한계를 넘어설 수 있었고, 에너지 사용의 문제를 사회·정치·과학·경제적인 차원에서 폭넓게 검토해볼 수 있었다. 존의 수업은 '우리는 지속 가능한 에너지로 이행하는 데 필요한 기술을 보유하고 있으며, 가격 경쟁력 또한 높다'는 결론을 내렸다.

존은 자신의 강의를 좋아했다. 물론 강사로서 처리해야 할 행정

엘란 샤피로(왼쪽)와 '지속 가능한 공동체들' 강의를 듣는 학생들.

적인 일까지는 아니지만 말이다. 그는 이 강의를 계기로 이타카대
학의 물리학 교수와 함께 1학년을 대상으로 에너지와 지속 가능성
문제를 다루는 세미나를 진행했다.

　NSF의 지원을 받은 세 번째 강의는 이타카대학의 교수 수잔 앨
런-질과 개리 토마스가 진행했다. '혁신적인 환경의 미래' 강의를
수강하는 학생들은 SONG의 생태발자국과 이타카 시내 주거단지
의 생태발자국을 비교해보았다.

　정확한 결과는 아니지만 그 결과를 분석해보니 미국의 일반적인
가정보다 이타카 에코빌리지 가정의 생태발자국이 무려 40%나 작
을 것이라는 사전 조사 결과가 확인되었다. 한 가지 알아낸 사실이
있다면 비행기 여행이 이타카 에코빌리지의 에너지 사용량을 늘리

는 핵심 요인이라는 것이다. 우리가 아무도 비행기로 여행을 하지 않는다면 이타카 에코빌리지의 평균 생태발자국은 미국의 일반 가정에 비해 50~60%까지 줄일 수 있다. 요즘 나는 각종 회의에서 프레젠테이션을 하기 위해 해외 출장 갈 일이 많아졌다. 그때마다 내 머릿속에는 이 조사 결과가 떠나지 않는다.

NSF의 지원으로 이뤄진 네 번째 강의는 '지속 가능한 토지 사용'이었다. 엘란은 이 강의로 유종의 미를 거두었다. 이타카 에코빌리지의 교육가 3명은 힘을 모아 마지막 수업을 진행했다. 이들은 식물생리학, 퍼머컬처, 유기농 원예, 환경 교육과 봉사 학습 분야의 경력이 있었다. 교수진은 지역 토지 관리인과 좋은 관계를 유지했다. 이외에도 산림감독관, 작가 그리고 이 강의(학생들은 물론 이타카 에코빌리지 주민들도 수강했다)의 일환으로 두 차례나 훌륭한 실습을 진행한 인디언 마이크 드 문과도 관계를 유지했다. 기요카즈 시다라 또한 우리를 도와서 마을을 둘러싸고 있는 대지, 물과 초원의 잠재력을 어떻게 연구하는지 가르쳐주었다.

ECOVILLAGE *at* **ITHACA**

생태발자국의 위기

우리의 생태발자국은 1인당 14에이커(5만 6658m²) 정도로 비교적 작은 편이다. 전형적인 미국 가정은 24에이커(9만 7128m²)나 된다. 하지만 우리는 생태발자국을 더 줄일 수 있다. 현재 우리의 자원 이용 수준은 브라질과 뉴질랜드에 사는 사람들과 거의 비슷하다. 지속 가능성을 제대로 실현하려면 요르단이나 터키 사람들과 비슷한 수준으로 줄여야 한다.

우리가 자신의 생태발자국을 더 큰 관점에서 바라본다면 아직도 갈 길은 멀다. 세상 사람들이 모두 이타카 에코빌리지의 생태발자국 수준과 같아진다고 해도 전 세계인을 먹여 살리려면 지구만한 별 3개가 더 필요하기 때문이다! 그나마 다행인 것은 모종의 변화가 시작되었으며, 그것도 생태발자국의 위기를 해결하는 쪽으로 진행되고 있다는 것이다.

이타카 에코빌리지의 학생 프로젝트

학생들이 이타카 에코빌리지에서 교육받을 수 있는 방법은 교과 학습뿐만 아니다. 이타카대학과 코넬대학의 학생들은 이외에도 다양한 실습 프로젝트를 수행했다. 물론 이 프로젝트는 이타카 에코빌리지 공동체와 두 학교에 도움이 되었다. '그린' 버스 정류장 디자인도 이 프로젝트 중 하나였다. 이 과제는 결코 시시한 것이 아니다.

이 디자인 프로젝트는 첫 번째 강의인 '지속 가능한 공동체들'의 직접적인 결과였다. 이 강의에서 '대체 교통 수단' 과제를 수행한 그룹이 이다카 에코빌리지에 필요한 것은 그린 버스 정류장이라는 것을 지적했기 때문이다. 로브 리흐트(이타카대학에서 강의하는 지역 예술가이자 건축업자)와 함께 프로젝트를 진행하던 코넬대학생 몇 명이 이타카 에코빌리지의 버스 정류장에 대한 연구와 디자인 작업을 수행하면서 생산적인 여름을 보냈다.

건축, 자연자원, 공학 전공자들인 수강생들은 이 프로젝트에 인상적인 기술을 적용했다. 학생들은 중요한 이해관계자인 이타카 에코빌리지의 주민들, 지역 버스 회사 TCAT, 이타카 시의 기획·공학 담당자, 뉴욕 주 교통국과 함께 이 프로젝트를 논의했다. 이들은 '그린 디자인' 원칙과 건축 자재를 검토했고, 엄격한 디자인 요구 사항에 합의했다. 이 디자인 프로젝트에서 적극적인 참여자인 주민들을 학생들이 진행한 두 차례의 공청회에 초대하기도 했다.

학생들은 스스로 프로젝트를 진행했다. 정류장은 이동식이어야 했다. 왜냐하면 버스 회사에서 최종적으로 버스 정류장을 마을과 가까운 곳으로 옮기는 데 동의할 경우를 예상해야 했기 때문이다.

주어진 예산은 자재비 정도였다. 사용하는 자재는 대부분 재활용품이나 중고품이었다. 정류장은 자연광을 최대한 활용할 수 있어야하고, 미적인 면도 고려해야 했다. 튼튼하게 제작해야 하는 것은 두말할 필요도 없었다.

학생들은 훌륭한 디자인을 선보였다. 정류장은 쾌적한 실내 대기실, 잔디를 입힌 지붕, 자전거 보관소 등을 갖추었다. 또 바람이 잘 불지 않는 곳에 우편함을 설치했고, 필요 없는 우편물을 확인 즉시 버릴 수 있도록 그 옆에 재활용 박스를 놓았다. 주민들은 우편함을 빼고 더 단순하고 비용이 덜 드는 버스 정류장을 선택했다. 하지만 학생들은 이 프로젝트를 수행하면서 많은 것을 배웠다.

정류장 프로젝트는 아직도 진행 중이다. 마을자치회는 예산을 따로 배정해서 건축 코디네이터를 고용해 자료를 모으는 작업과 시공까지 의뢰했다. 물론 이 일에는 학생과 주민들도 참여하고 있다. 이 프로젝트가 완료되면 이타카 에코빌리지 입구에 멋진 환경 친화적 정류장이 들어설 것이며, 주민들은 버스를 기다리는 동안 바람을 맞지 않아도 될 것이다. 그리고 이 정류장은 마을 주민들과 프로젝트에 참여한 학생들의 노고를 보여주는 상징물이 될 것이다.

이타카 에코빌리지에서는 지금도 독립적인 연구 프로젝트가 진행되고 있다. 광전지를 실용화하는 것을 목적으로 하는 프로젝트도 진행 중이다. 이 프로젝트에는 태양에너지를 이용하여 지하 수조에서 빗물을 끌어올리는 시스템도 있다. 코넬대학의 프랜시스 바넥 교수가 지도하는 공학도들이 이타카 에코빌리지에서 풍력을 활용하는 방안을 연구했다. 이 프로젝트는 연속적인 독립 연구 프로젝트로 현재 이타카대학생들이 이어받아 진행 중이다.

이타카대학의 물리학과 시설을 활용하여 마크 달링과 이 학교 학생들이 진행하는 프로젝트도 있다. 이 팀은 이타카대학생들이 캠퍼스에서 이타카 시내까지 안전하게 걸어 다닐 수 있는 보행자 도로를 디자인했다. 이 프로젝트 또한 몇 학기에 걸쳐 동료들이 수행한 사전 연구를 바탕으로 진행했다.

지난 몇 년간 진행한 연구 프로젝트에서 수많은 교훈을 얻었다.

1. 학생들은 이론과 실제를 접목한 현장 실습에 높은 호응을 보인다. 이런 실습을 통해 이론과 실제의 다른 점을 발견할 수 있기 때문이나. 사실 많은 사람들이 일상생활에서 이런 실습을 원했다. 하지만 프로젝트를 수행하는 과정에서 학교와 마을의 문화적 차이를 극복하지 못하면 최초의 흥분은 금세 실망으로 바뀌고 만다. 우리의 경험은 대학 캠퍼스에서 점점 더 그 가치를 인정받고 있는 봉사 학습 운동과 꼭 들어맞는다. 봉사 학습은 학생들이 지역 단체와 함께 현장 실습을 할 경우 얼마나 많은 것을 배울 수 있으며, 배운 것을 공동체에 환원할 수 있는지에 중점을 둔다.

2. 이런 프로젝트에서는 주민의 역할이 매우 중요하다. 즉 주민들은 학생들의 연구를 조정하면서 학생과 마을의 의사 소통이 원활하도록 노력해야 한다. 그래야만 프로젝트에 투입된 사람들이 생산적으로 시간을 활용할 수 있기 때문이다. 코디네이터가 투자한 시간에 대해 보상을 받는 것이 이상적이다.

3. 공동체의 진정한 욕구에 부응하는 '리얼 라이프' 프로젝트를 제시하는 것이 가장 효과적이다. 그러면 학생들은 제대로 프로젝트에 기여할 수 있으며, 이들을 돕는 사람들을 통해 피드백과 도

움을 받을 수 있다.

4. 프로젝트팀의 이상적인 규모는 3~6명이다.

5. 여러 학기에 걸쳐 진행되는 프로젝트는 단기 프로젝트에 비해 공동체에 더 확실한 변화를 가져올 수 있다. 프로젝트에 참여하는 학생들은 장기 작업에 더 큰 노력을 기울이며 몰두하는 경향이 있다. 이런 프로젝트가 성공하려면 장기적 목표가 명확해야 하며, 프로젝트의 내용이 꼼꼼하게 문서화되어야 한다. 그래야 다음 연구를 진행하는 팀이 이전 연구 내용을 바탕으로 연구를 시작할 수 있기 때문이다. 단기적 목표는 학생과 주민들이 달성할 수 있는 수준을 벗어나서는 안 된다. 이 목표에는 조사, 디자인, 완성의 각 단계가 해당될 수 있다.

예를 들어, 나는 봄에 '대체 교통 수단' 프로젝트팀과 협력했다. 그래서 대중 교통 수단 이용과 관련한 습관과 요구 사항 등을 조사하고 주민들을 인터뷰했다. 한 학기짜리 프로젝트에서 구체적인 프로젝트(전기 공동 사용 시스템)가 완료되자, 또 다른 프로젝트(그린 버스 정류장)가 시작되었다. 이것은 이번 여름에 디자인 프로젝트로 진행되었으며, 앞으로도 현장 실습 건축 프로젝트로 이어질 것이다.

이렇게 비교적 성공을 거두는 프로젝트가 있는가 하면 심각한 어려움을 겪은 프로젝트도 있다. 카풀 제도는 주민들의 요청이 많았던 프로젝트다. 웰즈대학에서 참가한 앨리스 로를 비롯한 많은 사람들이 몇몇 주민들의 모임인 '괴짜 그룹'과 공동으로 실용적인 모델을 만들기 위해 노력했다. 학기가 끝날 무렵, 학생들이 결과물을 소개했을 때 주민들은 대단히 만족했다. 그러나 시간이 갈수록 이 제도를 활용하는 주민들이 없었다. 온라인에서 차를 태워달라는 사람은 많았는데 정작 태워주겠다는 사람은 별로 없었기 때문일 것이다. 프로젝트에서 행동의 변화가 가장 어려운 부분이라는 사실을 통감한 대목이었다!

6. 조사, 인터뷰, 현장 실습 일정, 토론 공청회, 3차원 모형, 최종 프레젠테이션 과정을 통해 학생들은 주민들과 효과적으로 소통할 수 있었다. (디저트를 준다면서 주민들을 공청회로 불러들이는 것도 나쁜 생각은 아니다!) 하지만 학생들의 프로젝트에 적극적으로 동참하고 싶다면 우리 공동체가 동시에 진행할 수 있는 프로젝트는 1~3개라는 점을 명심해야 한다. 이보나 많아지면 참가자들은 지치고, 결국 실망만 남을 것이다.

프로젝트 진행자들이 가이드라인을 따르면 학생들의 배우려는 의지, 봉사하려는 마음, 이타카 에코빌리지의 가르치려는 의지들이 놀라운 시너지를 발휘한다. 그 결과 지속 가능성을 더 높일 수 있을 것이다. 우리가 현실적인 환경 프로젝트를 많이 마련할수록 그 혜택은 모든 사람들에게 돌아갈 것이다.

대학원생들

이타카 에코빌리지는 학업을 완성하고자 하는 대학원생들에게 좋은 환경을 제공했다. 지난 13년간 대학원생 6명이 이타카 에코빌리지의 생활에 관한 석사 논문을 완성했고, 이곳을 주제로 한 논문으로 박사 학위를 받은 학생도 있다. 현재 박사 과정을 준비하는 또 다른 학생이 학위 논문을 준비 중이다. 인류학과 박사 과정에 있는 텐다이 치테웨어는 15개월 동안 우리 공동체와 함께 생활했다. 이타카 에코빌리지에 사는 사람들과 그들이 이곳으로 옮겨온 계기를 더 정확하게 이해하기 위해서였다.

짐바브웨 출신인 텐다이는 연구에서 미국 각지의 중산층이 환경 공동체로 이주하는 이유를 밝혀보고자 했다. 그녀는 자신의 의문을 다음과 같은 글로 정리했다.

인류학자로서 나의 관심은 미국의 환경주의, 소비주의, 계층에 집중되어 있다. 이 공동체는 어떻게 환경 변화를 유도하는가? 그리고 사람들에게 어떤 식으로 환경 문제에 대한 인식을 고취하는 것일까? 이타카 에코빌리지의 삶을 통해 주민들은 서로 어떻게 여기는가? 왜 이들은 이곳을 떠나지 않았을까? 이 공동체의 환경 · 사회 · 경제적 비용은 어느 정도인가? 나는 이 연구를 통해 이 공동체가 어떠한 노력을 경주했는지 밝혀보고자 한다.

텐다이는 순식간에 우리 공동체의 열렬한 지지자가 되었다. 그녀는 우리와 함께 식사하고, 요가 수업을 듣고, 수많은 공동체 위원회에 참석했다. 그녀는 연구의 일환으로 이타카 에코빌리지의 현재와 과거 주민들을 99% 인터뷰하기까지 했다.

그녀는 연구를 통해 주민들이 대부분 새로운 생활환경에 만족하고 있다는 사실을 알아냈다. 이곳의 사람들은 강한 유대감과 공동 식사 시간, 작업반을 즐기며, 아이들을 안전하게 키울 수 있고 환경에 대해 더 많은 것을 가르칠 수 있다는 데 감사했다. 물론 문제는 여전히 존재한다. 특히 이곳의 생활비는 큰 걱정거리다. 만장일치에

기초한 의사 결정 방식에 실망
을 표시하는 사람들도 있다.

텐다이는 이타카 에코빌리지
가 성공한 공동체가 될 수 있었
던 이유로 사람들이 기꺼이 마
음을 열고 함께 일할 준비가 되
어 있었다는 것을 꼽았다. 그녀
는 말했다.

"인내와 관용은 위대한 기술
입니다. 함께 어려움을 헤쳐 나

텐다이 치테웨어와 남편 매트.

가고 해결책을 찾는 사람들의 모습에 깊은 감명을 받았습니다."

우리가 학생들과 함께 프로젝트를 진행하든, 지속 가능성에 관한
수업을 개발하든, 교육 봉사 활동을 기획하든 이타카 에코빌리지가
개인과 단체에 미치는 영향력은 증가하고 있다. 지속 가능성 수업
에 참가하는 동안 짜릿한 즐거움을 맛보았다. 이제 이타카 에코빌
리지는 즐거움의 한가운데 있다.

ECOVILLAGE *at* ITHACA

공동 교육 : 제도적 변화를 위한 기초 마련하기

지속 가능성을 배우고 가르치는 이타카 에코빌리지의 경험은 확대
되고 있다. 그런 활동의 일환으로 우리는 뜻을 같이하는 교육기관
등과 협력하여 체계적인 변화를 창조하기 위해 노력하고 있다. 그

런 노력이 결실을 맺어 지속 가능성에 대한 관심이 고조되는 모습을 보면 가슴이 벅차오른다. 특히 대학 캠퍼스에 변화의 바람이 불고 있다. 사실 거대한 문화적 변화가 종종 대학에서 이뤄졌다는 점을 감안한다면 그리 놀라운 것도 아니다. 1960년대의 평화 운동이 대학을 기점으로 전국에 퍼져 나갔으며, 1970년대의 반핵 운동과 1990년대의 반세계화 운동도 같은 과정을 겪었다. 오늘날은 시한폭탄과도 같은 지구의 환경에 눈을 돌리는 사람들이 많아질수록 환경 지속 가능성이 새로운 운동으로 자리잡고 있다. 지속 가능성에 대한 지식이 풍부한 이타카 에코빌리지는 새로운 변화를 창조하면서 직접 체험하고 있다.

NSF 지원금

2002년 이타카 에코빌리지는 이타카대학 환경학과와 협력 관계를 맺었다. 우리는 '지속 가능성 학문'의 교과 과정을 짜고 강의를 개설하기 위해 NSF에 공동으로 지원금을 신청했다. 이타카대학의 생물학과 조교수 수잔 앨런-질은 이 일에 적극적이었으며, 그 후에도 모든 열정과 지식을 헌신적으로 쏟아 부었다. 그녀는 말했다.

"학생들에게 환경 문제만 가르칠 것이 아니라 그에 따른 해결책도 가르쳐야 합니다. 그래야 학생들이 미래에 대한 희망을 품을 수 있습니다."

이타카대학과 이타카 에코빌리지는 3년간 함께 작업했다. 그동안 NSF에서 이타카 에코빌리지 역사상 가장 큰 규모인 14만 9000달러와 각종 설비를 지원받았다. 지원금으로 우리는 이타카 에코빌리지의 강사들과 이타카대학의 여러 학부에서 프로그램을 짜기 위해 참여한 코디네이터들에게 보수를 지급했다. 이타카대학에서 나온 코디네이터는 수잔 앨런-질, 톰 셰보리(정치학 교수), 개리 토마스(인류학자)였으며, 이타카 에코빌리지에서는 엘란과 내가 참여했다.

지원금은 이타카 에코빌리지가 지식을 전파하는 임무를 수행하는 데 필요한 초석을 마련해주었다. 이타카 에코빌리지는 학생들이 지속 가능성 학문에 총체적으로 접근할 수 있는 연구실로 변모한 것이다. 무엇보다 우리의 교육 자원을 더 많은 사람들에게 알릴 수 있고, 주민들에게도 더 많은 전문 지식을 전파할 수 있었다. 교직에 있거나 전문적인 기술을 보유한 주민 12명이 강의에 참여했거나 참여할 예정이다. 이들은 초청 연설을 하거나 학생들의 프로젝트팀을 지도하는 일에도 적극적이다. 그들 모두 사람들에게 전달하려는 내용을 직접 실현하는 가장 좋은 예이기 때문이다.

널리 알리기

지속 가능성에 대한 메시지는 확산되고 있다. 특히 학문의 전당에서 이뤄지는 극적이고 긍정적인 변화는 눈부시다. 이타카대학은 환경의 지속 가능성을 가르치며 캠퍼스 전역에서 이를 실현하려는 노력을 기울이고 있다. 특히 학교 행정당국이 이 일에 매우 호의적이다. 혁신적인 성향의 피터 바다글리오 교무처장과 페기 윌리엄스 총장은 이런 노력이 이어질 수 있도록 도움을 아끼지 않는다. 연합통신이 마련한 인터뷰에서 페기 총장은 말했다.

"우리의 목표는 미국의 지속 가능성 운동을 이끌어가는 것입니다. 미래 세대를 위해 우리의 말을 실천하고 학생들을 교육하여 여러 분야에서 그들 세대에게 필요한 변화를 만들어낼 지도자를 양성하는 것입니다."

대학은 지속 가능성을 위해 몇 가지 조치를 취했다. 지속 가능한 관리 시스템 부문의 컨설턴트를 고용한 것이다. 그는 이타카대학에서 진행하는 모든 활동에 '3가지 최종 목표(인간, 경제, 생태)'를 적용하도록 했다.

- 이타카대학 경영대학원은 지속 가능한 경영 실무 교육의 본보기가 되고 있다. 대학 측은 경영대학원이 입주할 최신 건물 건축에 필요한 1400만 달러 중 절반을 모았다. 피터 교무처장은 "신축 건물은 현존하는 친환경 건축 인증 중에서 최고 등급인 '리드 플래티넘' 인증을 받을 예정입니다. 학생과 방문객은 이 건물의 설계와 건축에 이르는 전과정을 모두 학습 도구로 활용할 수 있습니다"라고 밝혔다. 그렇게 되면 이 건물은 미국 대학 캠퍼스에서 2개뿐인 플래티넘급 건물 중 하나가 되는 것이다.
- 2004년 2월, 이타카대학은 지속 가능성 회의를 개최했다. 지역 공동체 지도자들과 이타카대학을 비롯한 여러 대학의 대표단이 이 회의에 참석했다. 재계와 지속 가능성에 관심이 많은 지역에서도 대표단을 보내왔다.

리드(Leadership in Energy & Environmental Design, LEED)
미국의 친환경 인증 제도. 미국녹색건물회의(US Green Building Council, USGBC)의 주도하에 개발되어온 자체 평가 시스템으로 2003년 3월에 개정되었다. 평가 항목으로는 지속 가능한 부지 계획, 수자원 효율, 에너지와 대기, 재료와 자원, 실내 환경의 질 등이 있다.

• 지속 가능성 학교의 설립에 대해서도 많은 관심이 이어지고 있다. 이 학교는 지속 가능성을 교육하고 실습하기 위해 학제간 접근법을 활용할 예정이다.

이타카대학이 구체적으로 지속 가능성을 어떻게 가르칠지 정확하게 말할 단계는 아니다. 하지만 갖가지 제안이 들어오고 있다. 일단 초청 연사 강연과 '지속 가능성 101'이라는 5학기짜리 강의가 교과 과정에 포함될 수 있다. 지속 가능성 학문을 전공이나 부전공으로 배울 수도 있을 것이다.

한편 이타카 에코빌리지는 교육 역량을 배양하기 위해 노력을 기울였다. 핵심적인 인물들로 구성된 강사진을 갖춤으로써 대학 수준에 맞는 강의를 제공할 수 있을 것이다. 또 일반인을 위한 고급 워크숍도 개최할 예정이다. 학생 숙소를 만들어 학생들이 이타카 에코빌리지에서 배우며 공부하는 계획도 있다. 장기적으로 우리는 생태마을 교육 연구(EcoVillage Education and Research, EVER) 센터를 건립할 예정이다. EVER 센터가 건립되면 이타카대학에서 개발 중인 각종 시설을 보완할 수 있을 것이다.

하지만 지속 가능성이라는 주제는 결코 학교에서 끝나지 않는다. 이타카 에코빌리지가 위치한 뉴욕 주도 행동에 나섰다. 최근에 '지속 가능한 톰킨스 카운티(Sustainable Tompkins County)'를 건설하자는 제안에 관심이 모아지고 있다. 2003년 9월, 정부와 학계, 재계, 비영리 부문에서 지역 리더 40명이 모여 흥미로운 워크숍을 개최했다. 워크숍에 참석한 사람들은 이 지역이 여러 정부 기관의 기능을 재조정하여 장기적인 지속 가능성을 향상할 수 있을지 논의했다.

캘리포니아의 팰러앨토에서 초청 연사로 참석한 에드 쿠에베도는 흥미로운 사람이다. 그는 세계적인 에너지 · 환경 컨설팅 기업 WSP 인바이어런멘털에서 '환경 관리와 지속 가능성 프로그램'의 책임자이자 '지속 가능한 소노마 카운티(Sustainable Sonoma County)'와 협력하고 있었다. 쿠에베도는 참석자들에게 우리 지역이 당면한 환경 · 사회 · 경제적 문제를 파악해보라고 조언했다. 광범위한 이타카 지역을 겨냥한 지역 지속 가능성 관리 계획을 마련하기 위해 열띤 토의가 벌어졌다. 이 워크숍은 이타카대학, 이타카 에코빌리지와 이타카 시가 조직했다. 워크숍을 계기로 최대 규모이자 가장 다양한 협력 그룹 중 한 곳과 몇 년 동안 함께 일할 수 있게 되었다. 이타카 에코빌리지의 많은 주민들이 지속 가능성에 대한 제안을 하는 단계에서 큰 기여를 했다. 엘란은 운영위원회에서 적극적으로 활동했고, 다른 주민들도 모임의 진행자 역할을 하거나 지역 신문에 기고하기도 했다.

워크숍에 이어 게이 니콜슨(핑거 레이크 토지 신탁의 전직 이사장)이 지속 가능한 톰킨스 카운티 초기 타당성 조사를 위해 고용되었다. 게이의 창의적인 방법을 통해 주(州) 사업체 수십 곳과 시민운동 지도자들이 토론 모임에서 수차례에 걸쳐 지속 가능성 문제를 제기했다. 토론 모임에 참가한 사람들은 지속 가능성의 개념을 배우고 우리 지역의 밝은 미래를 계획하며 실천 가능한 계획들을 논의해볼 수 있는 기회를 얻었다. 지역 식당과 커피 전문점에서는 '지속 가능성 카페'가 일반 대중과 토론의 장을 제공했다.

지속 가능한 톰킨스 카운티는 2005년까지 프로젝트 그룹 5개를 만들었다.

- '지속 가능성 실현을 위한 계획과 토지 이용' 그룹은 기획가, 디자이너, 건축가, 공무원들이 모여서 지속 가능한 개발을 위한 지역 문제를 논의한다. 이 그룹은 사우스웨스트 파크에 지속 가능한 거주지역 개발을 위한 비전을 마련했다. 이타카 시는 현재 이 개발을 숙고하고 있다.
- '건강한 세대' 그룹은 건강 전문가들과 더욱 건전하고 결속력 있는 공동체 건설에 관심 있는 사람들로 구성되었다. 이 그룹은 현재 건강한 생활과 지속 가능한 주거와 세대간 공동 활동을 연계하기 위해 노력 중이다.
- '녹색 자원 허브' 그룹은 친환경 건축입제와 재생 가능 에너지 지지자들로 구성되었다. 이 그룹은 현재 유용한 정보와 자원을 효과적으로 교환하고 확산할 수 있는 방법을 연구 중이다.
- 예술가, 작가, 커뮤니케이터들로 구성된 '소통하는 지속 가능성' 그룹은 창조적인 예술이 지속 가능성이라는 메시지를 전달할 수 있는 방법을 강구 중이다.
- '지속 가능성 지표' 그룹은 지역 차원의 지속 가능성 운동의 효과를 측정할 수 있는 공동체 지표를 개발 중이다.

이외에도 각종 강습과 행사가 개최되어 사람들에게 정보를 제공하고 있다. 대표적인 예로는 6주간 진행되는 '그린 빌딩 워크숍'과 '지속 가능한 테크놀로지 쇼케이스' 등이 있다. 특히 지속 가능한 테크놀로지 쇼케이스는 친환경 기술 관련 업계와 투자자들을 모아 하루 일정으로 회의를 진행한다.

이타카 에코빌리지가 주정부의 노력을 이끌어냈다는 사실이 무척 감격스럽다. 엘란과 댄 로스를 비롯한 많은 이타카 에코빌리지의 주민들이 새로운 조직에서 중요한 역할을 수행하고 있다.

나로 말하자면 이타카 에코빌리지에서 할 일이 많아 일단은 적극적으로 참여하지 않는 대신 시한이 정해진 프로젝트에 참가하기로 했다. 그래서 지속 가능한 톰킨스 카운티 협의회가 개최하는 이틀 일정의 수련회를 공동 진행했다. 이런 행사는 지속 가능성 운동을 더 넓은 지역으로 전파하기 위한 작은 노력이다.

변화의 바람

이타카 에코빌리지와 대학의 협력 관계가 어떻게 겨우 2년 만에 대학이 새로운 목표를 세우게 했으며, 주정부 차원의 환경운동을 시작하게 했을까? 시기가 좋았고 지원 체계가 잘 이뤄졌을 뿐만 아니라 사람들의 엄청난 창의력이 이런 변화를 가능하게 했다. 우리가 대학과 협력 관계를 체결한 시기는 마침 지속 가능성에 대한 관심이 고조된 때라 그 덕을 톡톡히 봤다.

게다가 대학과 지역 정부 차원에서 훌륭한 지원을 받을 수 있었다. 이타카대학의 고위 관계자들이 협력을 아끼지 않았으며, 우리와 함께 강의를 진행한 교수진도 비전과 의지가 있었다. 우리가 초빙한 컨설턴트들도 모두 존중받았으며, 선생님들에게 지속 가능성 정신을 고취하는 데 일조했다. 이런 노력의 결과로 바바라 앤더슨은 '지속 가능성 펜 스테이트 센터'를 설립했다. 에드 쿠에베도는 기업들이 인간, 경제, 생태라는 '3가지 최종 목표'를 적용할 수 있도록 도왔다. 또 오벌린대학의 환경학과 데이비드 오어 교수는 지속 가능한 변화를 홍보했다. 그는 학계에서 언변이 가장 뛰어난 대변인일 것이다.

마침내 우리는 수많은 독창적인 제안을 내놓아 지속 가능성에 대한 논의를 확대해 나갈 수 있었다. 이타카 에코빌리지와 이타카대학은 지속 가능성 문제를 공부하는 교과 과정을 시작했다.

- 복합적인 교과 과정을 개발하기 위해 각종 워크숍을 열어 이타카 에코빌리지의 교육가들과 이타카대학 교수진이 교과 과정과 교수법을 활발하게 논의하도록 도왔다.
- '착수금' 1000달러를 마련하여 이타카대학 교수진이 지속 가능성에 초점을 맞춘 새로운 과정을 개발하거나 종전의 과정을 그렇게 수정하도록 했다. 지금까지 10차례에 걸쳐 다양한 학과에 지원금을 제공했으며, 그 결과는 매우 훌륭했다.
- 이타카 에코빌리지의 교육가들에게 '미니 지원금'을 1000달러씩 6차례 지원했다. 이 지원금을 받은 교육가들은 에코빌리지에서 지속 가능성을 연구하고 종전의 강의를 확충하기 위해 관련 프로젝트를 수행했다.
- 대학 강의 경험이 없는 이타카 에코빌리지 교육가들을 위한 교육을 실시했다. 이타카대학의 교수들과 협력하여 교실을 벗어나 더욱 통합적인 방법으로 지속 가능성을 가르칠 수 있도록 했다.
- 대학에서 '지속 가능성 살롱'을 수차례 개최했다. 짧은 프레젠테이션, 소규모 토론, 지역 농산물로 만든 요리 등을 통해 지속 가능성 문화를 전파하고, 지속 가능성의 다양한 측면을 소개했다.

우리와 이타카대학은 제도적 장애를 뛰어넘고 의견 차이를 해소하기 위해 노력했다. 이타카대학은 효율적인 협력 관계를 이루기 위해 자원봉사를 기본으로 하는 우리 공동체의 느슨한 문화에 적응해야 했다. 거꾸로 이타카 에코빌리지에서는 우리의 환경과 가치를 제대로 반영할 수 있는 강의와 프로젝트를 마련하는 과정에서 이타카대학과 의견을 조율해야 했다.

양측이 협력하여 지속 가능성 학문을 가르쳐보니 그 효과는 기대 이상이었다. 나는 앞으로 우리가 이룩할 성과를 하루빨리 보고 싶다. 연못에 떨어진 물 한 방울이 수많은 동심원을 만드는 모습은 보기 드물게 멋진 광경일 것이다.

이타카 에코빌리지는 그 활동 영역을 전 세계로 넓혀가고 있다.

ECOVILLAGE 기 ITHACA
국제 생태마을 교육

국제 생태마을 네트워크

국제 생태마을 네트워크(Global EcoVillage Network, GEN)는 1995년에 설립되었다. 현재 이타카 에코빌리지가 핵심 회원으로 활동 중인 이 단체는 전 세계에 위치한 수십 곳의 생태마을과 수천 곳의 전통 마을을 잇는 가교 역할을 하고 있다. 조직은 지속 가능성과 관련한 여러 주제에 대해 회원들에게 정보를 알리고 교육한다. 또 자연과 조화로운 삶을 추구하는 공동체들을 발전시키는 일도 추진하고 있다. 이와 더불어 전 세계에서 회의, 워크숍, 스터디 세션 등을 개최하여 생태마을에 거주하는 사람들을 하나로 모으며, 생태마을 운동에 관심 있는 사람들을 교육한다. 2004년에 내가 참가한 핀드혼 회의도 그런 성격이었다.

핀드혼 회의

2004년 봄, 힐더 잭슨의 발의로 6대륙 15개 생태마을의 대표들이 스코틀랜드 핀드혼(Findhorn)에 위치한 그림 같은 저택에 모였다. 회의의 목표는 전 세계의 생태마을에서 가르칠 수 있도록 생태마을 디자인에 관한 표준 연수 과정을 마련하는 것이었다.

진행자들의 매끄러운 진행 속에서 참가자들은 프레젠테이션, 토론, 브레인스토밍, 명상, 시 쓰기, 춤, 유머, 축하 등 여러 가지 방법을 통해 다양한 측면을 숙고했다. 우리는 덴마크 생태마을의 행동주의자 힐더 잭슨과 카렌 스벤손의 책 『생태마을의 삶: 지구와 인간의 회복』에서 발췌한 표도 활용했다.

전 세계의 생태마을을 촬영한 아름다운 사진과 취재 기사로 가득한 이 책은 알록달록한 바퀴 그림으로 시작한다. 이 그림은 '생태마을의 삶을 구성하는 15가지 요소'를 상징한다. 바퀴는 사회 · 경제적 차원, 문화 · 영적 차원, 생태적 차원 등 3가지 요소에 초점을 맞추고 있다. 우리는 이 그림에서 논의를 시작했다.

사람들이 제안한 여러 연수 과정에 포함된 요소들이 대부분 힐더의 '바퀴'에 명확하게 나와 있었다. 게다가 핀드혼과 다른 생태마을들이 오랜 시간 동안 축적한 경험에서도 사람들의 의견과 비슷한 연수 과정을 도출할 수 있었다. 물론 모든 부분이 다 들어맞는 것은 아니었다. 나는 경제를 하나의 독립된 요소로 봐야 한다고 주장해 많은 사람들의 강력한 지지를 받았다. 물론 여기에는 세계 경제에 대한 분석도 병행되어야 했다. 우리는 영성의 역할에 대해서도 활발한 토론을 진행했다. 그 결과 영성이 전체 생태마을 철학의 핵심이기 때문에 주제 분야에 포함되어야 한다는 결론을 내렸다.

사회적 이슈를 다룬 토론도 있었다. 가령, 유럽의 공동체는 젠더(gender), 사랑, 성(sex)과 같은 문제를 중요하게 다뤘다. 그래서 이 문제에 대한 논의도 함께 진행되었다.

기타 토론 주제로는 의미론이 있었다. 가령 누가 '퍼머컬처'라는 단어의 쓰임새에 의문을 제기하면서 '지속 가능한 디자인'이라는 용어가 더 알려지지 않았는지 묻는다고 하자(우리가 이 회의에서 최종적으로 어떤 연수 과정을 도출하더라도 각자의 상황에 맞게 수정할 수밖에 없을 것이다. 생태마을 고유의 특성과 교육 요원들의 배경과 교수 수준은 다를 것이기 때문이다. 그런데 표현이야 어떻든 무슨 상관인가? 어쨌든 우리는 표준적인 연구 과정을 마련하기 위해 모였으므로 개념을 정리하는 것은 매우 중요한 일이었다).

힐더는 오랫동안 생각하고 글을 쓰고 행동하여 바퀴로 형상화된 원칙을 도출해낸 그룹의 리더였다. 힐더와 그녀의 남편 로스는 GEN의 창립 멤버로, 이 단체를 움직이는 원동력이었다. 그런 그녀가 현역에서 물러나기란 쉽지 않았을 것이다.

어느 날 아침, 힐더는 우리에게 간밤에 꾼 꿈 이야기를 해주었다. 꿈에서 그녀는 아기를 안고 있었다. 그녀는 꿈속에서 아이에게 아무것도 먹이지 않은 것을 기억하고는 무척 놀랐다고 한다. 그 순간 많은 사람들이 아이를 안고 먹을 것을 주었다는 사실이 떠올랐고,

핀드혼의 2004년 5월

늦은 5월, 주위는 선선하다. 나는 스코틀랜드의 핀드혼에서 눈부시게 아름다운 숲을 거닐고 있다. 수령이 족히 수백 년은 되었음 직한 커다란 너도밤나무에서 이곳에 고대의 지혜를 빌려주는 것 같다. 나는 잘 다져진 오솔길을 따라 마법처럼 진달래가 우거진 골짜기로 내려갔다.

만개한 진달래가 진홍색, 분홍색, 밝은 오렌지색, 흰색, 황금색으로 수놓인 골짜기를 우아하게 장식하고 있다. 밝은 보라색 꽃 덤불도 보인다. 화사한 노란색 미나리아재비, 오렌지색과 황금색이 화려한 양귀비, 호리호리한 야생 히아신스가 기다란 풀 사이에서 별처럼 반짝인다. 크림색 진달래가 수놓인 덤불에서는 꽃 향기가 진동한다.

나는 골짜기 중앙에 있는 나무 그루터기에 걸터앉는다. 나의 눈과 영혼은 자연의 아름다움에 푹 빠져들었다. 가슴은 환희로 벅차오른다. 지난 수십 년간 정원을 이토록 아름답게 가꾼 정원사에게 감사의 마음이 솟았다. 내 마음은 40년 전 인버네스 근교에 만들어진 영적 공동체 겸 생태마을 핀드혼에서 보낸 소중한 시간들로 가득하다.

나를 포함한 세계 각국의 생태마을 주민들과 교육가들이 핀드혼으로 모여들었다. 이곳에서는 자신의 공동체에서 생태마을 건축에 관한 연수를 실시하고자 하는 생태마을 교육가들을 위한 세션과 미국 대학생들을 한 학기 동안 해외 생태마을로 연수 보내는 선생님들을 위한 세션이 마련되었다.

우리는 여러 생태마을에서 준비한 프레젠테이션에 참석했다. 오스트레일리아, 브라질, 덴마크, 영국, 독일, 인도, 이탈리아, 멕시코, 포르투갈, 스코틀랜드, 세네갈, 타이, 미국의 생태마을에서 대표들이 참석했다. 나는 전 세계 생태마을의 다른 모습에 새삼 놀랐다. 규모, 목표, 구성, 외형이 하나같이 독특했다.

물론 모든 생태마을이 대표단을 보낸 것은 아니다. 좀더 지속 가능한 형태를 이룬 공동체 중에는 전통적인 토착마을도 있었다. 이런 마을들은 과거의 문화를 복원하고 세계화에 맞서고 있었다. 영성, 새로운 사회 형태 혹은 생태적인 목표를 기반으로 새롭게 만들어진 실험적 생태마을도 있었다.

이곳에서 갓 조직된 그룹에서 다른 사람들과 함께 토론하는 것은 쉽지 않았다. 그러나 새로 사귄 친구와 동료들을 생각하면 금세 미소가 번진다. 모두 이타카 에코빌리지의 기초가 된 원칙을 실천하고 가르치는 사람들이었다. 어디에서 왔든, 목표가 무엇이든 우리는 진달래 골짜기에 핀 꽃들만큼이나 다양한 공동체를 창조하고 있다. 모든 생태마을은 제각기 개성을 가지고 연결되어 있다. 지구별 사람들이 지구에서 함께 살 수 있는 조화롭고 지속 가능한 방법을 창조해낸다는 공동의 목표가 있기 때문이다.

이 공동체들이 선사해준 아름다움과 희망에 다시 한번 감사한다. 그리고 우리 조상들의 지혜에도 감사한다. 지금은 선조의 지혜의 의미를 되새겨봐야 할 때다. 그래서 사람들 사이의 균형과 사람과 자연의 균형을 이루며 사는 방식을 되찾아야 할 때다.

그녀는 행복감을 느꼈다.

힐더의 꿈 이야기를 들으면서 나는 조안 보케어가 이타카 에코빌리지 비전 수립 회의에서 겪었던 비슷한 상황을 떠올렸다. 당시 조안도 자신의 '아기(이타카 에코빌리지에 대한 비전)'를 포기해야 했다. 그래서 더 많은 사람들이 그 꿈을 이룰 수 있었다. 꿈을 이루려고 집착하는 태도를 버리고 그 꿈에 더 많은 사람들이 참여하도록 하기 위해서는 용기가 필요하다. 나는 힐더와 조안을 존경했다. 두 사람은 자신들의 염원을 다른 사람들이 이뤄 나갈 수 있도록 스스로 떠날 때를 잘 아는 사람들이었다.

다른 사람들도 제각각 그 꿈을 이뤄 나갈 준비가 되어 있었기 때문에 가능했다. 스코틀랜드의 핀드혼, 인도의 오로빌(Auroville), 오스트레일리아의 크리스털 워터스(Crystal Waters), 독일의 제그(Zegg)와 같은 전 세계의 생태마을들은 각각 생태마을을 설계하는 혁신적인 강의를 진행하고 있었다. 이타카 에코빌리지를 비롯한 다른 생태마을에서도 한 가지 주제에 대해 한 학기 동안 진행하는 강의를 포함한 여러 교수 형태를 실험 중이다. 어느 공동체나 자신들이 실현할 생태마을의 비전을 수립하고 있었다.

나는 우리 공동체와 다른 공동체들의 성과를 비교하는 일이 흥미로웠다. 대부분 우리보다 몇 년 전에 강도 높은 주민 강좌를 실시했으며, 방문객과 학생들을 위해 마을에서 숙식을 제공했다. 또 다년간의 경험을 자랑하는 실력 있는 강사들도 보유하고 있었다. 반면 이타카 에코빌리지는 지역 대학들과 함께 현재진행형으로 협력 관계를 수립하여 혁신적인 사업을 벌이고 있었다. 모두 방법은 달랐지만 목표는 하나였다.

핀드혼 회의는 지속 가능성 교육에 모든 노력을 쏟고 있는 우리 공동체와 잘 맞았다. 나는 그 회의에 참석할 수 있었던 것을 고맙게 생각한다. 회의 기간 동안 우리는 생태마을 디자인에 대한 연수 과정의 틀을 잡았으며, 생태 공동체들의 연대를 강화할 수 있었다.

이타카 에코빌리지는 지속 가능성을 교육하는 데 온 힘을 쏟고 있다. 주민 개인의 차원뿐만 아니라 대학이나 정부 기관과 협력하고, GEN과 같은 국제단체를 통해 지속 가능성을 전파하기 위해 노력하고 있다. 우리의 노력은 앞으로도 계속될 것이다. 이 세상에는 아직 배워야 할 것도, 가르쳐야 할 것도 많기 때문이다.

ECOVILLA

Chapter 10
널리 알리기

네팔 오지에 위치한 타망 족 마을에는 집들이 옹기종이 모여 있다. 주민들은 이웃과 가깝고 서로 도우며 산다. 내가 이타카 에코빌리지의 농장을 방문했을 때 많은 사람들이 모여 함께 일하고 있었다. 마치 타망 마을 같았다. 그곳에서는 돌아가며 이웃을 돕는다. 누군가 아프면 이타카 에코빌리지에서처럼 아픈 이웃의 가족을 도와준다. 타망 마을 주민들은 함께 축하할 일이 많다. 그리고 그들도 커먼 하우스가 있어서 공동으로 식사를 한다. 마을에 손님이 오면 누구든지 마을의 모든 주민에게 소개한다. 주민들은 각별한 태도로 손님을 대접한다. 나는 이타카 에코빌리지에서도 똑같은 모습을 접하고 깜짝 놀랐다.

—미라 라나(ETC 이사)

이 타카 에코빌리지에서 지속 가능한 삶을 실천하면서 쌓은 경험은 언어와 문화의 장벽을 뛰어넘고 있다. 아마도 인간적인 규모로 구성된 우리 마을의 경험이 평범한 사람들의 삶과 다르지 않기 때문인 것 같다. 우리와 땅의 관계는 많은 사람들이 마음 깊은 곳에서는 알지만 잊고 사는 것들을 떠올리는 것일지도 모른다. 아니면 한 가족처럼 지내는 이곳의 문화는 말없이도 이해할 수 있기 때문인지도 모르겠다. 이유야 어쨌든 이타카 에코빌리지 모델은 전 세계 사람들에게 알려지고 있다.

전 세계 공동체를 가꿔가려는 우리의 목표는 확고하다. 우리는 어느 나라 사람이든지 방문객을 환영한다. 자매결연을 맺은 해외 공동체와도 공고한 관계를 유지한다. 국제적인 생태 관련 행사에도 참여하며, 이타카 에코빌리지를 궁금해하는 언론에게는 언제든지 그 궁금증을 풀어준다. 우리는 이타카 에코빌리지가 초현대식 문화가 퍼져 있는 일본이나 스페인과 어떤 관계가 있는지 관심이 많다. 전통적인 문화에서 지속 가능한 삶의 단초를 찾는 일에 열정을 쏟고 있다. 우리가 공통으로 가지고 있는 것, 우리가 어떻게 연결되어 있는지, 지금보다 훨씬 평등하고 지속 가능한 세상을 만들기 위해 어떻게 협력할 수 있을지 그 해답을 열심히 추구한다. 결국 우리는 전 세계인과 대화할 것이다.

이타카 에코빌리지는 전 세계 사람들과 공통점이 많다.

하나로 이어진 사람들

이타카 에코빌리지에 온 손님들은 금세 마을의 공동체와 친밀한 느낌을 받는다. 우리는 전 세계에서 찾아온 손님을 맞이하고 투어를 조직한다. 어느 나라 사람들이 찾아와도 우리 마을을 둘러보면 마치 자기 나라의 시골에 와 있는 것 같다고 한다. 중국, 일본, 덴마크 혹은 러시아에서 왔다 해도 그들의 반응은 비슷했다. 예를 들어, 미라 라나는 이타카 에코빌리지가 네팔의 자신의 마을과 매우 비슷하다는 사실에 깜짝 놀랐다. 그 감상을 담은 기사를 '에코빌리지 뉴스레터'에 기고했을 정도다.

라나는 ETC의 이사다. 이 단체는 특히 농촌 지역에서 여성의 교육과 소득 증대 프로그램을 집중적으로 실시하고 있다(6장 참조). 2000년에 파멜라 카슨의 초청으로 이타카 에코빌리지를 방문한 라나는 그 감동을 이렇게 전했다.

나는 이타카 에코빌리지를 매우 좋아합니다. 아름다운 경치를 배경으로 집들이 옹기종기 모여 있는 모습이 정말 좋기 때문입니다. 여기에서는 여러 가지 목적을 위해 땅을 아끼고 있습니다. …… 공동 육아 센터는 매우 실용적입니다. 이곳에서 아이들은 심리적이고 정신적으로 강하게 자랍니다. 다른 아이들과 어울리면서 뭐든 함께 나누고 사회성을 키워가는 것입니다. 이런 환경은 아이들의 장래에 매우 도움이 될 것입니다.

나는 이제까지 서양 사람들은 개인적이며 잘 협력하지 않는다고 생각했습니다. 그런데 이타카 에코빌리지의 주민들은 매우 친절하고 이웃과 잘 협력하며, 주위와 조화를 이뤄 살아갑니다. 마을 사람들은 어느 집이나 방문할 수 있고, 무엇이든 공유합니다(예를 들어, 이 마을에는 모든 사람이 공동으로 사용하는 차도 있습니다).

내가 또 하나 이타카 에코빌리지에서 흥미롭게 본 것은 공동 부엌입니다. 그 부엌은 모든 사람이 한자리에서 식사를 하는 네팔의 시골에 있는 부엌 같았습니다. 다른 점이 있다면 시설 수준 정도였습니다. 네팔에서는 바닥에 앉아 손으로 식사를 하는 반면, 이곳의 부엌은 좋은 가구와 요리도구를 갖춘 깨끗하고 아름다운 곳이었습니다.

이타카 에코빌리지와 타망 마을의 공통점은 한두 가지가 아닙니다. 두 마을은 채소 농장을 가꾸고, 가축을 기르며, 물건을 공동으로 사용합니다. 축제와 휴일을 함께 즐기고, 기쁜 일도 슬픈 일도 이웃과 함께 합니다.

이타카 에코빌리지와 타망 마을의 공통점은 소규모 공동체라면 어디서나 볼 수 있다. 이와 같은 공통점이 소중한 자원이기도 하다. 주민들끼리 서로 잘 아는 마을에서는 협동심과 관용이 뛰어나다. 마을의 주민들은 회의를 열어 지역의 문제를 충분히 의논하며, 노인과 아이들 모두 존중받는다. 사람들은 다른 사람의 재산이 무엇인지 알고 보호하며, 서로 책임을 지고, 강한 유대감을 갖는다.

생태마을은 사람들을 이어주고 사람과 땅을 이어주는 전통 문화로 돌아가자는 전 세계 사람들이 벌이는 운동의 일부다. 사람들은 다국적기업에 의해 강력하게 전파되고 있는 획일적이며 소비 지향적이고 세계화된 문화에 "노"라고 말하기 시작했다. 이런 문화 대신 우리는 목적의식과 유대감을 주는 전통에 손짓하고 있다. 가령, 국제농민운동(Via Campesina movement)에 속한 농부들은 토착 식물의 종자를 따로 모은다. 유전공학이 발달하고 기업이 종자 특허를 받음에 따라 씨앗들이 사라질 수도 있기 때문이다. 세계사회포럼(World Social Forum)에서는 전 세계 각계각층의 사람들 수만 명이 모여서 어떻게 하면 평등하고 서로 돕고 환경적으로 건강한 세상을 만들어갈 수 있는지 토론하고, 전 세계 사람들을 하나로 모으는 가치를 소중히 여긴다.

우리는 그와 같은 가치를 이타카 에코빌리지에도 실현할 책임이 있다. 우리는 역사상 가장 강력한 나라인 '야수의 뱃속'에서 살고 있다. 이타카 에코빌리지에서 하는 일은 매우 중요하다. 미국 시민들의 양심을 일깨우는 데 도움이 될 수 있다면, 인간의 진정한 안식처로써 사람과 자연의 깊은 유대감을 제공할 수 있다면, 온 세상 전통마을의 지혜와 풍족한 현대 생활 방식의 관계를 보여줄 수 있다면… 우리는 성공할 수 있으리라 확신한다. 마음의 창을 닫지 않는 사람들이라면 언젠가 이 세상을 바꿀 수 있다.

이타카 에코빌리지는 자매결연을 맺은 해외 마을들과 '하나로 이어졌다'.

자매결연

1991년 9월

이타카에서 에코빌리지를 건설하기 위해 첫걸음을 내디딜 당시, 우리는 운이 좋았다. 세네갈에서 500년 전통의 어촌 요프의 세링 음바예 딘 촌장을 만났기 때문이다. 세링은 코넬대학에서 국제영양학 박사 학위를 받았는데, 요프에서 이타카 에코빌리지를 건설하고 있다는 이야기를 들었다. 세링은 본능적으로 우리가 막 시작한 일이 자신의 마을에도 매우 중요하다는 사실을 깨달았다.

"여러분은 우리가 이제껏 해온 일들을 하고 있습니다. 우리는 지난 500년 동안 지속 가능한 공동체를 이루며 살았습니다. 하지만 현재 다카르 시가 우리 마을을 잠식하고 있습니다. 젊은이들은 일자리가 없어 하나 둘 도시로 떠납니다. 사람들은 '댈러스'와 같은 TV 프로그램을 보고 미국인들은 다 저렇게 산다고 생각합니다. 그래서 자신들도 그렇게 살고 싶어합니다."

세링은 이타카 에코빌리지와 요프의 자매결연을 제안했다. 두 문화의 가교가 된 세링은 협력함으로써 양측 모두 이득을 볼 것임을 잘 알았다. 요프의 주민들에게는 공동체 문화를 배우기 위해 미국 시민이 자신들을 방문한다는 사실이 엄청난 격려가 될 것이다. 미국인들에게 자신들의 전통을 전수한다는 사실에 큰 자부심을 느낄 것이다. 이타카 에코빌리지 주민들은 실재하는 지속 가능한 문화를 직접 볼 것이다. 500년이나 지속된 문화를 말이다. 반면 우리는 적절한 기술을 이용해 공동체에서 점점 심각해지는 음식물 쓰레기와 하수 처리 문제를 해결할 수도 있을 것이다. 우리는 1992년 1월에 개최된 1차 연례총회에서 세링의 제안을 열렬하게 지지했다.

1992년 5월 요프 방문단

1992년 5월, 이타카 에코빌리지의 방문단이 요프에 도착했다. 방문단은 자신들과 너무나 다른 문화에 적잖이 흥분했다. 요프 마을의 주민은 4만 명으로 모두 독실한 이슬람교 신자다. 마을에서는 연장자가 여러 사안의 결정을 내렸고, 그 지역의 모래와 시멘트를 섞어 만든 집에서 확대 기족들이 거주했다. 이 마을에는 자동자가 없었고, 도로는 모래로 된 길이었다.

이들에게 집 없는 사람이나 굶주리는 사람은 없었다. 사람들의 주식은 기장, 땅콩, 채소와 생선이었다. 모두 텃밭에서 직접 기르거나 바다에서 주민들이 잡아온 것들이었다. 배가 고픈 사람이 있으면 음식을 나눠주었다. 직업이 없는 사람은 낚싯배에서 일손을 돕고 잡은 고기를 나눠 받았다.

금요일마다 기도가 끝나면 노인들은 마을의 나무 아래에서 주민들의 분쟁을 중재했다. 범죄를 용납하지 않았기에 경찰도 필요 없었다. 대신 이웃들이 서로 잘 알기 때문에 강한 책임을 느꼈다. 만약 절도와 같은 범죄가 발생하면 범죄자는 마을에서 영원히 추방된다. 이 마을에는 안정감, 애정과 확대 가족의 유대감 등이 깊게 자리잡았다. 이타카 에코빌리지에서도 이런 것을 느낀다. 물론 아직은 그 정도가 훨씬 미약하다. 우리는 수백 년 동안 아무런 폭력 없이 지내온 이들에게서 배울 점이 아주 많았다.

한편 요프의 전통적인 삶의 방식은 사회적 폭력과 환경 파괴의 위험에 놓여 있다. 실업률이 75%에 육박하고, 인구도 폭발적으로 증가하는 추세다. 여자들은 보통 6명까지 아이를 낳고, 남자들은 아내를 2명 이상 맞이한다. 외국의 저인망 어선이 출현함에 따라 어획고는 빠른 속도로 감소하고 있다. 플라스틱 쓰레기가 지천에 널렸다. 인근 다카르 시의 파괴적인 성장으로 말미암아 지력이 쇠하면서 농업의 미래는 위협받고 있다. 요프 마을은 사면초가다. 건전한 경제 토대를 확립하지 않는다면 이곳의 문화를 이루는 복잡한 사회적 네트워크들이 붕괴될 위험에 처해 있다.

1995년 생태도시 운동의 개척자 리처드 레지스터는 요프와 이타카 에코빌리지에 3차 국제 생태도시 컨퍼런스를 공동으로 주최할 수 있는지 의사를 타진해왔다. 우리는 기쁜 마음으로 그 제안을 받아들였다.

3차 국제 생태도시 컨퍼런스

요프의 풀뿌리 조직인 '요프의 경제, 문화, 사회 발전을 위한 연합(L'Association pour la promotion économique, culturelle, et sociale de Yoff, APECSY)'과 이타카 에코빌리지는 힘을 합쳐서 컨퍼런스를 기획했다. 그리고 다카르 시와 전통마을 3곳(요프, 느고르, 오캄)이 공동으로 주최했다. APECSY는 숙박, 식사, 언론 섭외, 보안, 프로그램에 참석하는 자문위원회 등을 조직했다. 이타카 에코빌리지는 이 행사를 전 세계에 홍보하고, 커뮤니케이션 허브의 역할과 국제적인 연사들을 초청하는 일을 맡았다.

다카르 시의 시장은 예산 모금, 컨퍼런스 센터 이용, 행사 진행요원들에 대한 문제를 해결해주었다. 조안 보케어와 세링 음바예 딘이 중심이 되었고, 우리는 두 사람을 보조했다. 최초의 공동 주최를 제안한 리처드 레지스터는 기꺼이 고문역을 맡아주었다.

1996년 1월에 개최된 컨퍼런스에 참가한 사람들은 자신들의 경험과 아이디어를 교환했고, 공동 작업을 했으며, 새로운 우정을 다졌다. 전 세계에서 120여 명이 참가했고, 아프리카의 우리 동료들도 260명이나 참가했다. 참가자들은 정부관리, 도시설계가, 건축가, 과학자, 엔지니어, 예술가, 대학생, 농부, 행동가 등 다양했다. 인종과 종교, 언어도 모두 달라 의사 소통이 쉽지 않았다. 하지만 인류가 만들어갈 환경의 개념을 재정립해야 한다는 우리의 목표를 막을 수 없었다. 아프리카의 전통마을에서 열흘 이상 머무르면서 우리는 이들의 삶을 조금이나마 경험할 생각이었다. 서로 많은 것을 배우고 나아가 국제 생태 재건 프로그램(International Ecological Rebuilding Programme)을 마련할 예정이었다.

컨퍼런스 일정은 닷새로 잡혀 있었다. 우리는 매일 다른 주제로 토론했지만, 항상 '과거의 교훈'과 '생태도시'의 의미를 되새기는 것으로 일정을 시작했다. 주말부터 우리는 사회 · 정치 · 경제 · 교육 이슈, 자연 환경, 농업 등 다른 주제도 살펴보기 시작했다.

세계에서 모인 발제자 60명이 매일 주제에 대한 흥미로운 프레젠테이션을 했다(프레젠테이션은 영어, 프랑스어, 월로프어로 동시통역 되었다). 우리는 생태 계획의 전형이라 할 수 있는 말레이시아 사라와크 주의 열대우림에 있는 전통마을에 대해 브라질의 쿠리티바가 발표하는 것을 들었다. 특히 말레이시아의 전통마을은 벌목, 서구화된 교육, 도시의 경제적 발전 등에 맞서 자신들의 정체성을 지키기 위해 안간힘을 쓰고 있었다. 이 회의에서는 신도시의 철도 노선과 관련한 '트랜싯 빌리지(transit village)'의 개념에 대해서도 논의되었다 (신도시 거주자들은 이 노선을 이용해 출퇴근을 하고, 쇼핑을 하거나 오락을 즐길 수 있다). 또 퍼스에서 밴쿠버에 이르기까지 도시의 개발 유형에 대한 의견도 주고받았다. 우리는 아프리카의 정치·경제적 상황을 분석한 발표도 들었다. 아프리카는 노예제와 식민주의, 착취에 맞서 500년 동안 싸우고 있었다.

컨퍼런스의 일환으로 워크숍도 개최되었다. 예를 들어 존 카츠는 요프가 토지를 추가로 개발하는 방안에 대해 활발한 토의를 진행했다. 기획가, 건축가, 퍼머컬처 전문가, 엔지니어들이 다카르 시와 이 주제에 대해 활발하게 의견을 교환했다. 다카르 시의 기획가들은 자신들이 요프의 도로를 확장하려는 것과 자동차가 접근하기 쉽게 도로를 재정비하려는 이유를 설명했다. 한편 게스트 자격으로 참석한 전문가들은 요프가 보행자들의 마을로 보존되어야 하는 이유를 역설했다. 이 워크숍에서도 일반적인 딜레마가 극명하게 부각되었다. 즉 '개발도상국'의 전문가들은 자동차 중심의 생활 패턴과 화석연료를 소비하는 국가들을 뒤쫓으려 하는 반면, '과도한 선진국'의 카운터파트들은 자동차가 다니는 파괴적인 형태의 변화를 막으려 한다. 미래의 개발에 대해 다양한 견해를 주고받는 모습이 보기 좋다.

회보와 국제적인 교류를 통해 생태도시 컨퍼런스는 전통마을의 가치를 존중하고, 아프리카 마을의 지혜를 이용해 건축 환경에 생태적 지속 가능성을 접목할 수 있는 방안을 모색했다. 마지막 총회에서는 전 세계 곳곳에 위치한 도시와 마을을 재건할 수 있는 다음과 같은 국제적인 전략을 도출했다.

- 자동차 산업에 제공하는 지원금을 중단한다.
- 개발 위주의 도시 개발을 수정해 보행 접근이 가능한 중심지를 설계한다.
- 대규모 자연 공간을 복구한다.
- 전통마을을 되살린다.
- 종의 다양성을 살릴 수 있는 지역 농업을 확립한다.
- 환경 친화를 지향하는 사업체에 강력한 경제적 인센티브를 주는 제도를 도입한다.
- 환경 친화적 건축물과 그 기술에 필요한 설비를 현대화하기 위한 새로운 기금 마련에 힘쓴다.
- 생태적 재건을 돕는 총체적 관점을 지원할 수 있는 정부 부서를 확충한다.

3차 국제 생태도시 컨퍼런스에서 도출한 생태적 건축 프로그램 (ecological building programme)은 1996년 6월 이스탄불에서 개최된 제2회 세계주거회의 해비타트 Ⅱ에 상정되었다.

그동안 요프의 하루하루는 컨퍼런스의 배경으로 활용되었다. 테렌가(terenga) 혹은 '호의'는 세네갈 문화에서 매우 중요한 가치다. 우리는 전통마을들을 돌아보고 그곳에서 특별한 춤을 함께 추거나 연회에 참석하기도 했다. 마을을 수호한다는 바다의 여신 마메 느다이레를 추앙하며 매년 열리는 축제에도 참석했다. 주민들은 우리를 기꺼이 자신의 집으로 맞이했다.

그들의 개방적이고 관대한 모습을 보면서 나는 글로벌 워크 행사 중에 만난 나바호 족이 생각났다. 우리가 작은 마을을 지날 때마다 마을 주민들은 구운 빵과 양고기 스튜로 파티를 열었다. 우리는 축제에 초대되어 함께 춤추고 노래 불렀다. 어디를 가나 우리를 진심으로 환영한다는 것을 알 수 있었다.

가장 가난한 사람들이 누구보다 마음이 열려 있고 관대한 것은 왜일까? 과거에 만난 나바호 족과 마찬가지로 세네갈 친구들도 우리가 꿈꿔온 영적 자원과 문화적 자원으로 누구보다 풍요로웠다. 사실 우리 역시 일반적인 기준의 가난한 수준에도 못 미치는 사람

ECOVILLAGE *at* **ITHACA**

요프, 1996년 겨울

눈보라가 몰아치는 뉴욕 주의 이타카를 뒤로한 지 20시간 만에 우리는 27℃의 쾌청한 날씨를 자랑하는 세네갈의 다카르에 도착했다. 발끝까지 내려오는 가운을 입은 노인들이 늘어서서 우리를 환영해주었다. 우리는 악수를 나누고 열심히 연습한 월로프어로 인사를 했다. "난가 데프." 그러자 "망기 휘 레크"라는 대답이 돌아왔다. 우리는 이곳에 머무르는 열흘 동안 이런 인사를 수백 번도 더 반복했다.

북소리가 작아지자 우리는 세관을 통과해 환한 곳으로 나왔다. 요프 주민 100명이 우리를 에워싸며 인사를 건넸다. 여자 2명이 전통의상을 입고 춤을 추었다. 부부(boubous)라는 의상인데, 바닥까지 내려오고 하늘거리는 소매가 달린 아름다운 드레스였다.

공항에서 우리가 받은 환영은 일시적 행사가 아님을 곧 깨달았다. 요프에 있는 동안 우리는 매일같이 사람들이 추는 특별한 춤을 보았다. 여자들은 투밥(toubab : 외국인)들에게 춤을 권했다. 그러면 사람들이 모여들어 소리를 지르며 춰보라고 부추겼다. 어린 꼬마들도 막대기로 뭐든 두드리면서 복잡한 장단을 맞췄다. 축제는 밤늦게까지 계속되는 때도 많았다(새벽 1~2시까지 계속되는 일이 다반사였다). 춤과 타악기 연주는 요프의 일상생활을 이루는 심장 박동과 다름없었다.

첫째 날 오후, 주민들은 파티를 열어주었다. 그리고 세네갈식으로 음식 먹는 법을 보여주었다. 우리는 5~8명씩 바닥에 짚방석을 깔고 앉았다. 쌀밥에 야채와 생선을 푸짐하게 담은 커다란 접시가 각 그룹의 중앙에 놓여 있다.

음식은 맛있고 독특한 풍미가 느껴졌다. 관습에 따라 한 사람씩 파이를 자르듯 큰 접시에서 쌀밥 한 움큼과 채소, 생선을 덜었다. 집주인은 나이프와 포크 없이 밥과 생선을 먹으려고 애쓰면서 온통 지저분하게 만드는 우리를 보고 웃었다.

밤이 되자 가이드가 우리를 해변으로 데리고 갔다. 해변을 따라 걷는데 샌들에서 '사각

들이지만. 컨퍼런스는 대성공이었다. 게다가 우리가 미처 기대하지
못한 성과까지 거뒀다.

- 컨퍼런스에 이어 요프, 느고르, 오캄에서 주민 40명이 열흘간 진행되는 '퍼머컬처 자격증' 강좌에 등록했다. 그들의 노력으로 퍼머컬처 원칙에 따른 풍성한 텃밭이 세워졌다.
- 리처드 레지스터와 브래디 픽스가 공동으로 컨퍼런스의 생생한 기록과 그 성과를 실은 『빌리지 위즈덤, 미래의 도시들(Village Wisdom, Future Cities)』을 발간했다.

사각' 소리가 났다. 마치 길 반대편에서 들려오는 라디오의 음악이나 웃음소리 같았다. 여기저기에서 여자들이 작은 화로를 피워놓고 요리를 했다.

요프 주민들은 잠을 많이 자지 않는다. 한밤중에도 몇몇 아이들과 어른들은 지나가다 인사를 주고받으며 잠시 대화를 나눈다. 낮이나 밤 어느 때라도 마을 여기저기를 혼자서 돌아다닐 수 있었다. 정말 놀라운 경험이었다!

다음날 오후, 해변에 가니 고기잡이배들이 들어오고 있었다. 우리는 직접 만든 길고 아름다운 배를 끌고 오는 모습을 지켜보았다. 잡은 물고기의 일부는 말리고 일부는 근처 다카르 시에 내다 팔았다. 물론 해변에서 바로 파는 물고기도 있었다. 여자들이 어부에게 물고기를 사서 우아한 걸음걸이로 멀어져갔다. 모두 생선을 담은 플라스틱 통을 머리에 이고 있었다. 그 모습을 보자니 다른 차원의 세상에 와 있는 듯한 착각이 들었다.

이곳에서 시간은 천천히 흐른다. 시계가 알려주는 시간에 따라 일어나는 일은 아무것도 없다. 대신 이곳에서는 "바로 지금이야"라고 알려주는 에너지들이 점차 모여들면 그제야 일이 일어나는 것 같다. 세네갈의 시간관념은 서구에서 온 우리를 미치게 만들었다. 모든 긴장을 풀고 이곳의 흐름에 몸을 맡기면 마술처럼 기분이 좋아진다.

우리의 방문은 매우 빨리 끝났다. 제이슨과 존은 나머지 일행이 미국으로 떠난 뒤 2주 더 그곳에 머물렀다. 제이슨은 그곳의 아이들에게 흥미의 원천이었다. 마을 아이들은 그를 예외적인 투밥 친구로 인정해주었다. 요프에서 제이슨은 '이사'라는 별명으로 불렸다. 제이슨은 그 이름을 구리 팔찌에 새겨 그곳에서 돌아온 이후 몇 년 동안 그 팔찌를 찼다. 그는 아이들에게 종이비행기와 종이학 만드는 법을 가르쳐주고 싶어했다. 또 손으로 깎은 목공예 코끼리, 지팡이나 각종 수공예품을 찾으러 지역 시장을 돌아다니며 발품을 파는 재미도 누렸다. 제이슨은 흥정을 좋아해서 집으로 돌아갈 무렵이면 그 아이의 가방은 보물로 가득했다.

- 터프츠대학의 마리안 제이틀린 박사는 컨퍼런스 기간 동안 받은 감동을 잊지 못해 결국 은퇴하고 요프에 정착했다. 마리안 박사와 세링이 '에코 요프'를 설립하여 환경 친화적인 마을을 건설하려는 계획을 추진하고 있다.

  현재 이곳의 공동이사인 마리안 박사는 교육위원이자 조직가로서 무보수로 일하며 기금 마련을 위해 동분서주하고 있다. 에코 요프는 지난 몇 년간 계속 성장하여 현재는 수십 곳의 마을이 회원이 되었다. 이 세네갈의 전통마을은 에코 요프의 지도 아래 더욱 환경 친화적인 마을을 건설하기 위해 노력 중이다. 에코 요프는 이제 유엔과 GEN에서 '체험 학습 센터'로 지정되어 지원금도 받는다. 해마다 세계 각지에서 학생 수십 명이 모여든다. 이 학생들은 다카르에서 온 학생들과 팀을 이뤄 마을의 환경 문제에 대한 해결책을 연구한다.

- 좀더 개인적인 변화도 있다. 코넬대학 대안도서관(이타카 에코빌리지와 같은 CRESP의 다른 프로젝트)의 코디네이터 린 앤더슨이 컨퍼런스에서 만난 세네갈 사서와 사랑에 빠졌다. 아브돌라예와 린은 결혼해서 지금 이타카에 살고 있다. 두 사람은 도서관에 책을 보내거나 세네갈에서 만든 공예품을 팔아주는 등 경제·문화 분야에서 요프와 활발한 교류를 이끌고 있다.

- 이타카 에코빌리지와 요프의 유대도 계속되고 있다. 제리와 클리우디아 부부는 요프 사람들과 공동으로 자연 발효 화장실을 설계·건축했다. 덕분에 점점 불어나는 주민들로 인한 하수 처리 문제를 해결하는 데 도움을 주었다.

- 컨퍼런스가 개최된 지 7년 후 아지 아라메 티오는 험프리 장학금

을 받아 대학원생으로 몇 달 동안 이타카 에코빌리지에 머물렀다. 아지는 이곳에서 비영리단체의 운영에 대해 공부했다. 그녀는 세네갈 전통 축제를 개최하여 요프의 여성 소액 신용 대출 단체를 위한 기금을 마련하기도 했다.

컨퍼런스는 요프에 긍정적인 변화를 가져왔다. 하지만 서구식의 개발은 무지비한 속도로 진행되고 있다. 그런 개발은 결과적으로 경제, 환경, 사회에 엄청난 부담으로 작용한다. 어업도 위험한 처지에 놓여 있다. 아담은 다음과 같이 요프의 소식을 전했다.

"바다에 나가서 물고기보다 플라스딕 쓰레기를 낚아 올리는 날이 많아졌어요. 우리는 전통적인 어업을 그만두고 다른 일자리를 찾을 수 있도록 직업 재교육을 실시해야 해요."

그것이 전부가 아니다. 지구 기후 변화로 말미암아 해수면이 상승하고 있다. 해안가에 인접한 집들은 물에 쓸려 나간 지 오래다. 회의 이후 주민은 2배로 늘었다. 의료 환경이 개선되어 영아 사망률이 감소하고 살아남는 아동의 수가 많아지다 보니 인구가 증가할 수밖에 없다.

컨퍼런스에서 채택된 권고 사항을 무색하게 하듯 늘어난 인구를 수용하기 위한 새로운 개발이 진행되었다. 대부분 서구의 개발을 그대로 본뜬 것이었다. 가족 단위의 친밀함과 보행자 도로 대신 핵가족용 주택과 자동차가 다닐 수 있는 넓은 도로들이 마구 들어서고 있다. 다카르 시는 개발을 계속하고 있다. 범죄와 빠른 속도로 돌아가는 도시가 요프의 코앞까지 들어선 것이다.

현대와 전통을 대변하는 두 문화의 충돌은 무자비하다는 말로밖에 표현할 길이 없다. 리처드 레지스터는 『빌리지 위즈덤, 미래의 도시들』에서 요프의 상황을 다음과 같이 묘사했다.

조용한 거리에서는 아이들이 댄스 스텝을 연습하고, 노인들은 마차 옆을 지나간다. 그 거리를 내려다보고 있으면 양 1~2마리가 배회하는 것이 눈에 띈다. 초라한 2층짜리 모래색 건물과 고목들이 아주 작아 보인다. 점점 더 하늘로 올라가는 거대한 기계를 배경으로 이들은 부서질 듯 연약해 보인다. 기계들은 이제 원양어선보다 커 보인다. 잠자는 마을은 꼬마와 같다.…… 갑자기 거대한 보잉 747기가 그림자를 드리우며 머리 위로 지나간다. 그 그림자는 어찌나 큰지 마을을 다 덮을 정도다. 가옥과 사람들, 수레, 말과 양을 다 덮었다. 천둥 같은 비행기 소리가 이 마을을 집어삼킨다. (216쪽)

레지스터가 지적했듯이 도시와 시골 문화의 극명한 대비는 지구 어느 곳에서나 볼 수 있는 마을과 도시의 관계를 규정하는 현실이다. 사진 속의 주민들은 결코 비행기 티켓을 구입하지 않는다. 그러나 도시에 대한 유혹과 기대는 특히 젊은이들에게 중독과도 같은 영향을 미치고 있다.

레지스터는 마치 그 비행기처럼 중대한 문제가 제기되고 있다고 증언한다.

"어떻게 하면 자연과 굳건한 관계를 맺고 있는 전통마을과 시골 사회에서 젊은이들이 마을을 지키게 할 수 있을까?"

레지스터는 자신이 던진 질문에 다음과 같은 해답을 제시한다.

"마을은 도시의 창의적인 측면을 받아들일 수 있다. 그리고 도시는 시골 마을의 환경 친화적인 측면을 본받을 수 있다. 그러면 도시든 시골이든 더 살기 좋은 곳이 될 것이며, 양쪽의 관계는 더욱 단단해질 것이다. …… 조상들의 지혜를 활용해 도시를 재설계하는 과제는 산소와 연료를 혼합해 전등을 켜서 어둠을 밝히는 것과 같다. 이것보다 긍정적이고 희망적이며 전도유망한 해결책이 또 어디에 있겠는가?"(216쪽)

세링 음바예 딘의 획기적인 발상으로 자매결연이 이뤄졌다. 그리고 이 관계는 몇 년 후 잘 익은 결실을 맺었다. 두 문화가 활발하게 교류함으로써 비교적 짧은 시간이지만 서로 다른 두 세계가 하나로 어울린 것이다.

이타카 에코빌리지와 세상의 교류는 여기에서 그치지 않는다.

ECOVILLAGE at ITHACA
시골 생활의 매력

지난 몇 년간 나는 이타카 에코빌리지가 다른 문화권에서도 좋은 반응을 얻는 모습을 직접 목격했다. 가슴 뿌듯해지는 순간이 아닐 수 없다. 예를 들어 일본은 몇 차례나 대표단을 보냈다. 여기에는 일본 최대의 환경단체 회장부터 농민 그룹까지 다양했다.

일본 언론도 우리에게 관심을 보였다. 한 국영 방송국의 프로그램 제작진이 이타카 에코빌리지의 통화인 '이타카 아워스(Ithaca Hours)'와 마을을 찍어 갔다. 취재진은 우리가 일상생활에서 전적으로 이타카 아워스를 사용하지 않는다는 사실을 알고 매우 실망했다! 일본의 인기 잡지 『메모(Memo)』는 8쪽에 걸쳐 이타카 에코빌리지에 대한 기사를 다뤘다. 이 기사에는 이타카 에코빌리지의 아름다운 풍광을 찍은 컬러 사진도 꽤 많이 실렸다.

이타카 에코빌리지에서 지낸 한 대학생의 생활은 인간적인 규모인 우리 마을이 다양한 문화를 어떻게 수용하는지 잘 보여준다. 코넬대학에 다니는 게이코는 한 학기 동안 사무실에서 내 일을 도왔다. 나는 게이코에게 이타카 에코빌리지의 어떤 점이 특히 흥미로운지 물어보았다. 게이코는 대답 대신 자신이 자란 일본의 마을에 대해 설명해주었다. 집들이 옹기종기 붙어 있고, 아이들이 거리에서 뛰놀았다고 말했다. 또 이웃끼리 모르는 사람이 없고, 마을 주변에는 농장들의 녹지가 펼쳐졌으며, 한 면은 바다로 나 있었다고 한다. 주민들은 대부분 농업과 어업에 종사했다. 하지만 게이코가 어릴 때부터 그 마을을 비롯한 수많은 전통마을이 사라졌으며, 도시의 생활이 일반화되고 말았다. 정신없이 돌아가는 도시 환경 속에서 사람들은 자연이나 이웃과 유대감을 형성하지 않는다. 그래서 이타카 에코빌리지에 처음 와본 날, 게이코는 내게 수줍은 표정으로 말했다.

"집에 온 것 같아요."

일본 문화는 심미적이라고 알려져 있다. 만개한 벚꽃이 휘날리는 풍경이나 흰 눈이 덮인 후지(富士) 산은 모두 자연과 맺어진 깊은 관계를 보여준다. 하지만 지금은 이러한 관계가 사라지고 그리움만 남았다. 우리를 방문한 일본인 기요카즈 시다라(7장 '지속 가능한 문화와 농업, 퍼머컬처' 참조)는 일본에서 퍼머컬처 연구소를 운영하고

있다. 그는 내게 일본에서도 생태마을
을 만들기 위해 사람들을 교육하고 싶
다고 말했다. 기요카즈도 재밌는 학생
들을 많이 만날 것이다!

이타카 에코빌리지에 관심을 보이는
방문객은 일본인들뿐만 아니다. 우리에
대한 글을 실은 기사와 책을 보면 스페
인 사람들의 관심도 대단하다. 카를로
스 프레스네다는 스페인의 국영지 '엘
문도(El Mundo)'의 전문 기자로, 이타카
에코빌리지에 대한 특집 기사를 썼다.

기요카즈 시다라는 일본 퍼머컬처 연구소의
설립자다. 그는 2004년에 한 달간 이타카 에
코빌리지를 방문했다. 현재 도쿄 외곽에 생태
마을 건설을 구상 중이다.

그리고 자신의 책 『단순한 삶(La Vida Simple)』에 우리 이야기를 쓰기
도 했다. 이타카 에코빌리지는 지속 가능한 개발을 다루며 전 세계
의 마을과 도시를 소개한 책 『생태도시학 : 지속 가능한 인간의 거
주지, 60건의 사례 보고(EcoUrbanismo/EcoUrbanism: Sustainable
Human Settlements: 60 Case Studies)』에도 실렸다. 2001년에는 스페인
국영방송의 '노 솔라 무지카(No Sola Musica)' 제작팀이 우리 마을을
방문해 촬영했다.

일본과 스페인 외에도 많은 해외 교류 사례가 있다.

- 독일과 영국의 건축가와 기획가 대표단이 이타카 에코빌리지를
  방문해 특별 투어를 했다.
- 캐나다 주택저당공사(Canadian Mortgage and Housing Corporation)
  에서는 두 차례에 걸쳐 이타카 에코빌리지에 대표단을 보냈다.

이들은 캐나다의 주택 기준에 합당한 환경 기준을 정하기 위해 지속 가능한 공동체의 예를 찾고 있었다.

이타카 에코빌리지는 세계 각국에서 온 방문객들을 맞이했다. 정말 운 좋은 경험이었다. 아르헨티나, 캐나다, 프랑스, 독일, 일본, 네팔, 스웨덴, 트리니다드, 짐바브웨까지 방문객들의 국적도 다양했다. 우리 주민들 중에는 중국과 인도의 이민 2세대도 있다. 뉴욕주 북부에 위치한 이타카 에코빌리지는 온갖 문화가 공존하며 융화하는 독특한 용광로임에 틀림없다.
언론도 이타카 에코빌리지에 높은 관심을 보였다.

ECOVILLAGE ITHACA
언론의 관심

이타카 에코빌리지는 해외 언론의 관심만 받는 것이 아니다. 국내 언론도 이타카 에코빌리지에 높은 관심을 표명했다. 원래 에코빌리지이라는 개념이 자연 친화적이고 매력적이며 편안한 느낌이라 사람들의 관심을 끌기에 적당했다. 그래서 이타카 에코빌리지에 첫 건물이 들어서기도 전에 우리 마을은 방송을 타기 시작했다. 처음 2년 동안 언론이 이타카 에코빌리지를 다룬 횟수와 양은 우리도 놀랄 정도였다.

• 엘리사 울프슨은 전국판 환경 전문 간행물 『E 매거진』의 편집자

로 LUPF에도 몇 차례 참석했다. LUPF에서 깊은 인상을 받은 그녀는 이타카 에코빌리지에 대한 기사를 내고, 바로 이곳으로 이주할 결심을 했다.

- 울프슨의 기사를 본 '워싱턴포스트'는 홈 섹션에 실을 인터뷰를 요청했다.
- USIA-TV는 해외에 방송할 90초짜리 프로그램의 촬영을 의뢰했다. 내가 작성한 대본으로 이타카대학생들이 촬영하고, 코넬대학생들이 편집한 이 방송은 전 세계 130개국의 전파를 탔다.
- 개닛 뉴스 서비스가 작성한 기사는 '시카고 선타임스'와 '샌프란시스코 크로니클' 등 유수의 신문사에서 게재하기도 했다.

오랫동안 환경운동을 펼쳐온 나는 놀랐다. 우린 아직 아무것도 짓지 않았는데 그렇게 많은 신문과 잡지가 다뤄주다니! 우리 앞에는 원대한 미래가 놓여 있었다. 그 목표를 향해 매진하기에 지금보다 적절한 시기는 없을 것 같았다. 우리는 2가지 필요성을 절감했다. 하나는 공동체 의식을 키워야 한다는 것이었고, 다른 하나는 환경 변화와 복구였다. 하나의 움직임은 또 다른 변화로 이어졌다.

- 이듬해(1994년) 최신 트렌드를 연구하는 『아메리칸 데모그라픽스(American Demographics)』가 뉴저지의 안락한 집을 포기하고 이타카 에코빌리지로 이주를 준비 중인 가서 가족의 이야기를 커버스토리로 실었다. 편집장 브래드 에드몬슨은 이런 식의 환경에 대한 개인의 노력에 미국의 재계가 관심을 돌려야 할 것이라고 지적했다. 이 기사만으로도 우리는 입주 희망자 125명의 문의를 받

았다. 저 멀리 하와이, 앨버커키(뉴멕시코 주)나 서스캐처원(캐나다)에서 개발 계획에 대한 문의도 빗발쳤다.

- 1994년을 기점으로 이타카 에코빌리지는 새로 창간한 전국판 잡지 『코하우징(Cohousing)』에 정기적으로 모습을 나타냈다. 나도 이 잡지에 자주 투고해서 우리를 알리는 데 일조했다.
- 미국의 양대 건축 잡지 중 하나인 『프로그레시브 아키텍처(Progressive Architecture)』는 FROG에 대한 기사를 실었다.
- NPR(National Public Radio, 국립공영라디오)가 우리에 관한 첫 방송을 내보냈다. 이 방송은 그 후로도 몇 차례 더 이어졌다.
- 이타카와 뉴욕 주의 TV와 라디오, 신문 1면에 우리에 관한 이야기가 나왔다.
- 4만 부를 발행하는 동문 간행물 『코넬 매거진(The Cornell Magazine)』이 우리에 관한 멋진 기사를 실었다.
- 1995년에는 『퍼퓰러 사이언스(Popular Science)』의 편집차장 마리에트 디크리스티나가 이타카 에코빌리지를 방문해 하루 종일 주민들을 인터뷰했다. 그녀는 환경 친화적 공동체들을 다룬 특집 기사에서 "건축가들과 기획가들 사이에서는 대다수 미국인들이 살고 있는 교외 지역이 생태계와 공동체의 연대감을 회복할 수 있는 해답이라는 인식이 점점 커지고 있다"고 밝히며, 그 대안으로 이타카 에코빌리지를 제시했다. (하지만 그때까지 이곳에는 아무것도 없었다.)
- NPR는 '모든 것을 고려할 때(All Things Considered)'라는 프로그램을 위해 나를 인터뷰했다.

이제 인터뷰는 일상이 되었다. 나는 사춘기에만 해도 무척 소심했다. 전화를 하기 전에 대화 내용을 적어서 연습해야 할 정도였다. 혹시 혀라도 꼬이면 어쩌나 걱정하면서 말이다. 그런 내가 인터뷰가 일상인 사람이 되다니 웃음만 나온다. 현재 나는 언론의 취재 일정을 조정하는 것은 물론, 이타카 에코빌리지의 대변인으로 일하고 있다. 가끔 내 일은 결코 넘을 수 없을 것만 같던 장애물을 극복하는 것이 아닌가 하는 생각이 든다.

1996년에는 언론 취재는 없을 것 같았다.

• 이 해는 3차 국제 생태도시 컨퍼런스로 시작했다. 컨퍼런스는 국제적인 스포트라이트를 받았으며, 미국에 본사를 둔 『어스 아일랜드 저널(Earth Island Journal)』에 기사가 실렸다.
• 10월에 드디어 첫 입주자들이 이사 왔다. 하지만 몇 주 후 일어난 화재로 우리는 집 몇 채와 커먼 하우스를 잃었다. 화재는 지역 언론의 집중 조명을 받았다.

기대한 내용은 아니지만 덕분에 우리는 또다시 유명세를 치렀다. 1997년 거주단지가 완공되어 입주자들이 모두 들어오자 언론의 취재 열기는 과열되었다.

• 1997년 『인 컨텍스트(In Context)』와 계간지 『아메리카(America)』에서 우리 기사를 실었다.
• 『유튼 리더』지는 '미국에서 가장 계몽된 도시 10곳' 중 이타카를 1위로 선정했다. 작가 **존 스페이드**는 이타카를 제일 먼저 방문한

이유로 이타카 에코빌리지와 '이타카 아워스'를 꼽았다.

- '뉴욕타임스'의 메리 비자드 통신원이 이틀 동안 이타카 에코빌리지에 머무르며 주민들을 취재했다. 우리와 뉴욕 주에 위치한 또 다른 공동체 캔틴 아일랜드를 다룬 특집 기사가 일요일판 부동산 섹션의 커버스토리로 실렸다. 메리는 "지금까지 가장 야심 찬 코하우징 프로젝트는 바로 이타카 에코빌리지다"라고 썼다.

- CNN-TV는 '어스 매터스(Earth Matters)'라는 프로그램에서 이타카 에코빌리지를 다룬 4분짜리 방송을 내보냈다. 내레이터는 "공동체야말로 21세기의 새로운 코하우징 문화의 모범이 될 자격이 충분하다고 주민들은 말합니다"라는 말로 끝맺었다.

- 국영 아동방송 '니켈로데온'이 이타카 에코빌리지를 촬영해서 코하우징 단지에 사는 아이들에 관한 프로그램을 제작했다.

- NPR는 '지구의 삶(Living on Earth)'이라는 프로그램에서 이타카 에코빌리지를 다뤘다. 이로써 우리는 NPR에 3번이나 출연했다.

- 『페어렌팅 매거진(Parenting Magazine)』은 레이첼과 엘란 샤피로 부부를 인터뷰해서 코하우징 단지의 가족에 대한 기사를 실었다.

- 『코하우징 매거진(Cohousing Magazine)』과 『커뮤니티즈 매거진 (Communities Magazine)』이 이타카 에코빌리지에 대한 기사를 계속해서 실었다. 많은 기사들이 내가 작성한 것들이다.

존 스페이드(Jon Spayde)
하버드와 스탠퍼드에서 10년간 일본 고전을 연구했고, 미네소타대학에서 소설 분야 MFA(예술전문사) 과정을 이수했다. 『트래블&레저(Travel and Leisure)』 『아트 뉴스(Art News)』 등을 거쳐, 『유튼 리더』의 객원 편집자로 활동하고 있다.

이후 언론의 보도는 소강 상태로 접어들었다. 비록 1999년 PBS의 교육용 비디오 시리즈 '유산 보존하기(Preserving the Legacy)' 중 '지구 보존하기(Sustaining the Earth)'에 이타카 에코빌리지에 대한 내용이 18분간 들어가긴 했지만 말이다. 이 비디오에는 엘란, 레이첼, 제이와 나의 인터뷰가 있다.

한동안 뜸하던 언론의 관심은 2002년 SONG가 착공되자 다시 불붙기 시작했다.

- 새해 첫날 NRP가 코하우징에 대한 4분짜리 방송을 내보내면서 좋은 예로 이타카 에코빌리지를 방송했다. 이 내용은 아침 뉴스(Morning Edition) 시간에 방송되었으며, 하루 종일 재방송되었다.
- 『마더 어스 뉴스(Mother Earth News)』는 여름호에 '서버비아에서 슈퍼비아로(From Suburbia to Superbia)'라는 기사를 실었다.
- 『레지덴셜 아키텍트(Residential Architect)』는 '변경에서'라는 특집 기사에 이타카 에코빌리지를 실었다.

생태마을의 중요성에 대한 인식은 2003년 들어 더욱 커진다.

- 『마더 어스 뉴스』는 커버스토리로 미주리의 댄싱 래빗 에코빌리지, LA 에코빌리지, 이타카 에코빌리지 등 여러 생태마을을 다룬 다음과 같은 기사를 실었다.

"생태마을은 개발 과정에서 많은 어려움에 직면한다. 그러나 하나로 뭉친 이들의 긍정적인 영향력은 세계적으로 인정받는 수준에 이르렀다. 1998년 유엔이 선정한 '100대 성공 사례'에 생태마을이 포함되었다. GEN의 앨버트 베이츠는 말한다. '이제 새천년의 시작을 눈앞에 두고 있다. 지난 1000년이 화석연료와 군국주의를 바탕으로 이 사회를 건설한 시기였다면, 앞으로 올 1000년은 더욱 양심적이고 인간적인 시대가 되어야 한다. 그렇지 않으면 우리에겐 파멸이 있을 뿐이다. 생태마을을 개척하는 사람들의 어깨에 다음 세대의 평화, 안전, 번영, 가족, 행복이라는 원대한 꿈이 달려 있다. 우리가 그 사실을 깨닫든 아니든 말이다.'"

이타카 에코빌리지는 운이 좋았다. 하고 싶은 말을 언론에 할 수 있었고, 언론의 관심 덕분에 더 수월하게 문제를 해결할 수 있었다.

생태마을 운동에 참여하고 이타카 에코빌리지에서 우리가 성취하는 것들이 모든 사람들에게 많은 의미를 전할 수 있다는 사실은 정말 흥분되는 일이다. 동시에 우리가 더욱 겸손해져야 할 이유이기도 하다. '살기 좋은 세상을 위한 글로벌 워크'로 시작된 우리의 여정은 길고도 험난했다. 하지만 이 여행은 아직도 진행형이다.

E C O V I L L A G

Chapter 11

현재를 평가하고
미래를 계획하다

ITHACA

월요일 저녁, 제이와 나는 GEN이 펴낼 '지속 가능성 평가' 작업을 할 예정이다. 이 평가서는 장장 14쪽에 달한다. GEN 외에도 소규모 평가 그룹이 참여하여 한 달간 평가를 진행한다. 이 작업이 마무리되면 모든 자료를 취합하여 결과를 검토할 예정이다.

평가는 사회, 환경, 영적 부문 등 3가지다. 우리는 현재 '환경' 부문을 평가하고 있다. 장소감, 환경 친화적 건축, 교통, 소비 패턴, 고형 쓰레기 처리, 상하수도, 에너지원에 관한 여러 가지 질문에 답을 단다.

제이와 나는 본질적으로 다르다. 제이는 "아, 물이 반밖에 없네"라고 하는 반면, 나는 "와, 물이 반이나 있네"라고 말한다. 그런데도 우리의 의견이 거의 일치하는 것이 놀랍다. 제이는 어떤 점에서는 나보다 낙관적이다. 그 모습을 보니 우리 모두 전보다 훨씬 개방적인 사람이 된 것 같았다.

나는 두 사람의 최종 '점수'를 보고 싶어 안달이 난다. 우리는 평균 B가 나왔다. 좋지도 나쁘지도 않은 점수다.

나중에 이와 같은 설문지를 작성한 12명과 우리의 답변을 비교해보았다. 답변은 많은 부분에서 달랐지만 전체적으로 이타카 에코빌리지는 질감, 재활용, 재사용에서 월등한 점수가 나왔으며, 퇴비 사용과 유기농 작물 생산에서도 좋은 평가를 받았다. 하수 처리, 건축 자재, 대체에너지 사용, 교통 부문에서는 개선의 여지가 많았다. 자생식물과 야생 동식물에 대한 지식을 더 많이 쌓고 보호하기 위한 조치도 필요했다. 우리가 환경 친화를 모토로 한 공동체임에도 불구하고 아직도 갈 길이 멀었다.

일주일 후 나는 피비와 함께 설문지의 '사회' 부문을 작성했다. 우리는 설문지를 작성하면서 연신 웃음을 터뜨렸다. 설문지의 내용 때문이었다. 14개 문항에 대한 점수를 평균해보니 우리는 꽤 높은 점수를 받았다. 상당히 높은 평가를 받은 항목도 있었다. 이타카 에코빌리지는 개방성, 신뢰와 안전, 봉사 활동, 교육, 커뮤니케이션, 보건 분야에서 좋은 점수를 받았다. '지속 가능한 경제'는 더욱 노력해야 할 분야로 나왔다.

딜런이 몬티에게 꽃다발을 주고 있다.

마지막으로 '영적인 면'을 묻는 설문지를 작성했다. 이타카 에코빌리지는 영적 공동체도 아니고 단일한 종교가 있는 것도 아니다. 그러나 우리는 대부분의 항목에서 우수한 점수를 받았다. 영성에 대한 GEN의 정의는 매우 광범위하다. 이 부문의 질문은 유대감, 회복력, 평화와 지구인이라는 의식, 체계적인 세계관, 문화의 지속 가능성 등이다. 평가 결과를 보니 우리는 '예술과 레저, 영적 지속 가능성'에 더 큰 관심을 기울일 필요가 있었다.

우 리는 1991년 이타카 에코빌리지 건설을 시작한 이래 많은 일을 해냈다. 긍지를 가질 만도 하다. 동시에 우리는 공동체와 비영리단체를 유지해야 하는 도전에 직면하고 있다. 이타카 에코빌리지의 비전도 아직 많은 부분이 비전일 뿐이다. 앞으로도 수십 년 동안 비전을 실행하며 공동체와 비영리단체를 이끌어가야 할 과제로 한가할 틈이 없을 것이다. 하지만 고생할 가치가 있는 일임에는 틀림없다. 이타카의 조그만 마을에서 우리가 시작한 이 일이 언젠가는 전 세계 사람들에게 큰 도움이 되리라는 것을 확신한다.

우리는 공동체이자 비영리단체로서 이타카 에코빌리지의 발전 과정을 계속 평가할 것이다.

ECOVILLAGE ITHACA
우리는 잘하고 있나?

성과

하나의 꿈으로 시작한 이타카 에코빌리지는 이제 현실이 되었다. 우리는 아름다운 풍광을 자랑하는 땅 175에이커를 구입했고, 그 과정에서 받은 대출금을 모두 상환했다. 60가구가 사는 주거단지 2동을 건설했고, 생명력이 넘치는 공동체를 만들었다. GEN의 '지속 가능성 평가' 결과에 따르면, 우리는 '사회'와 '영적'인 측면에서 뛰어난 점수를 받았으며, '환경' 부문에서도 좋은 성적을 거두었다. 우리는 지속 가능한 문화를 창조하기 위해 노력하며, 모든 주민이 함께 일하고 결정하고 축하한다. 이런 것이 지속 가능한 문화다.

우리 마을의 생태발자국은 일반 미국 가정에 비해 40%나 작다. 모든 건물은 단열이 뛰어나며, 자연 채광을 활용하도록 설계되었다. 4분의 1은 태양전지를 이용해 자체적으로 전기를 생산한다. 또 혁신적인 하이테크 자재를 사용하는 것과 별도로 짚단과 통나무, 현지 목재 등 천연 건축 자재와 기술을 실험적으로 사용한다.

우리는 채소를 키울 수 있는 계절이면 먹을거리를 직접 생산한다. 웨스트 헤이븐 농장은 유기농장의 모범이라 할 수 있다. 베리 농장도 느리지만 착실하게 발전하고 있다.

봉사 활동에 기울인 노력도 결실을 맺고 있다. 교육 프로그램을 시작할 예정이며, 벌써 중요한 성과를 거둔 프로그램도 있다. 가령 이타카와 톰킨스 카운티 지역의 대학들이 지속 가능성에 대해 더 많은 관심을 기울이게 되었다. 국제적인 교류도 활발하게 진행 중이다. 이타카 에코빌리지는 미국뿐만 아니라 다른 나라 언론의 관심을 끌어 수많은 지면과 방송을 장식하기도 했다. 우리는 이렇게 멋지고 구체적인 성과를 자랑스러워할 자격이 충분하다.

그러나 이런 자화자찬은 우리가 여전히 고전을 면치 못하는 부분이 있다는 사실을 가릴지도 모른다. 우리가 직면한 도전 과제를 해결하기 위해선 돈과 시간이 필요하다.

우리의 도전 과제들

주택 구매력

주택 구매력은 주민과 비영리단체 차원에서 풀어야 할 골칫거리다. 이것은 우리가 더 큰 사회에 속해 있기 때문에 발생하는 문제다. 주택의 최초 가격과 관리비, 세금은 계속 상승하고 있다. 과열된 이타카 주택 시장의 여파가 이타카 에코빌리지까지 미치는 것이다. 1996년에 9만~15만 달러였던 FORG의 집들이 8년이 지난 지금 13만~17만 5000달러를 호가한다. 애초에 저렴한 주택을 목표로 했던 SONG는 12만~30만 달러까지 올랐다. 집값의 가파른 상승은 전국적으로 위치가 좋은 곳이면 보편적인 현상이다. 그러나 나 같은 저소득층은 그런 현상을 보고 있으면 간이 콩알만해질 지경이다.

나는 사람들의 이상과 염원대로 이타카 에코빌리지를 모든 것을 갖춘 공동체로 만들기 위해 지난 14년을 온전히 바쳤다. 그러나 그에 대한 금전적인 보상은 쵸리했다. 자신의 재산을 알아서 보호해야 한다는 점은 이해한다. 이타카의 다른 지역은 집값이 계속 상승하는데 이타카 에코빌리지에서는 그대로라면 인위적인 억제책을 썼다고밖에 볼 수 없다. 하지만 나는 우리가 중·상위층이나 부자들만 살 수 있는 별장을 만든 것은 아닌가 하는 의문을 떨쳐낼 수 없다.

이타카 에코빌리지의 집값이 왜 그렇게 비싼가? 이곳에서 집을 산다는 것은 단순히 집을 사는 것이 아니다. 소중한 공동체의 일원으로 바로 옆에 아름다운 초원을 두고 산다는 것을 의미한다. 커먼하우스가 있고 유기농장이 있으며, 각종 교육을 받을 수 있는 기회까지 덤으로 받는 것이다. 한 감정원의 말에 따르면, 이런 '보이지 않는 이득'으로 가구당 2만 달러가 집값에 추가된다고 한다. 그리고 이 추가 비용은 이타카 지역의 기본 집값과 비교하여 더욱 올라갈 것이다.

실직과 저소득도 문제다. 다른 지역처럼 이곳도 실직이나 박봉으로 경제적 곤란을 겪는 사람들이 있다. 어린 자녀를 둔 젊은 부부는 한 사람이 직장을 포기하는 쪽을 택했다. 그 결과 양육 환경은 개선 되지만, 생활비를 벌어야 하는 사람에게는 큰 부담이 될 수 있다.

공동체 활동에 더 많이 참여하거나 좀더 단순한 삶을 살고 싶다 는 꿈은 모기지 대출금을 상환하려고 애쓰는 사이에 흔적도 없이 사라진다. 쾌적하게 살 수 있는 더 큰 집을 지은 사람들이 결국 작 지만 자신들의 형편에 맞는 집에서 사는 것이 더 자유롭다는 사실 을 깨달을 때 문제는 악화된다. 여러 가지 경제적 압박을 고려할 때 공동체와 관련된 경제 문제에 대한 결정을 내리는 일이 얼마나 어 려운지 상상할 수 있을 것이다.

공동체로서 우리는 한정된 자원을 어떻게 배분해야 할지 늘 고민 이다. 우리의 집을 장애인과 노인들이 좀더 살기 편하도록 바꿔야 하나? 풍력발전기를 설치해야 하나? 파트타임으로 이곳을 관리할 사람을 고용해야 하나? SONG가 자체 커먼 하우스를 지어야 하나, 아니면 지금처럼 함께 사용할 것인가? 중요한 결정을 내릴 때 최 대한 신중하게 처리해야 한다는 사실을 우리는 경험으로 배웠다. 모든 의견을 수용하고 모든 대안을 고려해야 한다. 하지만 이것은 쉬운 일이 아니다!

주택 구매력 문제와 관련해 부분적인 해결책을 찾았다. 그중에서 가장 중요한 것은 SONG의 주택에 대해 20%의 보조금을 지원하는 것이다. 연방주택대출은행(Federal Home Loan Bank)의 지원으로 SONG의 6채가 뉴욕 주 평균소득의 50~80%밖에 안 되는 사람들 에게 돌아갔다. 거창하지는 않지만 우리는 이렇게 갖가지 해결책을 마련했다.

어떤 항목이 예산에 추가될 경우 주민들에게 추가 비용을 낼 의사가 있는지 물어본다. 그러면 주민들은 선택할 수 있어서 좋고, 형편이 어려운 사람은 부담 없이 거부할 수 있어서 좋다(이 부분은 철저히 비밀에 부친다).

우리는 '플립 택스(flip tax)' 제도를 시행하고 있다. 집을 되팔아 생긴 차액 중에서 FROG는 20%, SONG는 50%를 환원하여 그 돈으로 주택 구매력을 높일 수 있는 방안을 지원하는 것이다.

SONG는 CLT로 더 안전하게 지켜지고 있다. SONG의 부지는 이타카 에코빌리지의 소유로, 지가도 그리 높지 않다. 우리는 이타카 에코빌리지가 주민들에게 경제적 부담을 덜 주는 방법을 계속 모색하고 있다.

비영리단체인 이타카 에코빌리지도 재정적인 곤란을 겪고 있다. 이타카 에코빌리지는 현실적인 모델로 봉사를 목표로 하는 비영리단체나 교육기관과 성격이 다르다. 그러다 보니 여러 재단이나 정부에서 제공하는 지원금을 받는 대상에서 번번이 제외되곤 한다. 가뜩이나 어려운 재정은 개인의 기부금, 회비, 투어 수입, 1년 내내 개최되는 기금 마련 행사 등으로 겨우 유지되는 실정이다.

이사장으로서 나의 역할은 프로젝트를 실현하기 위해 자금을 모으고 다양한 일들을 지휘하는 것이다(주거단지를 짓는 것부터 방문객을 맞이하고 언론의 취재를 조정하는 것까지 포함된다). 이 일을 다 처리할 시간을 내기가 쉽지 않다. 혼자 처리하려면 하루 종일 일에 매달려도 부족하다!

풀뿌리 조직가로서 나는 적은 예산으로 많은 일을 한 것을 늘 대견하게 생각했다. 만약 내게 "기금을 모으는 데 치중해서 보수를 제대로 받겠느냐" 혹은 "그 시간을 일을 제대로 완수하는 데 쏟겠느냐"고 물어보면 당연히 후자를 책할 것이다. 그게 더 성취감을 느낄 수 있기 때문이다. 그러나 이런 내 태도의 한계가 점점 명확하게 눈에 들어오기 시작했다.

우리는 토지를 구입하기 위해 대출한 돈을 모두 갚았다. 이제 우리 '조직'이 정말 성장해야 할 때가 온 것이다. 나는 기금마련위원회를 조직했다. 앞으로 2년 동안 기금 마련 능력을 대폭 신장할 계획이다. 그러면 유급 직원을 더 고용할 수 있을 것이다. 우선 이타카 에코빌리지라는 비영리단체의 예산을 확고하게 만드는 것을 목표로 해야 한다. 그리고 직원이 늘면 활동 분야도 더 다양해질 것이며, 일도 더 능률적으로 할 수 있을 것이다. 시간 문제는 돈 문제와 비슷한 양상을 띤다.

시간

시간도 이타카 에코빌리지의 모든 사람들에게 큰 압박감을 준다. 우리 중에는 다양한 책임을 감당하느라 늘 시간에 쫓기며 사는 사람들이 많다. 주거단지와 마을 차원에서 열리는 각종 회의와 작업에 참여해야 하기 때문이다. 공동체가 성장하고 발전하는 과정에서 우리의 해결을 기다리는 복합적인 문제가 함께 발생한다. 그 문제를 해결하면서 생계를 위해 일하고 가족을 돌봐야 한다. 우리 중에는 고소득자들도 있다. 만약 이 사람들이 지금보다 덜 바쁘면 지금보다 많은 시간을 여유롭게 즐길 수 있으며, 공동체나 교육 활동에 더 많이 기여할 수 있을 것이다.

사실 시간의 압박은 이타카 에코빌리지의 전매특허가 아니다. 미국인들은 세계 어느 지역보다 시간에 쫓기며 생활한다. 격무와 생산성을 권장하는 사회에서 1년에 고작 1~2주 휴가를 다녀오는 것이 전부다. 유럽(8주)에 비하면 아주 적게 쉰다. 주택 구매력과 마찬가지로 시간 문제도 공동체와 문화라는 측면을 아우르고 있다.

몇 년 동안 우리는 만성적인 시간 문제를 해결하기 위해 여러 가지 방법을 모색했다. 일주일에 몇 차례씩 공동으로 식사를 하고, 공식적이지는 않지만 육아를 분담할 기회도 있다. 이 2가지는 이타카 에코빌리지에서 공동 주거의 기본 원칙에 속한다. 우리는 많은 공동체 규칙들을 해결해야 한다.

우리는 단지 내 회의 시간도 정해놓았다. FROG의 경우 주민들이 8년간 함께 생활해왔다. 그래서 이들은 한 달에 한 번 미팅을 갖는다. 미팅 시간은 몇 시간 정도고, 이외에 작업을 함께 하거나 친목회를 갖기도 한다. SONG는 최근에 만들어졌기 때문에 더 자주 만난다. 한 달에 2번 열리는 모임에서는 반나절 동안 회의를 한다. 매우 적극적으로 활동하는 위원회도 몇 개 더 운영하고 있다.

이외에도 여러 자질구레한 문제를 해결하기 위해 노력 중이다. 이전에는 자원봉사로 유지되던 몇 가지 업무를 점차 파트타임으로 전환하고 있다. 방문객 처리 담당이나 시설 관리 담당 같은 것이다. 덕분에 주민들에게 일자리를 제공할 수도 있었다. 또 핵심적인 자원봉사자들이 격무에 시달리는 문제도 해결할 수 있었다.

건강한 근무 습관을 장려하는 문화도 발전시키고 있다. 사람들에게 일의 한계를 정하고, 휴식 시간을 가지며, 필요하면 도움을 청하도록 권장하고 있다. 정해진 것보다 많은 일을 하는 사람이 더는 책임을 맡지 않겠다고 하면 우리는 그 결정을 반긴다. 내 생각에는 이런 것이 건전한 트렌드가 아닌가 싶다. 그리고 모든 사람들이 리더십을 공유하는 방법이기도 하다. 어떤 경우에는 자영업으로 재택근무를 하여 출퇴근 시간을 벌기도 한다.

단순화와 공유를 통해 시간을 아낄 수 있다. 생활을 단순화하면 필요한 재화와 용역은 줄어들게 마련이다. 자동차와 휴가용 도구를 공유하거나 장난감과 옷을 재활용하면 지출도 많이 줄일 수 있다. 더 많은 수입을 올리기 위해 애쓰지 않는다면 이런 방법을 통해 시간을 절약할 수 있다.

물론 우리의 문제는 돈과 시간이 전부가 아니지만 모든 문제의 근원임에는 틀림없다. '지속 가능성 평가'에서 나타났듯이 우리는 환경 친화적인 생활을 위해 더 많은 노력을 기울여야 한다. 우리의 예산으로는 재생 가능 에너지 장비 구입비나 생물학적 하수 처리 시설 설치비가 정해진 것이나 다름없다. 퍼머컬처 모델을 만들거나 지역의 생태계 교육과 같은 새로운 프로젝트들을 언제 시작하느냐도 우리에게 주어진 시간에 달렸다. 언제나 그렇듯이 드러난 모습만으로 문제의 본질을 파악할 수 없다. 주택 구매력과 시간에 대한 문제는 우리가 맞서야 할 최대 도전 과제일지 모른다. 하지만 그게 전부가 아니다.

다양성

어떤 점에서 우리 공동체는 매우 다양하다. 온갖 연령대의 사람들이 모여 산다. 게다가 빈곤한 사람에서 부유한 사람까지 소득 수준도 제각각이다(물론 대부분 확실한 중산층에 속한다). 직업도 다양하고, 종교도 마찬가지다. 레즈비언 커플도 몇 쌍 있고, 게이도 한 명 있다. 뉴욕 북부 지방답지 않게 사람들의 국적도 다양하다. 일부는 장애가 있다. 환경병을 앓는 사람도 있고, 근위축증 환자도 있으며, 알츠하이머 초기인 사람도 있다.

그러나 우리는 인종적으로 더욱 다양한 공동체를 만들어야 한다. 2002년 인구 조사 결과 주민의 86%가 백인, 2%가 흑인, 5%가 아시아인, 5%는 혼혈인이었다. 시작은 나쁘지 않았지만, 우리는 미국의 인종적 다양성을 정확하게 반영할 수 있도록 더 노력해야 한다.

다양한 문화와 전통이 이타카 에코빌리지에서 융화하는 모습이 나는 보기 좋다. 우리는 더욱 다양한 공동체를 이뤄야 한다. 문제는 여전히 많다. 예를 들어, 이탈리아의 라티나에서 온 레즈비언 커플은 이타카 에코빌리지로 이주하는 문제를 긍정적으로 검토했지만, 이곳에서도 성적 소수자로 살아야 한다는 현실에 이주를 포기했다.

접근성

다양한 종류의 접근성을 살리는 것도 우리의 도전 과제다. 주민들의 나이를 고려할 때, 마을 곳곳을 쉽게 오갈 수 있도록 물리적인 접근성을 강화하는 것은 시급한 과제다. 거동이 불편한 사람들에게 불편한 오솔길을 개선하기로 합의한 바 있다. 앞으로 건설될 세 번째 단지는 지금보다 훨씬 접근하기 쉽게 설계할 예정이다. 뉴욕주립대학의 건축학과 학생들이 FROG의 다층 주택을 더욱 접근하기 쉽게 만들 아이디어를 제안하기도 했다.

또 환경병을 앓는 사람들을 위해 더욱 환경 친화적인 마을을 만들고자 한다. 이타카 에코빌리지에는 화학물질과민증(multiple chemical sensitivity, MCS)으로 고생하는 주민이 3명이나 있다. 우리는 그동안 우리 주변에 있는 유독성 물질에 대해 많은 것을 배웠다. SONG의 집 2채가 환경병을 앓는 사람들이 살 수 있도록 지어졌다. 야외 공기를 보호하기 위해 목재를 태우는 것을 엄격히 제한하며, 커먼 하우스의 청소용품이나 세탁용품을 무향에 생물학적으로 분해되는 제품으로 교환했다. 하지만 일부 주민들은 MCS를 앓는 사람들에게 심각한 반응을 유발할 수 있는 세제나 화장품을 사용하고 있다. 다른 사람들에게 무엇이 필요한지 더 많은 관심을 쏟는 자세를 배워가는 과정이라고 생각한다.

언젠가는 이 모든 문제에 대한 해결책을 찾을 수 있으리라 믿는다. 우리보다 규모가 큰 사회에서는 단순히 고려 차원에서 끝날지도 모르는 문제들이다. 그러나 궁극적으로 우리에게 도움을 줄 수 있는 다양한 해결책을 실험해볼 수 있다.

우리에게는 원대한 비전이 있다. 많은 일들을 해냈고 지금도 진행하는 일들이 있다. 그러나 아직도 갈 길이 멀다. 그 길에서 우리는 무엇을 해야 할까?

ECOVILLAGE *at* ITHACA

드림 프로젝트

농업과 랜드 스튜어드십

다양하고 폭넓은 농업 활동은 이타카 에코빌리지의 최초 비전 가운데 하나였다. 웨스트 헤이븐 농장과 베리 농장은 그 계획의 많은 부분을 현실로 만들어주었다. 우리는 나머지 부분들도 모두 실현되고 대규모 유기농 과수원도 꾸밀 수 있기를 원한다. 이 계획이 실현되면 우리가 먹을 과일과 견과류는 직접 생산할 수 있다.

우리 계획 중에는 농산물 직거래 장터도 있다. 그러면 방문객의 수도 늘어날 것이며, 우리가 재배한 유기농 작물, 과일, 수공예품 등을 팔 수 있을 것이다. 가게를 청소년들에게 맡기면 여름 한철 좋은 아르바이트가 될 것이다. 축산 규모를 늘리자는 주민들도 있다. 양, 닭, 염소의 수를 늘이고 라마까지 키우자고 한다!

랜드 스튜어드십은 이타카 에코빌리지의 또 다른 비전이다. 벌써 일부 구역에 대해 서식지 복구를 시작했다. 하지만 이 규모를 더욱 확대할 생각이다. 자생종을 복원하는 일일 수도 있고, 외래 잡초를 제거하는 일일 수도 있다. 일부 나무를 베어서 다양한 종들이 성장할 수 있도록 하는 일일 수도 있다. 먼저 이런 야생 동식물이 사는 지역의 생태계에 대해 더 많이 공부하고 본격적인 작업에 들어갈 계획이다.

개발을 위한 철저한 계획 수립

우리는 이타카 에코빌리지 총 면적의 10~20%에만 건물을 짓기로 합의했다. 그래서 개발하기로 한 부지 중에서 남아 있는 부분을 어떻게 활용할지 결정하기 전에 그곳을 둘러봐야 한다. 개발에 앞서 고려해야 할 문제가 많다. 가령, 거주단지를 얼마나 더 지을 것인가? 건물을 신축할 경우 생태발자국을 어떻게 최소화할 것인가? 어떤 식의 개발을 원하는가? 빌리지 센터(공동체 모임, 실내 농구장, 무도회장, 공연장으로 기능)와 교육 센터(강좌, 워크숍, 회의장으로 기능)의 기능을 결합하는 것이 가능한가? 더 많은 사무 공간과 가내 공업이 가능한 사람들의 요구 사항을 어떻게 충족시킬 것인가? 학생과 인턴들의 숙소는 어떻게 해결할 것인가?

어떤 식으로 문제를 해결하든 우리는 남아 있는 부지 내에서 해결해야 한다. 실용적이면서 미적인 측면도 살려야 하며, 다른 경관과 잘 어울려야 한다. 다행히 도움을 줄 수 있는 전문가들이 있다.

나는 건축가이자 마을 디자이너 그레그 램지를 2005년 가을 이타카 에코빌리지에서 나흘간 열린 기획회의에 초대했다. (이 회의로 많은 사람들의 창의적인 디자인 아이디어를 모으고 현실적인 해결책을 선별할 수 있다.) 램지의 회사인 빌리지 해비타트(Village Habitat)는 공터, 조밀한 주택, 통합 농업, 강한 유대감과 같은 이타카 에코빌리지의 가치를 잘 반영한 디자인 프로젝트로 수상하기도 했다. 나는 외부 전문가로서 램지가 우리를 도와(다양한 의견을 수렴하여) 이타카 에코빌리지의 경관에 일관성을 부여하는 디자인을 해주기 바란다. 그 디자인은 앞으로 진행될 개발의 기초가 될 것이다.

이타카 에코빌리지의 온갖 일에 관여하다 보니 나는 기획과 같은 다른 분야의 공부도 해야 했다. 그래야 우리가 다음 단계로 이행할 수 있기 때문이다. 아직도 배워야 할 것들이 많다. 그래서 종종 알고 있는 것만으로 어떻게 할 수 없을까 하는 생각이 든다.

혁신적인 환경

우리는 에너지 생산, 난방법, 하수 처리법과 교통 문제를 더욱 환경 친화적으로 해결하고 싶다. 우리 땅에 있는 '그린' 자원으로 전기를 생산해낼 수 있다면 그보다 좋은 해결책은 없을 것이다. 현재 SONG의 가구 중 절반이 태양전지를 사용한다. 이 전지는 송전망과 연결되어 있다. 우리 지역은 겨울철에 흐린 날이 많기 때문에 풍력 에너지를 활용하는 것이 좋다.

9장에서 언급한 것과 같이 코넬대학 공학부 학생들이 이타카 에코빌리지의 풍력발전 가능성에 대해 사전조사를 했다. 결과는 매우 희망적이었지만 초기 투자비용이 만만치 않았다. 그래서 이 문제에 대해서는 좀더 상세한 조사 연구를 계획하고 있다.

난방법을 개선할 필요도 있다. 현재 FROG의 전 가정이 미니 구역(mini-district) 난방 시스템을 이용한다. 즉 모든 가구는 지하에 매설된 파이프를 통해 연결되어 있고, 이 파이프는 '에너지 센터' 4곳을 연결한다. 시스템에 뜨거운 물을 공급하는 보일러의 연료로는 천연가스를 이용한다. 이 시스템의 장점은 쉽게 대체에너지원으로 전환할 수 있다는 것이다. 하지만 우리는 아직도 어떤 에너지원이 적합하며, 개조 비용을 어떻게 충당할지 결정하지 못했다.

이외에도 하수 처리 시설은 오랜 숙원 사업이다. 우리는 몇 가지 안을 놓고 고민하고 있다. 그중 하나가 '살아 있는 기계'라 불리는 온실 시스템이다. 이 시스템을 활용하면 배설물로 퇴비를 만들고 남은 액체 부분을 수초가 가득 자란 여러 탱크를 통해 정화한다. 물은 수초의 자정 능력으로 깨끗해진다. 최종 과정까지 거친 오수는 깨끗한 물이 된다. 하지만 가격이 비싸서 우리는 비용이 덜 드는 습지 시스템을 선호한다.

중수도 용수 시스템도 고려 대상이다. 중수도 용수는 가정에서 샤워나 세탁, 설거지로 인해 발생한 생활 오수를 말한다. FROG의 가정에는 이중 파이프가 설치되어 오수는 중수도 용수와 분리된다. 남은 과정은 중수도 용수를 정화하는 필터 시스템을 설치하는 것이다. 어떤 방법을 선택하든 먼저 해결해야 할 문제들이 있다. 시의 승인, 비용, 미관 문제, 지속적인 관리 등이다.

환경을 개선하고자 하는 오랜 염원은 또 있다. 바로 교통 문제다. 우리 중에는 개인 차량을 처분하고 기꺼이 연료 효율이 높은 차량으로 바꿀 사람들이 있다. 시험적으로 바이오연료나 태양 전기와 같은 대체 연료를 사용할 수도 있다.

어떤 주민들은 벌써 행동으로 옮기고 있다. 우리 마을에는 (가스와 전기로 움직이는) 수소 자동차가 6대 있으며, 바이오디젤로 개조한 차량도 한 대 있다. 몇몇 주민들은 코넬과 이타카대학생들과 공동으로 마을 소유 자동차를 제작할 가능성을 연구 중이다.

교육과 경제 발전

프로젝트가 어느 정도 결실을 보면 우리는 이 경험을 더 많은 사람들과 나누고 싶다. 하지만 우리의 교육적 잠재력을 충분히 활용하기 위해 해결할 일들이 많다. 프로그램을 계속 개발하려면 교과 과정 개발, 교수, 등록 등에 필요한 재원부터 마련해야 한다. 인턴과 워크숍 참가자들이 묵을 숙소도 필요하다. 앞에서 지적했듯이 이타카 에코빌리지의 장기 계획인 EVER 센터가 완성되면 교육이나 워크숍과 관련된 시설과 회의장을 마련할 수 있을 것이다. 그리고 대안고등학교도 들어올 수 있을 것이다.

교육은 공동체 주민들에게는 잠재적으로 가내 공업과 마찬가지

2004년 6월 12일

오늘은 초여름 햇살이 눈부시도록 강한 날이다. 그 빛을 받아 갓 피어난 봄꽃들의 색이 더욱 선명하게 보였다. 지평선으로 솟은 푸르른 언덕들이 물결치듯 이어진다. 오늘은 이 타카 에코빌리지에 추도회와 인디언 그룹들의 공연이 계획되어 있다.

추도회는 메리 웨버를 위한 것이다. 메리와 빌은 1999년, 애리조나에서 이곳으로 이사 왔다. 자식과 손자들과 더 가까이 지내기 위해서였다. 폐암으로 죽기 전에 메리는 몇 년 간 가족과 행복한 여생을 보냈다. 빌은 유해의 일부를 이타카 에코빌리지로 가져왔다. 오 늘 빌을 보니 반가우면서도 가슴이 아프다. 지난 추억들이 물밀듯 밀려왔다.

농장에서 우리는 어린 과실수 옆에 둥글게 모여 섰다. 골짜기 맞은편 언덕의 모습이 한 눈에 들어오고, 메리와 빌의 모교 코넬대학도 잘 보였다. 식은 간단했지만 감동적이었다.

디나가 기타로 아름다운 곡을 연주하고 자넷 쇼툴(목사이자 메리의 좋은 친구)이 모인 사람들에게 말할 기회를 주었다. 메리는 환한 미소로 언제나 사람들에게 호감을 주었다. 그녀는 사회 정의와 인종 평등, 용기와 사랑을 굳게 믿었던 사람이다. 밝게 웃던 그녀의 웃음소리가 떠올랐다. CRESP의 이사장인 메리는 나의 상사였지만 상사라기보다는 스승 이고 친구였다.

디나가 다른 곡을 연주하는 동안 우리는 메리의 재를 어린 복숭아나무 사이에 뿌렸다. 내가 그녀의 재를 한 움큼 쥐고 있다는 사실이 꿈만 같았다. 어떻게 작별을 고할 수 있단 말인가! 메리와 빌은 부채를 탕감해주면서까지 이타카 에코빌리지의 미래를 지켜준 고마 운 사람들이다. 대신 우리는 일부 토지를 영구 보존 지역으로 정했다. 메리는 그것을 감 사히 여겼다. 그녀는 그 땅을 "일곱 번째 세대에게 주는 선물"이라고 했다. 바로 이곳에 그녀의 재를 뿌리는 것이 어찌 보면 당연하게 여겨졌다. 이 땅에서 유기농 채소가 자라 고, 후손이 즐길 수 있는 공터를 제공할 것이기 때문이다. 그녀의 재에 내 눈물이 떨어졌 다. 한편으로는 메리가 집으로 돌아와서 다행이라는 생각도 들었다.

저녁에는 '울프 클랜'의 멤버 마크 선더울프가 커먼 하우스의 포치에서 영혼을 울리는 음악을 연주했다. 그는 나무로 만든 플루트 20개로 나무들의 영혼을 깨웠다. 그리고 친구 가 된 늑대의 영혼을 불러 모았다.

풀밭에 모여 있던 사람들은 마크의 연주에 귀를 기울였다. 황갈색으로 물든 구름이 떠 있는 하늘은 서서히 분홍빛으로 변해갔다. 연못에서는 개구리들이 목청을 가다듬었고 화 답하듯 멀리 개가 짖었다. 땅이 정화되어 이 땅의 모든 것을 품에 안은 느낌이다. 멋진 저 녁놀, 음악, 동물과 사람들, 날개를 하늘빛으로 물들이며 날아가는 기러기 무리까지.

다. 지속 가능한 삶을 추구하면서 축적된 지식을 대중에게 알릴 주 민들을 많이 고용할 자금을 마련할 수 있을 것이다. '그린' 사업이 많이 생기고 발전하면 이타카 에코빌리지의 주민들을 고용할 가능 성도 그만큼 커질 것이다.

우리는 할 일이 많다. 그 일들은 우리의 성장과 도전으로 가득하다. 모든 일이 그렇듯이 언제나 시간과 돈이 빠듯하다. 상상력의 빈곤도 우리를 괴롭힌다. 지속 가능성을 실현할 수 있는 유일한 방법은 조금씩 사려 깊게 앞으로 나아가는 것임을 배웠다. 그리고 마음속에는 항상 우리의 비전을 간직하고 작은 성공도 진심으로 축하하는 마음을 잊지 말아야 한다.

우리가 줄 수 있는 것

이타카 에코빌리지는 세상에 무엇을 줄 수 있을까? 나는 우리가 새로운 문화의 인큐베이터라고 생각한다. 그리고 그 새로운 문화란 가장 심오한 차원의 협동이라는 가치가 될 것이다. 즉 다양한 사람들이 함께 어울리고 사람과 자연이 조화를 이루는 것 말이다. 우리는 다양한 변화의 물결을 이루고 있다. 자유, 환경 파괴, 경제적 종속에서 벗어나려고 몸부림치는 수많은 사람들이 만들어가는 변화를 체험하고 있다. 이런 움직임에 따라 우리는 이상을 실현하기 위해 용감하게 발걸음을 내디뎠다.

이타카 에코빌리지는 새로운 것을 창조하는 곳이 아니다. 우리는 모든 사람이 조화롭게 토지 보존, 유기농 문화, 환경 친화적 건축, 재생 가능한 에너지를 비롯한 공동체 삶의 모든 측면을 실현할 수 있는 장소를 제공할 뿐이다.

우리는 어떻게 하면 일, 놀이, 분쟁 해결, 의사 결정을 더 잘할 수 있을지 배웠다. 어떻게 하면 서로 더 잘 도울 수 있고 더 많이 축하할 수 있는지도 배웠다. 어디에나 존재하는 전통 문화의 지혜와 소규모 공동체를 통합할 수 있을지도 고민 중이다. 물론 현대적인 생활 방식을 유지하며 가끔 최신 기술에 의지하기도 한다.

이타카 에코빌리지는 이제까지 배운 것을 대중에게 알려야 할 의무도 있다. 세상을 바꾸고 싶다면 먼저 우리의 노력, 땀, 절망과 기쁨도 함께 나눠야 할 것이다.

내가 지금까지 여러분에게 들려준 이야기는 우리 공동체가 조각조각 이어붙이는 퀼트 작품의 실에 불과하다. 목청껏 신나는 노래를 부르든, 열심히 기도해서 계시를 받든, 슬플 때나 기쁠 때나 함께 모이든 이곳에는 언제나 더 큰 목적이 있다.

우리는 영혼의 힘에 감동받았다. 자신보다 큰 무엇을 만들기 위해 노력하고 희생하는 우리를 인도하는 고마운 손이 바로 영혼이다. 영혼은 어디에나 존재한다. 조용한 저녁 산책길에도, 아이들의 흥겨운 웃음소리에도, 아름다운 꽃들과 농장의 싱싱한 채소에도 영혼은 깃들어 있다. 영혼은 늘 우리와 함께 한다. 그래서 환경을 파괴하지 않아도 잘 살 수 있는 방법을 배우고 교훈을 얻는 우리를 지켜본다. 우리는 모두 세상에 전할 특별한 것이 있다. 당신은 우리에게 무엇을 선사할 것인가?

약어 모음

ACS(Alternative Community School) – 대안공동체학교 : 이타카 에코빌리지의 아이들이 다니는 공립 중 · 고등학교.

APECSY(L'Association pour la promotion économique. culturelle, et sociale de Yoff) – 요프의 경제, 문화, 사회 발전을 위한 연합 : 세네갈 요프 마을의 풀뿌리 조직.

CLT(Community Land Trust) – 공동체 토지 신탁 : 토지 보존, 저가 주택 보급, 유기농법을 지원하는 조직.

CRESP(Center for Religion, Ethics, and Social Policy) – 종교, 가치 체계와 사회적 정책을 위한 센터 : 코넬대학 산하의 비영리단체. 평화와 정의를 구현하고 지속 가능한 공동체를 지원하는 프로젝트를 보조한다. 이타카 에코빌리지는 CRESP의 프로젝트로 처음 시작되었다.

CSA(Community Supported Agriculture) – 공동체 지원 농업 : 지역사회 후원 농업. CSA 농장은 소비자들이 수확물에서 자기 몫을 미리 구입한다. 또 농장에서 발생하는 위기와 이익도 소비자와 농장주가 함께 한다. 웨스트 헤이븐 농장도 CSA 유기농장이다.

ETC(Educate the Children) – 아동을 교육하자 : 파멜라 카슨이 네팔의 빈곤 아동을 돕기 위해 미국에서 기금을 조성해 설립한 비영리단체. 이후 여성들의 자활을 돕는 직업 교육 프로그램까지 그 영역을 확장했다.

EVER(EcoVillage Education and Research) Center – 생태마을 교육 연구 센터.

FROG(First Resident Group) – 1차 주민그룹 : 이타카 에코빌리지에서 최초로 구성되어 코하우징 단지를 건설한 주민들.

GEN(Global Ecovillage Network) – 국제 생태마을 네트워크 : 전 세계의 생태마을 네트워크를 관장하는 비영리단체로, 이타카 에코빌리지도 이곳의 회원이다.

HRV(Heat Recovery Ventilator) – 열 회수 환기장치 : 신선한 공기를 집 안으로 들여보내고 실내의 탁한 공기를 배출하는 장치. 겨울에는 배출되는 공기의 열기를 모아 들어오는 찬 공기를 따뜻하게 만들고, 여름에는 실내의 시원한 공기가 집 안으로 들어오는 더운 공기를 식힌다.

ICFs(Insulated Concrete Forms) – 보온재 겸 콘크리트 거푸집 : 집을 지을 때 영구적인 재료가 되는 단열 제품. 건물의 벽에 콘크리트를 부을 때 사용하는 전통적인 목재 틀을 대체하기 위해 고안되었다.

ISLAND(Infrastructure and Land) Agreement – 기반 시설과 토지 사용에 관한 협정(아일랜드 합의안) : 이타카 에코빌리지와 FROG, SONG 사이에 체결된 협정. 토지와 인프라 사용에 대한 각 주체의 재정적 책임을 규정하고 있다.

LUPF(The Land Use Planning Forum) – 토지사용계획포럼 : 이타카 에코빌리지 토지에 대한 최선의 개발 방식을 모색하기 위해 공동체가 개최한 포럼.

MCS(Multiple Chemical Sensitivity) – 화학물질과민증.

NOFA(Northeast Organic Farming Association) – 북동부유기농협회 : 미국 북동부 지역의 유기농장 연합.

NSF(National Science Foundation) – 국립과학재단.

OSB(Oriented Strand Board) – 배향성 스트랜드 보드 : 비교적 저렴한 목재 합판으로, 지붕과 벽의 외장에 주로 사용한다. 성장 속도가 빠른 지속 가능한 나무들(아스펜 소나무와 남부황소나무 등)로 된 목판 여러 겹을 수직으로 교차 배열한 뒤 왁스를 섞은 접착제로 압착해서 만든다.

SIPs(Structural Insulating Panels) – 구조적 절연 패널 시스템 : 지붕, 벽, 바닥 등 빌딩에서 다양하게 활용하는 비교적 저렴한 패널 제품. 패널은 구조적으로 마주보는 '스킨' 사이에 단단한 단열 코어가 들어 있는 형태다. 주로 OSB로 제작된다.

SONG(Second Group at EcoVillage) – 이타카 에코빌리지 2차 주민그룹.

SOUL(Save Our Unlimited Land) – 우리의 무한한 땅을 보호하소서 : 채권자의 부채를 상환하기 위해 12만 달러를 모금한 6명의 파트너십.

이타카 에코빌리지의 연혁

1990

- 살기 좋은 세상을 위한 글로벌 워크가 시작되었다. 6개국에서 모인 참가자들은 9개월 동안 LA에서 뉴욕까지 도보 행진을 했다.
- 조안 보케어가 뉴욕 주의 이타카 시에 에코빌리지를 세우려는 비전을 구상하기 시작한다.

1991

- 조안 보케어는 관심 있는 참가자 100여 명에게 이타카에 세울 생태마을의 비전에 대해 말한다.
- 6월, 이타카에서 비전 수립 회의가 개최된다. 코넬대학 CRESP의 후원하에 이타카 에코빌리지 조직이 결성되기에 이른다. 조안 보케어와 리즈 워커가 공동이사장이 되었고, 팀 알렌이 합류했다. 위원회들은 수련회 이후에도 계속 만났다.
- 8월, 리즈 워커와 존 카츠가 이타카로 이주했다.
- 새로 구성된 이타카 에코빌리지 그룹이 웨스트 힐의 부지를 구입하고 선언문을 채택한다. 조안과 리즈는 투지 구입비용을 마련하기 위해 자금을 모으기 시작한다.
- 이타카 에코빌리지 강연회가 시작되어 1년 동안 계속된다.
- 이타카 에코빌리지에 언론의 관심이 모이기 시작한다.

1992

- 1월에 이타카 에코빌리지는 비영리단체의 지위를 획득하며 1차 연례총회를 개최한다. 이사회를 선출하고 규정을 채택한다.
- 이타카 에코빌리지와 세네갈의 요프가 자매결연을 맺는다.

- FROG가 3월에 최초 미팅을 갖는다.
- 이타카 에코빌리지의 방문단이 5월에 세네갈의 요프에 간다.
- 하지에 토지 구입을 완료한다. 9월에 1년 토지 사용 계획 과정이 시작되어 '개발 가이드라인'과 '조감도'를 작성한다.
- 공동거주 회사의 매카먼트와 듀렛이 새로 형성된 주민그룹을 위해 워크숍을 개최하고, 코하우징에 대한 강연회를 연다.

1993
- 코넬대학생이 이타카 에코빌리지의 토지 이용 계획 과정에 대한 석사 논문을 최초로 완성한다.
- 이타카 에코빌리지에서 한 학기 동안 코넬대학 강의 2개가 진행되는 프로젝트에 참가한다.
- FROG가 제리와 클라우디아 부부를 개발 매니저로 고용한다.
- 웨스트 헤이븐 농장에서 최초로 수확을 한다.

1994
- FROG가 최초의 거주단지를 건설하기 위해 설계·건축팀으로 하우스크래프트 빌더사를 고용한다.
- 시 당국이 건축을 허가하여 공사가 시작된다.
- 주민들이 나무 200그루를 심는다.
- 3차 국제 생태도시 컨퍼런스의 기획이 시작될 무렵, 세네갈의 다카르시 시장이 이타카 에코빌리지를 방문한다(컨퍼런스는 이타카 에코빌리지와 APECSY가 공동 조직했다).

1995
- 시가 FROG의 최종 건설안을 승인한다.
- 노동절에 거행된 착공식에 200명이 참가한다.
- 도로, 하수 처리 시설, 물과 연못 등 인프라의 위치를 정한다.

1996

- 세네갈의 요프에서 3차 국제 생태도시 컨퍼런스가 개최된다.
- 조안 보케어가 이타카 에코빌리지의 공동이사장에서 은퇴한다.
- SONG가 리즈 워커의 지도로 구성된다.
- 메리와 빌 웨버 부부가 원금 13만 달러와 이자를 탕감해준다. 55에이커를 영구 보존 지역으로 배정한다. 그곳의 관리는 핑거 레이크 토지 신탁이 맡는다.
- 10월에 FROG에 최초로 입주가 시작된다.
- 화재가 발생해 집 8채와 커먼 하우스가 피해를 입는다.
- SOUL 파트너십이 대출금 상환을 독촉하는 채무자의 토지를 사들인다.

1997

- SONG가 건축가 메리 크라우스를 고용한다.
- 이타카 에코빌리지가 데이브 제이크를 초빙해 퍼머컬처 워크숍을 개최한다.
- 마을을 구성하는 과정에서 발생하는 복합적인 문제를 해결하는 그룹을 돕기 위해 미래개발위원회가 구성된다.
- FROG가 완공되어 30가구가 이주해온다.
- 주요 언론에서 이타카 에코빌리지의 취재가 이어진다.

1998

- 마을 차원의 디자인 작업이 계속된다. 주요한 재정 문제와 법적 문제에 대해서 만장일치 원칙을 고수한다. (아일랜드 합의안과 '크룩스 오브 더 매터' 파티)
- 엘란 샤피로가 9개월 동안 파트타임 교육 컨설턴트로 고용된다.
- 이타카 에코빌리지가 '세계 주거상'의 최종 후보에 오른다.

1999

- SONG가 리즈 워커와 로드 램버트를 개발 매니저로 고용한다.
- 저가 주택안이 실패하고 SONG의 3가구를 제외한 나머지가 모두 탈퇴한다.
- PBS의 '유산 보존하기' 비디오 시리즈에 이타카 에코빌리지를 다룬 방송이 포함된다.

2000

- 이타카 에코빌리지가 SONG의 인프라를 계획하기 위해 투자신탁기금에서 10만 달러를 저리로 대출받는다. 새로운 사람들이 SONG에 합류한다.
- 이타카 에코빌리지에서 오래 산 파멜라 카슨이 사망한다.
- 엘란과 리즈가 코넬대학 환경관리학부의 외래 강사진으로 고용된다.
- 마사 스테티니어스가 웨스트 헤이븐 농장에 사슴 울타리를 설치하기 위해 기금 마련에 앞장선다.

2001

- 엘란 샤피로가 이타카대학에서 14주 과정으로 '지속 가능한 공동체의 건설'에 대해 강의한다.
- 마이크 카펜터가 SONG의 건축 매니저로 고용된다.
- 노동절 주말에 이타카 에코빌리지 10주년을 기념한다.
- SONG가 시 당국의 최종 승인을 받고 9월 20일에 착공식이 거행된다.

2002

- 이타카 에코빌리지의 규모가 2배가 된다. SONG의 최초 14채의 건축이 완성되고(1차), 2차가 시작된다.
- 이타카 에코빌리지가 미국에서 공동 거주단지 2곳을 건립한 최초의 코하우징 프로젝트가 된다.
- 이타카 에코빌리지가 톰킨스 트러스트 컴퍼니, 베터 하우징 포 톰킨스 카운티와 공동으로 FHLB(Federal Home Loan Bank)에서 저렴한 주택 마

런을 위해 11만 2000달러를 지원받는다. 그 지원금으로 SONG에 보조금 지원 주택 6채를 마련할 것이다.

- 이타카 에코빌리지가 USDA에서 지원금을 받아 12에이커에 달하는 땅에 야생 동식물 복원 사업을 시작한다.
- 이타카 에코빌리지와 이타카대학이 제휴를 맺고 '지속 가능성 학문'을 연구한다. NSF에 공동으로 지원해 14만 9000달러를 지원받는다.
- 리즈 워커가 5개월 안식 휴가를 떠난다.

2003

- SONG의 건축이 완료된다.
- 주민들이 FROG와 SONG 사이에 다리를 만든다. 이 다리는 SONG의 완공과 마을의 진정한 탄생을 기념하는 행사의 일환이다.
- '2003년은 빚 없는 해' 캠페인이 성공적으로 진행되어 남은 모기지 대출금을 완전히 상환한다.
- 시 당국이 이타카 에코빌리지 부지에 물탱크를 설치한다.
- 교육 프로그램이 시작된다. 이타카 에코빌리지 주민이 가르치는 강의 2개가 이타카대학에서 시작된다.

2004

- 이타카대학, 이타카 에코빌리지, 이타카 시가 함께 '지속 가능한 톰킨스 카운티' 계획을 실현하는 데 협력한다.
- 이타카대학이 '지속 가능성 회의'를 개최하는 등 지속 가능성 실현에 많은 노력을 기울인다.
- GEN이 스코틀랜드의 핀드혼에서 기본적인 생태마을 디자인 교과 과정을 개발하기 위한 국제회의를 개최한다.
- 메리 웨버의 추도식과 유해를 뿌리는 행사가 진행된다.